编委会

学术顾问：陈思和　陈晓明

总 主 编：蒋述卓　陈剑晖　贺仲明

编　　委（按姓氏笔画排序）：

丁　帆　丁晓原　王　尧　王兆胜　王春林

叶立文　刘　勇　刘　艳　刘晓明　李　怡

李建军　李春雨　李继凯　李遇春　汪树东

宋剑华　张志忠　张清华　陈国恩　陈思和

陈剑晖　陈晓明　周　群　於可训　咸立强

贺仲明　郭小东　郭冰茹　唐永亮　黄红丽

蒋述卓　雷　实　管　宁　谭桂林

本丛书入选：
2018年度国家出版基金资助项目
2017年广东省重点出版物暨"百部好书"扶持项目
2018年广东省原创精品出版项目

丛书总主编
蒋述卓
陈剑晖
贺仲明

文化自信与中国现当代文学丛书

"文"的传统与现代中国文学

李怡 教鹤然 李乐乐 等著

广东高等教育出版社
Guangdong Higher Education Press
·广州·

图书在版编目（CIP）数据

"文"的传统与现代中国文学/李怡，教鹤然，李乐乐，等著．—广州：广东高等教育出版社，2018.10
（文化自信与中国现当代文学丛书）
ISBN 978-7-5361-6322-5

Ⅰ．①文…　Ⅱ．①李…②教…③李…　Ⅲ．①中国文学－现代文学－文学研究　Ⅳ．①I206.6

中国版本图书馆 CIP 数据核字（2018）第 251127 号

出 版 人：唐永亮
策划统筹：黄红丽
责任编辑：何栩隽
责任技编：肖宿华
责任校对：陈利群
装帧设计：国　梁

书　　　名	"文"的传统与现代中国文学 "WEN" DE CHUANTONG YU XIANDAI ZHONGGUO WENXUE
出版发行	广东高等教育出版社 地址：广州市天河区林和西横路　电话：(020) 87554153 http://www.gdgjs.com.cn
印　　刷	广东新华印刷有限公司
开　　本	890 毫米 × 1 240 毫米　32 开
印　　张	10.25
字　　数	266 千
版　　次	2018 年 10 月第 1 版　2018 年 10 月第 1 次印刷
定　　价	48.00 元

如发现印装质量问题，请直接与印刷厂联系调换。

总　序

党的十八大以来，以习近平同志为核心的党中央要求全党要坚定道路自信、理论自信、制度自信与文化自信。在这几个"自信"中，文化自信是更基本、更深沉、更厚重和更持久的力量，因它深植于中华优秀传统文化的沃土之中。而中华优秀传统文化既是中华民族独特的智慧结晶，也是全人类共享的精神财富，体现了"人类共同价值"。那么，当前应如何传承传统，实现中华优秀传统文化的创造性继承和创造性发展，从而提升中华民族的文化自信？这是近年来党和国家在思想文化建设领域关注的重点，也是当前学术界关注的热点。"文化自信与中国现当代文学丛书"正是立足于这一历史和现实语境，希望通过对传统文化的挖掘和再发现，将其有价值和有现实针对性的精神资源植入中国现当代文学，以此推进"文化自信"这一重大命题的理论与实践，为中国梦提供有益有效的精神支撑和文化滋养。

本丛书不是面面俱到地阐释传统文化，而是以专题为统领，针对中国现当代文学，尤其是当代文学存在的弊端，将优秀传统文化的基因与其对接并灌注其中，从而催生出一种符合新时代的新文学。比如，丛书的第一本《"文"的传统与现代中国文学》，针对中国现当代文学语言技巧越来越高，艺术形式越来越精致，但文学的路子却越走越窄，文学精神越来越稀缺的事实，提出中国现当代文学有必要到传统的源头去汲取营养，以丰富和强大自身。所谓"传统的源头"，就是"文"的传统或"杂文学"的传统。在"文"的传统中，文体既是体也是用，既是道也是器，文体的变革也是文学的变革。本书还从文章的体制、风格、文气以及叙事传统等方面,论述现当代文学应如何从传统文学中汲取营养,而不应矮化自己,"以西方的标准为标准,以西方的是非为是非"。

从文学所体现的实用价值和政治功能方面的内涵看,以"修身齐家治国平天下"的"家国情怀",是文学忧患意识、使命感和责任感的集中体现。它主要从"入世""有用"的精神维度,确立了中国文学"文以载道"的传统。但中国当代文学自20世纪90年代以来,随着人的欲望的膨胀,人文理想的失落,多元价值观的出现,作家的写作立场也发生了重大改变:从20世纪80年代的"大叙事"变为个人的"小叙事",从过去高扬理想主义和集体主义,转变为犬儒主义、物质主义和享乐主义,不少作家失去了介入时代和社会现实的激情和勇气,而忧患意识、责任感、使命感与他们也就渐行渐远。因此,要振兴当代文学,就必须要求作家"文以载道",追求文学的"有用"功能,要求作家创作要有"家国情怀",要修身齐家治国平天下,将"小家"和国家民族的"大家"统一起来,这样才有可能创造出无愧于新时代、无愧于当下的优秀作品。丛书的第二本《载道传统与文学的使命意识》通过对"文以载道"概念的梳理阐释,重申文学的伦理道德与使命意识。

我国的另一个优秀文化传统,就是"道法自然"。老子说:"人法地,地法天,天法道,道法自然。"庄子说:"天地与我并生,万物与我为一。"这都是强调人与物即自然的融合和转化。在"万物将自化"的理念中,物化既包含人的变化,也包含物的变化,同时也是物与人的互化。在中国的传统散文中,如《世说新语》《秋声赋》等,都达到一种"神与物游"的境界。而中国现当代文学已在很大程度上丢掉了中国传统文学这一优良的传统。中国现当代文学过于夸大人的地位、作用和力量,从而导致对天地自然的忽略乃至无知,也导致了社会和谐的失衡。所以,在倡扬文化自信和文化自觉的当下,当代作家要向古典文学学习遵循天地自然的法则，克服人类至上的立场，将人与自然同一化，从而将自己及其作品培育得臻于完美。丛书第三本《天人合一与当代生态文学》对此做出了回应。

中国文学一直有一个浪漫翱翔、瑰意琦行的传统，从庄子的"鹏之徙于南冥也，水击三千里"、屈原的《离骚》，到李白的诗歌、陶渊明的"桃花源"，这一浪漫传统的归潜与飞扬，一直是中国文学的骄傲。然而，新中国成立以来，这一浪漫主义的传统几近绝迹。尽管有过"现实主义与浪漫主义相结合"的倡导，但那不过是一个口号，并没有真正成功的文学创作实践。因此，中国当代文学要从重物质、轻精神，重欲望、轻理想的状态中解脱出来，就必须继承浪漫主义文学传统，为文学注进生命激情和梦想。唯其如此，理想的文学才有可能出现。丛书中的《中国新时期文学的浪漫与理想》既重拾这一文学传统，又恢复了中国文学应有的文化自信。

总体来说，丛书确立了三个维度：一是优秀传统文化的维度；二是中国现当代文学的维度；三是中西文化比较的维度。通过对三个维度的融会贯通，推进中国现当代文学的文化自觉与文化自信。为此，丛书共收录13本著作，有些侧重从传统文化的思想内涵方面挖掘有价值的精神资源，有些侧重从艺术方面探讨中国当代文学如何从传统文化中汲取营养。

丛书虽属主题性出版，但具有鲜明的个性特色和原创性。具体表现在以下几方面：

第一，强烈的问题意识与建设性和前瞻性。中国现当代文学面临的问题：一是写作技巧越来越高，越来越精致化，但同时却是越来越小气和匠气，创作的路子越走越窄。二是许多作家缺乏社会时代担当和家国情怀。三是缺乏理想的文化生命人格塑造，也缺乏诗性精神和浪漫情怀。四是审美缺失，文风粗鄙。五是当代作家大多言必称西方，一切"以西方的标准为标准，以西方的是非为是非"。丛书正是以问题意识为导向来设计主题，这样便既有现实针对性，也不会重复别人。与此同时，丛书又注重"大传统"与"小传统"的传承对接，尽量从现当代文学中挖掘"文化自信"的因素，并强调在"解构"中"建构"，力图使丛书既有建设性又有前瞻性。

第二，注重传统文化的传承与创新。中华传统文化虽历史悠久、博大精深，但也存在着不少糟粕，因此要立足于现实，用时代精神去凝练、去整合传统文化，并善于进行创造性的转化。丛书从传统文化中提炼出"文的传统""文以载道与家国情怀""道法自然与天地并作""超然浪漫与文学理想""诗性飞翔与审美之维""理想文化生命人格的重塑"等主题，正是在创造创新中彰显传统文化的时代价值，让中华优秀传统文化在当代文学创作中焕发出新的生命力。

第三，宏观研究与实证研究相结合。丛书虽有较宏大的构想和命题，但绝不同于那种假、大、空的理论。因为丛书要求每位分册作者，一定要把"文化自信"的理念落实到某个层面、某一个点，要有具体细致的个案分析。总之，命题要宏大，观点要创新，方法要实证，细节要丰满。

第四，强调学理性，又兼顾可读性。丛书作者均为国内知名、长期从事中国现当代文学研究，且有较好的古代文学素养的学者，这为将丛书打造成学术精品这一总体要求打下了坚实的基础。同时，为了让读者更好地了解传统文化，提高他们阅读的兴趣，丛书兼顾了学理性和可读性两方面，尽量回避过于"学院化"的表述，用鲜活优美、灵动诗性的文字来探讨传统文化与中国现当代文学问题。当下的中国已进入一个需要理论而且一定能够产生理论的时代，一个需要思想而且一定能够产生思想的时代。中华民族伟大复兴的生动实践为理论创新提供了丰厚土壤，构建"中国学派"可以说是恰逢其时。但是，过去中国的思想理论贡献与经济的高速发展，与中华民族的伟大复兴极不相称，这其中有西方话语霸权的原因，更主要的在于我们热衷于向"西天取经"，在为西方思想提供注脚方面花费了太多时间和精力，而忽略了从中华优秀传统文化汲取营养，这样自然便不够自信，便妄自菲薄，一切"以西方的标准为标准，以西方的是非为是非"，无法让世界知道"学术中的中国""理论中的中国"。"文化自信与中国现当代文学丛书"希望通过对中华优秀传统文化的挖掘与价值再发现，在构建"学术中的中国"方面有所作为，有所贡献。

文化是民族的灵魂和血脉，是人民的精神家园。习近平总书记一再指出：要加强对中华优秀传统文化的挖掘和阐发，为人类提供正确精神指引，要围绕我国和世界发展面临的重大问题，着力提出能够体现中国立场、中国智慧、中国价值的理念、主张、方案。是的，在有着5000多年文明发展历史中孕育出来的中华优秀传统文化，积淀着中华民族最深沉的精神追求，代表着中华民族独特的精神标识，是中华民族生生不息、发展壮大的丰厚滋养，是中国特色社会主义植根的文化沃土，是当代中国发展的突出优势。它将对延续和发展中华文明、促进人类文明进步，发挥重要作用。"文化自信与中国现当代文学丛书"由于有着深厚的文化情怀和自觉的文化担当，坚守中华文化立场，立足中国现当代文学现实，面向世界，面向现代化和中国文学的未来，用时代精神去凝练、整合中华优秀传统文化和中国现当代文学，以文学来阐述"文化自信"，以此推进"文化自信"这一重大命题的理论与实践。因此，丛书获得了评审专家和有关部门的充分肯定，先后获得"2018年度国家出版基金立项""2017年广东重点出版物暨'百部好书'资助"和"传承弘扬岭南优秀传统文化和原创精品立项"。相信随着丛书的出版，"文化自信与中国现当代文学"这一命题，会越来越广泛地引发中国现当代文学研究者和读者进一步探究的兴趣。

蒋述卓　陈剑晖　贺仲明
2018年9月4日

CONTENTS
目 录

绪论　重述我们的"文学"传统　　　　　　　　　/1
　一、历史转折与"文学"地位的升降　　　　　　/2
　二、"文学"研究：从大梦想回到小细节　　　　/7
　三、"文学"研究：从"小纯粹"到"大历史"　/11

第一章　"文"与"文学"　　　　　　　　　　　/17
　一、"文"之概念的由来与演变　　　　　　　　/19
　二、何为"文学"　　　　　　　　　　　　　　/36
　三、"文章"寻踪　　　　　　　　　　　　　　/47

第二章　传统中国驳杂的"文学"追求　　　　　/61
　一、中国古代驳杂繁复的文学形态　　　　　　　/62
　二、中国古代庞杂的文学体类　　　　　　　　　/71
　三、中国古代诗史结合的文学情怀　　　　　　　/77

第三章　近代文体嬗变中的"文"与"文学"　　/93
　一、近现代中国的文学危机与转机　　　　　　　/94
　二、西方文学史上的"纯文学"追求　　　　　　/106
　三、五四新文学的"纯"与"不纯"　　　　　　/117

第四章　时代语境下的"大文学"氛围　　　　　　/127
　　一、现代中国的"非文学"氛围　　　　　　　　/128
　　二、是"非文学"还是"大文学"　　　　　　　　/160
　　三、"大文学"观的"大"格局　　　　　　　　　/178

第五章　从乱世民国到战争民国：现代中国文学在"大文学"格局中持续发展　　　　　　　　　/189
　　一、乱世民国的"文学"基因　　　　　　　　　/190
　　二、民族战争与"文学为了人生"　　　　　　　/211
　　三、政治主导下的文学挣扎方式　　　　　　　/228

第六章　中国现当代作家的"大文学"指向　　　/249
　　一、鲁迅：杂文之争背后的意味　　　　　　　/251
　　二、巴金："真"与"无技巧"的意蕴　　　　　　/264
　　三、"大文学"视野下的《吴宓日记》　　　　　/279

结语　"大文学"需要"大史料"　　　　　　　　/305

参考文献　　　　　　　　　　　　　　　　　　/312

后记　　　　　　　　　　　　　　　　　　　　/316

绪 论

重述我们的"文学"传统

本书试图重新对一个世纪以来的"文学"观念提出反思和清理，其目的是为了重述长期为我们忽略的现代"文学"传统的来龙去脉和内在结构。

重述并不是为了"颠覆"历史的表述，而是为了更加清晰地洞察历史的细节，特别是解释那些历史表述中模糊、含混的部分。我们相信，只有在关于"文学"观念的细致的梳理中，中国现代文学的方向和内在机理才能得到真正的展现，而它的价值也才能够进一步确立。

这样的清理将形成与目前研究态势的直接对话，特别是20世纪80年代以来的学术方式将被重新审视和观察，虽然审视和观察并不是为了否定那个时代最宝贵的进取精神。

一、历史转折与"文学"地位的升降

中国现当代文学是在中外多种文化的滋养中发展壮大的，这是一个不容置疑的基本事实。

鉴于中国现当代文学的发生是好几代中国作家刻意突破传统写作方式重围，勉力"别求新声于异邦"的重大收获，所以，在一个相当长的时期内，是否承认外来文化以及外来文学之于中国现代诞生的特殊作用，几乎就是我们能否把握这一文学基本特质的最重要的立场。承认了这一事实，我们才有效地打开了进入现代文学的窗口，把握了文学发展的最重要的方向，拒绝这一事实，或者是以暧昧的态度讲述这一历史都可能造成我们视线的模糊，无法真正领会中国文学确立"现代的""世界性"的目标的特殊意义。甚至，如果我们不能在情感的层面上体谅和认同这些新文学创立者因为引入外来文化所经历的种种曲折、付出的种种艰辛，我们简直也无法深入到现代文学的精神内部，去把握和揣摩其微妙的心灵的起伏、灵魂的温度。

在长达一个世纪的历史中，所谓现代中国知识分子的"五四情结"，一切"回到现代文学本身"的热切的情怀，都只有在这种从理性到感性甚至本能情绪的执着"认同"的层面上获得解释。在已经过去、迄今依然令人回味的20世纪80年代——有人曾经以"回到五四"来想象这个年代的历史使命——我们将中国现代文学的精神最大限度地与国家的改革开放、与对待外来文化的态度紧密相连。在那时，通过对中国现代文学吸纳外国文学、外国文化的挖掘，现代的文学确立起了前所未有的荣光，"走向世界"的声音既来自国家政治，也理直气壮地在中国现代文学的阐述当中得到了有力的支持。①

尽管如此，我们却不能认为中国现代文学的阐释已经接近尾声，也没有理由将这一曾经的主流性理论当作永恒不变的前提，因为，就如同近代作家通过举起"一代有一代之文学"来突破传统、确立自我一样，今天的学人也有必要通过提炼、发现自己的"问题"来揭示文学发展更内在的结构和机理。

这并不是如一些人想象的那样，需要通过否定五四、质疑甚至颠倒20世纪80年代的学术来彰显自己。中国学术早就应该真正摆脱"二元对立""非此即彼"的思维模式了，自90年代以来，我们不断指谪五四和80年代的进化论思维、"二元对立"思维，其实自己却常常陷入这样的思维而不能自拔。如果五四的确通过大规模引入外国文学与西方文化完成了对传统束缚的解脱，如果80年代是在改革开放、走向世界的"鼓舞"下拨乱反正，部分建立了学术

---

① 这是最形象地体现20世纪80年代中国现代文学学术精神的著作，不仅著作的正副标题都清晰地标注出了时代的主旨，著作的绪论全面地阐述了民族文学"走向世界文学"的宏大图景，各选文的作者都紧紧围绕中国现代文学如何在"世界文学（外国文学）"的启示中茁壮成长加以论述，这些论述都代表了当时学界最活跃、最有实力的成果，可谓80年代学术之盛景。参见：曾小逸. 走向世界文学：中国现代作家与外国文学［M］长沙：湖南文艺出版社，1986.

的自主性，那么这种种呼唤创造的企图和方向不也是任何时代都需要的吗？为什么一定要通过否定五四的"西化"态度、诋毁80年代"走向世界"的赤诚来完成新的学术表述呢？

事实上，学术的质疑归根到底还是对前人尚未意识到的"问题"的发掘，而不是对前代学术的彻底清算；学术的新问题的发现和解决最终推进了我们的认识而不是证明新一代的高明或思想的"优越"。何况，在所有这些"问题"的不同阐述的背后，还存在一个各自学术的根本意义的差异问题。严格说来，学术的意义只能在各自的"历史语境"中丈量和衡定，也就是说，是不同时代各自所面对的历史状况和问题的针对性决定了学术的真正价值，离开了这个历史语境，并不一定存在一个跨越时空的"绝对的正误"标准。不同时代，我们对问题的不同认知和解答乃是基于各自需要解决的命题，其差异几乎就是必然的。

所有这些冗长的论述，主要是想说明一个问题：我们完全可以重新展开20世纪80年代对文学史的结论，重新就一些重大问题进行讨论，这并不是为了颠覆80年代的"思想启蒙"和学术立场，而是为了更有力地推进学术的深化。

在这里，我想强调的是，今天，我们对于"文学"的认知其实已经与20世纪80年代大有不同了。这不是因为我比80年代的人们更高明、更深刻，而是今天的我们身处与80年代十分不同的环境。

在20世纪80年代，文学几乎就是全社会精神文化的中心，甚至国家政治、伦理、法制、教育的巨大问题都被有意无意地归结到"文学"的领域来加以确定和关注。

回顾历史我们可以知道，改革开放的20世纪80年代的中国人民生活，就是在对新文化传统的想象当中展开的，是在对五四传统的呼唤中开始的。那个时候，中国学术界的很多人，言必称五四，言必称鲁迅。以我们中国语言文学学科为例，基本上无论是搞外国文学也好，搞比较文学也好，搞现当代文学也好，搞美学也好，搞文艺理论也好，他们学术兴趣的起点几乎都是从五四开始的，从对鲁迅的重新理解开始的。甚至普通的中国人也是这样，那个时候新华书店隔一段时间"开放"一本书，隔一段时间"开放"一个作家，老百姓排着队在新华书店的门外买书，其中很多是新文学的作品。新文学、中国当代文学的一些探索、一些思考、一些问题，直接成为我们思考、解决当前社会问题，包括解决我们人生问题的重要根据。那个时候讲教育问题，我们首先想到的是刘心武的《班主任》。《班主任》的意义不是一本小说的意义，而是带来改革整个教育体系的启迪。到后来，工厂搞改革，全国人民都知道一本《乔厂长上任记》，大家通过阅读这本小说来研究中国怎么搞改革。贾平凹的小说《鸡窝洼的人家》，后来被改编成电影《野山》。电影上演后，引发了全社会对改革时期家庭伦理问题的讨论，报纸上发表的文章，题目直接就是《改革，就必须换老婆吗？》。因为贾平凹在小说里讲述了农村改革时期两个家庭的重新组合问题，大家认为文学作品是一种家庭伦理关系的示范，生活中的家庭关系处理问题直接可以从小说中得到答案。中国人生活中的很多困惑都会通过80年代那些著名的小说来回答，包括那个时候城乡流动，很多农村的人想改变自己的户口，想到城里边来，改变"二等公民"的地位……那时候有一部小说特别打动人，那就是路遥的《人生》。在《人生》开篇的地方，路遥引用了柳青的一段话："人生的道路虽然漫长，但紧要处常常只有几步，特别是当人年轻的时候。"这样的文学表述一下子就被当作"人生金句"，成了中国人抄录在笔记本上的格言，到处流传。我们的文学就是如此深入地介入了现实社会、现实政治的几乎一切的领域，直接成为人生的指南！

20世纪90年代，一切都在发生着变化。西方的经济方式继续在中国渗透，中国人的日常生活开始有了新的娱乐方式，"文学失去了轰动效应"，而且文学也不再探讨社会改革的重大问题，不再执着于现代的启蒙、反思和改造国民性之类的沉重话题，或者这些话题也巧妙地隐藏在各种"喜闻乐见"的娱乐形式之中。"大众娱乐"的价值越来越受到文学家和艺术家的认可，一些重要的通俗文学地位上升，例如金庸武侠小说开始登上"大雅之堂"，进入了"文学史"。

最近一些年，人们开始提出了另外一个问题，这就是重新思考五四，质疑五四。其代表性的观点就是：中国文化发展到今天出了问题，出了什么问题呢？我们曾经很长一段时间过分相信西方，五四虽然有好处，但是五四也犯了错误，犯了什么错误呢？就是割裂了我们民族文化的传统。五四的最大问题是以偏激的激进主义观点，割裂了中华民族文化的很多优秀的传统。所以说，五四那个时候有一个口号成了今天重新被人质疑的一个问题，这就是"打倒孔家店"。有人说今天我们怎么能"打倒孔家店"呢？你看看今天人人都要重新谈孔子了，重新谈国学了，国学都要复兴了，那五四不是有问题吗？五四知识分子最大的问题就是偏激，他们偏激地引进西方文化，而又如此偏激地割断了与传统文化的联系。今天，在改革开放40年之后，历史完成了一个循环，而这个循环就是以对五四的继承开始的，但又是以对五四的质疑告终的。

在这里，我们暂时不对形成这些历史转变的复杂原因做出分析挖掘，而只是借此正视一个基本的事实：无论我们的情感态度如何，我们需要研读的"文学"都已经出现了重大的变化；无论我们对这样的变化持怎样的遗憾或者批评，都不能不看到它本身绝非荒诞不经的，也深刻地体现了某种思想文化逻辑的真实面相；在今天，我们只能将"失去轰动效应"的文学表现与曾经如此富有轰动效应的文学梦想一并思考，才能更全面、更准确地把握历史的脉搏，从而对一个世纪以来的"文学"的命运重新做出解释。

二、"文学"研究：从大梦想回到小细节

与 20 世纪 80 年代那些直接介入社会的巨大的文学梦想比较，今天的我们更应该展开的工作就是面对这命运坎坷、"疮痍满目"的"文学"的现实，认真地回答它"从哪里来"，一路"遭遇"了什么，又可能"走到哪里去"。

对百年来中国文学的研究将从具体入手，从细节处的困惑开始。

这不是简单对抗 20 世纪 80 年代的宏大的梦想，而是将梦想的产生和丧失一并纳入冷静的观察中，理性梳理 20 世纪文学之"梦"的来源和局限，同时从外部和内部多个方面来梳理"文学"的机理。

这也不是要否定文学被赋予的"社会责任"，不是为了拒绝这些"社会责任"而刻意攻击 20 世纪 80 年代的所谓"宏大叙事"。恰恰相反，我们是试图通过对文学结构的更细致、更有说服力的探寻来重新寻找我们的历史使命，重新建构一种介入中国文化问题的可能。

显而易见，新的追问也不是对 20 世纪 90 年代以来文学研究日益"学院化"，日益在"学术规范"中孤芳自赏的认同。在正视 80 年代困境的同时，我们继续正视 90 年代以来的新的困境。

今天我们面临的一大困境在于：文学被抽象化为某种"纯粹"的高贵，而这种高度本身却已经没有了力量，更无法解释自五四以来中国现代文学自己就存在的那种干预社会的强大的能量。尽管 20 世纪 80 年代所寄予文学的希望可能超过了文学本身的能力负荷，但是我们却不能说当时的"希望"是空穴来风，是完全没有历史根据的臆想。虽然我们今天也无法预测未来的中国文学究竟怎样在文学的自主性与社会使命之间获得平衡，比 80 年代的理想主义更能切实地实现自己的历史价值，但是可以重新回到中国现代文学发生

发展的事实当中，更细致、更有说服力地清理其内在的精神结构，解释那些文学家们如何既能确立自己，又能够真诚地介入社会，而且，这一切的文化根据究竟有哪些？

我们的解释可能就会摆脱"走向世界"的故辙，真正将中外多种文化都作为解释中国作家的精神秘密的根据。因为，很明显，近代以来，单纯地强调"纯文学"的引进已经不足以解释中国文学的种种细节。例如鲁迅，这位在民国初年大力引进西方"纯文学"观念的启蒙先驱，后来又常常陷入"不够文学"的写作窘迫之中，而且从最初的无奈的自嘲到后来愈发坚定的自信，这里的"文学"态度真是耐人寻味：

也有人劝我不要做这样的短评。那好意，我是很感激的，而且也并非不知道创作之可贵。然而要做这样的东西的时候，恐怕也还要做这样的东西，我以为如果艺术之宫里有这么麻烦的禁令，倒不如不进去；还是站在沙漠上，看看飞沙走石，乐则大笑，悲则大叫，愤则大骂，即使被沙砾打得遍身粗糙，头破血流，而时时抚摩自己的凝血，觉得若有花纹，也未必不及跟着中国的文士们去陪莎士比亚吃黄油面包之有趣。①

历史更有趣的一面是：正是这位在新文学创立过程中鼎立呼唤"纯文学"（美术）的先驱者，到后来被不少的学者批评为"文学性不足"，甚至"不是文学"。这里接受者、解读者的思想错位甚至混乱亟待我们认真清理——在现代中国，究竟有什么样的"文学观"，何以出现如此吊诡的现象？

至于整个中国现代文学，在当今已经获得了一个很有代表性的

---

① 鲁迅. 华盖集·题记 [M] //鲁迅. 鲁迅全集：第三卷. 北京：人民文学出版社，2005.

印象：非文学。20世纪的中国历史几乎被公认为是"非文学"的时代："中国新文学运动从来就和政治浪潮配合在一起，因果难分。五四时代的文学革命——反帝反封建；三十年代的革命文学——阶级斗争；抗战时期——同仇敌忾，抗日救亡，理所当然是主流。除此之外，就都看作是离谱，旁门左道，既为正统所不容，也引不起读者的注意。这是一种不无缺陷的好传统，好处是与祖国命运息息相关、随着时代亦步亦趋，如影随形；短处是无形中大大减削了文学领地，譬如建筑，只有堂皇的厅堂楼阁，没有回廊别院，池台竞胜，曲径通幽。"① 即便不是出于刻意的贬低，我们也都承认，在这一百年之中，更需要人们解决的还是社会民生的一系列重大问题，"文学本身"并没有太多的机会隆重登场。这一描述大概不会有太多的人否认，然而，困惑却没有就此消除：难道"文学"仅仅是太平盛世的奢侈品？在困苦年代的人们就没有资格谈论文学，没有资格获得文学的滋养？古今中外大量的历史事实都可以将这一结论击得粉碎。这里，再次提醒我们的还是一个事实，我们必须对"文学"观念本身展开认真的追问。正如朱晓进所说："当我们回顾20世纪文学的发展时，我们看到的是这样一个基本的历史事实：在20世纪的大多数年代里，文学的政治化趋向几乎是文学发展的主要潮流。也许将此称为'思潮'并不准确，但文学与政治的特殊关系，却无疑是其最为显性的文学发展的特征之一。因此，在研究上述年代的文学现象时，首先应关注的也许倒不是纯美学、纯艺术层面的东西，而是文学的政治化潮流的问题。我们应该从政治文化的角度去看待这些年代的文学，对文学现象得以产生的政治文化氛围，以及文学以何种方式、在多大程度上与政治文化结缘，政治的因素到底在多大程度上，到底以什么形式，最终导致了一些文学现

---

① 柯灵. 遥寄张爱玲 [M] //金宏达, 于青. 张爱玲文集：第4卷. 合肥：安徽文艺出版社，1992：427.

象的产生,以及最终支配了文学发展的趋向等等问题给予更多的关注。以政治或政治文化的角度来观照和解释20世纪文学发展中的许多现象,我们也许可以从更为广阔的范围来探讨其成因。"①

其实,在现代中国,"非文学"的力量何止是政治文化,还包括各种关于生存的考虑,包括我们固有的对于写作的基本观念。所有这些力量都十分自然地组成了20世纪中国知识分子的生活与精神现实,不可须臾脱离。或者说,"非文学"已经与我们的生命形态融会贯通了。

于是乎,中国现代文学那些"非文学"的追求总是如此真诚,也如此的动人心魄,我们无从拒绝,也无从漠视。你断定它是"文学"也好,"非文学"也罢,却不能阻断它进入我们精神需要的路径,而一旦某种艺术形态能够以这样的姿态完成自己,我们也就没有了以固定的文学知识"打压"和"排除"它们的理由。剩下的问题可能恰恰在于:我们本身的"文学"观念就那么合理吗?那么不可改变吗?

这样的追问当然也不是完成某种对"文学"的本体论式的建构,不是仅仅在知识来源上追根溯源,并把那种"源头性"的知识当作"文学"的"本来",将其他的历史"调整"当作"变异"。恰恰相反,我们更应当关注"文学"观念如何组合、流动、变异的过程,在这里,文学的理念如何在西方"纯文学"召唤下发生改变的过程是更值得清理的。

这样的努力,也将带来一种方法论上的重要改进。在过去,我们一般倾向于相信,中国现代文学的发生在很大程度上源于西方文化的冲击和挑战,是西方的"人文主义"文化确立了五四时代对"人"的认识,是西方文学独立的追求刺激了中国文学再一次的

---

① 朱晓进. 文学与政治:从非整合到整合——20世纪中国文学的政治化思潮管见 [J]. 社会科学辑刊, 1999 (5).

"艺术自觉",在西方文化还被置于"帝国主义侵略"一部分而传统文化理所当然属于"国粹"的时代,承认不承认这种外来影响的作用,曾经是我们能否在一个开阔视野上自由研究的基础。然而,在今天,当中外矛盾冲突已经不再是社会文化的主要焦虑,当援引西方思想资源也不再构成某种精神压力的时候,我们完全可以建立一种更平和地研讨中外文学与文化关系的新机制。在这里,引进西方文化资源并不一定意味着开放和创新,而重述中国的传统资源也不一定意味着保守和腐朽,它们不过都是现代中国人的心理事实。挖掘这样的心理事实,是为了更清楚地认识我们自己,解读我们今天的文化构成,这是对20世纪80年代以后中国现代文学研究"主体性"的真正重塑。

重述现代中国的"文学"观,就应当从这些历史演变的具体细节开始。

三、"文学"研究:从"小纯粹"到"大历史"

当强调学术研究从大梦想回到小细节的时候,我们获得的"文学"研究,也就是审美的"小纯粹",进入到了一个时代的"大历史",也就是朱晓进先生所谓"20世纪文学发展中的许多现象,我们也许可以从更为广阔的范围来探讨其成因"。

在这里,与传统中国密切关联的另外一种"文学"理解方式——"杂文学"或曰"大文学"理念不无启示。"杂文学"是相对于近代以来被强化起来的"纯文学"而言的,而"大文学"则可以说是对包含了"纯文学"观念在内的更丰富和复杂的文学理念的描述。

现当代中国概念层出不穷,有外来的、有自创的,有的时候出现频率之高,已经到了人们无法适应的程度,以致生出反感来。最近也有人问我:你们再提这个"杂文学"或"大文学",是不是也属于标新立异啊?是不是在中国现当代文学批评的沉寂年代刻意推出来吸引人眼球的啊?

我的回答很简单,这早就不是什么新概念了,相反,它很"旧",在五四时代就已经被运用了,最近十多年又反复被人提起、论述,只不过比较缺少完整、系统的梳理和反思。今天我们试图在一个比较自觉的学术史回顾的立场上来检讨它,应当属于一种冷静、理性的选择。

据学者考证:"早在1909年,日本学者儿岛献吉郎就曾经出版过一部《支那大文学史》,这恐怕是'大文学'这一名称见于学术论著的最早例证。稍后谢无量于1918年出版的《中国大文学史》,则将文字学、经学、史学等,都纳入到文学史中,有将文学史扩展为学术史的趋势,故其'大'主要表现为'体制庞大,内容广博'。这里的'大文学史'虽与第一阶段的文学史写作没有本质的差别,但这一名称的提出对于后来的文学史研究者却无疑具有启示意义。"① 在我看来,谢无量提出"大"乃是有感于五四时期西方"纯文学"的定义无法容纳中国固有的写作样式,以"大"扩容,方能将固有的庞杂的"文"类纳入新近传入的"文学"的范畴。《中国大文学史》的出现,形象地说明了两种"文"(文学)概念的冲突,"大"是一种协调、兼容的努力。

当然,谢无量先生更像是以"大"的文学史扩容来为传统中国的文学样式留下足够的空间,也就是说,将早已经存在于传统中国的、又不能为外来的"纯文学"理念所解释的写作现象收纳起来,这更接近对"杂文学"的包容。传统中国的"文学"专指学术,与当今作为创作的"文学"概念近似的是"文"——用今天的话来说就是"文章",不过此"文章"包罗万象,既有诗词歌赋之类的"文学"作品,也有论、说、记、传等论说之文、记叙之文,还

---

① 刘怀荣. 近百年中国"大文学"研究及其理论反思 [J]. 东方丛刊, 2006 (2).

有章、表、书、奏、碑、诔、箴、铭等应用之文，与西方传入之抒情之"文学"比较，不可谓不"杂"矣。

可以这样来粗略描述这源远流长又几经演变的"文学"过程：

在古老的中国，存在的多样化的写作方式，我们以"文"名之，那时，人们无意在实用与抒情、史实与虚构之间做出明确的区分，因而不太符合现代以后的学科、文体的清晰化追求。但是，这样的模糊性（尤其是混合诗与史的模糊性）却不能说对今天的作家就丧失了魅力，"杂"的文学理念余绪犹存。

在晚清民初，西方的"纯文学"概念开始引起了人们的注意，人们试图借助"纯文学"对外在政治道德伦理的反叛来推动解放文学，或者说自传统僵化思想中解脱出来，重新确立自己的独立性，于是，有意识地去"杂"趋"纯"具有特殊的时代启蒙价值。

然而，新的"文学"知识一旦建立，却出现了新的问题：传统中国的各种丰富的创作现象如何解释，如何被纳入现有的文学史知识系统当中？谢无量借助日本学术的概念重写《中国大文学史》，就是这样一种"纳旧材料入新框架"的努力。

进入现代中国以后，中国作家的创作同时受到多种资源的影响。这里既有传统文学理念的延伸，又有新的历史条件下文学在事实上超越"纯粹"的趋向，后者就不仅仅是"杂"的问题，更蕴含着现代中国式"文学"精神的独特发展。我们或可以"大文学"的视野来观察它们：相对于西方"纯文学"而言，这些超出"艺术"的顾虑可能多种多样，只能以"大"容之——"大"依然是现代知识分子文学关怀的潜在或显在的追求，不能理解到这一层，我们就会失去对现代中国一系列文学现象的深刻把握，例如鲁迅式杂文。关于鲁迅式的杂文究竟是不是文学，曾经有过争论，我们注意到，所谓"非文学"指责的主要根据还是"纯文学"，问题是鲁迅杂文可能本来就无意受制于这样的"纯粹"，他是刻意将一切丰富的人生感受与语言形态都收纳到自己的笔端，传统"文"的训练和认知十分自然地也成为鲁迅自由取舍的资源。

除了杂文式的文学之"杂",日记、笔记、书信甚至注疏、点评也可能成为中国知识分子抒情达志的选择,它们都不够"纯粹",但在中国人所熟悉的人生语境与艺术语境中,却魅力无穷,吸引着中国现代作家。

"大"与"杂"而不是"纯"的艺术需求对应着这样一种人生现实:我们对文学的期待往往并不止于艺术本身,在这个时代,迫切需要我们解决的东西可能很多,现实世界需要我们回答的问题也很多,远远超过了作为语言游戏的文学艺术本身。换句话说,"纯粹"并不能满足我们,我们对现实的关怀、期待和理想都常常借助"文学"来加以阐发,加以表达,"大"与"杂"理所当然,也理直气壮。现代中国文学不就是如此吗?犹如学者断言20世纪本来就是一个"非文学"的世纪。这一判断不仅是批评、遗憾,更是一种客观的事实陈述,我们其实不必为此自卑,为此自责。相反,应该以此为基点重新梳理和剖析现代中国文学的一系列重要特征。

在这个意义上,所谓的"大文学"也就是文学的写作本身超过了纯粹艺术的目的,而将社会人生的一系列重要目标纳入其中,这就不可谓不"大"或者不"杂"了。

从传统的"文"到近代的"纯文学",再到因应"纯"而起的"杂文学"之名,最后有兼容性的"大文学",这一过程又与百年来中国学术的发展过程相共生,正如文学史家陈伯海所剖析的那样:"考诸史籍,'大文学'的提法实发端于谢无量《中国大文学史》一书,该书叙论部分将'文学'区分为广狭二义,狭义即指西方的纯文学,广义囊括一切语言文字的文本在内。谢著取广义,故名曰'大',而其实际包涵的内容基本相当于传统意义上的'文章'(吸收了小说、戏曲等俗文学样式),'大文学'也就成了'杂文学'的别名。及至晚近十多年来,'大文学'的呼唤重起,则往往具有另一层涵义,乃是着眼于从更广阔的视野上来观照和讨论文学现象。如傅璇琮主编的《大文学史观丛书》，主张'把文化史、社会史的研究成果引入文学史的研究，打通与文学史相邻学科的间隔'。赵明等主编的《先秦大文学史》和《两汉大文学史》，强调由文化发生学的大背景上来考察文学现象，以拓展文学研究的范围，提示文学文本中的文化内蕴。这种将文学研究提高到文化研究层面上来的努力，跟当前西方学界倡扬的文化诗学的取向，可说是不谋而合。当然，文化研究的落脚点是在深化文学研究，而非消解文学研究（西方某些文化批评即有此弊），所以'大文学'观的核心仍不能脱离对文学性能的确切把握。"[1]

如果我们承认在这一阔大空间之中，活跃着多种多样的文学样式，那么这些文学追求一定是既"大"且"杂"的。为了解释这样的文学，我们必须让文学回到广阔的历史场景，让文学与政治博弈、与经济互动、与军事对话、与人生辉映……"大文学"，这就是关注中国现代文学之历史意味所召唤出来的学术视野与学术方法。

这样的"文学"研究可以做哪些事呢？

可以更宽阔地揭示现代中国文学的生态景观。

可以更深入地挖掘现代中国作家精神中的现实与历史基因。

可以更准确地把握中国文化传统之于现代问题创造的实际意义。

可以更清晰地揭示现代中国作家文学观念的民族独创性。

可以让我们对中国文学传统的传承和开拓有更为准确的梳理。

可以重塑现代中国文学的艺术观。

可以为阐释现代中国文学寻找更多的视角和向度。

可以进一步反思、总结和提升中国文学的学术方式。

---

[1] 陈伯海. 杂文学、纯文学、大文学及其他：中国文学传统中的"文学性"问题探源[J]. 红河学院学报，2004（5）.（文章所论"发端"当指中国学界而言）

当然，在借助这种种之"杂"进入文学之"大"的时候，有一个学术的前提必须辨明，这就是说今天的讨论并不是要将中国文学的研究从倾向西方拉回头来，转入古典与传统，这样的"二元对立"式研究必须警惕，正如王富仁先生在反省现代中国学术时所指出的那样："在这个研究模式当中，似乎在文化发展中起作用的只有中国的和外国的固有文化，而作为接受这两种文化的人自身是没有任何作用的，他们只是这两种文化的运输器械，有的把西方文化运到中国，有的把中国古代的文化从古代运到现在，有的则既运中国的也运外国的，他们争论的只是要到哪里去装运。但是，人，却不是这样一部装载机，文化经过中国近、现、当代知识分子的头脑之后不是像经过传送带传送过来的一堆煤一样没有发生任何变化。他们也不是装配工，只是把中国文化和西方文化的不同部件装配成了一架新型的机器，零件全是固有的。人是有创造性的，任何文化都是一种人的创造物，中国近、现、当代文化的性质和作用不能仅仅从它的来源上予以确定，因而只在中国固有的文化传统和西方文化的二元对立的模式中无法对它自身的独立性做出卓有成效的研究。"①

事实上，从单纯强调中国文学与西方的关系到今天在更大的范围内注意到古今的联系，其根本前提是我们承认了现代中国作家自由创造是第一位的，确立他们能够自由创造的主体性是第一位的，只有当我们的作家能够不分中外、自由选择之时，他们的心灵才获得真正的创造的快乐，也只有中外文化、文学的资源都能够成为他们没有压力的挑选对象的时候，现代文学的驰骋空间才是巨大的。在鲁迅等现代作家进入"大文学"的姿态当中，我们可以比较清楚地看到这一点。

---

① 王富仁. 对一种研究模式的置疑 [J]. 佛山科学技术学院学报（社会科学版），1996（1）.

第一章

"文"与"文学"

"文"与"文学"都是中国文学特有的、脉络贯通的关键词。其概念的发生、成熟及历时性变化,与既往历史场域下人们对所谓"文学性"的理解密切相关。它们来自中国传统"文"的畛域,后来又融入了近现代以来因为引进西方文学形态而产生的"纯文学"意蕴。问题是,它们虽同被整合进了一个"文学"之名下,但追根溯源,内部的分歧依然存在,"名"与"实"有别,"显"与"隐"分离,却又都共同参与影响、塑造着中国现当代通行的"文学"意义。

"文"在时间的连续性中生生不息,所谓"文变染乎世情,兴废系乎时序"。时文代变,指的正是具体文类、文体及文风的革故鼎新,而"文"作为一个抽象的概念、作为该集合概念下的本体一直都保持稳定,不变与变、名与实、本与末相对而生,前者借助后者的冗杂与演变而存在,后者依附于前者,由此围绕一个"文"字,构成了中国传统文章学的庞大体系,"文"脉的权威性也正是在这一兴废循环的动态秩序中保存下来。如果说,此前的"时文代变"是"文"脉内部"实"与"末"的微调,到了近现代之初,新文学所谓"凡一代有一代之文学""一时代有一时代之文学"的相似表述,表面上仅仅以"文学"字眼代替"文"与"文章",实际却是借力于"文学"一词背后的巨大能量,掀起了一场前所未有的中国文章的裂变——不仅引入了全套的"纯文学"四体框架,同时也在这一新的文学标准内,对传统文学观念,也即"文""文章"等既定词语进行了重新切割。

新旧之交,在事关中国文化和文学现代性的词汇竞争当中,"文"与"文章"因为承载了更多的传统质素而明显处于劣势,逐渐被一个更西化、更容易被重新填充的"文学"字眼所取代。不过,应该看到的是,在新文学全力打造新的"文学"版图的过程中,身处"旧营垒"的"文"之一脉虽被迫转入暗流,从文人的人格结构,到写作习惯,到旧因素的时代新变,其事实上的影响却仍然存在。

以往关于现代文学的研究，对"文"之传统基因的绵延与新变，始终未能给予全盘观照。为了能完整把握中国现代文学观念的内涵和外延，有必要首先回到传统文学的知识体系当中，动态考察"文"之形态的历时变化，重新梳理、辨析在近现代质变之前，"文""文章""文学"诸概念的历史源流。

一、"文"之概念的由来与演变

应该看到，在"文""文章"等相关词语的理解和运用上，传统文人大多止步于描述性层面，缺少为之明确定义的自觉。曹植《与杨德祖书》一文中用到了"文""文章""辞赋""著述""文辞"等一系列词语，具体所指却区别不大，混用与交错的程度可见一斑。本章第一节试从诸概念中最基本、核心的"文"之一词的由来生成，及其词源意义的辨析入手，结合具体历史文化语境，勾勒传统之"文"在新文学"质变"之前的历史形象与实体范围。

（一）自然之"纹"到人之"文"

"文"是一个独体象形字，其最初的含义，可以从早期的字形结构上略窥一二。"文"的甲骨文写作 、 、 等，呈现出的是一个由众多线条交错而成的图案，同时也像一个正面站立的人形，两臂斜向下垂，胸腹相对突出，内有×或点状等修饰性笔画。此外还有一个内部中空、笔画简省的 ，字形上和今天的"文"字已很接近。金文中比较特殊，中间修饰性的笔画都近于心形，写作 、 、 等。秦、汉及以后，斜向下垂的两条线被拉直成为一横，中间则是空白，不再填充以任何笔画，"文"字至此也渐趋定形，之后再无明显变动。

成书于东汉的《说文解字》一书，从字形出发，按"错画"

"象交文"的基本义来解说"文"字。该书序言在释题"说文解字"时又说:"仓颉之初作书,盖依类象形,故谓之文;其后形声相益,即谓之字。"可见,这里所谓的"文",涉及具象和抽象两层含义,前者指"文"这个字的具体造成规则,即由线条交错而成一个字形,取"错画"等义,段玉裁《说文解字注》补充说,这是"文之本义",与此义相关的还有"纹""彣"等字,后二者更强调"错画"的直观效果,即"花纹""文采"等修饰性,可看作是由"本字"分化出来的"俗字"或者衍生字。先秦时期关于"文"的描述性表述,大抵可以归于此类。《周易·系辞下》"物相杂,故曰文",《国语》"声一无听,物一无文"等,都是在"错画"的基本意义上解释"文"字。此一"交错"不止限于线条造型,同时也延及画缋五色(如《周礼·冬官考工记》"赤与青谓之文,赤与白谓之章")、声乐节奏(如《礼记·乐记》"声成文谓之音")等修饰性媒介。概而言之,"文"字的第一层含义主要在于彰显自然之"纹"及其特性,提炼天地之间的线条、色彩、声音等元素,交错搭配,构成一种诉诸人的视觉、听觉等感官系统的图案或者形式,并以"文"的不同形象,象喻事物之间的本质差别,可提炼出"错而不乱——有序、华丽"意,由此演化出来的,还有文采、文身、文章(彣彰)等强调模拟自然界的声、色、音诸元素的一系列相关词语。

需要注意的一点是,《说文解字》还提炼出"文"字的一层抽象含义,指向汉字的源头即第一批独体字的表意性——天地自然中的万象进入到人的书写表达和记录体系,由象生形,由形达意,所谓"文"即运用语言文字表达情志的艺术。实际上,这第二层的抽象义,成为后世"文"字一个最稳定、最宽泛的内核,囊括一切用文字书写的书籍文献。概而言之,即把人之所见、所闻、所历、所思和所感,一切事、物、经验、情感等,尽可能真实地用语言文字的形式表达,意义略近于"书""言""辞""笔"等,因之也可构成文笔、文辞、文书等词。这一层抽象意义，在初期"文"的字形演化过程中也有体现。如果说在甲骨文系统里，正面站立的人形还属臆测，正确与否有待进一步考证，在商周时期的金文中，"文"字写作❤，即在甲骨文基本字形的中央加入了一个金文的"心"字，就使"人"与"文"之间的联系明朗化了，明确了人用线条、图案来传达心中意识的既成意义。可见，作为汉字中较早出现的字形之一，与"错画"等单纯指向客观自然的描述性含义几乎同时，"文"字还提炼出一层更抽象、也更切合人自身的指涉——人之"文"，亦即在主客观之间，通过人的意识（心）建立关联性，具体指以形象化的汉字书写符号，记录与传达书写者本人的意识或经验。"文"的发明，也是人对自身世界的发现，区别于天地之文的混沌、直观，人文之文立足物我、异己之分，立足于以一种合适的形式实现主体表达的自信，后世进而由这一层意义，推衍出与知识性、信息性或表达性相关的一系列词语，比如属文、文辞、文义等。

考虑到《说文解字》是从小篆字形出发，兼及一部分战国古文、籀书，未能全面考察更早期的汉字，在阐释字的渊源这一点上并不周密。后世随着甲骨文的发现，朱芳圃、徐中舒等古文字学家，从甲骨文、金文的字形入手，辨析"文"字的本义本源，更倾向于以"文身"来释"文"，而以"错画"为其引申义。① 实际上，"文身"与"错画"之间本就息息相通，在没有发现比甲骨文

---

① 朱芳圃. 在《殷周文字释丛》中所言："'文'即文身之文，像人正立形，胸前之╱、✕、∪、❤、即刻画之文饰也。《礼记·王制》：'东方曰夷。被发文身，有不火食者矣。'孔《疏》：'文身者，谓以丹青文饰其身。'《穀梁传·哀公十三年》：'吴，夷狄之国也。祝发文身。'范《注》：'文身，刻画其身以为文也。'考文身为初民普遍之习俗，吾族祖先，自无例外。由于进化较邻族为早，故不见诸传记。文训错画，引申之义也。"参见：朱芳圃. 殷周文字释丛 [M]. 北京：中华书局，1962：67-68.

更早的汉字之前，这种说法也有其说服力。不过，随着20世纪世纪80年代陶寺遗址的最新考古发现，"文"字可能还有更早的源头。1984年在陶寺遗址出土一件扁陶壶，上有朱书陶文，其中一字为🕴，形体、结构与所谓的简体甲骨文十分接近，多位学者解作"文"字，学术界对此并没有异议。据高炜《陶寺出土文字二三事》文载，该扁壶朱书上的"文"字，与殷墟甲骨文和现在通行的汉字属于同一表意系统。换言之，早在殷商之前，也距今4 000余年的上古时期已经出现了"文"这个字，且其内部中空，未见有任何修饰性的笔画，倒是更接近甲骨文中所谓的简体字形。这就从汉字源头的意义上，挑战了此前曾有学者提出的，以"文身"为本义，而以"错画"为其引申的猜想。① 也就是说，"文"字最早的意义，就是对天地万象的自发提炼和记录，物象交错给人以缤纷错乱之感，故用错画、相杂的线条来表达这样一种人对自身所处世界的直接观感，亦即"文者，物象之本"②。而在甲骨文最早期的字形中，错画之身又内含错画，人形突出，大概是人类和外部世界有了自觉接触的经验表达，由此主观和客观、人心与世界首次在"文"字上建立了关联。

况且，仅就目前已经辨识出来的甲骨文字而言，所谓的简体并非晚出，事实上早在第一期甲骨文字中，就同时出现了"文"字的两种写法🕴与🕴。与此相对，甲骨文和金文中常见的胸前修饰性笔画，取画随意，无一定规，倒有可能是后来使用中的添加、变衍。

---

① 徐中舒在《甲骨文字典》中，曾详细梳理过甲骨文、金文中"文"字的多种写法，认为胸前"错画"之形，先后经历了从"交文错画"，再到金文"渐讹而近于心字之形"的演变过程。参见：徐中舒. 甲骨文字典［M］. 成都：四川辞书出版社，1989：995.

② 《说文解字序》无此六字，后《段注》据《左传正义》，在"字者，孳乳而生"之前增补。

而"文"到秦汉，随着篆隶字形的简化，也就重新回复到了最初的字形。由此可见，《说文解字》中关于"文"字的阐释前提虽未完备，却恰恰更接近其最原初的意义，即人对自然万象、天地纹理的直观模拟、提炼和赋形。

从"文"字的由来梳理看，其所指先具象、后抽象，先形式、后内容，先记事、后表达，经历了从自然之"错画"到人文之"表达"的意义生长过程，并同时分化或另造出"彣""纹"之类的新字，分担了一部分修饰性意义，如"文饰""文采""文身"等。可以说，三字均源于"错画"义，又各自增削删补，沿不同的方向生长完成，其中，广义的"文"字可包举狭义之"文""纹"及"彣"。

单就最广义"文"字而言，中间虽也有"纹"等所谓的"俗字"分担了一部分意义，不过至少在书面表述中，人们更倾向于使用"文"这个"雅"字，具象与抽象两层指涉几乎并行不悖。概言之，"文"字一方面强调形象的修饰性，与审美性、艺术性相关，同时在基本内涵上，其指涉又并非审美所能涵盖，它原初的意义之一还有表达，即在"书不尽言，言不尽意"的认知前提下，力求最大程度释放出语言文字本身的表意性，以实现跨越人与人，进而跨越时空的信息、知识沟通。在这一层心理动机上，"文"的审美意义退居其次，借助并穿过这一审美符号，恰如其分地"达意"成为最大的追求，也即后来所说的"修辞立其诚"。在这里，两层指涉获得了暂时的统一，如《左传·僖公二十四年》中一段介子推母子的对话："其母曰：'亦使知之，若何？'对曰：'言，身之文也。身将隐，焉用文之，是求显也。'"这里的"文"，既指向彰显、修饰的意义，也指向和言说主体的人格相契合的言行表达，恰如其分地表明了"文"与"身"、"文"与"行"，亦即"文"与"人"之间的密切关联。

而无论自然之"文"的"会集众彩"，还是人文之"文"的

"以成辞义",两重意义交互扭结,互通、互参,最终都会集在"文"之一字及其后世的沿用上。一方面,由自然之文折射到人文层面,在"象形文字"的连属与表达这一点上,"文"字本身就内孕有"纹"或"彣"的有序、美感等因素,与章太炎后来总结的也较为接近,是最宽泛的,"以有文字着于书帛,故谓之文"。即如《释名》所总结,"文者,会集众彩,以成锦绣。合集众字,以成辞义,如文绣然也"。

另一方面,两层指涉共集在"文"这一字面上,其内涵也在使用过程中进一步丰富和深化。从经纬天地到经纬人世,从自然之"文"到人之"文",既然"错画"之"纹"有其规律性,遂延伸出"文"在使用中一个最宽泛,也最常用的社会伦理文化内涵,即讲人伦、重礼序的"制度""文明"和"教化"等义。即如孔颖达注解《尚书》中"濬哲文明,温恭允塞"一句,云"经天纬地曰文",此处的"文",不仅仅指字面上的"经天纬地",实际更从自然扩展到社会隐喻的层面,指以"文"教化万民的意义,也即上升至礼俗、规则、文明等人文制度层面。到先秦时期,儒家追怀三代时期的政治、文化理想,从人格修养到社会观照等层面,都主张恢复"先王"之礼乐文明,以重造中古时代的人伦规范体系,而化成这一社会理想的具体途径,就是通习且践行周以及周代之前的著述文字。由此将"文"的双层含义统一在社会文化层面上,此后,儒家多在这一意义上使用"文"字,这也与孔子一贯所主张的复兴周礼、重建文明的社会、政治和文化理想相契。《论语·述而》所载孔门四科,其中"文学,子游、子夏","文学"亦即"文"之学,这里的"文"作为特称,兼容了文字著述和制度文明等内涵,具体指关于《诗》《书》《礼》《易》《乐》《春秋》等儒家六经的渊博学识,邢昺为之注曰"先王之遗文"。《论语·雍也》中,"君子博学于文,约之以礼,亦可以弗畔矣夫"。《论语正义》在"文"下亦注曰"先王之遗文",当为通例。

如此，在造字、释字、用字的过程中，由"文"字的基本义，伴生出"文"的一层历史内涵，这一侧重社会文化尤其是政治理想方面的意义，有其特定的使用语境，作为一种美称，寓有上对下的道德和教化色彩，可构成文化、文明、文德、文教等词语。《左传·僖公二十七年》载："晋侯始入而教其民，二年，欲用之。子犯曰：'民未知义，未安其居。'于是乎出定襄王，入务利民，民怀生矣，将用之。子犯曰：'民未知信，未宣其用。'于是乎伐原以示之信。民易资者，不求丰焉，明征其辞。公曰：'可矣乎？'子犯曰：'民未知礼，未生其共。'于是乎大蒐以示之礼，作执秩以正其官，民听不惑，而后用之。出谷戍，释宋围，一战而霸，文之教也。"此处"文之教"的内容，即包括"义""信""礼"等成分，正如饶宗颐《孔门修辞学》所言："'文'字可说是一个典型的道德综合体，实在具有道德文化的全体意义。"

另外还应该看到，单就前两层字义而言，"纹"之美感与"文"之真实，二者并非绝对相洽，两重指涉叠加在一个字面上，除有限的相通性之外，也带来了一个难解的问题，即"文"字本身所指在某些需要辨别清楚的地方，实际上很难确定一端，从而因人因时而异，呈现出某种含混未明的特性。而在两个端点之间不断滑动的"文"，其未定性进一步影响到不同时代、不同表述下，人们对文章、文学等相关概念的理解，可以随情境的不同，各取所需，有很大的演绎空间。

这种矛盾性，较早地表露在孔子谈及"文"的不同情感色彩上。当其指涉第一种含义，也即修饰、有文采时，常根据具体情况有褒有贬。《左传·襄公二十五年》，仲尼曰："《志》有之：'言以足志，文以足言。'不言，谁知其志？言之无文，行而不远。晋为伯，郑入陈，非文辞不为功。慎辞也！"一方面是"言之无文，行而不远"，强调语言表达应有一定的文采，同时又对这种外在形式的修饰与伪饰持有戒心。与之相应，《论语》中也有"小人之过也必文"的说法。这种复杂的态度，集中表现在儒家"文""质"相调和的观点上，"质胜文则野，文胜质则史，文质彬彬，然后君子"，无论人格修养，还是延伸出来的言辞表达，都主张内在真切与外在修饰二者并重，"彬彬"成为儒家所推重的君子为学、修身、治世的理想状态。同时，这一对"文"之伪饰、虚造性的警惕，和试图以质实来救其偏至的努力，在先秦诸子当中颇具代表性，孔子之外，荀子《礼论》中"性者，本始材朴也；伪者，文理隆盛也。无性，则伪之无所加，无伪，则性不能自美"，强调的也正是"性"与"伪"，"真"与"美"，抑或是内容与形式的相辅相成。墨家则立场鲜明，不同于与儒家的执中姿态，以二元对立的方式理解"文""质"关系，故在尚质和尚文二端更强调前者，而贬抑一切外在修饰。在这一点上，道家、法家等亦复如是。

而当使用的是第二层含义，也即人文之意（包括文化、文明等意义）时，往往为儒家体系所独有，且相关论述都带有正面色彩，诸如"敏而好学，不耻下问，是以谓之文也"与"君子博学于文"，另有"郁郁乎文哉，吾从周"①。前者要求个人修养和知识结构的完善，后者大致指向周时的礼乐文明之盛，其中个体的修养又是整个文化系统的具体、生动的内化。这与孔子的社会、文化理想，亦即其对于三代时期文化、文明的追慕和试图通过弟子之"行"与"学"，复兴周礼的取径密切相关。和儒家对"文"的规定性理解相比，先秦诸子有关"文"的自觉表述本就不多，且墨子、韩非等在"文"的使用上也相对零散，更多指向一般的学术文

---

① 这里需要注意的是，孔子之所以赞叹周时礼乐之盛，原因即在于周礼作为表现抽象文明的制度形式，介于文德和彣彰之间，符合儒家一贯以来推崇的"尽善尽美"之理想。这里所谓"郁郁"，古本也写作"彧彧"或"桴桴"，《说文解字》注"桴"为"有文章也"，《段注》改正为"有彣彰"，实际是二者调和，难以定于一端，概而言之即文德彰明。与此相似的还有"彬彬"，亦取"文质相半"之义。

献,而以儒家之"文""先王之道"为主体。具体到对人文之"文"的态度上,韩非站在维护当下之"法"的立场上,自然导向对"文"以及关于"文"之"学"的否定,"工文学者非所用,用之则乱法","儒以文乱法,侠以武犯禁"。可见,先秦之所谓"文",在人文之"文"这一层面上,大抵仍是以儒家或儒学的范畴为准的。

(二)人文、属文及彣彰之"文"

从"文"作为先民在日常表述和制度生活中常用的一个词语开始,其具象和抽象含义就相互渗透、相互影响,构成一个斑斓多面、牵涉广阔的思想文化谱系,其中涉及日后文学发展中的一些关键问题,比如文学功用、审美取向、批评标准及"文学性"等,也可以被纳入这一"文"的早期视野中加以阐释。

如上节所述,先秦时期的所谓"文"字,大致可以提炼出三个层次的内涵。其一是最原初、也最具体的"错画"义,发端于天地自然之纹理交错,在此方向上延伸生成人为形式上的审美、修饰性。这一意义后来又单独衍生出"彣"与"纹"字,还可与"辞""言"等连用,指美好动人的言辞,同时构成文采、文身、回文等词语。其二是人文层面上的"记录与表达",概念最宽泛。所谓人文,即相对于天地之文而言,指人对自然、社会和精神现象加以观察、认识、记录、传达,借书面文字使之凝定为有形的知识体系,这是传统"文"字最稳固的内涵,如文字、文明等。其三为人文教化之文,即"文化"之文,强调上对下、长对幼的道德与政治教化,是相对狭义的人文,它受"道""法"等权力话语的辖制,凝缩了特定时空的社会意识理念,这一层面的词语如文教、文治、文德等。

"文"的概念,最初就是伴随着人对自然万物的认知、对经纬运行有序的模拟发生,因此,这个字虽由来已久,实际上直到秦汉之前，仍未能划定一个相对明确的概念边界。在很长一段时间里，它都可以被用来概括一切自然创生，指代一切人文创造，比如，用天文形容天道自然，以文物指代礼乐制度。种种假借和引申的用法，搭建起一个无所不包的"文"的集合体。可以说，人文之"文"是"文"字生长出来的最早的形象。

《论语》在论及人文之"文"时，多与动词"学"相连，通常就有其规定性的内容，具体指六经等被儒家奉为经典的先代典籍。《论语·学而》中"行有余力，则以学文"，何晏《集解》引马融说云，"文者，古之遗文"，《正义》又在"古之遗文"下注为"诗书礼乐易春秋，六经是也"。《论语·先进》载孔门四科，后列擅长此科的弟子，"德行：颜渊、闵子骞、冉伯牛、仲弓；言语：宰我、子贡；政事：冉有、季路；文学：子游、子夏"。德行关乎人格修养，重在道德实践，言语为言辞，为应对问答、能言善辩的口才，政事指处理政治事务所需的才能，而"文学"也即"文"之学，指的是关于六经的学识，是四科当中离开实践最远，也最接近儒家学术的核心内容，即后世所称儒学。"文学"既与其他三科一样，是一种专门技艺或学问，《孔子家语》记门下各弟子所长，其中子游"特习于礼"，子夏"习于《诗》，能诵其义"，二人均"以文学著名"。《论语》中也有一段子夏与孔子论《诗》的对话，则长于"文学"的子游、子夏，当是合乎儒家的知识结构要求，行有余力、学有所成的模范。

不仅孔子借传述六经，追怀先王之德，几乎同一时期的墨子也曾多次称引"先王之书"，且将仁义道德的要求转移到今人制作上，如《墨子·非命中》所言："凡出言谈，由文学之为道也，则不可而不先立义法。"①《墨子·天志中》亦有"下将以量天下之万民为文学出言谈也"。墨子以"言谈"与"文学"并提,分别对应口头和书面表达。另,《墨子·天志上》一部分表述与上述两句呼应,其中提到的"书"可与"文学"互释,"今天下之士君子之书不可胜载,言语不可尽计,上说诸侯,下说列士,其于仁义则大相远也"。考究上下文意,这里所谓"书",并非特指《尚书》,也不尽是古人之书,应该大部分属于当时士君子的著述,亦即诸子之书。② 这里发生了"文"在具体范围上的第一次微妙变动,即从古代文献的教习开始转入时文的写作与阅读中,不过,墨子关于"文"的表述相对零散,未成系统,对后世的影响不大。从学"文"到写"文"的转变,要到汉朝及以后才能逐步完成。

需要注意的是,虽然儒墨两家对"文"的要求极为相近,均以一种明确伦理观念作为量度其高下的"义法"。不过,在孔子那里,先王之遗文在内容和形式上都尽善尽美,作为一种文道合一的理想存在,这又是不可能轻易实现的。因而,儒家对"文"的态度是"信而好古","文学"也即古"文"今"学",后人只能在不断地阅读和传述当中才能有所成就。换言之,对于今"文"是否能够成立,儒家的态度至少是存疑的。而墨子却恰恰相反,表面上是在为士君子之"文学"立法,实际却使"文"一定程度上从经典的神话中解脱出来,肯定了今人著"文"的合法性,这代表先秦在儒家之外,人们对于"文"的另一种更宽泛、也更自由的理解。

---

① 由、为义相近,下篇云"今天下之君子之为文学出言谈也",义法,即仪法。参见:李渔叔. 墨子今注今译[M]. 台北:台湾商务印书馆,1974:261-265.

② 《金楼子·立言》描述战国士君子著书之盛,"诸子兴于战国,文集盛于二汉,至家家有制,人人有集。其美者足以叙情志,敦风俗,其弊者只以烦简牍,疲后生。"另见《四库全书总目·子部总序》:"自《六经》以外立说者,皆子书也。"

这里需要注意的还有孔门四科中的"言语"。"直言曰言,论难曰语",则"言语"科所授内容,应近于辩说、辞令,培养的是弟子能言善辩、思维敏捷的能力,邢昺疏曰:"若用其言语辩说以为行人,使适四方,则有宰我、子贡二人。"① 不过,《论语》中却多处记有孔子对宰我的批评,针对的也正是巧言欺人的问题。如《论语》责备其"不仁""言行不一","始吾于人也,听其言而信其行;今吾于人也,听其言而观其行。于予与改是"(《论语·公冶长》)。《史记·仲尼弟子列传》中也有孔子与子贡辩说,而拙于应对的记录,"子贡利口巧辩,孔子常黜其辩"。可见,长于"学文(传述六经典籍)"的孔子,在"辩才(娴于辞令)"上不仅乏其能,且对"好辩"的态度本身就比较复杂,一方面承认文辞的功效,另一方面又主张君子要"讷言敏行",这与他在文饰与质实间采取的立场相通。

先秦时期,言与文尚未有明确区分,二者的意义时可通用。②孔子因认识到一般言辞表达的力量,而又对形式上的"辩才""文饰"怀有戒惧,以为过则近伪,有违修辞立诚之道。③ 与儒家"慎

---

① 钱穆曾在韩国延世大学的演讲中解释孔门四科,认为"言语如今言外交",与政事同归于政治:"文学则如今人在书本上传授知识。"而德行一科为最高,其他三科"仍必上通于德行"。参见:钱穆. 中国历史上的传统教育[M]//钱穆. 国史新论. 北京:生活·读书·新知三联书店,2001:224.

② 孔子"言以足志,文以足言",常被后世用来解释文辞达意之功,此外还有诸子对于言意之辨的关注,如庄子所谓"得意忘言"、《周易》中"立象尽意"等,想要解决的也都是语言和文字表达共同面临的与物、象、意之间的关系问题。

③ 在不得不表达、不得不言辞的时候,孔子提供了一个伦理道德上的尺度,以德行科所授内容,作为制衡虚文逞辞的正途,也即"文明乃止""约之以礼"的意义。

辞"相近，老庄等人对于"辩才""美言"也有质疑①，且较孔子的态度似更激烈，他们用来规避"不信""饰非"的方式，是一退而回到"废言""忘言"的地步。而事实上，所谓忘言、忘筌，本质是打破语言文字的物质性外壳，直接切入"文"的核心——字与词的象喻性，由此才能捕捉到"文"内之"质"，导出神会与妙悟。儒道两家用来化解文与质之间矛盾性的不同思路，对于后世文学表达各有深远的影响。

长期以来，"文"作为一门需要专门学习的知识，最常用的范围局限为儒家经典之内，此外才旁及其他。汉代儒家取得独尊地位，儒学成为一项官定的专门学术，按《史记·五宗世家》所载，河间献王刘德"好儒学，被服造次必于儒者"。这是"儒学"一词出现的较早记录。同时"文学"一词也未取消，与"儒学"多有重合，即学"文"也必以儒家典籍为先。直到东汉中期经学相对衰落，文人著述和文集增多后，"文"才开始脱离儒家经传的框架，获得独立的发展空间。与此相应，《汉书·艺文志》将"艺""文"并举，分上古到西汉典籍著述为六艺、诸子、诗赋、兵书、术数、方技六略，总揽一切文化学术流派。这一分类框架，袭用西汉刘向、刘歆父子主持编写的第一部图书总录《七略》而来。《辑略》以外，其他"六略"的先后序位都有尊卑之分。六艺即儒家六经，汉时列六艺为群书之首，诸子为儒家附庸，列于其后，诗体源出六艺，赋体又近于诗，列在诸子后，至于兵书、术数和方技三类又是诸子之附庸，故居于最末，这也大致奠定了后世经、史、子、集四部分类的次序。

需要注意的是，"文"在这里与"艺"并列，被用来泛称六艺

---

① 《老子》曰："信言不美，美言不信。善者不辩，辩者不善。"庄子也有"辩足以饰非"的看法。即便以辩闻名的孟子，也要一再申明："予岂好辩哉？予不得已也。"

之外的诸类典籍，自然也包括一部分近人的著述。脱离开儒家经典之后，"文"的范围更接近于字面本来的意义，即书面语言的记录和传达，这在一定程度上也是将墨子"为文学"的意义付诸现实。此后，历代史书方志多沿用"艺文志"的体例，分类列叙历代或当代图书文献诸种，如编写于唐及五代的《隋书》《旧唐书》曾改称为《经籍志》，不过其下经、史、子、集四部，具体内容未变。这里"经"与"艺"通，"籍"则代"文"，内涵前后相接流畅。之后图书编目大多都沿用四部分类法，"文"或"籍"均指向儒学之外、"杂学家"所著述的文献典籍，包括史、子、集各项。这里所说"著述"大体包括著作与述作两方面，其中"著作"接近于现在常说的古代文学范围，以诗赋和应用文类为主，后者又被称作"杂文学"。至于"述作"，大多都有一个述的对象，或为前人的经典作品，或为哲学、历史、地理等其他人文领域的学识，因文与学血脉贯通，保留了更多思想性的因素，现在大部分都已被归入文学之外。不过，至少在近现代之前，从先秦传述经典向一般著述的"模式"转换完成以后，人文之"文"的范围一直比较稳固。

同时还应该看到，早在东汉时期，在这一庞杂、宽泛的人文之"文"的笼罩下，又脱胎出一个更具体、也更切合人自身的"文"的所指，即与古之遗文相对的"时文"或"今文"。两汉时期文人地位不断提升，随之涌现出一大批文集，正是在写作今文的意义上，出现了"连属文字"之"文"的清晰边界。"属文"一词从西汉末年开始颇为通用，所谓"属文"，即连缀文字以成篇章，如《释名》所言，"文者，会集众彩以成锦绣，会集众字以成辞义，如文绣然也"[①]。班固在写给其弟班超的一封信中提到，"武仲以能

---

① 刘熙. 释名·释言 [M]. 北京：中华书局，1995：51.

属文为兰台令史"①，又《汉书·刘歆传》有言："歆字子骏，少以通《诗》《书》能属文召，见成帝。"可见，无论是私下用法，还是被写入史书当中，属文成篇的今文，至迟到东汉时已经确认其范围。较之最初的人文之"文"，以及著述之"文"，属文之"文"不仅在时空范围上有了变动，而且从六经、一般著述再到今人今文，更明确指向一个正在写作的主体，从而以文人、文采、文集的联合为中心，提炼出一个关于"文"的社会网络。

以上所论均是在各类历史文献中零散出现，或作为一个整体概念组成部分的"文"，其具体的范围、所指还需参照同一时期其他资料来旁证、抽绎、阐发，而"文"明确成为一个约定俗成的概念，至迟见于汉末魏初曹丕的《典论·论文》之中。作为中国文学批评史上第一部"文"的专论，《典论·论文》首开在"文"内分体的思路，四科八体当中，奏议、书论、铭诔、诗赋其为"文"的本质相同，即"经国之大业，不朽之盛事"，差别只在"末"端，"奏议宜雅，书论宜理，铭诔尚实，诗赋欲丽"，各体在风格、"作意"上有别，而诗赋居其末，在属文之"文"这一大的族群中，势力和地位不足，还没有自我区别的迹象。从古之遗文到今之作文，从应学之"文"到"文"体、"文"风，正是在这个意义上，魏晋可以被视作中国传统"文"的一个自觉时代，诸多观念的矛盾与共通都集中在一点，也即对"文本"相同的界定、对"末端"各异的辨别及相应的创作实践上。

到南北朝时期，"文"在范围划定上的一个重要变化，就是文

---

① 王充《论衡·别通篇》有对兰台令史的评价："（兰台）令史虽微，典国道藏，通人所由进，犹博士之官，儒生所由兴也。"兰台是汉代藏书和著述之所，兰台令史的职能包括校对奏书、图籍等，东汉时任此职的多为文人，因此还被委以"属文"之事，常应制献"赋""颂"等文，颇有文名。班固、贾逵、杨终、傅毅、孔僖等都曾做过兰台令史，王充赞其为文儒，"名香文美"。

笔的分途而治。虽然各家标准划定不尽相同，且相互有参差，不过，文笔对话的意义也在于此。统而言之，经过《文心雕龙》论文叙笔，萧统《文选》不收史、子，"沉思翰藻"，到《金楼子·立言》再分文笔，区别愈细密，大致都可归入声韵、藻绘和情性三端。从中也可透露时人对何者为"文"、何为"文"之"本"等问题开始有了一些新的认知。① 而且，即便仅从此期文选、文论对众体的排位来看，诗赋、骚七、骈文往往在前，这和此前扬雄"悔其少作"、曹丕以诗赋为文章之末相比，在兴奋点上已经有了明显偏移。

可以说，在保留了连属之"文"完整性的基础之上，重新寻找一个更狭义、也更能满足人的个性表达需求的"文"的主体，这种意识在六朝文、笔之分中已成自觉。此后，文、笔之分在中国"文"脉的历史发展过程中此起彼伏，不断聚合离散，不过大致而言，更狭义的"文"始终以诗赋、骈文等典丽、抒情文类为主，由此划出了中国古代最狭窄、也最严苛的"文"的范围，既可对接起原初"文"字的错画修饰形象，且与日后刘师培所言的"彣彰"标准吻合，因之暂时将其称作彣彰之"文"。彣彰之"文"凭借鲜明的声色情态，将一切述学、应用和不讲声韵辞藻的属文之"笔"都摒除在外。不过需要说明的一点是，即便在注重"美"与"情"的六朝时期，彣彰也只是依从"属文"的意义而存在，笔端之文则相对稳固，始终都是传统"文"中的主体。

---

① 《文心雕龙·总术》曰："今之常言，有文有笔，以为无韵者笔也，有韵者文也。"代表了时人一般的认识。萧绎《金楼子·立言》对文笔之分有进一步的修正："至如不便为诗如阎纂，善为章奏如柏松，若此之流，泛谓之笔。吟咏风谣，流连哀思者，谓之文。"并进一步从创作上界定说："至如文者，惟须绮縠纷披，宫徵靡曼，唇吻遒会，情灵摇荡。"看来，比起有韵无韵，萧绎更强调"文"在辞藻繁华、以情动人上的特点。实际上，他所说的"文"范围上已较接近今天所说的纯文学标准。

发端于六朝的永明声律论到隋唐进一步趋于周密。近体诗初兴，官方以诗赋取士，诗歌创作逐渐走向繁盛，则又有了从"文"中区分的必要。此时"文"的范围，首先是在非"诗"的意义上确定，大致是彣彰之"文"（诗以外的抒情赋类、骈文等）与属文之"笔"（非诗、非骈的散体文等）在内部的一次重新组合。

从魏晋南北朝到以后，中国传统"文"的范围即在人文之"文"、连属文字之"文"到彣彰之"文"构成的伸缩空间中活动，因时代不同，各有其变。然而需要注意的却是，其意义流变并非"一时代有一时代之内容"的更替，更多却是共时性地存在，层累完成了一个不断叠加与丰厚，又不能被清晰指认的"文"的实体。至此"文"的最常用范围基本定型，同时应该看到，这种历时替代的不完全性，其前提即在于，不同词性、不同指涉的"文"义之间，存在一个模糊却稳定的共通区域，也即汉字本身的特性，包括其作为语言文字的表达属性和象形文字的审美特征。

回溯漫长的中国文学史，事实上所谓"文"的含义，一直都在"彣彰"与"属文"两个端点之间滑动，而始终又以人文之"文"为主脉，一旦即将偏向其中一端，就会出现来自另一方向的纠偏。如此，即便在同一时期，三者也处于一种相对平衡的状态，六朝文尚辞采，齐梁宫体更是靡丽华艳，美文之外，也有任笔的才调纵横。即便将视野放在整个中国古代文学中，从前后七子的踵迹秦汉，到明末公安的独抒性灵，以至五四时期新文学有关"为人生""为艺术"等争论，虽时代不同，来自内部、外部的刺激各异，"文"的这三重基本特性也没有发生本质的变化。只不过，与"彣彰"之美相比，"属文"之用、"人文"之诚的现世文化属性，更符合古代社会文人的自我定位和心理需求，作为中国"文"脉绵延不绝的"初心"，不仅成为历次"文笔"之辨、"文学"和"文章"概念演化的基础，也是中国近现代历史转折当中，文学一脉能负重前行，保持其"大文学"底色的根基。

二、何为"文学"

首先需要明确,这里所论"文学",并非西方现代意义上的 literature 或 poetry,也不是模仿西方镜像生长出来的中国现代文学的概念。事实上,自新、旧文学在时间层面上一分为二,后者作为中国文学史的绝大部分,已被纳入一个需要不断进行考察、修整、重新择取的计划当中。

从晚清至五四,中国传统文论中的"文学"与西方现代诗学的"文学"交织在一起,最终"大河改道"式地确立了现代汉语语境中的"文学"观念。作为一种回应,现代文学至少在表现形态上选择了后者作为合法性的标准,并借助于所谓文学四体的划分,顺利将一系列应用文类,以及旧文学壁垒当中的古文、骈文一并都划到现代文学范畴之外,与之相对应的还有对传统文学领域的重整,通过一系列中国文学史著的编撰出版,按照"四体划分与纯文学"的后设标尺梳理古代文学的范围,与现代文学实现对接。这就导致,在具有高强话语权的现代"文学"观和"文学史"观面前,传统"文学"一词的本义也越发难以辨明。①

下面我们尝试以"文学"一词在古代的演变为线索,呈现词语本身携带的丰富历史感,同时兼及这一动态"文学"视野下的人与文,追问其与文学、与"文学性"之间的对话关系,试图以此勾勒"文学"在历史变迁中的内涵与外延。

(一)传统"文学"词义梳理

古代汉语多单音节词,"文"和"学"各有其独立完整的指

---

① 20世纪以来出版的中国文学史著鳞次栉比,每一部文学史的开篇,总要先预设一个何为文学的定义,再对研究对象做尽量精确的描述,而从国内第一本林传甲所作《中国文学史》、几乎作于同时的黄人编著《中国文学史》来看,对于古代"文学"的理解,大致也是以现代通行的纯文学观念为标准,对古代文学事实进行切割,这也是后来编纂文学史著的大体思路。

涉，先秦时多分而论之。所谓"学"字，《说文解字》解作"觉悟"，意为"上所施下所效"，《诗经·周颂·敬之》"日就月将，学有缉熙于光明"，可见其与个体增益修养密切相关。"文"与"学"连用时构成一个固定词，较早见于《论语·先进》中的"文学：子游、子夏"一句，其后作为汉语中出现较早的合成词，"文""学"两个语素之间也相互改写，吸收彼此的质素，这也影响到后来"文学"一词与学问、学术的稳固关联。

因此，在探讨"文学"一词的整体含义以前，有必要先对同时期的"学"字做简要梳理。"学"在先秦多写作"斅"（亦通"斆"，读xiào），小篆后统一省"攵"，改为"學"。《说文解字》认为其"从教从冂。冂，尚蒙也"①。所谓"学"也就是效法、钻研，"从教"，亦即"上施下效"，"从冂"则指摆脱无知、接受启蒙。古代施受同字的现象普遍，"教"字古文也写作"斅"，与"学"之间的关系千丝万缕，《礼记·学记》有云，"学然后知不足。……知不足，然后能自反也"，又说"教学相长"。实际上，在先秦时期，"学"字一直内蕴有"教"和"学"两方面的因素，即指人在"上施下效"的双向互动过程中，双方都能"有所觉悟"。而到秦改用小篆之后，"学""教"② 分途，"学"字也开始摆脱此前"觉人""施教"等义项，变为主要指学问、读书、接受教育等方面。③

与"文"一样，"学"也是先秦儒家文献中一个经常出现的概念，"学而时习之，不亦说乎"，"敏而好学，不耻下问，是以谓之文也"。这里的"学"，潜在地指向一个被效仿和追随的对象，在

---

① "冂"即今天所谓秃宝盖"冖"。
② "教"字小篆作"斅"。
③ 《说文解字·教部》："学所以自觉，下之效也。教人所以觉人，上之施也。故古统谓之学也。"秦以后，"学"字实际上仍保留了先秦的记忆，比如"学者"一词，即教者，指学识丰富、教育别人的人。

儒家的表述当中，这对象一般就是先王、圣人之道，以及彰显先王之道的文献著述。则孔子所列四科，"德行：颜渊、闵子骞、冉伯牛、仲弓；言语：宰我、子贡；政事：冉有、季路；文学：子游、子夏"。所谓"文学"，字面取"人文之学"，因归属于儒家设计的一整套教育体系，具体指向的是对《诗》《书》等经典文献的效法和研习。

"文学"在《论语》中只出现了一次，不过与德行、政事、言语等三科被并列提出，较为正式，可以说已经是一个相对固定的词语。此后，《墨子·非命》"凡出言谈，由文学之为道也，则不可不先立义法"以"文学"来指代对一切文献著述的熟习，其中自然也包括《诗》《书》等典籍。因为墨子所谓"文"的范围更宽泛，也延及当时读书人的著述文字，这也代表在儒家之外，人们对"文学"一词的认识将有所延伸。需要注意的是，先秦时期"学"字本身就带有"教化"和"启蒙"等含义，因此，"文学"一词与文教、训蒙之间始终关系密切。概括而言，"文"的内容有广狭两义，广义的"文"包揽一切人文著述，"学"则指向个人修养的提升与完善，以摆脱蒙昧和无知状态，所谓"文学"也即"人文教化之学"。

而到西汉时期，"文学"的概念发生了第一次明显变化。一方面，小篆文字改"敩"作"學"，重心从"觉人"转入"自觉"，更侧重在某一学术知识上的获取和精进，即学术性，而褪去了原初的施教、教化等文化属性。另一方面，属文之"文"（或"文章"）也渐从"文学"中分离出来，自成一体，"文学"范围收缩，更多时候与"经学"同义。汉武帝时置五经博士，"文学"与经学、学术之间的关系愈发紧密，《史记·孝武本纪》载，"上乡儒术，招贤良，赵绾、王臧等以文学为公卿，欲议古立明堂城南，以朝诸侯"。赵绾、王臧皆为当时知名的儒生，他们所擅长的"文学"也即"儒术"无疑。以之对照《史记·儒林列传》中所记，"及今上即位，赵绾、王臧之属明儒学，而上亦乡之，于是招方正贤良文学之士"，又以《诗》《书》《礼》《易》《春秋》的顺序列出专研各经的经学家。其中除《乐记》失传之外，基本仍是先秦孔门"文学"科的范畴。可知"文学"与"儒学"互释，故又有"文学儒者"的说法。①

自汉初"文章"与"文学"分途后，"连属文字"之能日渐受到重视，又重新推动了经学著述的繁荣。到东汉时期，经学家著书立说蔚然成风，在传述经典之外，文字表达也成为一项经学家们需要习得的才能，换言之，"文章"以另一种方式切入到"文学"当中。东汉时王充将读书人分作鸿儒、文人、通人、儒生四等，认为儒生、通人虽然长于学术，却无法"掇以论说"，仍为学之末流，与此相较，能够"抒其义旨，损益其文句，而以上书奏记，或兴论立说、结连篇章者，文人鸿儒也"②。其中文人既可熟练属文，地位自然又优于通人、儒生，至于鸿儒，则是最符合他理想的学者形象，又称文儒，即博览群书，而能属辞敷彩。不过"学"始终是第一义的，为文需要以才学与见识为根底，则知"文学"一词在东汉的含义，已渐渐转向"经传著述之学"。

如果说，"文学"一词在两汉发生的变化，内部结构的调整还不明显。那么魏晋南北朝时期，随着"文章"地位的上升，"文学"一词有了新的演变，开始获得独立于一般学术之外的地位。南

---

① 见《史记·儒林列传》："绌黄老、刑名百家之言，延文学儒者数百人，而公孙弘以《春秋》白衣为天子三公，封以平津侯。"这里"文学"一词用作定语，修饰"儒者"。此外，"文学"还是一种选官制度，此后也用来代称该职务及任职之人，汉初地方官员向中央举荐人才，其中有贤良文学一科，所谓"文学"，则指精通儒家经典的人。此后一直到唐时仍设有此官职，主管教育诸事。

② 王充. 超奇［M］//王充. 论衡选. 蒋祖怡，选注. 北京：中华书局，1958：131.

朝宋元嘉时期，宋文帝设儒学、玄学、史学和文学四馆，以谢元为文学馆主事。① 四学馆的立学依据，来自先秦儒家的政事、德行、言语、文学四科。不同的是，元嘉四学将"学"之范围再度缩小，实际是就儒家所谓"文学"一科的内部再分，较早体现出文、史、哲在大文科意义上的三门分立意识。倘仍以六经范畴为儒家"文学"的主体，其中史学对应《尚书》《春秋》；儒学对应《礼记》《乐经》；玄学对应《易经》，又兼及老庄；则"文学"正以《诗》为对象，此外还包括"古诗之流"，如两汉以来盛行的辞赋创作等。概言之，相对于先秦时的"人文教化"之学，两汉转向的"经传著述"之学，文学馆的设立标志着开始生成一个更狭义、更具体而微的"文学"概念，即"有学（博学）之文（文章）"或"文章之学（包括作法、才能）"，这大致相当于现在我们所说的文学或文学研究的范畴。

需要注意的是，从先秦到六朝，"文学"一词的内部结构不断衍变，构成一个层累的、而非替代性的概念。此后"人文""著述"之学和"文章"之学等范围相互渗透，"文学"一词到唐宋时期重新回归中间的轨道，一般用来指个人的辞章和文化修养，形成了"文与学"的并列结构。此后，这一用法渐趋稳定下来，文章与学术思想互为滋养，宋人以文为诗、以议论为诗、以才学为诗，就是诗歌创作遭遇瓶颈之时，自觉向"文章""才学"借取资源的文体试验。宋人邢昺也是从当时的"文学"范围出发，以"文章博学"注解《论语·先进》中的"文学"一科，以"文与学"拆解"文之学"，恰好折射出"文学"这一历史概念的丰富内蕴，以及建基于"学术"之上的交错互通。

---

① 《宋书》中并未为谢元单独作传，参照《宋书·何承天传》所附《谢元传》可知，谢元曾担任司徒参军，"以才学见知"。参军之职起于汉末魏晋，司徒参军应主要辅佐司徒起草相关文书等，需要有一定文笔才能。

直到清末民初，传统"文学"遭受到因西方影响而产生的"纯文学"观念的冲击，从中国传统"文章"、日本新文体和私小说，再到西方 literature、poetry 等概念，不同实体的"文学"实体辐集到同一"名"下。实际上，新文学所经历的蜕变和改辙，是近现代西方同样经历过的，以 literature 译文学，就概念本身的历史演变来看有一定合理性：二者最初都是从"字面"或文字出发，泛指一切文献著述，且在此后都经历过一段窄化的过程。处在中西新旧碰撞的历史语境下，新文学也正是借助纯文学的眼光，使"文"得以跳脱出"学"的格局，把传统文学中既有的零散之"美"与"情"重新聚合，赋予文学独立发展的地位和空间。

谢无量在 1918 年出版的《中国大文学史》中，试图重新为"文学"划定一个具有整合力的范围："吾国自古有美文与实用文之别。欧学东来，言文学者或分知之文、情之文二种。或用创作文学与评论文学对立，或以实用文学与美文学并举。顾文学之工，亦有主知而情深，利用而致美者，其区别至微，难以强定。"① "文学"一词的内部张力，从传统的"文与学"，一变而为"美术与实用""情与知"这类现代概念的冲突，其间的区别，更多表现为中西"文学性"的不同。

(二)"文"与"文学性"探析

现在我们要讨论中国传统"文"脉，以及文学观念的历史形态与近现代转变等问题，文学性已经是一个绕不过去的话题。严格来说，我们现在常用的"文学性"（literaturnost，英译为 literariness）一词来自俄国形式主义文学理论，是罗曼·雅各布森于 1921 年提出的术语，后译介到欧美世界，广泛应用于文学研究，内涵也不断丰富。直到 20 世纪 80 年代，形式主义文论译入国内，"文学性"

---

① 谢无量. 中国大文学史 [M]. 上海：中华书局，1918：6.

一词也被普遍运用于对中国现当代文学和古典文学的评价当中。

不过，在此之前，与"文学性"一词在内涵上比较相近的词语，比如"纯文学""美术"和"诗性"等，早在近现代中国就已出现，并参与规划着现代文学的大致格局。首先需要辨明的是，当我们说到文学性的时候，到底在谈论什么，是否存在一种普遍适用的文学尺度，如何理解这种"衡量"与中国传统文学可能产生的对话关系……不先将这些疑问梳理清晰，对中国文学尤其转折之后的现当代文学的认识和评价，对中国传统"文"的概念的把握，也只能是盲人摸象。假如需要一再面对理论预设与文学事实之间的错位与不适，研究也就成为自说自话的纸上谈兵。一方面，是实际视角与对象始终难以贴合；另一方面，当我们试图概括或展开细部讨论时，往往丧失了描述的能力。

那么，什么是文学性？按照雅各布森的描述，"文学性"就是"那种使特定作品成为文学作品的东西"①。形式主义文论从索绪尔语言学的相关理论出发，把语言工具的独特性视作文学区别于史学、哲学、心理学等一般人文科学的根本所在，从而使文学获得了独立空间。在此之前，西方也曾有过形形色色关于文学特性的描述，从诗性、虚构性（fictionality）、情感性（emotionality）、审美性（fine literature or belles–lettres）到形式主义文论所突出的语言"陌生化（defamiliarization）"等，实际上都是在试图解开文学之为文学的本质属性这道谜题。这种对于文学特性的自觉关注，从19世纪欧洲浪漫主义兴起初露端倪，到20世纪前后文学（literature）一词从文献中离析而出，获得独立的地位，现代意义上的文学观念也终于形成。在这一背景下，俄国形式主义文论阐发的"文学性"，实际问题的发生远远早于概念的提出，不过此前还较零散，以探讨

---

① LEMON L T, REIS M J. Russian Formalist Criticism: Four Essays [M]. Lincoln: University of Nebraska Press, 1965: 25.

诗艺（art of poetry）、何谓好的文笔（fine writing）、什么是纯诗（pure poetry）等形式出现。随着20世纪现代"文学"概念的成形，"文学性"① 一词也逐渐脱离开其原生的语境，意义泛化，具备了与不同时期、不同社会关系网格中的文学现象进行对话的可能，并最终提"纯"、糅合，造出一个现代社会所普遍接受的，以审美、主情为特点的纯文学观念。新文学发生前后，影响中国文学和文化的走向的，也正是这样一种"纯"而杂糅的"文学性"标准。

与西方文学从一般文献著述中步步提纯相应，中国古代也经历过相似的过程。早在南朝宋时期，"文学"作为一种学问，就已经与史学、哲学、儒学分馆而治，齐梁时期"四声八病"，发现语言文字在音节排布上更多的韵律之美。同时，中国文学由来已久的对修饰性的强调也进一步自觉，由此出现一系列在形式和内容上都务求踵事增华的文论表述和相应的创作实绩。陆机《文赋》列诗赋十体，其中"诗缘情而绮靡""诔缠绵而悽怆"，主情不可谓不浓；刘勰以形文、声文、情文三项叙"立文之道"（《情采》），创作指导不可谓不全；萧纲突出"吟咏情性"和"篇什之美"，萧绎直接下定义曰"吟咏风谣，流连哀思者谓之文"，概念不可谓不明。

至于创作方面，辞藻华丽、声律调谐的骈文兴起，将文字的形式美发挥到了极致。萧统所编《文选》作为现存的最早一部汉语诗文总集，除诗外，所录多属骈体文，或骈散兼行之作，如《归去来兮辞》。此后骈体、律诗等有韵之"文"创作日盛，到唐代散体的古文势力渐起，文笔互为消长，不过骈文一直影响深远，甚至延及公文、应试等文章写作当中。② 直到清末，阮元《文言说》掀起与

---

① 以下述及"文学性"，均是就现代出现的"纯文学"意义而言。
② 到唐时骈文受古文压制，互有消长，不过骈体诗文的创作一直数量可观，而且科举考试也有写作律诗、律赋等要求，到明朝八股文受骈体文影响明显，这种对形式美的规定性，更可能影响日常写作的风格，如鲁迅所言，唐传奇比较"六朝之粗陈梗概者"，更加"文辞华艳"。

桐城派之间的最后一次骈散之争。后刘师培又作《广阮氏文言说》阐发，使阮元所谓"孔子以用韵比偶之法，错综其言而自名曰'文'"的定义更显周密。

从六朝到近代，尽管围绕文笔、骈散论争反复不断，却始终是在一个大的人文之"文"语境下讨论。直到晚清近代，刘师培围绕"（骈）文"建构起一个完备且有冲击力的体系，受到西方美术观念的启发，将"文学性"归入一个最传统也最激进的内核，即认为"文"的本质只在形式上的声色，又将形式上的声色归于文字本身之美，"文章之必以'彣彰'为主"，而符合这一"彣彰"之美的理想形态，就是骈文。"偶文韵语者谓之文，无韵单行者谓之笔"①，刘师培借助对"文""笔"的重新界定，以一种聚合的方式重新阐释了"文"的历史，成为传统"美文"在新文学到来之前的最后遗响。如果说，早前阮元《文言说》与古文之间的理论论争，还是中国传统"文"脉内部的"文学性"探讨，是文笔、骈散之辨的再度重演，双方就语言形式与文章义理诸方面据理力争，各自营造出一个自足的"文"的概念，而实质上，二者在文与质之间日益凸显的裂隙上辛苦弥缝，对于传统"文学性"的理解并没有根本性差别。《广阮氏文言说》自觉跳出了传统文学观念的逻辑，刘师培接受了西方纯文学观念的影响，又以深厚的小学功底立论，在古典"美"的诠释上不遗余力，而未论及文章质地与实用，对话的目标显然已经不是来自"旧文学"内部的散体文类。

事实上，经过历代文人的创作和完善，骈文的确最符合所谓西方"文学性"的标准，其形式美不仅威胁到了桐城古文一派，而且，在白话创作还未及实现"美"的要求时，也成为"旧营垒"中有资格抗衡新文学的最后一道屏障。1917年前后《新青年》上

---

① 刘师培. 刘师培中古文学论集 [M]. 北京：中国社会科学出版社，1997：212.

一场关于"美术之文"与"应用之文"的讨论，本意原是为新文学规划出"美"的图景，讨论的焦点却重新绕回"不容反对者有讨论之余地"的语言工具之争，中间的转折点就是一则论证骈文"文学性"的读者来信。① 周作人虽痛批桐城古文，对待文选一派却留有余地，不似重文字之学而不重文章的钱玄同一样壮怀激烈。② 到后来白话文学的根基已固，周作人开始着手为新文学寻绎"源流"时，态度更为显豁，认为"骈文和新文学，同以感情为出发点，所以二者也很相近"③。

不过，虽则在新旧文学两个阵营看来，骈文的形式和内容都符合"纯文学"的标尺，却还是不能回避这种"美文"自身被历史淘汰的命运。当刘师培剔净了语言所要传达的内容，纯以形式上的修饰建构一种美时，实际上与俄国形式主义文论所提出的"文学性（literaturnost）"或曰"陌生化"十分接近。然而，这样一种偏重形式感的"语言文字"的标准，以及对于语言形式与思想内容二元性

---

① 常乃德揭开了新文学内部在应用与美术、白话与文言之间的不同意见，由此将问题的讨论明晰化。事实上，陈独秀与南社文人一度交游甚密，《新青年》也曾刊载过柳亚子、苏曼殊等人的文言作品，对于骈文和律诗，陈独秀的态度可以说不无宽假。

② 周作人对骈文的相对优待，出发点也在于语言，主张以骈文的华美救济白话文之贫瘠。早在1925年新文学尚处于"国语的文学"阶段，他就在《理想的国语》一文中提出："我们所要的是一种国语，以白话为基本，加入古文方言及外来语，组织适宜且有论理之精密与艺术之美。"1940年的《汉文学的传统》进一步补充此前观点："假如能够将骈文的精华应用一点到白话文里去，我们一定可以写出比现在更好的文章来。我又恐怕这种意思近于阿芙蓉，虽然有治病的效力，乱吸了便中毒上瘾，不是玩耍的事。"虽然对骈文表现出某种戒惧，不过所戒惧的对象，应是陈腐思想"附尸还魂"的可能，这与他在新文学初期的忧虑——"把小孩和脏水一起泼掉"（《〈旧梦〉序》）是一体两面，而整体的看法不变，即认为骈文可以带来"好的文章"。

③ 周作人. 中国新文学的源流 [M]. 南京：江苏文艺出版社，2007：32.

的关系预设，似乎并不能够照亮中国"文"脉的独特性，具体表现即是，建基在审美修饰性上的这种"美文"，只能是一个空荡荡的外壳，既无法实现自我更新，也难以传达出新的思想、人生和情感。

从最初的人文之"文"，到属文和彣彰之"文"，对于中国传统文学来说，这里有一个更根本的问题，即语言文字和思想文化二而一、一而二的密切关系，尤其在以书面文言写就的古典散文、律诗当中，汉字与思想间的黏着度更高，也就愈难和西方20世纪的"文学性"完成匹配。当传统文脉进入近现代社会，面临的最大困境就是文对质的遮蔽。近现代出现的几种文学改良方案，出发点也都在对语言文字的不同定位上，除刘师培提供的思路之外，从章太炎到五四新文学家们代表了文学更新的另一种策略，即以"文变"来带动"质变"。

既然思想已经陈旧，表达这些思想的形式也堕入陈套，文学想要表达新的事物和新的思想，重新动人性、移人心，甚至以文学来疗救国人孱弱的精神，首先需得完成一场整体形式上的革新。为了革除表达工具的积弊，章太炎提供了一个带有理想色彩的文学复古方案，他希图通过重新造字、挖掘旧字、还复本字，从头搭建起"（物—）文—象—意"一一对应的原初状态。虽然这种初始状态更多只是停留在乌托邦的空想，且"以有文字著于竹帛"定义"文"，也失之过宽，不过，其以文字为文章、文化之本的解决思路，将"美"附着于"修辞立诚""立诚存情"[1]之后的作文态度，与传统"文""质"一体的特性遥相契合。[2]

---

① 章太炎. 与人论文书［M］//章太炎. 章太炎全集：四. 上海：上海人民出版社，1985：167.
② 与刘师培借助"纯文学"观念提取中国美"文"相反，章太炎是从最原初的"文"的概念出发，以文字牵连当下思想文化整体，通过文学复古，达至文化复兴。

事实上，在如何理解中国"文"的特性，也即传统"文学性"这一方面，章太炎与胡适等新文化人的取径不同，着力点却是一致的：通过语言文字系统的重整，实现真诚、形象的自我表达。也因此，表面上二者分别站在了复古和趋新的两个极端，实际都是为革除"旧文"之病——辞不达意。"文胜质"是经历过数千年的写作积累下来的"文"之弊害，站在五四新文化人的方向往回看，文言的"滥调套语"都在于此，从主张"文学复古"的章太炎的方向往后看，文字孳乳的"表象主义"也多在此，而讽刺的是，传统"文"原本意蕴的丰富性也在于此。

通过对中国传统"文学性"及其近现代变化的粗略梳理，可以看出，在传统"文"的观念体系里，与表达的方法论相比，内容上的质实是第一义的。"文"的写作是一个试图打破人与人之间的物理，尤其是精神隔阂的信息交流过程，是主体自我打开的过程，与此同时也才是"美"的创造过程。因此，作为一种书写形式，"文"长期都与史学、哲学等专门类学术缺少明确的区分，且又附庸在经国载道、实现社会价值等大业之后，虽在漫长历史进程当中偶有松动，"文"的主体部分却从未自觉脱离开整体环境的桎梏。概言之，与其说以"文学性"为名讨论传统"文"脉的特性，不如说"人文性"更确切一些，因无论文、笔，始终都处在既定文化、社会立场的包围之中，也从中获得丰沛的情思和精致的形式。

三、"文章"寻踪

可以说，在"文""文章"与"文学"三个词语中，"文章"内涵和外延都相对"纯净"，较少受其他概念的干扰和改写，也因此更完整地保留了一些来自传统的质素。在"文""文学"等词的所指在古今转换之间斑驳难辨时，"文章"一词却平稳地延续了下来，进入现代文学的语境后，概念也并未发生明显的断裂。同时应该看到，所谓"纯净"只是相对而言，如果放在中国文学发展的内部考察,从出现开始,"文章"就是一个变动不居、因人而异的指称,不同时代的创作事实和关注重点不同,其内涵与外延也代有其变,与"文""诗赋"和"文学"几个概念之间的关系,更是错综复杂。本节试图将相关问题重新放回到"文章"一词发生、发展的具体语境中阐释,通过历时性的梳理,呈现一个动态的"文章"概念及其规律性。

(一)"属文"而"成章"

"文章"一词出现较早,先秦文献中常能见到二字连用,指的是艳丽图纹或礼乐法度,词义结构单纯,为"文与章"的同义并列。汉语初期多单音节词,合成词较少,为了协畅音节,同时强调本义,常将意义相近的两个字叠加使用。"文章"属于汉语早期的联绵词之一,使用随意,尚未成为一个固定词语,与之相似的还有刻镂、黼黻、彣彰等。

"文"字的内涵上文中已有述及,因此在进入对"文章"词义的考察之前,有必要先就"章"字做一番梳理。从现有文献来看,"章"字的意义在秦汉前后经历过明显变化。先秦时期,"章"与"文"意义相通,有时甚至可以换用,如《诗经·小雅·裳裳者华》曰"维其有章",指的就是君子有文章,"文采繁华"。《周礼·考工记》详言"画缋之事",以"五色"对应四时各方,则"青与赤谓之文,赤与白谓之章,白与黑谓之黼,黑与青谓之黻,五采备谓之绣。……火以圜,山以章,水以龙,鸟兽蛇。杂四时五色之位以章之,谓之巧"①。这里连用三个"章"字,分别指向色彩、图纹和彰显使标识的意义,大致也与"文"字在形式修饰上的内涵相契。

秦汉以后,"章"字一变而为"章节""章句"的意义,所谓

---

① 郑玄注,贾公彦疏. 周礼注疏 [M]. 北京:北京大学出版社,1999:1115.

"文章"也即"属文而成章",形成日后"单篇文字"概念的雏形。《说文解字》将"章"字释作"乐竟为一章",认为它最初源自声音的停顿,是表示一段乐曲结束时的单位,小篆字形"从音从十",与字义大致也能对应。段玉裁后来又注为"歌所止曰章",意在补充说明《说文》的逻辑。不过,"乐章"一词在秦汉前并不多见,即或偶一出现,例如《礼记·曲礼》言居丧之礼,"丧复常,读乐章",这里的"乐章"与其解作"配乐的诗篇",似乎应别有所指。《论语·阳货》中记宰我问孔子"三年之丧"一事,讨论的就是丧期长短和礼乐伦理的问题,"君子三年不为礼,礼必坏,三年不为乐,乐必崩",可知君子守丧期间不为礼乐,期满后恢复如常,再以之对照《礼记》中的"读乐章"一句,倒更有可能是"君子重修礼乐"的意思。

不可否认,先秦时的"章"字,可能的确与声音、节奏之间存在某种渊源关系。相传《大章》为尧时所制古乐之一,《左传》以"章"来指代某一诗节,而诗本身就能追溯至巫史礼赞天地的颂乐。不过,郑玄《礼记注》曰"大章尧乐名,言尧德章明也",则"大章"用的仍是"彰显"义,即便《左传》当中"卒章""断章"等说法,实际上也与"章明""成章"等有不少相通之处,即都是在"彰显使标识""错画而有序"的方向上加以延伸,如《国语·周语》中"得以讲事成章",《孟子·尽心章句上》中"君子之志于道,不成章不达"等。作为一段乐曲停顿的标记,乐章、诗章之"章"在先秦典籍中既不常见,也很难逆向解释"章"字在同时期的丰富记忆,而"声成文"谓之"音","音相比"是为"乐",所谓"成章""成文""乐章""诗章",都是表示事物达到一定阶段时的状态,则"章""文"即划分这一阶段的临界点。① "乐竟为一章",倒有可能是以"彰明使标识"为本义引申而来。②

不过,秦汉时期"章"的字形改变,以另一种方式放大了其作为一个阶段性、标识性符号的意义。《说文解字》所收汉字以秦时小篆为主,而"章"字金文写作🔲或🔲,字形"从辛从田",经过秦朝"书同文",小篆字形简化,"章"字写为"从音从十"。《说文》以字形释义,能够前后连贯,说明秦初字形上的改变,已经影响到时人对"章"字的普遍理解和使用,至少放大了"章"字的某一部分含义。如此,初期的"错画""图纹""彰显"等本义退居其次,而以"彰"代替,至于"章"字则变为标志一段乐曲、诗文等停顿的单位,与此相关的还有章句、章节、篇章等词。同时,这一字义又参与改写了先秦典籍中有关字词的概念,如乐章、文章等,正是经过这样的变动之后,"文章"才得以从"礼乐法度""错画缤纷"等,演变为"单篇文字"的含义。

因"文""章"二字,最初就是来自人对于自然界的直观印象,即天地万象、缤纷杂陈的美感,连用时即如《楚辞·九章·橘颂》"青黄杂糅,文章烂兮",又如李白《春夜宴桃李序》"阳春召我以烟景,大块假我以文章",化用的都是"文""章"的本义,不过这种用法后来并不多见。更多时候,先秦时期"文""章"连用,指向形式修饰上的美感,这至迟见于战国末期的文献当中,《墨子·非乐上》"非以刻镂华文章之色,以为不美也",《庄子·外篇·胠箧》也有"灭文章,散五采"的说法。对于这种修饰之

---

① 《吕氏春秋·仲夏纪·大乐》谈音乐的起源,"音乐之所由来者远矣,生于度量,本于太一。太一出两仪,两仪出阴阳。阴阳变化,一上一下,合而成章。……先王定乐,由此而生。"

② 见《左传·襄公二十八年》:"赋诗断章,余取所求焉。"《左传·宣公十二年》:"又作《武》,其卒章曰:'耆定尔功。'"

美,墨道两家的态度都比较消极,这自然与他们各自对"文"的看法吻合。沿此方向进一步引申,还可用来形容辞采华美,后来为避免概念使用上的混乱,这一含义常使用"彣彰"特指。

与"文"从修饰之"纹"到人文之"文"的演化同步,"文章"一词在先秦时也很快被应用到人文领域,随之衍生出礼乐文明、规整有序的意义。孔子盛赞尧之有德,曰"焕乎!其有文章",几乎与"郁郁乎文哉"的感叹相同。"文章"与"文"此时都明确地指向经纬天下的制度礼仪,也是美、善兼备的道。① 并且,在儒家的人伦价值体系中,"文"与"文章"不仅是圣人之"道",也须内化到君子的人格修养当中,博学于文,约之以礼,所谓"文章"也正是"人文"与"礼乐"的综合。《礼记·儒行》描述合乎理想的儒者,在"规为"一项中要求"上不臣天子,下不事诸侯,慎静而尚宽,强毅以与人,博学以知服,近文章,砥厉廉隅,虽分国,如锱铢,不臣不仕"。其中"近文章"一句,大致是对君子熟习礼乐规制,且能以自砥砺的要求。②

简言之,秦汉之前"文章"大概有三层含义,其一为色彩缤纷或图纹修饰,如《诗经·六月》"织文鸟章,白旆央央"③,常与"黼黻"连用;其二为典章礼仪,如《诗·大雅·荡序》有言"厉王无道,天下荡荡,无纲纪文章",《荀子·尧问》所谓"天下之

---

① 《诗·大雅·荡》前附小序,曰:"厉王无道,天下荡荡,无纲纪文章。"

② "规为"二字,孔颖达解释作"自规度所为之事而行"。又将"文章"解释为六艺经典,疏曰:"言儒者习近文章,以自磨厉,使成己廉隅也。"然而"博学"已经是"博学于文"的意义,"近文章"则应别有所指,这里如果解释为儒者熟习礼乐规制,既合于战国时期人们对"文章"一词的普遍用法,与"规为"一项的整体方向也更贴合。

③ "鸟章,鸟隼之文章,将帅以下衣皆著焉。"参见:郑玄笺,孔颖达疏. 毛亨传[M]//李学勤. 十三经注疏:毛诗正义. 北京:北京大学出版社,1999:636.

纪不息,文章不废也",《韩非子·解老》中"圣人得以成文章"均属此义;前两层当中,"文"与"章"还是同义并列,第三层"文章"的结构发生了明显变化,构成主谓关系,简言之即"文彰",与"文明"一词结构相近。《论语·公冶长》载:"子贡曰,夫子之文章,可得而闻也。夫子之言性与天道,不可得而闻也。"邢昺《疏》曰:"夫子之述作威仪礼法有文彩,形质著名,可以耳听目视,依循学习。"① 则此处"文章",是多项意义的杂糅。

到汉及以后,随着"文"的概念从"人文"到"属文"收缩,"文章"既可以用来统指一切文字著述,是对此前历史记忆的延续,同时又在"章"字的推动之下,衍生出特指单篇文字的意义,此后广狭二义并行,基本上确立起传统"文章"概念的大致格局。当"文章"被用来指代一般"诗书"著述时,其与属文之"文"同义,是一个无区别的集合概念,如《汉书·艺文志》中"乃燔灭文章,以愚黔首",《汉书·儒林传》中又说"燔诗书,杀术士,六学从此缺矣"。秦时所燔之书,既有儒家六经,也包括诸子之书等等,统一都可用"文章"代称,这是后世"文章"一词最宽泛、也最稳定的外延。"章"字在字形、字义上的新变,对"文章"词义带来的影响更加不容忽视。

在《史记·儒林外传》中,可以发现一个处于变化中的"文章"形象。司马迁在文中原样引录公孙弘奏请之辞,其中"臣谨案诏书律令下者,明天人分际,通古今之义,文章尔雅,训辞深厚,恩施甚美。小吏浅闻,不能究宣,无以明布谕下。治礼次治掌故,以文学礼义为官"② 一段,所言"文章"虽还未明确"独立成篇"

---

① 李学勤. 十三经注疏:论语注疏 [M]. 北京:北京大学出版社, 1999:61.
② 文学礼义是官职名,为治礼、掌故之职,一般由懂得经学礼仪的人担当。参见:司马迁. 儒林列传第六十一 [M] // 司马迁. 史记. 北京:中华书局, 1982:3 120.

的意义，不过，显然也已不同于此前的含义，大致是指"行文有序、文辞得体"，更接近于后来"文章作法"的标准。

汉时因辞赋创作繁盛，文章又称辞章，奏章中"文章尔雅，训辞深厚"一句，是针对诏令本身的描述，为互文结构，文章、训辞互释，具体到"章"与"训"，分别对应"文""辞"的"有序"和"有据"两个方面，而"尔雅""深厚"，则是说汉武帝的诏书雅正得体、辞义晓然。① 西汉初年章句之学尤盛，经学又分古文、今文，今文重视章句，辨析句读章节等，古文重训诂，侧重阐释辞中义理，如果一篇文字能做到"文章""训辞"兼美，则可总括两汉时期学者对连属文字的要求，文章作者，后来也正是从学者群落中分化而来。公孙弘所谓的"文章"，正是属文之"能"和章句之"学"在特殊语境下的结合，其能出现在奏书当中，又为司马迁著史所引，说明以"文章"形容"一篇文字的行文措辞"，在当时是比较正式的用法。

"文章"与"训辞"相应，背后是两汉经学之于文学、学"文"之于属"文"起到的带动作用。今文学家以句读拆解文意，借助语言的名实相符，以字与字、词与词、段与段之间的流畅转喻，连属而成一篇意思完整、顺理成章的文字，故后来的文章写作，讲究起承转合，以意畅辞达为主。古文学家则重在探讨字词的历史记忆和联想义，背后有一个相关的知识体系，这个知识体系在汉代主要体现为一系列儒家经典及其背后的思想传统，也即孔子之文章，及天道性命之说，后来进一步演化为"文以载道"，以及晚清时的词章、义理和考据之论。比起离章辨句一事，词义训诂方面的学养运用到连属文字上，更多表现出义理阐发的隐喻性，也即微

---

① 《尔雅》是中国最早的一部辞书，早在汉文帝时就特设《尔雅》博士，专门研习，早于汉武帝时的五经博士，可见汉初对于识文断字、考究辞义极为重视。

言大义,含蓄蕴藉。后世通行的"文章"观念,大体也是沿着"属文"与"章句"两个方面发展,作为传统文人传情达志的书写方式,文章传统渐趋于成熟和稳定。

关于"章句"之于"属文"的意义,刘勰《文心雕龙·章句》有一个恰当的总结:"句者,局也。局言者,联字以分疆;明情者,总义以包体。区畛相异,而衢路交通矣。夫人之立言,因字而生句,积句而为章,积章而成篇。"如此,属字成句,连句成章,缀章成篇,因以立言明情。从汉初的"文章尔雅",到魏晋的"文章,经国之大业",传统"文章"一词从起步阶段,就注定了长久与"学""道"缠绕难解的命运。

(二)"文章"辨体与新文学的源流

与"文章"概念一起萌生的,还有在文章内部辨体溯源的自觉。魏晋六朝时期"文类日滋",辨体一方面是规范日常写作所需;另一方面,文章的范围确实过于宽泛,几乎可以施诸一切著述文字。彼时辨体,也是在文章内部明确一个等级序列,以树正宗,别枝派。

因此,自第一本以"文章"命名的《文章流别论》起始,为各类文体追溯六经渊源,使其名正言顺,成为一个共同的趋向。挚虞在《文章流别论》开篇就为"文章"下定义,"文章者,所以宣上下之象,明人伦之叙,穷理尽性,以究万物之宜者也"①,强调内容上的人伦、德性,极力抬高文章的地位,却唯独没有提到形式之美。与此相似,曹丕《典论·论文》将文章推为"经国之大业,不朽之盛事",四科八体中,却将诗赋排在最末,因"文本同而末异";刘勰《文心雕龙》明言"古来文章,以雕缛成体",而论文叙笔,亦力求主次井然,"原始以表末"。概言之,在传统文章的内

---

① 挚虞. 文章流别论 [M] //张明高. 魏晋南北朝文论选. 北京:人民文学出版社,1999:179.

部秩序中,一般著述优于单篇文章,而单篇之内,又按照实用性的大小区分众体,建构起一个具有强烈向心力的"文章"体系。自此之后,传统"文章"一词至少具备了三种含义。一是指某一篇文字作品,这一用法始于两汉。二是泛指一切著述文字,为属文之"文"的范围。此外,"文章"还可作为美称,指涉自身范围当中措辞、立意都符合雅正之音的那部分文章,也即文章的主干,与此相对的便是"文章之枝派,暇豫之末造"①,如刘勰所谓"杂文"、曹植所自谦的辞赋小道,都属于文之余事。这一层狭义上的"文章"概念,与"彣彰"不同,二者恰好处在"文"之两端,前者重事功、言道,是能"立言不朽"的文章主干,后者则相当于"美术文章"。

狭义上的文章,内含的雅正因素和自律性,某种程度上来自两汉时期"文章"一词生成的儒学、学术背景。在经学背景下铸型的"文章"一词,首先便须以内容上的善和真为重,对于形式上的修饰有可能偏离内容心存警惕,这大致也形成了传统文章以道德节制美饰、以理性节制情感的大体思路。简言之,只有合于善的美才有可信性,于乐则为《韶》《雅》之类,于诗则为《雅》《颂》之类,尽善尽美才可称雅正,也即"美好"之义,而这种善在古代社会中最主要的表现形态,就是儒家积极入世的人生理想。汉朝时大赋铺排华丽,极尽奢华能事,抒情小赋也清丽可喜,似乎较之五七言诗更受当时的文人青睐。扬雄少时以辞赋闻名,后来却转向著书立说,仿《论语》作《法言》,仿《易》作《太玄》,从雕琢词章到论学、言道的回返,在中国传统文人中也颇有代表性。

后来曹植承扬雄余绪,耽作"小文",自谓辞赋小道,未足以彰显大义,可见辞赋和汉魏之间其他堂皇方正的文体相比,地位悬

---

① 刘勰. 杂文第十四[M]//刘勰. 文心雕龙注. 北京:人民文学出版社,1958:254-260.

殊已是共识。如果试将《与杨德祖书》和杨修的复信《答临淄侯笺》对读，可知曹植所说"辞赋"，主要指赋、颂二体，赋颂为古诗之流，大致也相当于《典论·论文》中的诗赋。① 而在辞赋之外，曹植理想的著述状态则是"采庶官之实录，辩时俗之得失，定仁义之衷，成一家之言"②。其与曹丕称道文章，而将诗赋列于最末，二人在"文章"秩序的认定上是一致的。

值得注意的是，刘勰在《文心雕龙》中区分出一类只事雕缛的"杂文"，多是模仿《对问》《七发》《连珠》等自娱自遣的作品，刘勰认为这些都是文章中的"枝派"，不足以列入正体，故杂而收拢。这里所谓"杂"，为"参错之称"③，杂文即以余力所为小文，是原道、宗经外的文之杂事，也是私事，作者或逗辞采，或抒胸臆，从中可以清晰照见一个"为己感物"而"疏于功用"的文类。在文与道关系密切的年代，所谓"枝派"倒更能经得起后来纯文学眼光的打量。

就《典论论文》《文心雕龙》到《文选》建立起的文体序列来看，论学与应用文体是文章正体，私人抒情文字大多归入末流，其中《文选》虽将诗赋的地位提升，也需先为其正名，强调是"古诗之流"。"文章"主体则需依附于一个"大用"之下，以公共性的和谐压制表达的自由，也因此，在漫长的古代文学发展历程中，即便生发出一种专注于个性表达或形式修饰的"文章"，也往往被

---

① 所谓辞赋，汉时一般指赋，不过曹植这里用来通指诗赋等体，以辞赋该诗、赋二体，这一用法可能化自西汉扬雄《法言·吾子》"诗人之赋""辞人之赋"的提法，不过《典论·论文》中细分文体，故"诗赋"分谈，《与杨德祖书》为私人尺牍，笼统称之。针对曹植书信中"辞赋小道"的说法，杨修回信《与临终候书》称"今之赋颂，古诗之流"，则曹植交予杨修的辞赋，应包括四言有韵的颂体和抒情小赋。

② 曹植. 与杨德祖书［M］//萧统. 文选：卷四十二. 北京：中华书局，1997：1320.

③ 《说文解字·衣部》释"杂"为"五彩相会"，段玉裁注："所谓五采彰施于五色作服也。引申为凡参错之称。亦借为聚集字。"

归入杂文或异端一类。与此相对,传道、授学等著述文章,长期占据着中国文脉的主流,其写作价值不在文辞修饰,而是更注重内容的切实与思想的充盈,不过在形之于文的过程中,"文章"的独特性也便显现出来,使其本身有可能成为一件文质兼备的作品。

实际上,中国古代文化、哲学思想的特点,对真、善、美关系的认知,对适度、中庸的强调,都深深滋润同时也限定着传统"文章"的生长形态,既臃肿曼衍,同时主次之间秩序分明。不仅"文章"从未在"文学"这一汉语书面系统中获得独立的地位,立言之外,还有更为不朽的立德与立功,而《诗》《书》六经之所以能被奉为经典,正是因为在儒家观念当中,夏商周三代遗留下来文字,承载了有益于社会人生的思想、政治与文化形态。此后文章一再辨体,形式上更绮丽、内容上更私人的文体,数量既少,位置又居于应用之文与学术著述之后,一直到清时编撰《四库全书》,从经史子集四类的排序来看,个人文集居于最末,其中绮丽、言志的文章又在集末,更遑论不能登大雅之堂的传奇、杂剧等。

回看传统文章的历史发展过程,其实大部分文章恰好卡在文与学、文章与道义的中途。一方面,文章依附学问、道德,甚至是现实政治,容易沦为经学的附庸,丧失其修辞立诚的本义。另一方面,文章也在源源不断接纳外部世界的滋养,接受见识、常识、人生遇合以及社会经验的补益,人与文得以深深介入到当下社会性、日常生活和生命体验当中。

作为一种传统文化的表达方式,"文章"的理想境界是及物的真实,即及事、及情、及意,及于一切想要借助文辞抵达的质实,而未过之。在传统以道为宗的文学系统中,真实与否要先接受道德的评判,而所谓"文章",主要指那些介入了现实,而又不具备挑衅性的得体的文字。这一狭义的"文章"既接受"道"的浸润,气盛言宜,同时作为一种特定的语言表达方式,也容易被后者利用,失去自主性,成为用来实现某一功利性目的的工具。唐宋之后，中国文人习惯以文章统称诗文，而以载道古文为其正宗。在言说大道、经国济世方面，学术经济明显优于词章，而在词章当中，古典散文堂皇方正，地位又优于、适于娱情遣意的诗词小道，至于传奇、戏曲等类又要等而下之。

而对新文学的提倡者而言，旧文学对于现代社会的一个最大戟刺，就是思想对文章的统驭，也即对为文功利性的偏重，这种辖制发展到"文以载道"越演越烈，成为后人为文的一种自我约束状态。这也是周作人一直对载道古文深恶痛绝的原因，以"道"统制思想和文字，写出来的只能是千篇一律的伪善、虚美之作。与此同时，"非主流"的中国文章，也没有真正遗失。当离开传统社会对道德文章的具体规定性，则文章所言说的"道"具备多种面向，不止于孔子的先王之道，或朱熹的伦理之道，或老庄的自然无为之道，更有与日常生活息息相关的道理、经验和常识。实际上，当中国文学越往前发展，一路上吸收涵养的"道"理越多，也越难给出一个完整的概括，大到经国抱负、小到细民感慨，《别赋》与《离骚》相隔万里，共同点只在使人感同身受，也即文字、思想与人的活生生的共时存在。

如此，文章得以多种形态切入社会公共领域，干预或者介入社群的道德、政治实践，也正是在这种"文"与"道"一而二、又二而一的意义上，中国文人长期都保有入世情怀、开阔视野和责任感，有时甚而能激发出一代代读书种子的某种"不自量力"，愿以性命济世、螳臂当车。即便进入近现代的中国，尤其是五四之后，曾经激烈反对过"文以载道"、高扬"纯文学"理念的一代知识分子，分歧也只在对于"道"的具体内涵、与"文"的本质关系的认知上，即力图从儒家所谓正道上叛离出来，重新为文学之道寻找新的轨范。他们或诉之于当下严峻人生，或诉诸富有浪漫色彩的"情"或"真"，或诉诸老庄哲学之"道法自然"，而无论是"为人生""为艺术"，还是"人生的艺术派"，作家们的视界与笔端也从未真正离开过"十字街头",从未淡化过其对公共事务、时代社会的自觉关切。

"文"无定体,而以品性、思想、审美趣味为根底,金代王若虚《滹南遗老集》中记有一段对话,"或问文章有体乎?曰:无。又问无体乎?曰:有。然则果何如?曰:定体则无,大体须有"。这恰可以用来形容"文章"在确定起基本内涵后,文体不断细分,又不断聚合,不断催生文章主干与枝派的过程。

值得注意的是,当新文学家们热衷引介新名词时,周氏兄弟却倾向于使用"文章""杂文"等既有词语整合中国新、旧文学,对于"文章"一词尤其偏爱。谈到夏目漱石的小说时,周作人称许其文章之妙,"可喜的却并不一定是意思,有时便只为文章觉得令人流连不忍放手"①,又把废名的小说《桥》和《枣》选入《中国新文学大系·散文一集》中,认为"可以当小品散文读,不,不但是可以,或者这样更觉得有意味亦未可知"②。"文章"一词在这篇导言中出现达29次之多,几乎包括一切应用文字、学术论文、小说、诗和小品散文等,可见意义并不限于特定文类,而是对某种文字、情思兼美的理想之文的代称。

鲁迅后来青睐魏晋风骨,称道其文章通脱、清峻,周作人称许六朝文章,尤其看重其中"非主流"的北朝文字。③ 在文辞古雅、思想通脱方面,周氏兄弟的文章实践不谋而合,重新在传统中打捞出一类边缘文体,或是长期被忽视的枝派末流,而这些古之枝派,

---

① 周作人. 我是猫 [M] //周作人. 苦竹杂记. 长沙:岳麓书社,1987:57.
② 周作人. 中国新文学大系(1917—1927)·散文一集 [M]. 上海:上海文艺出版社,2003:6.
③ 周作人虽一手将明末小品推到个人文学的尖端,在新文学中掀起一股仿效公安与竟陵散文的热度,自己的趣味却执着于六朝文章,比如《颜氏家训》《洛阳伽蓝记》《水经注》,甚至还有鸠摩罗什的佛经翻译。

无论语言还是风格,都可以拿来作新文学的文章模范。周作人《新文学的源流》虽意在提升晚明小品的地位,以公安派"信口信腕,皆成律度"的主张反证白话文学的合理性,在实际创作当中,却认为其"过于空疏浮华,清楚而不深厚",一部分新文学作家作品的流弊也在于此。而要使得新文学"耐读"且有蕴藉之美,实际上还需要重新回返到语言工具本身,从对文辞章句的调遣和安排入手。具体来说,就是增强白话语言的转喻功能,从这个角度来看,也能部分地理解周作人后期"文抄公"体的试验性,以语言文字的"成段"假借和隐藏,造成一种白话的涩味,从而带来文章从思想到形式的整体美感。

可以说,"文章"概念及其背后的文化意蕴,即是中西文学直接碰撞时,传统文脉的自我保全,同时将矛盾收纳到传统文脉内部加以缓冲、解释。狭义的"文章"概念,就承担了文学近现代转变过程中的缓冲一环。毕竟,至少在所指范围上,"文章"比传统"文学"一词更贴近于语言艺术与情感表达。需要注意的是,这种对"文章自觉"或"新文学源流"的判断,首先建基于进化论轨道上,对西方概论所谓"文学性"的认可,持有这样一种纯文学的眼界,回头再重溯中国古代文学时,自然会对"美""情"等关键性词语表现出格外的敏感,与此相应,汉魏文章的风骨独造、六朝对于"绮丽"之文的发现与创作,事实上也与这一纯文学的标尺形似。如此,文章传统以一种潜移默化的方式,散播在现代作家的语言表达与著述当中,通过古今文体的渗透,可能创造出新的文体,也潜在地改造着来自西方的标准文类。

而所谓新文学的源流,所谓文学的自觉时代,种种论说,实质仍然是新文学设法与传统文章展开对话、构建自我历史身份的一种方式。与其说其中反映出来的是古代"文"的自觉,倒不如说是现代文学整合古代"文章"的自觉,是新文学追求"文章""现代性"和人的"现代性"的可能。

第二章

传统中国驳杂的"文学"追求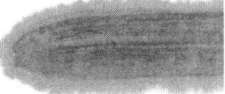

前文我们追踪了"文""文学"与"文章"几个基本概念在中国文化中的来源及内涵，这是我们在今天追问"文学何为"的重要基础。通过这样的梳理，我们知道"文学"一词早在先秦便已经出现，但与我们今天所理解的"文学"有着完全不同的内涵。那么，中国古代特有的文学观念是如何演变而来的呢？在这一演变过程中中国古代的文人们遭遇过怎样的困惑？他们又是以怎样的方式来回应这些问题的？当我们带着这些疑问走进历史，便可以发现，中国的文学传统也正是古代文人们在一次次回应"何为文学"这一问题的过程中逐渐积淀而成的。

在这一章里，我们将从"何为文学"这一问题出发，以中国古代文学形态的内部演化、外部社会功用两方面呈现中国古代文学传统的某些脉络。首先，我们将以魏晋南北朝时期的文笔之辨为例呈现中国古代文学意识的独立、文学体制的繁复，以及在此演变过程中缠绕古代文人们的困惑；其次，我们将从中发现中国古代文史哲互动、贯通的历史事实，进而展现中国古代文学偏重实用性、辅以审美性的文学功用观，以及史传传统下中国古代文学的非虚构倾向。

一、中国古代驳杂繁复的文学形态

（一）文学形态与文学历史的发展

中国古代文论家常常从文学形态与时代发展的关系来认识文学的历史。刘勰《文心雕龙·时序》提出"时运交移，质文代变""文变染乎世情，兴废系乎时序"。他指出，唐、虞、夏、商、周、汉、魏、晋、宋、齐，十代之间文学的风貌发生了九次变化。明代李东阳《怀麓堂诗话》中说："汉、魏、六朝、唐、宋、元诗，各自为体。譬之方言，秦、晋、吴、越、闽、楚之类，分疆画地，音殊调别,彼此不相入,此可见天地间气机所动,发为音声,随时与地,无俟区别,而不相侵夺。然则入囿于气化之中,而欲超乎时代土壤之外,不亦难乎。"① 明代胡应麟《诗薮》也说:"曰风、曰雅、曰颂,三代之音也。曰歌、曰行、曰吟、曰操、曰辞、曲、曰谣、曰谚,两汉之音也。曰律、曰排、曰绝句,唐人之音也。诗至于唐而格备,至于绝而体穷。故宋人不得不变而之词,元人不得不变而之曲。词胜而诗亡矣,曲胜而词亦亡矣。明不致工于作,而致工于述;不求多于专门而求多于具体,所以度越元、宋,苞综汉唐也。"② 又如姚华《弗堂类稿》中所说:"夫文章体制,与时因革,时也既殊,物象既变,心随物转,新裁斯出……故事际一变,则文成一体,一治一乱,文运攸关,说似诡谲,理实寻常。"③ 诸多文学形态不断地融合、创造,成为中国古代文学史发展、演变的主要原因和脉络之一。

目前中国古代文学史的编撰通常也按照朝代更迭,以每个时代最具代表性的文学形态为重点,勾勒文学发展的历史。这样的文学史深刻影响了我们对古代文学的整体印象。

早在西周初至春秋中叶,《诗经》中就已经用风、雅、颂不同体裁展现周初至周晚期约500年的社会历史面貌;用赋、比、兴的艺术手法,四言句式,重叠复唱的章法,显示了极高的艺术价值。春秋时期到战国末年,百家竞作,九流并其,诸子散文盛极一时。《论语》《老子》文辞简练,包蕴深刻。《墨子》以朴质鲜明的语言、独特的逻辑思维方式,塑形了论说文的基本样式。《孟子》以

---

① 李东阳. 怀麓堂诗话校释 [M]. 李庆立,校释. 北京:人民文学出版社,2009:241.
② 胡应麟. 诗薮 [M]. 上海:上海古籍出版社,1979:12.
③ 姚华. 曲海一勺 [M] // 姚华. 弗堂类稿. 上海:中华书局,1930:10.

辩论见长，刚柔并济，曲折尽情。《庄子》文辞繁复，富于浪漫色彩和浓郁的诗意。《荀子》《韩非子》结构严谨，笔力深入，论说畅达。诸子文章各具风采，对后世文学产生了深远影响。这一时期史传散文也开始蓬勃发展。《尚书》《国语》《左传》《战国策》等以事件为记录中心的编年体史传散文，内容庞杂，蔚为大观。战国后期出现的"楚辞"，一扫《诗经》之后诗坛长达两三个世纪的沉寂。楚辞以浓郁的楚国地方特色和神话色彩，用活泼的句式，开创了一代骚体诗风。汉代其时最具代表性的文学样式是汉赋。汉赋体式多样，有铺陈溢美的散体大赋，有手法灵活多样的抒情小赋。诗歌方面则有乐府诗，《陌上桑》《孔雀东南飞》《木兰诗》都是长篇叙事诗的瑰宝。在乐府诗的发展过程中，五言、七言的句式引人注目，到汉末出现的《古诗十九首》标志着五言诗的成熟。魏晋南北朝时期，文学开始走向自觉。各种诗歌样式开始萌芽或得到确立。此时，骈文的出现标志着此一时期文学样态创新的新高度。重视形式技巧的骈文成为与散文相对举的重要文体，直至清末仍然流行于文坛。至唐代，诗歌创作达到高峰。在六朝志怪小说基础上发展起来的唐传奇为后来小说的发展奠定了基础。晚唐、五代以及宋代的词兴起并发展繁盛。其后，元曲、元杂剧、明清小说等文学形态又顺应时代登上文坛。

如上文所述，经过几千年积淀的中国文学可谓绚烂异常。但是，这样的文学史描述依然延续诗歌与散文并重的叙述线索。事实上，即便是散文，在中国古代也包含着众多文学样式和文学体制。中国古代文学形态远远比上文描述的要更丰富、更庞杂。刘勰《文心雕龙·书记》中附列了二十四中杂文，"谱籍簿录"均纳入文学范畴。明代吴讷《文章辨体》中，将各种应用文体和诗赋并举。徐师曾《文体明辨》甚至列入玉牒文、贴子词、上梁文、青词等，可谓杂而又杂。如果以今天的眼光来看，这些文体形态并不能归入现代意义上的文学范畴。但如果以现代文学观念去剪裁中国古代文学，很多具有价值的文学形态会被排除在外，这样的剪裁也会遮蔽中国文学本真的样貌。那么，中国古代的文学形态到底是怎样的？如果凡是依托于语言文字记录的一切著述都可以纳入"文"的范畴，那么文学的边界又在哪里？英国文学理论家特里·伊格尔顿的《当代西方文学》一书中开篇即讨论了什么是文学的问题。他批驳了"想象的""非实用的"等对文学的种种界定。同时，他以英国文学为例说明了自己的观点："十七世纪的英国文学包括莎士比亚、韦伯斯特、马韦尔和密尔顿；但它也延伸到弗朗西斯·培根的论文，约翰·多恩的布道文章，班扬的宗教自传，以及托马斯·布朗爵士所写的一切。必要时甚至可以认为它包括霍布斯的《绝对权力》或克拉瑞顿的《反抗的历史》。"① 他又说："在十八世纪的英国，文学的概念并不像今天那样有时只限于'创造的'或'想象的'写作。它指的是全部受社会重视的写作：不仅诗，而且还有哲学、历史、论文和书信。"② 伊格尔顿对文学的理解与中国古代宽泛、驳杂的文学界定十分接近。苏联汉学家费德林同样认为："'中国古代文学'这一术语指的不仅仅是狭义上的，换句话说，不仅仅是文学本身的作品的总体概念，而且还囊括那些不受写作宗旨严格限制，或与此同时具有艺术质量与美学价值的一切文章或其中的某些部分。"③ 这样的描述也更符合中国古代文学形态的真实状况。

---

① 伊格尔顿. 当代西方文学理论 [M]. 王逢振，译. 北京：中国社会科学出版社，1988：14.
② 伊格尔顿. 当代西方文学理论 [M]. 王逢振，译. 北京：中国社会科学出版社，1988：35.
③ 费德林. 中国文学研究的问题和任务 [M] // 费德林. 费德林集. 赵永穆，等译. 天津：天津人民出版社，1995.

事实上，中国古代"文学"的内涵几经变迁，审美的与实用的、抒情的与言志的、有韵的与无韵的等共同构筑起了中国古代文学博大、庞杂的文学形态。

（二）文笔之辨与文体自觉

尽管在中国古代，"文""文学""文章"三个概念各自有其演变的脉络，但随着历史的演进，层出不穷的各种应用文体使"文章"这一驳杂的概念无从更加细致、合理、贴切地描述文学的本真形态。不同文体的出现，迫切地需要在"文章"这一范畴内部按照形式、性质对文体进行分类、归纳。章学诚在《文史通义》中说："盖至战国而文章之变尽，至战国而著述之事专，至战国而后世之文体备。故论文于战国，而升降盛衰之故可知也。"① 春秋战国时期百家争鸣，各种思想流派著书立说，催生了学术的繁荣和文章体式的发展。不仅记叙、说明等文体臻于成熟，而且出现了纪言体、论说体等新文体。根据功用和体制不同，《尚书》的分类有典、谟、训、诰、誓、命等。《周礼·大祝》分为：辞、命、诰、会、祷、诔等。这可以说是中国文体观萌发的最初阶段。随着文体不断繁盛，便需要对各类文体进一步辨析，理论化、系统化的辨析便产生了文体论。"文愈盛，故类愈增；类愈增，故体愈众，故辨当愈严。"② 至魏晋时期，开始涌现关于文体的著述，关于文体的认识和辨析也开始趋于理论性和系统化。纵观中国古代文学的发展历史，可以发现，出现大范围文体论争的时期常常也是文学观念演进的重要时期。例如，六朝时期的文笔之辨，唐宋时期的骈散之争，

---

① 章学诚. 文史通义［M］//袁行霈. 中国文学史：第一卷. 北京：高等教育出版社，1999：34.

② 吴纳，徐师曾. 文章辨体序说 文体明辨序说［M］. 北京：人民文学出版社，1998：78.

清代的桐城派与文选派之争。其中清代的桐城派与文选派之争由于论争的核心问题也涉及骈文、散文的正统地位,因此大致可归入骈散之争的范畴。这几次文体论争都是以区分"文学与非文学",辨析文学的形式、性质为基本论争主题。下文将梳理中国古代文学文体发展历程中具有代表性的文笔之辨,以呈现中国古代文学繁复、驳杂的形态特征。

六朝时期的文笔之辨是汉代时期文章从宽泛的文学范畴中分离出来之后,在其内部对当时已有的文章体制的进一步区分。正如郭绍虞所说:"大抵学术用语,恒随时代而变其含义,只须细细体会,犹可得其梗概。阮元知六朝有'文''笔'之分,诚是一大发见;惜犹不知汉初已有'文学''文章'之分,已有'学'与'文'之分。若明汉时有'文学''文章'之分,'学'与'文'之分,则知六朝'文''笔'之分,即从汉时所谓'文'或'文章'一语再加以区分耳。""文笔之分,实在是认识文学之独立性的必要条件。就当时的文学作风而言,假使看不到文笔之分的作用,就不可能使文学独立成为一种学科。"① 郭绍虞认为,"文笔之辨"的结果是使"纯文学"真正走向了独立之路。"文笔"之说,始于汉代,流行于南北朝。文笔之辨是六朝时期重要的文学批评论题。论争一直延续至唐代古文运动兴起,后至清中期为了回应当时的时代问题又被阮元等人重新提起。"笔"的最初含义泛指书写制作。"文"的最初含义指彩色交错。《说文解字·聿部》:"聿,所以书也。楚谓之聿,吴谓之不律,燕谓之弗。从聿一。凡聿之属皆从聿。笔,秦谓之笔,从聿竹。"《释名·释书契》:"笔,述也,述事而书之也。""笔"即为写下来,是一个动态的过程,因此含有制作的意

---

① 郭绍虞. 文笔说考辨 [M] //郭绍虞. 照隅室古典文学论集:下编. 上海:上海古籍出版社,1983:327.

思。"文笔"指单篇之作,经史子等专门著作不在其列。"文笔"泛指诗赋、散文及各种应用文体,相当于汉代"文章"的概念。文笔之辨提出了文与笔的区别,实质是对"文"的概念的辨析。文笔之辨,是人们对"文学与非文学"的进一步认识。同时,也反映了人们对文学的功用和特点的认知。本质上来看,文笔之辨是中国古代在"文章"和"文学"尚未严格划分时的一种粗疏的分类方法。有意识的"文笔之辨"始于建安刘宋时期,颜延之评价其两个儿子道"竣得臣笔,测得臣文",既称赞其两个儿子各具"笔"才、"文"才,又说明自己"文笔"之才兼具。颜延之对刘劭所示严峻檄文曰:"竣笔体,臣不容不识。"这里将檄文称为笔体。颜延之进而提出:"笔之为体,言之文也;经典则言而非笔,传记则笔而非言。"此外,以《左传》为例,可以看作是"笔"的著述有:志、书、载书(盟书)、简书、典策、史书、御书、礼书、教书、铭、策命、勋策、刑书、丹书、文书、牒等。这些著述从应用性来看也有多重用途:如用于记载历史的史书一类;君王下达的命令、分封赏赐;涉及公事的信函;公共的行为准则;等等。《左传》中的"笔"多涉及官方带有较强应用性的公文。当时的文人们尝试从目录、音韵、情感表达方式等方面对"文"与"笔"进一步区分。

从目录上区分。《文镜秘府论》引《文笔式》云:"制作之道,唯笔与文。文者,诗、赋、铭、颂、箴、赞、吊、诔等是也;笔者,诏、策、移、檄、章、奏、书、启等也。"《文心雕龙》就曾在《时序》《序志》篇中一再采用"文笔"的概念。《文心雕龙》分文为诗、乐府、赋、颂、赞、祝、盟、铭、箴、诔、碑、哀、吊、杂文、谐隐等15种。笔为史传、诸子、论、说、诏、策、檄、移、封、禅、章、表、奏、启、议、对、书、记等18种。《文心雕龙·奏启》:"夫奏之为笔,固以明允笃诚为本,辨析疏通为首。"

即便这样详细区分也并不能囊括中国古代的全部文章类别。事实上,文笔几乎是文人一切非学术著述的创作总和,绝非以上这些文体所能涵盖。

从音韵上区分。在魏晋之前,韵文称为"文",无韵的文章称为"笔"。刘勰在《文心雕龙》的《总术》篇中将文笔之别概括为:"今之常言,有文有笔,以为无韵者笔也,有韵者文也。夫文以足言,理兼诗书;别目两名,自近代耳。"《文心雕龙·札记》:"六朝人分文笔,大概有二途:其一以有韵者为文,无韵者为笔;其一以有文采者为文,无文采者为笔。谓宜兼二说而用之。"① 刘勰的观点对后世影响深远。范晔《狱中与诸甥侄书》写道:"手笔差易,文不拘韵故也。"《文镜秘府》引《文笔式》云:"即而言之,韵者为文,非韵者为笔;文以两句而会,笔以四句而成。文系于韵,两句相会,取于谐合也;笔不取韵,四句而成,在于变通。"《文笔式》对刘勰的观点做了进一步论证。有韵或无韵这种形式上的区分虽然并非毫无意义,但却并不能真正揭示文学与其他著述之间的本质区别,因为文学以外的各种著述也可以韵文形式出现。

从情感表达方式上区分。此后许多文人已经不满足于仅从有韵无韵这一外在形式特征上区分文与笔。梁元帝萧绎《金楼子·立言》中对文笔的区分有了更进一步的认识。他说:"至如不便为诗如阎纂,善为章奏如伯松,若此之流,泛谓之笔。吟咏风谣,流连哀思者,谓之文。……笔退则非谓成篇,进则不云取义,神其巧惠笔端而已。至如文者,唯须绮縠纷披,宫徵靡曼,唇吻遒会,情灵摇荡。而古之文笔,今之文笔,其源又异。"② "笔"实质上是指奏

---

① 黄侃. 文心雕龙札记[M]. 北京:商务印书馆,2014:209.
② 萧绎. 金楼子校笺[M]. 许逸民,校笺. 北京:中华书局,2011:966.

章之类的在当时具有实用性的应用文。萧绎试图从文章的内在情感上来区分文与笔。他认为屈原、宋玉等的辞赋之类"谓之文"。逯钦立《说文笔》认为萧绎"放弃以体裁分文笔的旧说,而开始以制作的技巧,重为文笔定标准"。

六朝时期的"文笔之辨",特别是从音韵、修辞角度划分"文"与"笔"的区别其实开启了骈文与散文的分离之路。骈文是有韵的,重文辞,文采优美,能够通过审美给人的情感带来满足的作品,被纳入"文"的范畴。与此相对,散文是无韵的,重思想性,以教化读者、干预时政的作品,被归为"笔"的范畴。具体而言,中国古代散文有广、狭二义。就广义而言,其文体范围不仅包括记言、记事、抒情、写景、论说、杂感以及经传史书之类的散文体,而且包括赋体文和骈体文。从狭义说,散文即指散体文,又称"古文"。骈散之争中的"散"显然是从狭义而言。古文与骈文的主要区别在于:古文在表情达意时讲究内容的感染力,文不拘韵,虽然也有对偶和声律,但是都是自然拾得。而骈文更注重人为的声律、音韵的调节,重视偶句的铺陈排列。骈文的存在反映了从建安到六朝时期人们对文学形式的自觉追求。骈文典范如初唐王勃《滕王阁序》,自然流畅,气韵生动。但由于有些骈文专事技巧,文风浮靡,损害了文章本来的文意,成了一些文人批判和排斥的对象。陈末姚察、姚思廉在《梁书·本纪第四·简文帝(萧)纲》时便排斥骈文:"文则时以轻华为累,君子所不取焉。"清代后期的骈散之争,演化成桐城派与文选派的论争。桐城派以方苞、姚鼐为代表,以散文为文体正宗,强调文道合一。文选派以阮元、刘师培为代表,认同俪词韵语,以骈文为文体正宗。如果将桐城派与文选派相对比,其实在文学的美学追求上,文选派比桐城派更接近于"纯文学"的层面。

从先秦时期的"文学"到汉代的"文章"再到六朝时期的"文笔",这些概念所蕴含的范畴在逐渐缩小,而对文学性的认知却在逐渐深入。但是对于本身驳杂的文学形态无论从哪个层面的归类、划分都不可能做到无懈可击。正如《文心雕龙·札记·总术第四十四》所说:"要之文笔之辨,缴绕纠缠,或以体裁分,则与声律有时抵牾;或从声律分,则与体裁或至参差。"但显见的是当时的文人们从实用、非实用、思维方式、语言形式等方面来区分"文"与"笔",说明此一时期对文学特征的认识更加深刻。郭绍虞在《中国文学批评史》中写道:"迨至魏、晋、南北朝,于是较两汉更进一步,别'文学'于其他学术之外,于是'文学'一名之含义,始与近人所用者相同。而且,即于同样美而动人的文章中间,更有'文''笔'之分:'笔'重在知,'文'重在情;'笔'重在应用,'文'重在美感。始与近人所云纯文学、杂文学之分,其意义亦相似。"① 郭绍虞主张从大的文学观念背景下去观照文笔之分,以"纯文学"与"杂文学"这两个源自近代日本的概念对应解释文与笔的区别,显示了其试图沟通古今中外的尝试。但是其弊端也是显见的,即执于文章的内容或形式一端,忽略了文章的内涵与外延,内容与形式相互融通的整体性。显而易见,中国古代的"文笔"范畴有着远非西方文论中"文学"一词所能全部表达的丰富内容,完全用"纯文学"的观念来观照中国古代的文学形态,势必会窄化、割裂、遗漏它固有的内涵与特色。

二、中国古代庞杂的文学体类

通过上文对"文学"与"文章"的分离之途、文章体类辨析的梳理,可以看出中国古代文学有着自己独特的发展历程和形态特

---

① 郭绍虞. 中国文学批评史 [M]. 天津:百花文艺出版社,2008:47.

征，文学的种类和文体也具有显著特点。中国古代文学内容丰富，体式各异，功用有别，可谓千姿百态，蔚为大观。古人写文章讲究"明体""得体"，不同文体有不同的规格要求，因此文体分类问题一向受到重视。中国古代的文体名称众多，这些众多文体的出现，经历了一个漫长的过程，由少而多，由简而繁。曹丕《典论·论文》将文学著述分为四科八类。陆机《文赋》分为十类。明代贺复征《文章辨体汇选》分类多达一百二十七种，其中属于"文"的一百零一种。清代姚鼐《古文辞类纂》将文体分为论辩类、序跋类、奏议类、书说类、赠序类、诏令类、传状类、碑志类、杂记类、箴铭类、颂赞类、辞赋类、哀祭类共十三类。清代方宗诚在《古文简要序》中将文体按照功用分为晰理、纪事、抒情三类。目前的古代文学研究者主要参照姚鼐、方宗诚对文体的划分标准将其划分为以下三大类：

（一）论辩类文体：论说、序跋、箴铭、颂赞

论说文是从诸子论学语录发展形成的，它在发展过程中形成了若干种。"论"议论事理；"说"申说事理。论，作为一种文体，如公孙龙《白马论》《坚白论》、荀况《天论》《礼论》、贾谊《过秦论》、柳宗元《封建论》、苏洵《六国论》、姚鼐《李斯论》都是这类文体的传世名篇。说，起源于战国游说，行文较论更简短，言简意赅，如韩愈《师说》、周敦颐《爱莲说》。论说文后又有许多变体，如辩、议、原、解。

序跋是古人讨论学术、抒发感情的一种重要文体，大体与现在我们所理解的序跋具有同样的作用。序，写在一部书或一篇文章之前的文字，以说明写作缘由、内容、体例，如《史记·太史公自序》、班固《汉书·叙传》。晋以后渐成独立文章，一些序甚至比所序之文更有名气，如陆机《豪士赋序》、王羲之《兰亭集序》、

王勃《滕王阁序》等。跋，多置于书后，由书中之意生发而来，体制更自由、随意。

箴、铭，内容多为规劝、劝诫。例如扬雄《百官箴》、陈亮《鉴成箴》。铭，作为一种文体，有时题写或刻于器物之上，如庾信《刀铭》、刘禹锡《陋室铭》。

颂、赞，内容多为对历史人物、事件的赞颂、歌颂。《文心雕龙·颂赞》中说："颂唯典雅，辞必清铄，敷写似赋，而不入华侈之区；敬慎如铭，而异乎规戒之域。"因此，这类文体在美学风格上多偏于庄重。代表作如韩愈《伯夷颂》、陆机《汉高祖功臣颂》等。

（二）记叙类文体：传状、碑志、杂记

传，起源于《史记》中的人物列传，本纪、世家也属于传，所有合称"纪传"。史传要求翔实、全面地记述传主一生的重要经历，实事求是，不虚美、不隐恶。除正史中的纪传外，还有私人所作的传，如家传、小传、别传、外传等。苏轼《方山子传》、侯方域《李姬传》、柳宗元《童区寄传》等。状，又叫行状或行述，其规格低于正史，一般是死者亲朋为史官立传或请人写作碑志而提供的素材。许多精彩的行状与传记并无二致，如王安石《兵部员外郎知制诰谢公行状》、陈用光《姚惜抱先生事状》等。

碑志是刻在石碑上的文章，带有纪念性质。徐师曾《文体明辨叙说》将碑志按照内容分为十四类。从内容上大体可归为三类：第一类，纪功碑文，如韩愈《平淮西碑》、谭献《唐先生教思碑》均属此类。第二类，宫室庙宇工程碑，以记事写景为主要内容，如王巾《头陀寺碑》、苏轼《潮州韩文公庙碑》。第三类，墓碑文，著名的有蔡邕《郭有道碑》、欧阳修《泷冈阡表》。墓志铭也是古代常见文体，其目的与墓碑文类似，以纪念死者为宗。代表作如庾信

《周大将军怀德公吴明彻墓志铭》、韩愈《柳子厚墓志铭》等。

古代以"记"命名的文章很多，有的文体分类著作称为"杂记"类。行文以散体为主，内容包罗万象。例如，描写自然风光的山水游记。中国最早的游记是东汉马第伯的《封禅仪记》。魏晋时期山水游记增多，如郦道元《水经注》、吴均《与宋元思书》等。有的游记并不仅限于描写自然风光，同时兼有深刻的政治抒情色彩，如柳宗元《永州八记》。王安石《游褒禅山记》、苏轼《石钟山记》则蕴含着深刻的哲理。范仲淹《岳阳楼记》、欧阳修《醉翁亭记》、苏轼《喜雨亭记》则是描写亭台楼阁等名胜的杂记名篇。另外，还有与题跋和铭文有关的书画器物记，如韩愈《画记》、刘禹锡《机汲记》。这类文字清晰准确，类似于现在的说明文。涉及人事的杂记在古代文章中也数量众多，王安石《伤仲永》、张岱《柳敬亭说书》、林嗣环《口技》等均属此类。杂记文范围很广，记载历史掌故、遗闻轶事、科学资料、文字考证等文章均包括在内。

（三）应用类文体：公私文牍、哀祭、策论

古代公文形式繁多，根据朝廷内部不同级别间流通的公文可以分为下行公文、平行公文、上行公文。下行公文成为诏令，它源于《尚书》中的誓、诰。早期的诏令用散文，简单明了，六朝后多用骈文。中国历代史书中对此类文章积累较多，其中不乏佳作，如陆贽《奉天改元大赦制》、汪藻《建炎三年十一月三日德音》。平行公文包括檄文、移文、咨文。檄文用于战前动员，讲究鼓动性，如骆宾王《讨武氏檄》。上行公文指臣下对君主的呈词，后来演变出章、表、奏、疏等名称。此类文章名作众多，如诸葛亮《出师表》、曹植《求自试表》、韩愈《论佛骨表》、贾谊《论政事疏》、陆机《荐戴渊疏》等。

私人信函，古人归入书牍类。"书"是最常见的文体，起源于春秋战国，最初与公文区别不大，而民间信札始于西汉而盛于六朝，致书对象为平辈、长辈、晚辈皆可，以抒情为主，亦可论政、说理、叙事、论文、写景，内容无所不适。篇幅长短皆可，格式灵活不拘，最能体现作者的个性。六朝和盛唐多用骈体，中唐以后多用散文。家书多率意命笔，不加雕饰，如梁代徐勉《诫子崧书》、陈暄《与兄子秀书》皆为代表。书牍的别体很多。因书写工具不同分有"尺牍"，如袁枚《小仓山房尺牍》、庄盘珠《秋水轩尺牍》等。"简"是竹片，专指便条式的信札，称其为短简、小简，如王维《招素上人弹琴简》。"笺"指精美的信纸。作为文体用来上书皇后、太子及诸王，如吴质《与魏太子笺》、谢朓《拜中书记室辞随王笺》。赠序不同于序跋之为诗文而作，也不同于一般书信，而是一种朋友间的送别赠言。赠序从唐代开始流行，代表作如韩愈《送李愿归盘谷序》《送孟东野序》、曾巩《赠黎安二生序》、宋濂《送东阳马生序》等。

哀祭是古代常见的文体，名目繁多，从内容大致可分为两类：一类是对逝去亲朋的哀悼。最通用的是祭文，又称哀文。祭文以韵文为主，也有散体文，如韩愈《祭十二郎文》。"诔"，最初用于上哀下，后来也用于平辈之间，或散或骈均可。此外，还有记述身遭不幸或有才德而不寿者的"哀辞"、用于祭告祖先的"告文"。第二类是凭吊古人或祭祀山川鬼神的。比如，贾谊《吊屈原文》、汪中《吊黄祖山文》、白居易《祭龙文》、韩愈《祭鳄鱼文》、李华《吊古战场文》均属此类。

策论和判词属于应试文体。明清科举考试均试策和论，合称策论。策，也称时务策，要求回答现实政治方面的某个问题。论即议论文，或涉及历史或关涉现实。《文心雕龙·议对》中说："射策者，探事而献说也。对策者，应诏而陈政也。言中理准，譬射侯中的，二名虽殊，即议之别体也。"贾谊《论治安策》、董仲舒《举贤良对策》是汉代的名作。唐代有郑少征《对文可以经邦策》、元稹《对才识兼茂明于体用策》等。苏轼名作《刑赏忠厚之至论》就是一篇应试文。自唐代开始科举考试中有"判"，即判决书。因为为官之后，审理案件，必须学会写判决书。白居易《得甲牛抵乙马死，乙请偿马价》即是其中的代表作。

当然，上文的文类划分只能大致描述出中国文学驳杂的文体类型。文学创作作为复杂的精神创造活动让我们常常感到条分缕析、一刀切式的文体分类只能是相对的，文类之间常常交汇融合，难以判然分别。文体定名所涉及的"文学与非文学"的分辨，是一个不易厘定、纠缠不清的问题。中国古代文学的宽泛、驳杂的"大文学"范畴似乎将经史子集所有存世文章都纳入其中。那么是不是所有体类都可以称之为文学？我们从文体入手，可能会不断遇到这样的困惑。从魏晋南北朝时期的文笔之辨到延续至清末的骈散之争，历代文人对文体的论争似乎也在说明许多问题在古代文人那里并未得到圆满解决。近代以来，当来自于西方的现代意义上的"文学"概念传入中国后，以小说、诗歌、散文、戏剧四大范畴构成的现代文学观念冲击着浸染于中国文学传统的知识分子。当传统与现代交汇，晚清民初又涌现出许多关于"文学"的讨论。中国固有的内涵宽泛、包蕴驳杂的"文学"概念，也成为近代知识分子讨论新问题的出发点。具有代表性的例如章太炎关于"文学"的论述。他提出了"文各体要论"，反对用西方的文学观念来描述和概括中国文学。他认为："西方文艺者，盖言希腊、罗马，不独中夏。""吾观日本之论文者多以兴会神味为主，曾不论其雅俗。或取其法泰西，上追希腊，以美之一字，横梗结嚏在于胸中，故其说若是耶。彼论欧洲之文，则自可尔；而复持此以论韩文，吾汉人之不知文者，又取其言以相矜式，则未知汉文之所以为汉文也。"① 他认为表谱、簿录等文章各有其学，各有其体，这不同于西方的、现代意义上对文学的定义，具有鲜明的中国文学特点。以往这些论述常常被当作保守的、新文化的对立面来认识，当我们跳出新与旧的二元对立模式，将其放在中国文学传统中去理解，才能更贴切地呈现近现代以来以章太炎为代表的这批知识分子在面对时代问题时的思考和困惑，他们对"文学"的论述背后的思想内涵和时代意义也才能凸显出来。文学传统不是一成不变，它在历史的长河中积淀且流动不居，过去与现在总是复杂地交融在一起。中国文学传统在历代的论争和文学变革中，或被继承，或被反叛，但我们总能或多或少地看到传统对作家创作和理论实践发挥着持续性影响。在古与今之间，当新的境遇和新的问题出现时，文学传统会被不断地激活、唤醒，它以稳定性和持久性影响着步入近现代的中国知识分子。

三、中国古代诗史结合的文学情怀

（一）偏重实用性与辅以审美性的文学功用观

在"文学"概念的演变中，现代意义上的"文学"以非功利的审美价值为基础，确立了文学相较于政治、宗教、历史、哲学等学科的独立性。这与文史哲相互融通，偏重实用性、强调文学的政教功能，辅以审美性的中国古代文学不尽相同。中国古代文学作为文化的载体出现，常常文史哲不分家。古代"文学与非文学"的界限并没有严格区分，总是与学术性、应用性相结合。中国古代文人写作的目的也并不仅仅局限于纯粹的审美和艺术层面，而是将广博的社会情怀和复杂的人生感悟都纳入其中，使文学成为记录历史、

---

① 章太炎. 章太炎全集：菿汉微言、菿汉昌言、菿汉雅言札记、刘子政左氏说、太史公古尚书说等. 上海：上海人民出版社，2015：2.

反映现实、干预人生的一个侧影。特里·伊格尔顿认为："一部文稿可能开始作为历史或哲学，以后又归于文学；或开始时作为文学，以后却因其在考古学方面的重要性而受到重视。某些文本本来就是文学的，某些文本是后天获得文学性的，还有一些文本是将文学性强加于自己的。从这一点讲，后天远比先天重要。"① 以今天的眼光来看，中国古代的文章有很大一部分并不能算作是文学，它们或形诸哲学、历史，或本身就是以实用性为要义的行政公文；它们既囊括了经史子集的庞杂，又带着经世致用的底色。

在中国古代社会中儒家文化起到了维系其正常社会秩序的作用，是中国传统社会文化的主要命脉。儒家文化的因子渗透至中国文化、中国人集体无意识的方方面面，形成了中国特有的社会意识形态，即道统。作为儒家文化的代言者——士大夫阶层掌握文化权力，居于社会价值体系的主导位置，成为中国学统的代表。由于传统社会中特殊的人才晋升机制，政统的行使者其实也只能是士大夫阶层出身的知识分子。深受儒家文化影响的中国士大夫阶层形成了以"内在修为"为核心的价值系统。这一具有中华民族特色的价值系统具体体现在诸如"生生不息的本体哲学，民胞物与的仁爱情操，礼乐教化的社会道德，天人合一的修养功夫，以及天下为公的大同思想。这也就凝聚成为一套完整的'道'的体系和传统……所谓'道统'就是儒家对'道'的体认和认知的传承"②。道统是士大夫阶层最高的人生标准，多少代知识分子孜孜以求的就是那个天地万物无所能逃避于其间的"道"。在传统知识分子所谓的诚意正心、格物致知、齐家治国平天下的人生追求中，诚意正心强调修炼

---

① 伊格尔顿. 文学原理引论 [M]. 刘锋, 等译. 北京：文化艺术出版社, 1987：11.

② 王贞华. 沈尹默致潘伯鹰的一件手札 [J]. 中国书法, 2005 (8).

自我，属于道统范畴。"修身"不仅是"齐家治国平天下"的前提，而且作为学统的"格物致知"也是为了达到"修身"的目的而存在的。实际上，"三统"分别体现了"体"（道统）、"用"（政统）、"文"（学统）之间相互融通的关系。因此，儒家文化、士大夫阶层、政权三方面有着最为直接和坚固的联系，是道统、政统、学统在社会中的具体体现。它们共同作用并从根本上影响着中国古代文学的基本样态。儒家经典《论语》中的孔门四科包括德行、语言、政事、文学，其中文学是德行的外显。孔子曾教育他的儿子孔鲤："不学诗，无以言。"这句话的意思是说，如果学不好诗，将无法和贵族交流。我们现在想当然地把《诗经》归入文学，而在当时《诗经》中很多篇章更多地在发挥社交辞令的功能，其作用介于"文学""语言"和"政事"之间，能否体面而适宜地吟唱《诗经》篇章自然也成为德行的外显。因此在传统的词义中，"文学"一词承载着多重的社会功能。郭绍虞认为："孔门之文学观最重要者有两点：一是尚文，一是尚用。……尚文则宜超于实用，尚用则宜忽于文饰，所以似相冲突，但他却能折衷调剂以成为儒家的中庸思想。"① 王德威在谈到中国文学的独特性时说："我们现在讲文学就是小说、戏剧、诗歌、散文。但在 1902 年，文学变成一个学科前，中国的文和学，还有文学，是非常复杂的、很不一样的观念。我回顾中国文学文化史的语境，重新把文学放在更广义的历史脉络上，来回应当代西方对文学的定义，一下子就豁然开朗：原来中国文学是这样有意思。"② "《美国文学史》的两位编者说，为什么要做美国文学史，他们的理念是'美国就是文学'，这是很妙的。

---

① 郭绍虞. 中国文学批评史 [M]. 天津：百花文艺出版社，2008：14.
② 王德威. 原来中国文学是这样有意思 [EB/OL]. (2017 – 08 – 27) [2018 – 08 – 15]. http://www.infzm.com/content/127302.

'文学'的意思,是无中生有、虚构或创造的意思,这跟西方从柏拉图以来,对所谓'诗是什么'——诗是创造,一个无中生有的创造——的观点是相契合的,也符合美国开国的精神,充满想象力、创造力。但中国文学源远流长,我不能说中国文学是无中生有的创造,这和我们中国传统对'文''学'的看法也不太一样。我了解到,《文心雕龙》以来,中国人对文的观念的包容跟开阔性,居然超过西方非常多。甚至有意无意地,和当代西方的很多文论是可以对话的。'文'这个字,一开始我们知道是'错画'——就是一个标志,线条的交错。'文学',也曾是一个官位的名称。'文'成为审美的作为或审美的呈现,是六朝的事情,也就是第三、第四世纪以后了。'文'也是文明,是文化的、教养的事情——斯文。'文',也是不断跟宇宙互动的现象,天文、地文、人文。为什么一个世纪以来,中国许多重大的政治事件都是奉了文学跟文化之名而兴起的?这是有历史渊源的,'文'和'政'的复杂性其来有自。这是我们的文化传承,和西方'模拟再现'的文学观念不一样。我们今天介绍文学史,当然要把它表示出来。"① 作为道统代表的知识分子阶层只是沟通政统与道统的中间渠道。因此中国古代文学原本并不是出于审美的需求才产生的,而是源于统治阶级强化专制意识形态的目的,选拔、培养封建官吏的需要,因此带着深深的政治烙印。实际上,统治阶级通过教育制度、官吏选拔制度,极力引导士大夫阶层的审美趣味不断向儒家意识形态靠拢,从而决定了中国古典文学的审美形态。中国古典文学重实用性,辅以审美性,多贵族气息而少世俗精神。中国古代文学的这一特点与西方古典文学中常见的以赢得爱情为至高荣耀的骑士精神,以及希腊神话中脱去神

---

① 王德威. 原来中国文学是这样有意思[EB/OL]. (2017 - 08 - 27)[2018 - 08 - 15]. http://www.infzm.com/content/127302.

性、崇高的光环的诸神形象形成了鲜明对比。中国古代的士大夫们不仅关注道德自律的内在超越，而且具有"以天下为己任"的忧患意识、责任及使命感。在中国传统社会中，士大夫阶层作为沟通"政统"与"学统"的介质，他们的自我定位不仅仅是社会文化的启蒙者，而且是社会实践的主要策划者。士大夫阶层渴望重建的不仅仅是社会的文化秩序，更重要的是社会政治秩序，希望以一种统摄社会的道统来治国安邦。这样的道统是知识分子的专有权力，由此形成了古代文人士大夫阶层的心理基础和文化基础。正因如此，中国历代文学研究者更为重视的是"世"的伦理、实行、政治等功利内涵。所谓"论世"注重的是文学是否有利于国家、天下的和睦、安定，个人人格的自我完善，以及民情风俗等。儒家文化在人格、价值观、审美等诸多方面影响着中国古代文人，铸合了他们的人格。

  道统、政统、学统的关系决定了"文"在中国古代社会整体结构中的位置："文"居于立德、立功、立言的最末端；"文"是"道"的反映，其存在的根本意义在于证明"道"。具体到文论上便是"文以明道"命题的提出。"文以明道"命题由先秦时期荀子奠基，到南朝梁时刘勰《文心雕龙》得以确立。荀子曰："先王之道，仁之隆也。比中而行之，曷谓中？曰礼义也。道者，非天之道，非地之道。人之所以道也，君子之所道也。""圣人也者，道之管也。天下之道管是矣，百王之道一是矣。故《诗》《书》《礼》《乐》之道归是矣。《诗》言是其志也，《书》言是其事也，《礼》言是其行也，《乐》言是其和也，《春秋》言是其微也。故风之所以为不逐者，取是以节之也；小雅之所以为小雅者，取是而文之也；大雅之所以为大雅者，取是而光之也；颂之所以为至者，取是而通之也。天下之道毕是矣。"荀子立足于儒家的仁义道德，认为

"道"是人世间的道德和行为准则。通过学习儒家经典，便可以学习道、追随道。荀子对"文"与"道"关系的阐释具有原型意义，其后历代对两者关系的认识均由此生发。南朝梁时的刘勰接受了儒释道三家影响，在其《文心雕龙》中的主张也多是三家思想的相互渗透。因此，刘勰对"道"的阐释不再是儒家的伦理道德，而具有了形而上的超越性。"《序志》篇云：'文心之作也，本乎道。'案彦和之意，以文章本由自然而生，故篇中数言自然。一则曰：'心生而言立，言立而文明，自然之道也。'再则曰：'夫岂外饰？盖自然耳。'三则曰：'谁其尸之？亦神理而已。'寻绎其旨，甚为平易。盖人有思心即有言语，既有言语即有文章。言语以表思心，文章以代言语，惟圣人为能尽文之妙。所谓道者，如此而已。此与后世言'文以载道'截然不同。"① 但刘勰《文心雕龙》在《原道》篇后紧承《征圣》《宗经》，又使"道"的含义直指儒家之道，从而将其上升为天地间的恒久之道。至唐代，文学的独立性进一步自觉，"道"由形而上的公理演变为"文"的精神内核。韩愈《原道》中所谓的"道"依然是儒家伦理道德。"斯吾所谓道也，非向所谓老与佛之道也。尧以是传之舜，舜以是传之禹，禹以是传之汤，汤以是传之文武周公，文武周公传之孔子，孔子传之孟轲。轲之死，不得其传焉。"同时，韩愈也非常重文。他认为，为了更好地弘扬道，文作为载体，也要讲究文辞。"愈之所为，不自知其至犹未也，虽然，学之二十余年矣。……行之乎仁义之途，游之乎诗书之源，无迷其途，无绝其源，终吾身而已矣。""文"值得用毕生精力去学习、探究。文道并重是韩愈对文道关系的阐发，强调道胜则文至，文至则道明。至宋代，理学家周敦颐提出"文以载道"说。"文，所以载道也。轮辕饰而人弗庸，徒饰也，况虚车乎？……文辞，

---

① 黄侃. 文心雕龙札记 [M]. 北京：商务印书馆，2014.

艺也；道德，实也。……不知务道德而第以文辞为能者，艺焉而已。噫！弊也久矣！"周敦颐认为，不追求道，仅追求文辞，实乃弊端。文以载道强调的重心在"道"，"文"则处于从属位置。宋以后，元、明两朝将理学意识形态化，更助长了文以载道命题的功利色彩。之后，文以载道被文人们自觉而广泛地运用，几乎成为文论公理。当然，此后"道"的内涵也在不断演变中继续承载着文人、知识分子们变革社会的理想和追求。

"文"与"道"之间的关系也决定了古代文人更看重文学的实用性。舍虚务实的实践精神和道德性的理想色彩支撑着文人们的内心意识，因此强调文学的政教功用一直作为文学的基本原则为历代文人所自觉践行。在中国古代文学的历史中，文学的政教功用观是贯穿其始终的一个重要传统。它不仅体现在具体的文学创作中，而且也呈现于历代文学思潮的论争中，对中国古代文学产生了极为重要的影响。可以说，这一传统在现实层面上保证了古代文学实用性价值的实现。

秦汉时期文学的政教功用观集中体现在"诗言志"命题的深远影响上。一般认为，《尚书·尧典》中"诗言志"的命题是古代文论的源头。这一命题主要揭示了诗歌创作以抒发创作主体内在情感、志趣为根本的这一诗歌的基本特征，但这一命题的提出则是统治者出于对宫廷子弟的政治道德教育为目的。因此，它诞生之初就具有浓重的政教色彩。《尚书·尧典》云："帝曰：夔，命汝典乐，教胄子。直而温，宽而栗，刚而无虐，简而无傲。诗言志，歌永言，声依永，律和声。"帝命令乐官用诗乐教育贵族子弟，使他们成为有道德修养的人以适应政治统治的需要。以"诗"教育宫廷内的贵族子弟，诗中之"志"就必然要符合统治者的道德规范。由此可知，《尚书·尧典》中所说的"诗言志"具有三重内涵：第一，诗是诗人内心情感、情趣的抒发；第二，诗中所抒发的情感、志趣必须符合一定的政治道德标准；第三，言志之诗具有政教功用。除"诗言志"的命题外，先秦诗学还主要表现在诸子，特别是孔子对《诗》的评述中。孔子把学诗作为修身立命、行事于世的重要条件。"兴于诗，立于礼，成于乐"，"不学诗，无以言"，"诵诗三百，授之以政，不达；使于四方，不能专对；虽多，亦奚亦为"。在儒家看来，诗是修身、从政、外交活动的工具，但必须运用于具体的政治实践中，否则便没有意义。儒家这种强调诗之政教功用的观点，在汉代得以进一步发挥。《毛诗序》言："用之乡人焉，用之邦国焉。风，风也，教也；风以动之，教以化之。……故正得失，动天地，感鬼神，莫近于诗。先王以是经夫妇，成孝敬，厚人伦，美教化，移风俗。"这段话说明诗之功用在于其上对国家政治兴废，下至家庭人伦关系无不具有政治道德的教化作用。《毛诗序》认为："治世之音安以乐，其政和；乱世之音怨以怒，其政乖；亡国之音哀以思，其民困。"社会政治状况决定着诗人内心的情志，诗人内心的情志又决定着诗歌创作，诗歌创作最终决定于社会政治。因此，要通过诗歌了解社会政治，干预政治，匡扶政治。此外，汉代最具特点的文体之一汉大赋，同样以"润色鸿业"为主要创作目的。汉大赋以华丽的辞藻，极尽铺陈、渲染之能事，歌颂汉帝国的盛世气象和帝王的赫赫声威。"润色鸿业"正是一种政治功用，满足了帝王的统治自信。与汉大赋以颂扬、赞颂为主要创作目的不同，汉代抒情小赋则具有强烈的社会政治批判性，"刺世"是抒情小赋的主要特征。"润色鸿业""刺世""劝谏"都是政教功用的重要方面。汉代的文论家也非常重视文学的政治教化作用。王充《论衡》中强调了文学的政教功用。《佚文》篇云："善人愿载，思勉为善；邪人恶载，力自禁裁。然则文人之笔，劝善惩恶也。"文学的"劝善惩恶"作用有助于社会思想净化、稳定,这无疑也是对文学政教功用的又一种阐发。

至魏晋南北朝时期,文学逐渐走向自觉,文学理论家进入对文学风格、创作、作品等各个方面的关注,但文学的政教功用观仍为文论家所重视。曹丕《典论·论文》将文章看作是"经国之大业,不朽之盛事"。陆机《文赋》认为,文学能"济文武于将坠,宣风声于不泯"。刘勰《文心雕龙》中的《程器》篇言:"摛文必在纬军国,负重必在任栋梁。"《序志》篇又言:"唯文章之用,实经典枝条,五礼资之以成,六典因之致用,君臣所以炳焕,军国所以昭明。"这些都是强调文学要有"经国治世"之功用。此外,刘勰对奏疏、策文等文体评价很高,原因便在于这些文体直接对国家政治教化发挥作用。

政教功用论在古代文学史上经久不衰的原因之一在于它有极大的实用性,文学家和文论家可以直接将它作为文艺论争的工具。这一特点在唐宋时期表现得十分突出。隋唐时期,形式主义文风盛行。形式主义文风的弱点是追求单纯的文采、辞藻,而削弱了文学对社会的介入和干预。隋唐时期的文论家以政教功用论回击浮华、空泛的文风。白居易《新乐府序》提出:"为君、为臣、为民、为物、为事而作,不为文而作。"魏徵认为为文之用在于"经纬天地""匡主和民"。宋代,政教功用观为政治家们所重视,目的是为现实政治斗争。王安石以政治家的态度在《上人书》中云:"尝谓文者,礼教治政云尔。其书诸策而传之人,大体归然而已。而曰'言之不文,行之不远'云者,徒谓辞之不可以已也,非圣人作文之本意也。……且所谓文者,务为有补于世而已矣;所谓辞者,犹器之有刻镂绘画也。……要之以适用为本,以刻镂绘画为之容而已。不适用,非所以为器也……"明清时期的小说、戏曲这两大叙事艺术更是发挥了劝善惩恶、净化社会的功能。例如，李贽、汤显祖、李渔等都十分重视戏曲教化风俗的作用。综上所述，中国古代社会特有的运行机制决定了"文"与"道"的关系。历代文人对文学政治教化功能的强调和倡导，保证了古代文学实用性的实现。

（二）史传传统与古典文学的非虚构性

文学的虚构性是现代意义上的文学所具有的最基本的文本特征。韦勒克、沃伦在其二人合著的《文学理论》一书中指出："'文学'一词如果指文学艺术，即想象性文学，似乎是最恰当的。"① "'虚构性''创造性'或'想象性'是文学的突出特征。"② 西方文学叙事以史诗为源头，本质上属于虚构艺术，而西方文学中的小说更是把虚构作为根本艺术创作的原则。小说（fiction），在英语中的词义本就是虚构，这也自然成为西方文学关于小说这一叙事文体的定义词源。日本小说家石川淳曾这样描述文学创作过程："小说家在个人经验的基础上加以想象，这些想象的要素原先散落于现实之中，现在却以形象半成品的状态进入作品，胚胎过程也许很短，但很重要，然后迅速地在作品出现之后开始生长过程。随着作品世界的深入，这些要素的性质逐渐发生变化，就像季节转换一样，不知不觉中已从现实世界跨入虚构的领域。人物、时间、节奏、细节，它们之间生成了新的意义关系，有了新的含义层。作者和虚构形成了紧密的联系，作者走入了虚构之中。"③ 这段话描述了作家创作必然经历的过程，从现实世界跨入虚构世界

---

① 韦勒克，沃伦. 文学理论［M］. 刘象愚，邢培明，陈圣生，等译. 北京：生活·读书·新知三联书店，1984：9.

② 韦勒克，沃伦. 文学理论［M］. 刘象愚，邢培明，陈圣生，等译. 北京：生活·读书·新知三联书店，1984：14.

③ 中野美代子. 中国人的思维模式［M］. 北雪，译. 北京：中国广播电视出版社，1992：56.

才是一部文学作品得以完成的重要一步。同样,三岛由纪夫在《什么是小说》一文中对小说下的定义为:"(一)小说是由语言构成的内容完整的作品。(二)作品中描写的事象与客观真实多么相似,作品内容也应有别于现实。"① 这样的定义也强调了虚构性之于小说的不可或缺。追根溯源,在西方以古希腊哲学为奠基的哲学体系中,柏拉图式的理念世界对现实世界的超越性,形成了理念与现实的二元论,这样的认知传统为西方人认识世界提供了一种主导模式,在文学中则形成了以虚构、模仿为特征的文学传统。中国古人"天人合一"的观念,将世界看成相互联系的整体,世间万物均纳入宇宙运行的秩序中,真理存在于现实世界,存在于人对自然万物的体验中。因此,与西方文学强调虚构性不同,从文体来看,在中国古代文学中存在大量政论、策论、谏书、书信、日记等非虚构文学创作。此外,更重要的是,中国古代文学中的史传传统历时悠久,以真实性、纪实性为基本特征的这一文学传统影响了中国古代文学的叙事模式和审美倾向。汉学家浦安迪认为:"任何对中国叙事之性质的探源,其出发点必须承认历史编纂学以及某种意义文化大成的'历史主义'的巨大重要性。事实上,如何界定中国文学叙事范畴的问题最终归结在传统文明之间是否的确存在其两种主要形式——历史编纂学与小说——的内在可比性。"这段话指出历史叙事和历史写作在中国古代叙事中占有极其重要的地位;探究中国古代叙事艺术,最终要归结为历史叙事和虚构叙事的关系上。我们的先民其实并不乏恢宏、瑰丽的想象,上古时期产生了大量神话,散见于《山海经》《淮南子》等典籍中,但却始终没有形成系统的神话故事体系。目前,我们能从诸多典籍中复原出神话的内容和形

---

① 中野美代子. 中国人的思维模式 [M]. 北雪,译. 北京:中国广播电视出版社,1992:56.

象,而对神话的文本形式却无从考知。这不同于西方文学由希腊神话直接演变出了艺术形式上相当成熟的叙事文学。在我国上古神话中,黄帝的传说、尧舜的禅让等,都充满了虚幻和神异色彩。可后来神话却逐渐散失变异,最主要的原因就是神话的历史化。神话进入历史著作中,神变成了神通广大的人,神话故事也转化成了历史事件。例如,《尚书》中的《尧典》和《舜典》,实际上就是完整的历史神话,尧和舜都成了贤明的帝王。同样,《国语》《左传》也有很多神话传说,作者在讲述这些故事时,无一例外地将传说中的人物当作历史人物对待。产生于先秦两汉时期的《国语》《战国策》《春秋》《左传》《史记》《汉书》等都是在作者掌握了大量历史素材的基础上,运用文学技巧对历史事件、历史人物进行剪裁、描写。这些作品的书写结构有的"以年为经",清晰地展现了历史时代的发展轨迹;有的"以人为经",以细节特写,突出精彩情节,刻画了叱咤风云的历史人物形象。这类史传文学发展至宋代出现了袁枢《通鉴纪事本末》,以及后来的《左传纪事本末》《宋史纪事本末》等,在结构上采取"以事为经而始末具载"的非虚构性手法。"始末具载"的写作手法结合了编年、纪传的特点,选取真实又生动的故事感染读者。总之,史传即史家之文,既非仅属于史,也不单属于文,而是史与文共生、共处的整体。在这个整体中产生了中国文学叙事的可能性,同时为后来的中国文学打上了深深的印记。

首先,史传传统中的实录原则影响了中国古代文学的叙事修辞。实录讲究真实性、事实性,它是史传叙事的基本特征。《汉书·艺文志》写道:"古之王者,世有史官,君举必书,所以慎言行,召法式也。左史记言,右史记事,事为《春秋》,言为《尚书》,帝王靡不同之。"《礼记·玉藻》中写道:"动则左史书之,言则右史书之。"这两段话表明,史官记录言行、事迹时,实录是基本的叙事原则。同时,实录也意味着必然包含着真实的事件信息。在这一传统影响之下的中国文学很长时间内都以"拟事实性"作为创作和评价的最高标准。《汉书·司马迁传》中班固称赞司马迁道:"自刘向、扬雄博极群书,皆称迁有良史之材,服其善序事理,辨而不华,质而不俚,其文直、其事核,不虚美、不隐恶,故谓之实录。"在中国古代文学中,即便是最讲究艺术虚构性的小说这一文体也深受史传实录原则的影响。在很长时间内,史传传统在很大程度上制约着文学虚构意识的发展,使小说难以冲破"史"的藩篱,真正走向自觉。正如《汉书·艺文志》中所谓:"小说家者流,盖出于稗官,街谈巷议,道听途说者之所造也。"小说是稗官所做,为正史之余,所以被称为稗史、野史、逸史。刘知几在《史通》中说:"爰及近古,斯道渐烦。史氏流别,殊途并骛。权而为论,其流有十焉:一曰偏纪,二曰小录,三曰逸事,四曰琐言,五曰郡书,六曰家史,七曰别传,八曰杂记,九曰地理书,十曰都邑簿。……国史之任,记事记言,视听不该,必有遗逸。于是好奇之士,补其所亡。若和峤《汲冢纪年》、葛洪《西京杂记》、顾协《琐语》、谢绰《拾遗》。此之谓逸事者也。街谈巷议,时有可观,小说卮言,犹贤于已。故好事君子,无所弃诸,若刘义庆《世说》、裴荣期《语林》、孔思尚《语录》、阳玠松《谈薮》。此之谓琐言者也。……阴阳为炭,造化为工,流形赋象,于何不育。求其怪物,有广异闻,若祖台《志怪》、干宝《搜神》、刘义庆《幽明》、刘敬叔《异苑》。此之谓杂记者也。"① 由此可见,最初的小说都是对野史、逸史进行搜集、编撰的集子。这些小说的作者大都在集子的序

---

① 刘知几. 史通通释 [M]. 浦起龙, 释. 上海: 上海古籍出版社, 1978: 273.

言中强调作品的实录性。但其中的一些志怪小说的作者依然强调实录,则只能理解为一种推销自己作品的修辞。因为"史贵于文"的观念深入人心,强调所书均为实录,攀附于史书,自然有利于作品传播和读者接受。

同样,以小说批评为例,"拟史批评"几乎成为唯一的经典化批评模式。明代胡应麟提出"至唐人乃作意好奇,假小说以寄笔端",标志着对小说认识的飞跃,但他并不把虚构作为小说的本质特征。在对文体进行分类时,胡应麟仍然将小说归为子部或史部,认为近实者为小说,近虚者非小说。另外,如金圣叹、毛宗岗、张竹坡等人在小说文体观念方面已具有相当的自觉,但仍不忘以史为参照,把"史"的价值看得高于"文"。金圣叹评价《史记》是"以文运事",《水浒传》是"因文生事"。"以文运事","事"是实际存在的,不能虚构,只能对事进行裁剪、组织,以此构成文字。"因文生事","事"本不存在,要靠作家的自由虚构,通过想象去创作,以此产生文字。这种虚构可以更自由地发挥作家的艺术创造才能。但他继而又说"《水浒》胜似《史记》",显然这种评判还是以《史记》为标准。毛宗岗说"《三国》叙事之佳,直与《史记》仿佛"。张竹坡更坦言:"《金瓶梅》是一部《史记》。"至到近代的林纾同样说道:"凡小说家言,若无征实,则稗官不足以供史料。"这种文学观念直接影响了古代批评家对文学的品评方式。解弢《小说话》:"金、毛二子批小说,乃论文耳,非论小说也。"事实上,许多古代文学批评家都存在论小说如论文的倾向。这显然也是小说观念上非虚构性倾向的表现。宇文所安在《中国文论:英译与评论》中也曾就中国诗学中的非虚构传统进行过论述,他认为《文赋》《文心雕龙》《原诗》等文论著作中,沿袭着强调真实的非虚构传统和思想。即便到了近现代,文学批评中的索隐派也不在少数,他们企图通过各种细节的对应,去追踪和还原一部文学作品背后的现实依据。杨绛在《关于小说》一书中说:"具有讽刺意味的是:故事如写得栩栩如真,唤起了读者的兴趣和共鸣,他们就不理会作者的遮遮掩掩,竭力从故事里去寻求作者真身,还要掏出他的心来看看。"① 这句话虽是无奈之语,但也揭示出了惯于以史的眼光来评判文学这一思维定式的影响。

其次,史传的编年体与纪传体两种主要叙事模式也对古典小说叙事模式产生了深远影响。中国古典小说发展到唐传奇,无论从叙事方式还是叙事结构上与前期比均有新变,已经具备了文体独立的特征,但"始末具载"式的结合编年体、纪传体的叙事方式在唐传奇中大量存在。编年体直接影响了古代小说家常有的"以事系日"的叙事方式,作者常在文本叙事中标注出明确的时间刻度。以目前学术界视为第一篇传奇的《古镜记》为例,短短 4 000 余字的篇幅频繁出现 11 次时间标示。美国汉学家韩南曾说:"白话小说对空间与时间的安排特别注意。《水浒传》《金瓶梅》之类的小说中可以排出非常繁细的日历,时时注意时间到了令人厌烦的程度。"② 纪传体对古典小说的影响则更为明显。例如一些作品常采取"某某传""某某记"这样的人名传记命名方式。汪辟疆编辑的《唐人小说》共收小说 68 篇,其中 50 余篇以人名为题。蒲松龄《聊斋志异》共 500 篇,300 余篇以人名为题。编撰最早的小说类书《太平广记》中凡是写人的故事均以人名为题。此外,纪传体往往以人物生平开篇,后按照时间顺序展开叙述。这样的叙事模式在唐传奇中也极为常见。例如唐传奇《柳毅传》《李娃传》《霍小玉传》《谢小

---

① 杨绛. 关于小说 [M]. 北京:生活·读书·新知三联书店,1986:3.
② 赵毅衡. 当说者被说的时候:比较叙述学导论 [M]. 北京:中国人民大学出版社,1998:101.

娥传》等都是以人物生平经历展开故事，叙述其一生的命运跌宕，甚至叙写其后嗣的境况，犹如纪传体。在故事结尾也常常模仿史著以"太史公曰"的评论方式对前文所写人物、事件加以议论、评判。小说发展至明清时期已具有了很高的艺术造诣，但我们依然会发现，在明清小说的世界中很少有建立一个与现实世界完全割裂的理想世界。《三国演义》是《三国志》的小说版；《西游记》是玄奘取经的神话版，但小说中仍有与天庭息息相关的大唐王朝；《水浒传》是宋江起义的英雄传奇；《红楼梦》则带着作者曹雪芹自叙传的影子。这四大名著均由真实历史演绎而来，文学的世界与现实世界纠缠在一起，呈现出明显的本事色彩。

由此可见，史传所孕育出的诸多叙事要素在后世文学中得到广泛继承。史传的实录叙事原则，编年、纪传的叙事模式，在很长时间内影响到中国古典小说所具有的浓重的非虚构性。因此，"实录"还是"虚构"一度被作为传统目录学的小说与作为叙事文体的小说的分水岭，把挣脱史学意识的荫庇而走向虚构意识的自觉，看作中国小说叙事观念的成熟。

天地人心，精理为文，古典文学的形成源自于古代文人对世界外物的整体性感悟，对人生意义的普遍性揭示和哲理性思考。伦理道德和现实政治是中国古代文化关注的两大核心，中国古代文人怀有浓重的政治情怀和现实关怀。历览前贤情文并茂的策论、政论、谏书，从先秦建立以来中国古代的文学关怀始终都是指向社会秩序和道德伦理的重建，具有强烈的入世情怀，这是文人士大夫精神共同的价值取向。由此，呈现出气象万千、容纳广博，具有大情怀的文学世界。无论是强调政治教化，还是追求审美本位；无论是注重历史，还是营造虚构，它们总是在相互牵制、相互影响的状态下共生，构筑出中国古典文学所具有的诗史结合的文学样态和文学情怀。

第三章

近代文体嬗变中的"文"与"文学"

19世纪末到20世纪初,在内忧外患多种因素的共同推动之下,中国社会发生了巨变,国家民族的存亡、社会制度的存续等问题冲击着中国社会的各个层面,知识分子也开始思考中国的传统社会文化秩序进而思考中国的文学。在这种情况下,中国固有的文学格局和观念被打破,尤其是在西方文学观念的影响下,中国文学遇到了前所未有的危机,但在这危机中,新的文学观念在孕育:"文学"从文章博学、学术等古老的概念开始向"纯文学"观念转变。五四时期,"纯文学"的观念基本被论证清晰,成为一种知识共识。但是作为中国现代文学而言,却并没有走向"纯文学"的道路,或者说现代中国抛弃了中国古典的"杂文学",但也没有走上西方感召下生成的"纯文学",而是走上了一条属于中国现代文学自己的独特的道路,也就是"大文学"。

一、近现代中国的文学危机与转机

(一)文学危机:传统文学价值观的动摇

纵观中国文学的发展,一个重要的事实是我们无法忽视的,那就是,在近代以前,中国文学的历次变革可以说都是在中国文学内部的调整和变化,是在一个自足的文化系统内部的微调,或者说整个中国文学的文体结构、表达方式并没有发生根本性的变革。中国古典文学的文体形态、"文"的内容在王朝的制度体系和文化系统中平稳发展着。而到了清中期,中国古典文学的发展呈现式微的局面,甚至可以说出现了衰退的迹象,传统的诗、词、文虽然作品众多,但从思想内容和艺术形式上并没有变革,小说戏曲可以说代表了明清的文学成就,但仍被排除在古典"文学"之外。在这个稳定的甚至僵化的社会结构、文化结构中,中国文学自身的发展进入瓶颈。这样的状态经由近代中西的大碰撞带来了古今中西之变,中国社会、文化、文学开始发生不同于以往的内部变革,而是一场质变。如果去寻找这个轨迹,毫无疑问1840年的鸦片战争帝国主义的侵略造成了中国历史的转折，接下来数次的战争侵略与经济掠夺、数个不平等条约带来了中国文化民族生存的危机、传统文化的危机，当然传统文学的存续也成了重要问题，"呜呼！世变至此极矣，中国三千年以来所守之典章法度，至此而几将播荡澌灭，可不惧哉"①。外敌入侵带来的社会剧烈变化、西方物质文明和文化思想的主动和被动输入，给中国人的文化心理造成了巨大冲击，中国严密封闭的王朝制度开始失去平衡状态，晚清近代文人与知识分子开始反思民族国家的生存之路，从器物科技到制度变革到文化反思，同时也在中国文学危机面前思考中国文学的出路，中国文学怎样继续发展？在新的社会巨变面前，中国古典文学能否继续存续，中国需要怎样的新的文学？或者说，文学能否担负起拯救民族的作用？

从鸦片战争到戊戌维新这个阶段，文学观念变革处于调整准备阶段，变革可以说是局部进行，文学的整体观念没有被撼动。在王韬、龚自珍、冯桂芬等人的诗歌、散文中我们已经可以洞察到这种变化的萌芽，这是古代向近代发展的一种倾向，预示着一场变革的到来。随着西学东渐的不断发展，中西文化的碰撞日益激烈，中国文化与文学在西方这个参照物之下开始重新调整。19世纪末，在维新变法的人士中，甚至出现过一股否定文学的思潮，郑观应在《盛世危言·西学》中提出："善西学者，必先明其本末，更名其大本末，而后可以言西学，分而言之，如格致、制造等学，其本也，语言文学其末也。"② 严复1895年发表的《原强》与《救亡决论》，在对中西文化的全面比较中认为，西方之所以强盛，是因为他们"先物理而后文物，重达用而薄藻饰"，中国之所以贫穷衰弱，

---

① 王韬. 答强弱论［M］//王韬. 弢园文录外编：卷七. 楚流，等选注. 沈阳：辽宁人民出版社，1994：290.
② 郑观应. 盛世危言·西学［M］//夏东元. 郑观应集：上册. 上海：上海人民出版社，1982：276.

是因为"其学最尚词章,词章之道,虽能极海市蜃楼、恍惚迷离之能事",却无补于救弱救贫。谭嗣同更认为,在中外斗争的时代,即应将考据、词章、无用之呻吟统统抛弃。连后来提倡"诗界革命""文界革命""小说界革命"的梁启超也曾言"词章乃娱魂调性之具,偶一为之可也;若以为业,则玩物丧志,与声色之累无异"。至于为何出现这种否定文学的声音,王韬曾言是因为:"一若裕民而足国,非此不可。至于学问一端,亦以西人为尚。化学、光学、重学、医学、植物之学,皆有专门名家,辨析毫芒,几若非此不足以言学,而凡一切文学词章无不悉废。"① 也就是说他们认为当时可以作为救国之路的应该是"实务之学",而文学显然并不实用。

否定文学的思潮其实是他们对中国古典文学的危机意识,对旧文学的不满与批判,正孕育着新的文学观念的诞生。他们对于旧文学的批判与其说是旧文学不如实学"实用",可以兴兵强国,倒不如说他们已经深刻认识到旧文学其实已经无法适应新的时代。"坚船利炮、民主议会"这样的关键词之下再吟诵古典诗文、再歌颂田园牧歌似乎已经格格不入,他们反对的其实是空洞的八股文和不与社会发生关系的"玩物丧志"的词章。其实从某种意义上,中国古典文学是士大夫的文化产物,而且传播范围也仅限于精英文化圈子,传播的途径也是单一的,当整个社会秩序被打乱,这种固定的文学样态已经失去了滋养它的土壤,变革势在必行。只是这群维新人士还没有找到未来文学发展的方向和方法,因此这种否定文学的思潮是一种急切求变而尚未变的情绪使然,但我们有理由相信,危机中蕴含着转机与希望,维新人士据西学考察中国文化文学,也预示着西学将继续作为诱发因素推进中国文学的变革。

---

① 王韬. 上当路论时务书[M]//王韬. 弢园文录外编:卷十. 楚流,等选注. 沈阳:辽宁人民出版社,1994:388.

传统知识分子的生存方式因为1905年9月科举制的废除而彻底改变，以往的"经史子集"失去了制度保证，知识分子被拉入整个社会场域中，而现代新型的机构如报馆、杂志、书局等为他们提供了新的生存空间。我们都知道，中国现代媒介意识和大量的报纸杂志有赖于西方传教士的宣传和操作，随着报刊事业的发展，文学的生产传播方式发生了改变，文学必须面对媒介和社会。这带来了知识分子两方面的改变，一是文学从自娱自乐或者赠答、书信、题辞的个人领域被推入公共领域，作家必须面向公众发出自己的声音，被拉入时代的变革中；二是既然要面向公共领域，那么创作何种意义上的"文学"，和古典的"文学"概念是不是一致，这是必然要思考的问题。杨联芬在文章《二十世纪初文人的边缘化与文学"游戏"说的萌生》中曾经提出，因为科举仕途之路已不通，不少沦为边缘人的读书人开始以一种游戏的姿态对待文学，如李伯元创办的《游戏报》与杭州"失业秀才"寅半生主编的月刊《游戏世界》。《游戏世界》第一期的发刊词就说："西人有三大自由，曰思想自由、言论自由、出版自由，吾则请增为四大自由——曰游戏自由。"① 确实，传统知识分子—国家政治的关系模式已解体，知识分子失去了科考这样的模式，在悲伤之于其实也预示着一种新的人性复苏，使得他们换一种方式观照自我、表达自我，"文学"有可能以一种新的方式出现。

（二）文学转机：从"文以载道"到文学的公共性

上文所言否定文学的思潮很快在20世纪初发生了变化，可以说，从"文学误国"转向了"文学救国"。1902年梁启超发表《论小说与群治之关系》，李伯元、于右任发表了具有时代精神的作品，四大谴责小说虽然延续旧小说的形式，但作者们在小说中暴露问题，意图富强国家开启民智，邹容、秋瑾等人也在作品中喊出浩然

---

① 寅半生. 游戏世界发刊词[J]. 游戏世界，1906（1）.

救国之声,一些进步刊物陆续出版。当然,当时的整体文学形态还是传统模式,但这其中的新的因子我们必须要看到。

从文学无用到文学救国,这其中的逻辑如何解释?有学者指出,文学无用只是一种激愤的情绪表达,文学救国思想里面有西方传教士的影响,有日本文艺思潮的影响,也有中国知识分子骨子传统的经世致用和视文章为经国大业的观念在起作用。① 西方思潮的影响这一点是没有问题的,梁启超在戊戌变法失败后流亡日本,其间接触大量西方思想,形成自己的小说观念,但是文学救国的思想是不是传统经世致用的思想则需要仔细剖析。我们知道,文以载道确实是我国的文学传统,"文章,经国之大业,不朽之盛事",这是曹丕著名的论断,甚至晚清时期的梁启超也认同这一观点:"古人所谓文学为经国大业、不朽盛事者,殊非夸也。"② 陶曾佑也强调:"无文学不足以立国,无文学不足以新民。"③ 冯桂芬曾言:"窃谓文者,所以载道也,道非必'天命''率性'之谓,举凡典章、制度、名物、象数,无一非道之所寄,即无不可著之于文,有能理而董之,阐而明之,探其奥赜,发其精英,斯谓之佳文。"④ 首先,这里的"文学"并不是我们今天意义上的文学,而是"杂文学",也就是文章,包含很多种文体(除小说戏曲);其次,这里的"载道"载的是政治之道,儒家之道,道需要文来说明,文必须承载道的思想,最早的"诗言志"表达的都是对政治的美刺;再次,由于古代传播条件的限制,文学所发挥的作用只限于士大夫之间,"雅

---

① 周秀萍. 从"文学误国"到"文学救国":晚清启蒙文学思潮被忽略的一环 [J]. 湘潭大学学报(哲学社会科学版),1999(1):57.
② 梁启超. 丽韩十家文抄序 [M] //梁启超. 梁启超全集:第九卷. 北京:北京出版社,1999:2677.
③ 陶曾佑. 论文学之势力及其关系 [M] //贾文昭. 中国近代文论类编. 合肥:黄山书社,1991:505.
④ 冯桂芬. 复庄卫生书 [M] //郭绍虞. 中国历代文论选:第4册. 上海:上海古籍出版社,1979:51.

言"的限制使得文学很难自下而上发挥"救国"的作用，只可能发挥一些潜移默化的调节作用，而现代传媒的发展为文学提供了新的生产传播渠道，文学发挥作用有了物质基础。总之，虽然文可以载道，文可以经世致用，但是"真正到了社会变乱、山河沦丧的关头，古代作家只以文学抒发忧国忧民的情怀，却并未要求文学分担拯救民族危亡的责任"①。而近现代的"文学救国"则有了不一样的意味，它需要文学面对现实发出自己的声音，文学面向现实和文以载道是不一样的，后者是在儒学的制约之下让文学成为工具，而前者是抛弃传统的文学观念，让文学独立参与到启蒙与救亡的过程中。不是"载"道，而是发出属于文学自身的"道"。

在这种情况之下，我们要问的是，到底文学是什么？文学可以发挥怎样的作用？以什么样的方式发挥作用？在这里我们引入"公共领域"的概念来说明这一问题。美国学者汉娜·阿伦特最早提出"公共空间"的概念，她认为："'公共领域'意味着公共空间，'公共的'这一术语首先是指凡是出现于公共场合的东西都能够为每个人所看见和听见，具有广泛的公共性。"后来哈贝马斯又发展了此理论，认为现代意义的公共性应该是资本主义社会形成之后的市民公共领域。"所谓公共领域，首先是指我们社会生活的一个领域，像公共意见这样的事物能够在这个领域形成。"此理论在国内学者的进一步阐释之下成为文学理论和文学研究的一个范畴，如陶东风认为文学公共领域是指"一个独立于国家权力场域，由自律、理性、具有自主性和批判精神的文学公众参与的、平等民主的交往——对话空间"。这里有两个对应的概念，即公共领域与私人领域，文学是参与到公共领域、发出声音的重要一环，也就是文学的公共性。

---

① 刘纳. 嬗变：辛亥革命时期至五四时期的中国文学 [M]. 北京：中国人民大学出版社，2010：19.

如果从这个角度来考察晚清到近代文学的发展，本文以为，中国传统文学确实更多地处于私人领域，是名人雅士之间的交流。而近现代意义上的文学，或者说"文学救国"中的文学则是要突破个人这片狭小的天地，将文学至于公共空间中，文本被赋予公共性，文学要获得更广泛的社会意义，文学救国的方式是以自己的特质参与公共话题，促成社会各方的交锋。文学的生产过程也不仅仅是作家的私人创作，而是要进入一个依赖印刷、出版、流通、读者反馈的环节。文学属于精神领域，这个领域也要参与公共空间话语的创造与论争。"中国文学有了从边缘到中心，从个人到社会的演变，文学被融入社会、国家、民族的知识谱系，表达着有关社会、国家、民族和阶级的知识意义。"① 当然，文学的这种参与公共话语要到五四新文学才真正实现，但这里的文学救国却蕴含着这样的因子。

因此，近代传统文学的危机和里面蕴含的转机告诉我们，传统的"文章"概念已经不再适用，文章内部的各种形式需要重新调整，什么需要继续存在、什么需要被划分出文学的范围需要重新定位；文学要发挥自己救国的作用，但必须要通过"独立"的方式进入到公共空间，而不是用"文以载道"的方式。如此说来，新的文学观念在酝酿之中。

（三）新的文学观念的萌生

在打破传统文学结构方面，近现代的学人将目光放在了一直地位低下的"小说"这种虚构文体上，我们不得不提的是梁启超。梁启超首先反思中国小说的境况，认为一方面是有才之士不愿意从事小说创作，另一方面是即便是创作小说也是以游戏的姿态，因此梁启超在借鉴"西方教科书之最盛，而出于游戏小说者尤夥，故日本

---

① 王本朝. 文学知识、文学组织和审美信念：晚清文学与中国现代文学传统［J］. 福建论坛（人文社会科学版），2001（4）：15.

之变法,赖俚歌与小说之力"基础之上,将小说作为影响社会风气、"新民"的重要方式,最终提出了"小说为文学界之最上乘也"的重要结论,"欲新一国之民,不可不新一国之小说。故欲新道德,必新小说;欲新宗教,必新小说;欲新政治,必新小说;欲新风俗,必新小说;欲新学艺,必新小说;乃至欲新人心,欲新人格,必新小说。何以故?小说有不可思议之力支配人道故"①。那么,为何梁启超独以小说为新民之重要途径?他以为小说可带人进入另一种境界,即:"凡人之性,常非能以现实境界而自满足也……故常欲于其直接以触以受之外,而间接有所触有所受……小说者,常导人游于他境界,而变化其常处常受之空气者也。此其一。人之恒情,于其所怀抱之想象,所经历之境界,往往有行之不知,习矣不察者……有人焉,和盘托出,彻底而发露之,则拍案叫绝曰:善哉善哉!如是如是! ……感人至深,莫此为甚,此其二。"② 也就是说梁启超抓住了小说感染人的重要方式,就是将人带出熟悉的境界,进入另一种虚构的场景,从而感人至深。

尽管梁启超的观念呈现的是用小说新民从而兴国的路线,确实有将小说作为工具看待的"载道"之意,但是"小说乃文学之最上乘"的观念已经颠覆了中国古典文学格局中以诗歌为正统的局面,这背后暗含的是西方文学观念的渗透。在西方主流的文学中,叙事文学是大宗,这就形成了西方重视文学想象和虚构的传统,而我国古代的小说、戏曲发展较晚,远不如诗歌,因此中国传统文学的想象和虚构因素并不占主要因素,可以说梁启超提高了文学中的"虚构"因素,并且给后人开拓了继续言说的空间,也为"纯文学"观念的最终确认提供了有力的理论基础。因此,总体来说,梁

---

① 梁启超. 论小说与群治之关系 [M] //梁启超. 饮冰室合集:第2册. 北京:中华书局,1989:6.
② 梁启超. 论小说与群治之关系 [M] //梁启超. 饮冰室合集:第2册. 北京:中华书局,1989:6-7.

启超的文学观念固然带有"功利主义"的印记，但是从他对文学的认识上，我们仍然能够看到不同于传统文学观念的因子，并且这些因素为接下来文学观念的改变起到了重要作用。第一，小说在中国古代是被排除在正统"文学圈子"之外的，书信等一些应用文可以被承认是"文"，小说却没有资格。梁启超打破了传统小说地位低下的局面，提高了小说的地位，从而进一步改变了中国的文体结构。这为"纯文学"从"杂文学"中分化出来了做了准备。第二，梁启超对于虚构想象的重视，一方面是对作家创作自由的尊重，另一方面，将政治主张融入虚构的故事中而不是以论证之文出现，这其实更加具有"文学"色彩，可以称得上是"纯文学"观的萌芽。第三，从文学作用的角度，梁启超提出小说要起到改造国民性的作用，其步骤应该是熏、侵、刺、提，即：小说的熏陶作用、读者陶醉于小说之中、读者受刺激而领悟、读者精神得到提升。也就是小说是要通过与作者达到一种情感上的共鸣才能发生作用，这可以说抓住了文学的"审美特质"。如果说梁启超和他的《新小说》还带有一些政治意味的话，那么另一部杂志《小说林》则加强了小说的审美功能，其发刊词有云："小说者，文学之倾向于美的方面之一种也。"① 杂志还引用黑格尔的观点："其言曰'艺术之圆满者，其第一义，为醇化于自然'。简言之，即满足吾人之美的欲望，而使无遗憾也。"② 这一观点将学说与"美"联系在了一起，而并没有强调美之外的其他作用。

  真正改变传统"杂文学"观念，单独强调文学的审美意味、抛弃"文以载道"思想、引入一个全新的西方文学观念的是王国维。王国维深受康德哲学思想的影响，可以说他的艺术观点与世界观很多都来自康德，他从 1903—1907 年四年的时间潜心研究康德的

---

  ① 摩西.《小说林》发刊词 [J]. 小说林，1907（1）.
  ② 觉我.《小说林》缘起 [J]. 小说林，1907（1）.

《纯粹理性批判》，并最终在借鉴康德、席勒、叔本华等人的学说之上提出了自己的"美术"（文学、艺术）观念。王国维是第一个提出中国现代"纯文学"观念并明确肯定文学自身独立价值的人。他在《论哲学家与美术家之天职》一文中，开篇即高度肯定哲学、美术之价值："天下有最神圣、最尊贵而无与于当世之用者，哲学与美术已。天下之人嚣然谓之曰无用，无损于哲学美术之价值也。至为此学者自忘其神圣之位置，而求以合当世之用，于是二者之价值失。"据此观察，我国并无"纯粹之哲学，其最完备者，惟道德哲学，与政治哲学耳"。王国维在批判中国古代"忠君爱国、劝善惩恶"的文学同时提出了要建立具有"纯粹美术意义"的具有独立价值如小说、戏曲等类别的"纯文学"。他认为戏曲和小说属于"纯文学"，诗歌中的抒情叙事之作属于"纯文学"，以道德教化为主的诗则不列入"纯文学"，中国古典诗歌在王国维看来大多追求"诗教"。同时，他还提出："文学者，游戏的事业也。……而成人之后，又不能以小儿之游戏为满足，于是对其自己之情感及所观察之事物而摹写之、咏叹之，以发泄所储蓄之势力。""文学、美术亦不过成人之精神游戏。"① 王国维还强调了美带给人的快乐是"纯粹"的快乐："德育与智育之必要，人人知之，至于美育，有不得不一言者。盖人心之动，无不束缚于一己之利害；独美之为物，使人忘一己之利害而入高尚纯洁之域，此最纯粹之快乐也。"②

王国维的观点彻底动摇了中国传统"杂文学"的观念，可谓开风气之先。之后的周氏兄弟也延续了王国维的观点，周作人认为："文章者，人生思想之形现，出自意象、感情、风味、笔为文书，脱离学术，遍及都凡，皆得利领解，又生兴趣者也。"③ "文章中有

---

① 王国维. 文学小言 [J]. 教育世界，1906（139）.
② 王国维. 论教育之宗旨 [J]. 教育世界，1903（56）.
③ 周作人. 论文章之意义暨其使命因及中国近时论文之失 [M] // 王运熙. 中国文论选：近代卷下. 南京：江苏文艺出版社，1996：607.

不可或缺者三状：具神思'Ideal'、能感兴'Impassioned'、有美致'Artistic'也。"鲁迅也说："故文章之于人生，其为用决不次于衣食，宫室，道德……近世文明，无不以科学为术，合理为神，功利为鹄。大势如是，而文章之用益神。所以者何？以能涵养吾人之神思耳。涵养人之神思，即文章之职与用也。"① 鲁迅也论述过"纯文学"的观念，在《摩罗诗力说》中说："由纯文学上言之，则一切美术之本质，皆在使观听之人，为之兴感怡悦。文章为美术之一，质当亦然，与个人暨邦国之存，无所系属，实利离尽，究理弗存。故其为效，益智不如史乘，诫人不如格言，致富不如工商，弋功名不如卒业之券。"② 周氏兄弟虽然沿用了"文章"这一词语，但实际上指的是现代意义上的"文学"。周作人还对文章做了具体的区分："夫文章一语，虽总括文、诗，而其间实分两部。一为纯文章，或名之曰诗，而又分之为二：曰吟式诗，中含诗赋、词曲、传奇，韵文也；曰读式诗，为说部之类，散文也。其他书记论状诸属，自为一别，皆杂文章也。"③

在近代一些文学史的写作中，我们也可以看到这种文学观念的变化。林传甲的《中国文学史》于1904年开始编写，作为京师大学堂的讲义，在这部文学史中，林传甲的观念仍然是传统"杂文学"的观念，但是几乎同时编纂的黄人的《中国文学史》却有了很大的变化。黄人引用日本大田善男的《文学概论》中第三章第一节关于文学的定义："文学者，英语谓之利特拉大（Literature），自拉丁语之 Litera 出，其义为文典，为文字，又为学问，次第随应用

---

① 鲁迅. 摩罗诗力说［M］//鲁迅. 鲁迅全集：第一卷. 北京：人民文学出版社，2005：71.

② 鲁迅. 摩罗诗力说［M］//鲁迅. 鲁迅全集：第一卷. 北京：人民文学出版社，2005：73.

③ 周作人. 论文章之意义暨其使命因及中国近时论文之失［M］//王运熙. 中国文论选：近代卷下. 南京：江苏文艺出版社，1996：710–711.

而变。"① 至于何为"真文学",黄人则引用"烹苦斯德氏所著《英吉利文学史》",将文学分为通义与狭义两个意思,狭义的文学即"以醒其思想感情与想象,及娱其思想感情与想象为目的者也""文学为美术作品要素之一,与绘画、音乐、雕刻等,皆以描写感情为事"②。黄人在另一部其主编的《普通百科新大辞典》中分析了我国古代文学之名与"纯文学":"我国文学之名,始于孔门设科,然意平列,盖以六艺为文,笃行为学。后世虽有文学之科目,然性质与今略殊。汉魏以下,始以工辞赋者为文学家,见于史则称文苑,始与今日世界所称文学者相合。叙艺文者,并容小说传奇(如《水浒》《琵琶》)。兹列欧美各国文学界说于后,以供参考。以广义言,则能以言语表出思想感情者,皆为文学。然注重在动读者之感情,必当使寻常皆可会解,是名'纯文学'。而欲动人感情,其文词不可不美。故文学虽与人之知意上皆有关系,而大端在美,所以美文学亦为美术之一。"③ 可以说,黄人的"纯文学"观念与王国维的有内在的一致性,奠定了以后"纯文学"观念的进一步发展。

前文所言,王国维的"纯文学"观念来自康德、席勒、叔本华等人,黄人的文学观念也是借鉴日本学人,而日本的文学观念显然又来自西方,这些来自西方的观念是影响中国文学观念转变的根源。那我们需要考察的是西方文学史上的"纯文学"观念是怎样的,这种"纯"有什么样的特点,与中国"纯文学"观念的确定有怎样的关系。

---

① 黄人. 中国文学史 [M]. 杨旭辉,点校. 苏州:苏州大学出版社,2015:58.
② 黄人. 中国文学史 [M]. 杨旭辉,点校. 苏州:苏州大学出版社,2015:59.
③ 黄人. 普通百科新大辞典 [M]. 上海:国学扶轮社,1911:106.

二、西方文学史上的"纯文学"追求

(一)别求新声于异邦:近现代中国对"literature"的翻译与引进

首先需要确定的问题是西方没有"纯文学"这样的翻译,这是属于近代中国学人的说法,我们需要考察的是西方"文学"观念的发展,也就是"纯文学"观念的发展。关于"纯文学",中国近现代学者在谈到这一概念时,都会谈到西方文学批评、文学理论的影响,有的是具体到西方某位学者,有的是某种文学哲学思潮的影响,如上文的王国维深受康德哲学的影响。谢无量在写作《中国大文学史》时在绪论中也谈到"外国学者论文学之定义",他指出:"文学一词出自拉丁语之 Litera 或 Literatura,有文法、文字、学问三种含义。用作文字之义者,'塔西兑'(Tacitus)是也;用作文法者,'昆体卢'(Quintianus)是也;用作文学者,'西塞罗'(Cicero)是也。"① 谢无量列举了几位西方哲学家的概念:柏拉图、亚里士多德、白鲁克(Stopford Brooke)、亚罗德(Thomas Arnold)、戴坤西(De Quincey)、庞科士(Pancoast)等。在《〈小说林〉缘起》中,徐念慈曾言:"黑辥尔氏(Hegel,1770—1831)于美学,持绝对观念论者。其言曰'艺术之圆满者,其第一义,为醇化于自然'。简言之,即满足吾人之美的欲望,而使无遗憾也……"②

另外,方孝岳从宏观上概括中西文学观念的不同:"中国文学界广,欧洲文学界狭。欧洲文学史皆小说、诗、曲之史,其他论著、书疏一切应用之作,皆不阑入。"③ 周作人在《论文章之意义暨其使命因及中国近时论文之失》一文中,列举了西方学者关于文

---

① 谢无量. 谢无量文集:第九卷[M]//柳存仁,陈中凡,陈子展. 中国大文学史. 北京:中国人民大学出版社,2011:8-9.
② 徐念慈.《小说林》缘起[J]. 小说林,1907.
③ 方孝岳. 我之改良文学观[J]. 新青年,1917,4(3).

学的定义，他认为像倭什斯多（Worcester）、哈阑（Hallam）、维纳（Vinet）、戈克勒（Cauckler）、爱诺尔德（Arnold）的见解仍然是广义文学的意义，与章太炎的"著于竹帛谓之文"的观点一致。周作人大致赞同宏德（Hunt）的观点，并据此提出自己的"纯文学"观念。卢冀野在其著作《何谓文学》中也介绍了一些西方学者的观点，如卜卢克（S. Brooke）、爱默生（Emerson）、雅伯（Gabbox）等。罗家伦的《什么是文学》一文也提到了韩德（Hunt）的观念，增加了黑德森（Hudson）、安麦生（Emerson）的观点。戴渭清与吕云彪在《新文学研究法》中介绍了卜鲁克（Brooke）、巴斯康（Bascom）、韩德（Hunt）的观点。

从这些表述我们可知，首先，中国的"纯文学"观念确实是西方文学观念影响下结合中国文学语境产生的；其次，从他们引用的不同人的不同说法可以看出，"纯文学"观念在西方也有很多人论述，并没有一个非常固定不变的概念，然后中国学者就将其简单地移植嫁接。在此基础上我们要考察的是，它的发生发展是怎样的，作为我们所熟悉的文学"literature"——有着怎样的译介过程？在西方，"纯文学"的观念是不是一个自古以来的固定的文学观念，中西"纯文学"观念在产生背景和发展轨迹又有何不同？考察这些问题有利于我们更清晰地看到中国"纯文学"观念是如何与西方"纯文学"观念接轨的。

据余来明考察[①]，近代术语"文学"与 literature 的对译生成应归功于日本学者：20 世纪初的中国"文学"概念，最初是由日本学者对译英文 literature 并加以厘定的[②]。当然，那时与 literature 对应的译词还有"文章学""文章"。鲁迅也曾提到："用那么艰难的

[①] 余来明. "文学"译名的诞生 [J]. 湖北大学学报（哲学社会科学版），2009，36（5）.

[②] 19 世纪 70 年代初，日本学者西周以中国古典词"文学"与 literature 对译。

文字写出来的古语摘要,我们先前也叫'文',现在新派一点的叫'文学',这不是从'文学子游子夏'上割下来的,是从日本输入,他们的对于英文 literature 的译名。"① 郁达夫也认为中国古代文人对"文学"所作的解释:"勉强用在现在我们所讲的文学两字上去,却有点不对。因为孔子所说的'文学子游子夏'的'文学',是文章博学的意思,而现在我们在这里所说的'文学',是外国文 literature 的译语。既已贩卖了外国的金丹,这说明书自然也不得不用外国的了。"② 但值得注意的是,literature 与文学对译并不能表明 literature 就具有了"纯文学"的意义,其实,literature 在西方不同时间有着不同的意义,也是逐渐变化或者说逐渐成为我们今天意义上的文学的。

(二) 西方"文学"观念的发轫

西方并没有一个"纯文学"的概念,而只有"文学"观念的演变,"纯文学"是属于近现代中国针对古典"杂文学"概念的名词。关于西方"纯文学"观念,一个事实是,"文学"不是一个本质的天然而有的概念,也是一个历史建构的概念。同中国古代文学观念某些部分是重合的,把几乎所有文字著述都看成文学也是西方古代的特点。在西方,现代的文学观念并不是一个古老固定的概念,它也充满了变动,甚至是很年轻的概念,美国学者乔纳森·卡勒认为:"如今我们称之为 literature(著述)的是二十五个世纪以来人们撰写的著作。而 literature 的现代含义:文学,才不过二百年。1800 年之前,literature 这个词和它在其他欧洲语言中相似的词指的是'著作'或者'书本知识'。"③ "如果我们想得到一个确切

---

① 鲁迅. 门外文谈 [M] //鲁迅. 鲁迅全集:第六卷. 北京:人民文学出版社,2005:95 - 96.

② 郁达夫. 文学概说 [M] //郁达夫. 郁达夫文集:第五卷. 广州:花城出版社,1982:75.

③ 卡勒. 文学理论 [M]. 李平,译. 沈阳:辽宁教育出版社,1998:21.

的出处，那就可以追溯到 1800 年，一位法国的斯达尔夫人（Madam de Stael）发表的《论文学与社会建制的关系》(On Literature Considered in its Relations With Social Institutions)。"① 伊格尔顿认为："在 18 世纪的英国，文学的概念并不像今天那样有时只限于'创造的'或'想象的'写作。它指的是全部受社会重视的写作：不仅诗，而且还有哲学、历史、论文和书信"，"事实上，我们关于文学的解释正是随着我们现在所说的'浪漫主义时期'而开始发展的。关于'文学'这个词的现代看法只有在 19 世纪才真正流行。"② 也就是说，在西方 18 世纪以前，文学通常是被作为一般文化形态，即广义的文学看待的，文学与政治、历史、哲学、伦理学、神学、修辞学（演讲术）等一样都是文化产品，并无特殊的或专有的性质，并没有被称为"艺术"。日本学者柄谷行人指出 19 世纪后期东西文化的发展具有共时性，而"文学"的"规范化"则大概与现代民族国家的确立息息相关。③

因此，西方浪漫主义时期之前，并没有我们所熟悉的文学概念，与之相当的概念是诗艺（poetry），诗艺指的是史诗、抒情诗、讽喻诗，还包括咒语、赞歌、谚语、神话、民间故事等。雷蒙德·威廉斯指出，由于"长篇小说这样的散文体形式变得日益重要，使得 literature 逐渐取代 poetry 成为更加普遍使用的术语"，也就是说，今天意义上的文学，开始只是相当于诗艺，而诗艺主要是韵文，不包括散体形式的小说。日本学者对此问题进行了综述，从这些论述中我们将 literature 的意义从广义、中义、狭义来总结，"广义的 literature 即是著述（writing），自西方国语教育和印刷普及以来，

---

① 卡勒. 文学理论 [M]. 李平，译. 沈阳：辽宁教育出版社，1998：22.
② 伊格尔顿. 现象学，阐释学，接受理论：当代西方文艺理论 [M]. 王逢振，译. 南京：江苏教育出版社，2006：16.
③ 柄谷行人. 日本现代文学的起源 [M]. 赵京华，译. 北京：生活·读书·新知三联书店，2003：12.

literature 的义项中增加了'阅读能力'、'印刷品'等，另外，还含有修辞学（rhetoric）的意味，不过这'修辞'的意涵在 19 世纪的欧洲一度消失，而 20 世纪早期的美国又再现。中义的 literature 指高尚的著作、高级的文字文化，主要指人文学，这一义项在 19 世纪曾一度流行，在 1933 年的《牛津字典》中却说已经不再使用，因为人文学已经分为人文科学和社会科学，同时大众文化兴盛，'文字'与高尚文化之前的关联受到冲击。狭义的 literature 指以文字书写的具有较高价值的言语艺术，是在全部的文字文化艺术中，限定那些具有审美价值的言语艺术，其用法自 1770 年代的意大利开始，19 世纪在欧洲普及，特别与重视创造性和想象力的浪漫主义价值观相结合，literature 就包括了表现情感为主的诗歌、小说、剧本"①。

如果从古希腊时期溯源而谈，在古希腊时代尚无一般的文学概念，而只有特定的史诗、颂诗、演讲术、悲剧等概念。古希腊的"艺术"不同于今日"艺术"而相当于"技艺"，"诗"被认为不属于技艺而源于灵感或诗神凭附。诗与演讲术一样，具有感染征服听众的功能，但与绘画等技艺相距甚远，因为后者只属于人为技能。大概到文艺复兴时期，诗与艺术才普遍地被统一在"美的艺术"名下，当然，这里美的艺术并没有与哲学、历史、演讲术等区分开来。在英语世界里，"literature"一词是 14 世纪才自拉丁文 litteratura 和 litteralis 引进的。雷蒙·威廉斯指出，在 18 世纪以前，当时的"文学"（literature）与现代的"学问"（literay）在意义上是一致的。随着浪漫主义的发展，"文学"具有了我们熟知的文学意义，英国哲学家罗素曾言："浪漫主义运动的特征总的说来是用审美的标准代替功利的标准。"② 因此，"作为整体的文学作品；产

---

① 潘德宝. 现代中国文学观念的形成与日本中介 [D]. 上海：复旦大学，2013：41.

② 罗素. 西方哲学史 [M]. 何兆武，等译. 北京：商务印书馆，1991：216.

生于特定的区域或者时间范围内,或产生于整个世界范围内的文字作品。在更为限定的意义上指那些需要考虑形式美感效果等范畴的文字作品。文学的这个含义在晚近的时候出现在英语和法语当中。"①

因此我们可以看到,仅仅是自18世纪晚期到19世纪早期开始,"文学"的含义才变得与其流行的占主导地位的意义一样——一种有关明确的美学思想的创造性或想象性的写作,也就是我们所说的"纯文学"。可以说,西方近代文学的一个重要变化,就是文学从神学、历史、哲学等的附庸中独立出来,成为独立的学科。在启蒙运动和浪漫主义思潮的进行中,鲍姆嘉通、康德、席勒、黑格尔等美学家从不同角度探索文学的审美性质。而这些讨论又与歌德、拜伦、华兹华斯、爱默生等作家在创作领域的追求相呼应,于是就有了"灵感""想象""象征"等这样的讨论,这才出现了我们所熟悉的所谓的西方的"纯文学"追求。当然西方并没有用"纯文学"这样的名词,这是我们用古典文学观念中的"杂文学"所对应的文学观念。

至于为何文学在18世纪开始独立出来,"要理解文学大写的过程必须了解西方现代化进程中两个至关重要的背景:其一是文艺复兴以来建立民族国家的努力,其二是基督教信仰衰微后重建价值的努力"②。一个普遍的认识是,在文艺复兴之前,宗教把哲学、政治法学等都统一到神学中,文学艺术也只是服务于宗教存在,随着文艺复兴、启蒙运动这样的思想运动的展开,精神自由、个人独立,包括灵感和创造都受到重视。尤其是随着人的理性崛起和对宗教的审判,"人"的主体性得到前所未有的张扬,这种思潮投射在文学上即使文学成为独立探索人性的艺术。文学既然脱离其他的意

---

① 威德森. 现代西方文学观念简史[M]. 钱竞,张欣,译. 北京:北京大学出版社,2006:32.

② 余虹. 文学知识学[M]. 北京:北京大学出版社,2009:14.

义而自我存在，那么论证其自身的合法性和独立价值自然成为 18 和 19 世纪一个重要的文学命题。

（三）浪漫主义与唯美主义思潮下的"纯文学"

既然众多理论家都提到浪漫主义运动思潮与文学独立的关系，那么我们必须要考察浪漫主义批评是如何建构文学自律理论的。关于浪漫主义的定义与起源众说纷纭，《牛津版英国文学之友》将浪漫主义定义为："浪漫主义：从 1770 年到 1848 年，一种发生在英国继而传遍整个欧洲的文学运动和一次深刻的感受力的转变。知识上，它是一个对启蒙主义的激烈反应；政治上，它深受美国和法国革命的鼓舞；情感上，它表现了一种极端绝对的自我和个人经验价值……同时伴随着一种无线和超越的感觉，从社会意义上说，它带来了一种社会的进步因素……浪漫主义核心的样式是强烈的激情，它的关键词是想象。"① 波德莱尔等人也对浪漫主义做了定义，虽然这里面有些不同，但是对于诸如反叛性、革命性、主观性、天才、灵感、对自我价值的肯定、对情感与想象的推崇这些关键词是一致的。

浪漫主义的整体发展流变在不同的国家也有不同，但一个共识是康德美学思想之于浪漫主义的意义的重要性不言而喻。以赛亚·柏林在《浪漫主义革命：现代思想史的一场危机》中认为这场运动是"西方生活中最深刻、最持久的变化"，并认为康德是浪漫主义之父，浪漫主义运动源于德国。康德思想提供了美学哲学上的思考，浪漫派文论从文学角度进一步阐释，这样构成了文学独立性的最终确立。可以这样说，康德解决了美的本质、艺术的本质、美与艺术的关系等问题，这些问题对于建构文艺美学的知识体系起了重要的作用，康德哲学主体性的观念直接影响了文学主体性的确立。康德美学思想也是中国"纯文学"观念最重要的思想资源，近现代

---

① 种海燕. 卢梭对中国现代浪漫主义思潮的影响：兼论 20 世纪 20 年代梁实秋和鲁迅的论战［J］. 江西社会科学，2007（1）：87.

学人王国维、梁启超、蔡元培、朱光潜、宗白华都是从康德这里受到启发开始阐发自己的文学美学观念的。

康德首先对美进行定义"美是无一切利害关系的愉快的对象",并提出"审美无利害性"这一审美判断的问题。康德从审美论的角度确立审美活动的独立区域,把人的心理功能划分为知、情、意三个方面。知即认知功能,它的活动空间是知识的领域;情即情感功能,审美活动就是其活动的区域之一;意即意志的功能,其活动空间是道德与伦理。据此,"康德认为审美判断不同于认知活动,认知活动是一种定性判断,它的对象是事物的客观属性,而审美活动属于反思判断,它只涉及事物的形式而不涉及其内容意义,其结果仅仅是一种主观情感"①。所谓审美"无利害"也就是说审美活动是无功利性的,只是涉及情感的主观行为。康德另一个界定艺术活动特征的角度是"游戏说",康德以为艺术有别于手工艺,因为"艺术是自由的,手工艺也可以叫做挣报酬的艺术,人们把艺术看作仿佛是一种游戏,这是本身就愉快的一种事情,达到这一点,就算是符合目的;手工艺却是一种劳动,这是本身就不愉快的一种事情,只有通过它的效果,它才有些吸引力,因而它是被迫的"②。也就是说,审美活动没有外在的目的性,其本身就是目的,即我们所熟知的"无目的的合目的性"。康德思想还提到了"天才说",康德所谓的天才是指艺术家的创作才能,天才的内涵包括自然禀赋、独创性、典范作品和想象力,天才具有天生的灵感或者说独创性,而这种独创性是浪漫主义艺术的特点之一,是对艺术家个性的强调。综合而言,康德理论对于整个文艺批评意义重大,他给文学中的"表现"说、"情感"说提供了有力的依据。

上文提及的中国近现代学人都提到从西方输入的文学观念其实

---

① 杜吉刚. 西方唯美主义诗学研究 [D]. 成都:四川大学,2005:145.
② 康德. 判断力批判 [M] //朱光潜. 西方美学史. 北京:人民文学出版社,1979:383.

就是来源于浪漫主义时期的文学美学观念。除了浪漫主义文学观念，还有一种即唯美主义，唯美主义延续了康德的思想，又进一步思考文学的特性和独立性。唯美主义（Aestheticism，或者 the Aesthetic Movement）是 19 世纪后期以法国为中心波及欧洲的一种文艺思潮，为抵制当时占主导地位的科学思想及挑战中产阶级社会对不宣扬功利主义或教化道德价值观的任何艺术的普遍冷漠甚至敌视，法国作家提出了这样一种艺术宗旨，即艺术品是人类成果中最有价值的东西。之所以这样，正是因为艺术品是自足的，除了自我存在，别无其他任何功利或道德目的。一件艺术品的目的仅仅在于其完美无瑕的形式存在，换句话说，唯美唯思即是其本身的目的，唯美主义的呼声最终成了"为艺术而艺术"的口号。因康德哲学唯美主义学说再一次把"文学史一种独立的艺术"这一观点做了强调，更加有助于将文学艺术视为一种非功利的活动，"为艺术而艺术的学说，从本质上讲是对审美经验具有不同于其他价值的内在价值的概述，是对只靠艺术家就能使这种经验的最高形式成为可能的一份审美的独立宣言"①。唯美主义的历史根据源于康德在《判断力批判》中提出的"纯粹"的审美体验是对自娱自乐的审美客体的一种毫无功利色彩的沉思冥想，这种体验超越了艺术品自身的现实性或外在的实用价值及道德标准。唯美主义在英国的发展通过一些作家得以体现，如奥斯卡·王尔德等。唯美主义首先在日本兴起，20 世纪初由周氏兄弟、徐志摩、邵洵美做了大量唯美主义的译著和评介工作，唯美主义在中国有了影响。

综合而言，浪漫主义和唯美主义的作用主要体现在以下几方面：第一，充分强调创作者的艺术个性，正如黑格尔所总结的浪漫主义的精神是"无限制的主观主义""自诩为终结的主观性之登峰

---

① 比厄斯利. 西方美学简史［M］. 高建平，译. 北京：北京大学出版社，2006：289.

造极"①。第二,认为文学创作的目的更多的是一种自我情感的抒写,创作的核心部分是作家自发生成的想象性行为,而不是社会要求或带有其他的目的。艺术与政治、道德无关,它超脱一切利害关系,具有独立的生命。第三,在强调了艺术家的独立性和自我抒写合理性之后,其实也就是将文学视为一种独立的、具有精神价值的独特活动。"这种哲学的发展包含着一种美学的种子,它们将给予艺术和艺术家在生活与文化中一个新的地位,给予一种除了在普洛提诺的书中和文艺复兴的新柏拉图主义那里以外,此前无法想象的对艺术的赞美。"②唯美主义的"为艺术而艺术"这种说法,根本上是艺术自主论,所谓艺术自主,即"主张艺术彻底自治,反对艺术之外的标准干涉艺术领域,提倡遁迹于象牙塔"③。唯美主义甚至认为现实社会充满市侩气,没有艺术,没有美,艺术的发展非但不依赖于生活,相反,生活应该追随和模仿艺术。将文学视为一种独立的精神活动这种观念进而影响了五四时期的文学观念,文学既不是风花雪月的消遣,也不是为了宣传、为了教训、为了服从于某种社会,而是作家独有的对世界的感受。文学应该被当作独立于其他社会活动的一种精神活动。

既然西方浪漫主义和唯美主义充分阐释了文学艺术的独立性和艺术自律,那么文学的概念是否就此确定下来,也就是说"纯文学"的观念就成了唯一的对于文学的理解?其实并非如此,文学的概念一直在被言说之中,甚至标准也在变化,如俄国形式主义学派罗曼·雅各布森说"文学科学的对象并非文学,而是'文学性',

---

① 李伯杰. 德国浪漫派批评研究 [J]. 外国文学评论, 1994 (3): 30 – 39.
② 比厄斯利. 西方美学简史 [M]. 高建平, 译. 北京: 北京大学出版社, 2006: 219.
③ 韦勒克. 近代文学批评史: 第 4 卷 [M]. 杨自伍, 译. 上海: 上海译文出版社, 2009: 556.

即使一部既定作品成为文学作品的特性"①,提出"文学性"的概念。美国解构主义学者乔纳森·卡勒在讨论"什么是文学"时也说过"问题的目的不是要寻找文学的定义,而是要描绘文学的特征",进一步阐释了这一问题。俄国形式主义的出发点是为了反叛俄国历史文化派将文学从属于社会学,无视文学的审美特征和艺术规律;而结构主义关心的不仅仅是文学文本的语言形式,而是非文学文本中的"文学性"问题,如"哲学、历史、政论、法律文书、新闻写作中的叙事、描述、想象、虚构、修辞等"②。这两者发生的时代背景并不相同,但其实在本质上这仍然是对什么是文学的思考。前者试图恢复文学的独立性,是再次强调文学的纯粹性,后者则是在扩大文学的边界,什么使文学成为"文学"——文学性,文学研究也就是研究这种"文学性"。

通过梳理西方不同时代对文学不同的看法可以让我们更清晰地看到西方"文学"观念的发展。西方也有着所谓的"杂文学"时期,其实中西方关于"纯文学"的追求是漫长的文学发展历史中的一种观念之一,文学概念的发展、内涵外延的界限,甚至本体论的追问"什么是文学"都在经历变化。在西方,文学独立也是现代社会的产物,文学具备审美意义和意义的狭义化是一个现代性现象。并且"文学"经历了现代意义的概念之后并没有固定不变,随着现代性受到质疑,文学的定义也再一次受到重建。甚至我们可以这样说,"纯文学"概念不过是中国文学概念中的一种,正如托多罗夫指出:"到目前为止,还没有就这个词语与之相当的词在所有语言中以及在各不相同的时代研究出一个完整的历史。但只要略为观察一下,就可看出这个词并非始终存在。在欧洲语言中,含有目前意

---

① 卡勒. 文学性 [M] //昂热诺,等. 问题与观点:20世纪文学理论综论. 史忠义,田庆生,译. 天津:百花文艺出版社,2000:27-30.

② 姚文放. 文学性问题与文学本质再认识:以两种"文学性"为例 [J]. 中国社会科学,2006 (5):160.

义的'文学'一词的历史并不悠久。它起源于 19 世纪。这岂不正是一个历史性的现象而绝不是'永久性'的现象?……如今面对着人们从各种截然不同的角度把它们归入文学的品种繁多的作品,谁敢划定文学或非文学的界限?"①

浪漫主义的文学观念、唯美主义运动的文学主张在 20 世纪进入中国,中国学界结合自身的文学经历和社会情况对其进行了讨论,西方的"文学"观念(在中国被视为"纯文学")成为近代五四时期学界的重要思想力量,成为他们思考文学的诱发因素和重要知识来源。那么,在引进的过程中,五四学人是如何阐释这一问题的,我们是不是可以通过对浪漫主义、唯美主义的"纯文学"观念的空间移植达到建立中国"纯文学"的目的,我们是否建立起了"纯文学",五四文学能否走上西方"纯文学"的道路,这是值得我们深思的问题。

三、五四新文学的"纯"与"不纯"

(一)五四"纯文学"观念的确立

五四时期,随着文学革命的发生发展,五四学人继续论述关于"纯文学"的观念,试图给予文学各种属于自己时代的"界说"。在晚清近代时期,周氏兄弟等人还用"文章"一词,虽然他们的论述中已不再指中国古代的"文章",到五四时期"文章"一词不再具有现代的文学意义。五四关于文学的讨论影响深远,最终基本达成了关于文学的共识。

作为文学革命的两位重要人物,胡适与陈独秀首先在这个问题上有了一些分歧。虽然胡适在《什么是文学》中指出:"文学有三

---

① 托多罗夫. 文学的概念 [J]. 沈怀洁, 译. 外国文学, 1985 (5). [转引自旷新年. 文学观念的演变 [J]. 文艺争鸣, 2014 (7): 42.]

个条件：第一要明白清楚，第二要有力动人，第三要美。"① 但是同时，胡适从汉学家的文学观念出发而提倡的文学须"言之有物"却遭到了陈独秀的反对，陈以为："达意状物之外，倘加以他种利用，附以别项条件，则文学之为物，其自身独立存在之价值，不已破坏无余乎？故不独代圣贤立言为八股文之陋习，即载道与否，有物与否，亦非文学根本作用存在与否之理由。"② 陈独秀又在《文学革命论》《答胡适之》等文中进一步阐释了"文学之文"与"应用之文"："文学之文，既不足观，应用之文，益复怪诞。"③ "窃以为文学之作品，与应用文学作用不同，其美感与伎俩，文学美术自身独立存在之价值，是否可以轻轻抹杀，岂无研究之余地？"③ "文学本非为载道而设，而自昌黎以讫曾国藩所谓载道之文，不过抄袭孔、孟以来极肤浅极空泛之门面语而已。余尝谓唐、宋八家文之所谓'文以载道'，直与八股家之所谓'代圣贤立言'，同一鼻孔出气。"④ 在批判"文以载道"的同时，陈独秀也提出了自己的文学观念，在文章《我们为甚么要做白话文》中，他首先列举了阮元、章太炎、培根（Bacon）、亨特（Hunt）等人关于文学的定义，然后提出文学是"高尚健全普遍的思想，美的体裁，艺术的结构"，关于文学的界说则是"（一）艺术的组织；（二）能充分表现真的意思及情；（三）在人类心理上有普遍性的美感"⑤。这是在审美意义上充分肯定文学的价值。

---

① 胡适. 什么是文学［M］//赵家璧. 中国新文学大系第一集·建设理论集. 上海：良友图书印刷公司，1935：214.
② 陈独秀. 答曾毅［M］//任建树，等. 陈独秀著作选：第1卷. 上海：上海人民出版社，1993：292.
③④ 陈独秀. 文学革命论［J］. 新青年，1917，2（6）.
③ 陈独秀. 答胡适之［M］//陈独秀. 独秀文存. 合肥：安徽人民出版社，1987：636.
⑤ 陈独秀. 我们为甚么要做白话文？——在武昌文华大学演讲底大纲［M］//陈独秀. 陈独秀著作选：第一卷. 上海：上海人民出版社，1993：101.

稍后，方孝岳引用西方的文学定义阐发文学界说："以文学概各种学术，实为大谬。物各有其所长，分功而功益精，学术亦犹是也。今一纳之于文学，是诸学术皆无价值，必以文学之价值为价值，学与文遂并沉滞，此为其大原因。故着手改良，当定文学之界说。凡单表感想之著作，不关他种学术者，谓之文学。故西文 Literature 之定义曰：All literary procductions except those relating to positive science or art, usually, are confined, however, to the belles-lettres. Belles-lettres 者，美文学也，诗文、戏曲、小说及文学批评等是也。"①

刘半农也引用此意思："欲定文学之界说，当取法西文，至于 Literature，则界说中既明明规定为：'The class of writing distinguished for beauty of style, as poetry, essays, history, fictions, or belles-lettres.' 自与普通仅为语言之代表之文字有别。吾后文之所谓文学，即就此假定之界说立论。"② 在这样的界定之后，刘半农又对陈独秀的"文学之文"与"应用之文"提出了质疑，既然文学的与应用的相对，那么文学之文不能应用，应用之文不能视为文学，因此他提出："其必须列入文学范围者，惟诗歌戏曲、小说杂文、历史传记三种而已。酬世之文（如颂辞、祭文、挽联之属），一时虽不能尽废，将来崇实主义发达以后，此种文学废物，必在自然淘汰之列。故进一步言之，凡可视为文学上有永久存在之资格与价值者，只诗歌戏曲、小说杂文二种也。"刘半农在这里非常明确地提出了什么是"纯文学"的范围，什么是"非文学"，并且他提出的"诗歌戏曲、小说杂文"可以说已经具备我们今天所说的文学四分法（诗歌、散文、小说、戏剧）。夏丏尊也对文学的分类做了说明："现今普通所谓文学者，大概指纯文学而言。内容包括诗歌小说谣

---

① 桐城，方孝岳. 我之改良文学观［J］. 新青年，1917，3（2）.
② 刘半农. 文学改良论［J］. 新青年，1917，3（3）.

曲戏剧等，与史书论文大异其趣。"①

另外还有一些五四学人继续讨论"纯文学"，其基本的观点都是从审美的角度，强调文学的美，如罗家伦："文学界说，本是极不容易定的。因为文学的内涵极大，外周极宽，其本质又极微妙。文学不但是表白思想的（expression），并且是深入人心的（impression）；不但是兴到而成的（aspiration），并且是神来方就的（inspiration）；不但是人间的知识（knowledge），并且是世上的威权（power）。"② 傅斯年强调文学是精神产品："今试作文学之界说曰：'文学者，群类精神上之出产品，而表以文字者也。'"③ 成仿吾强调文学之美对于生活的意义："至少我觉得除去一切功利的打算，专求文学的全（Perfection）与美（Beauty），有值得我们终身从事的价值之可能性。而且一种美的文学，纵或没有什么可以教我们，而它所给我们的美的快感与慰安，这些美的快感与慰安对于我们日常生活的更新的效果，我们是不能不承认的。"④ 茅盾也宣称："艺术家是拿艺术品的自身做目的，决不与旁人相干的。"1919 年李大钊在《什么是新文学》中同样强调文学自身的价值："我们所要求的新文学，是为社会写实的文学，不是为个人造名的文学；是以博爱心为基础的文学，不是以好名心为基础的文学；是为文学而创作的文学，不是为文学本身以外的什么东西而创作的文学。"⑤ 可以说"纯文学"成为一种普遍的共识概念，郭沫若强调："我们所研究的文学当然要限于纯文学的范围。纯文学的内容分诗，小说，戏

---

① 夏丏尊. 文艺论 ABC [M]. 上海：世界书局，1928：3.
② 罗家伦. 什么是文学：文学界说 [J]. 新潮，1919，1 (2).
③ 傅斯年. 文学革新申义 [J]. 新青年，1918，4 (1).
④ 成仿吾. 新文学之使命 [J]. 创造周报，1923，5 (2).
⑤ 李大钊. 什么是新文学 [M] // 王运熙. 中国文论选：现代卷上. 南京：江苏文艺出版社，1996：142.

剧三种。"① 朱希祖《文学论》则从现代知识分化分科的角度来证实，开篇指出："吾国之论文学者，往往以文字为准，骈散有争，文辞有争皆不离乎域；而文学之所以与其他学科并立，具有独立之资格，极深之基础，与其巨大之作用，美妙之精神，则置而不论。故文学之观念，往往浑而不析，偏而不全。"据此他提出要将文学作为一门单独的学科独立出来："自欧学东渐，群惊其分析之繁赜……政治，法律，哲学，文学，皆有专著……故建设学校，分立专科，不得不取材于欧美：或取其治学之术以整理吾国之学……"②

当然，对于"纯文学"的讨论也有不同的声音，1921年胡怀琛在《新文学浅说》第一章中列举了章太炎、陈独秀和"Bacon"的文学界说，得出的结论是"章太炎的说法最完美"③（章太炎曰：著于竹帛谓之文，论其法式谓之文学）。蒋鉴璋指出："晚近西洋文学思潮，流入中土，嗜文之士，常以西洋文学界说，用以范围中国文学，夫西洋文学，小说、诗歌、戏剧三者，乃其最大主干，故其成就者为独多。我国则诗学成就，亦足自豪。而小说、戏剧，诚有难言。近数年来，以受西洋思潮，始认小说、戏剧为文学，前此而直视为猥丛之邪道耳。亦何有于文学之正宗乎？今虽此等谬见，渐即捐除。然而中国文学，范围较广。历史之沿革如此，社会之倾向如此，若必以为如西洋所指之纯文学，方足称为文学，外此则尽摒弃之，是又不可。"④ 蒋鉴璋首先肯定了"纯文学"的历史必然，但又对这种抛弃其他文体只剩诗歌、小说、散文、戏剧的分类存了疑问，这个疑问看起来与五四的主流声音相悖，但却给我们留下了思考的空间，即我们是否真的可以完全移用西方的"纯文学"概

---

① 郭沫若. 文学的本质 [J]. 学艺，1925，7 (1).
② 朱希祖. 文学论 [J]. 北京大学月刊，1919，12 (1).
③ 胡怀琛. 新文学浅说 [M]. 上海：泰东图书局，1921：1.
④ 蒋鉴璋. 文学范围论略 [J]. 艺林旬刊，1925，7 (9).

念,我们是否真的能够走上"纯文学"的道路。

五四时期现代"纯文学"观念的确立有着这样的几层意义:第一,彻底否定了中国传统的"杂文学"观念,将文学独立出来,文学作为一门独立的学科被确定下来;第二,文学具有独特的审美价值和"艺术自律",其中"为艺术而艺术"是其自身特质最充分的表现;第三,文学的存在与发展不为"载道",不成为某种社会思潮、政治的附属,同时,也不走商业化的媚俗道路,是严肃的文学,这样才可见其"纯"文学之意。

(二)五四"纯文学"与"唯美主义"

上文提及,西方唯美主义延续浪漫主义的文学主张,吸收康德的"审美无利害论"与叔本华的"唯直觉意志论"形成自己的文学主张。唯美主义思潮引入中国,最早可以追溯到1909年周作人翻译王尔德的《快乐王子》,后来陈独秀、闻一多、郁达夫、徐志摩等人逐步介绍唯美主义的主张和部分作品。唯美主义在中国的表现比较突出的是1923年前后成立的"弥洒社",他们宣称自己的刊物《弥洒》是"无目的无艺术观不讨论不批评而只发表顺应灵感所创造的文艺作品的月刊"。唯美主义最极端的表现是1924年成立的"狮吼社",以邵洵美、滕固、章克标、方光焘为代表,他们在创刊宣言中说:"我们决不承认艺术是有时代性的,我们更不承认艺术可以被别的东西来利用。""我们要打倒浅薄,我们要打倒顽固,我们要打倒有时代观念的工具的文艺,我们要示人以真正的艺术。""文艺便是文艺,决没有别的作用,那么除了'为艺术而艺术'外,自不容有别的主张。"[①] 除了这种有明确宣言的社团,像浅草社、新月派的部分人员也体现出了唯美主义的倾向,虽然这些唯美主义其实与西方的唯美主义不同,郁达夫认识到:"对于维多利亚朝(Victoirian Age)文艺上流行着的道德观念及 Formalism 的

---

① 金屋邮箱编辑部. 答胡哲民函[J]. 金屋月刊,1929,1(2).

最初的反抗,是 Oscar Wilde 所提倡的耽美主义(Aestheticism)。"西方唯美主义的产生是对科学至上、功用至上论的反叛,而到了中国,我们更多的是汲取了唯美主义文学中的某种情绪性因素,在这一点上,鲁迅认识得很清楚:"但那时觉醒起来的智识青年的心情,是大抵热烈,然而悲凉的。即使寻到一点光面,'径一周三',却更分明的看见了周围的无涯际的黑暗。摄取来的异域的营养又是'世纪末'的果汁:王尔德(Oscar Wilde),尼采(Fr. Nietzsche),波特莱尔(Ch. Baudelaire),安特莱夫(L. Andreev)们所安排的。'沉自己的船'还要在绝处求生,此外的许多作品,就往往'春非我春,秋非我秋',玄发朱颜,却唱着饱经忧患的不欲明言的断肠之曲。"① "一九二四年中发祥于上海的浅草社,其实也是'为艺术而艺术'的作家团体,但他们的季刊,每一期都显示着努力:向外,在摄取异域的营养,向内,在挖掘自己的魂灵,要发见心里的眼睛和喉舌,来凝视这世界,将真和美歌唱给寂寞的人们。"② 鲁迅尊重中国青年在时代之下所感知到的情绪,但同时鲁迅也提出:"美底享乐的特殊性,即在那直接性,然后美底愉乐的根柢里,倘不伏着功用,那事物也就不见得美了。"③ 鲁迅对这种纯艺术的态度也反应在他与徐志摩等人的论争中。鲁迅与徐志摩的争论首先开始与诗歌的"音节"问题,后来又因为 1926 年徐志摩"援助"陈西滢而将论争激化,进而进行了几场论争,抛开其中的情绪和人事关系不谈,双方的争论点其实是在文艺观方面,鲁迅反对徐志摩以及梁实秋的《新月》月刊所体现出来的"超阶级的文艺观",是无

---

① 鲁迅.《中国新文学大系》小说二集序[M]//鲁迅.鲁迅全集:第六卷.北京:人民文学出版社,2005:251.
② 鲁迅.《中国新文学大系》小说二集序[M]//鲁迅.鲁迅全集:第六卷.北京:人民文学出版社,2005:250-251.
③ 鲁迅.《艺术论》译本序[M]//鲁迅.鲁迅全集:第四卷.北京:人民文学出版社,2005:269.

视中国 20 世纪二三十年代社会现实而空谈"绅士气"与"贵族气"。

唯美主义主张受到了不少人的质疑和批判,茅盾在《"大转变时期"何时来呢?》一文中集中论述了关于对唯美主义的质疑。茅盾以为,随着社会政治越来越黑暗,唯美主义却想在"文学里求得些精神上的安慰,或求得灵魂的归宿。这种样的身处污泥而闭目空想……自欺欺人"。中国的唯美主义本质上是"狂放脱离略"的名士作风,"现在各种定期出版物上多至车载斗量的唯美的作家,实在不知道什么叫做唯美主义,他们日日沉醉在'象牙之塔'内,实在并未曾看见'象牙之塔'是怎生一个样子"[①]。基于对唯美主义的批判,茅盾认为文学"不仅是供给烦闷的人们去解闷,逃避现实的人们去陶醉;文学是有激励人心的积极性的。尤其在我们这个时代,我们希望文学能够担当唤醒民众而给他们力量的重大责任"[②]。郑振铎也认为"以为文学的目的是在给快乐于读者,使读者得有美感的。这句话也许有一点对。但也未免太把文学的使命看轻了"。也就是说文学除了美感之外,也应该有其他的"使命"。

(三)无法纯粹的五四新文学

五四学人追求"纯文学",但对"纯文学"中的唯美主义倾向却持有批判态度,这其中既反映了五四文学观念的复杂性,也反映了五四学人在讨论"纯文学"时的弦外之音、意外之意。五四时期"纯文学"观念基本被确定下来,问题是,认同"纯文学"是一回事,五四文学呈现出来的到底是不是"纯文学"又是另一个问题。我们宏观考察五四文学,它并没有走上"纯文学"的道路,甚至有人提出 20 世纪文学是"非文学的世纪"。

[①] 茅盾."大转变时期"何时来呢?[M]//茅盾. 茅盾全集:第 18 卷. 北京:人民文学出版社,1989:413.

[②] 茅盾."大转变时期"何时来呢?[M]//茅盾. 茅盾全集:第 18 卷. 北京:人民文学出版社,1989:414.

从五四新文学的诞生它就与整个社会的政治、经济、文化、法律等有着千丝万缕的联系。

首先，我们宏观上考察近现代以来中国文学的发展，中国古典文学在晚清呈现式微之势，但其最终的变革却不是依赖于内部的"自变"，正如学者刘纳所言："我也曾经希望回到文学自身，去寻找我国文学从'古代'到'近代'性质的变革的'内部'规律，得到的却是困惑。"① 晚清知识分子为了寻求救国之路最终找到了新民的小说，五四学人为了启蒙，开启民智，找到文学，之后的各种党派斗争、民族战争，文学承担起了救亡宣传等作用，那些我们所熟悉的口号"革命文学""抗战文学""国防文学""大众文学"无一不显示了文学生长的复杂生态。除此之外，民国的经济、政治、法律、文化也都与文学有着千丝万缕的联系②，中国现代文学从来都不单纯，一直在各种力量的角逐中，在各种因子的推动下，发展着、挣扎着，这更加证明了文学不是作为一种独立的力量在参与公共话语，因此，文学的独立与"纯"和文学的功用并不矛盾。

其次，五四学人在阐发自己的文学观念时，是否单纯追求"纯文学"，是否真的认同"为艺术而艺术"的西方王尔德式的唯美主义文学？我想，在谈论"纯文学"之"纯"时，五四学人更加看重的是将文学从政治或其他力量的附属中解脱出来，至于独立之后的文学该怎么发展，这与具体的时代话语和情境有关，也与他们的文学观念有关，这就需要我们考察"纯文学"背后的言外之意。前文提及鲁迅在《拟播布美术意见书》中明确了美术的审美本质，但也提出美术可以"表见文化""辅翼道德""救援经济"等效用③，

---

① 刘纳. 嬗变：辛亥革命时期至五四时期的中国文学 [M]. 北京：中国人民大学出版社，2010：6.

② 李怡. 中国现代文学史的叙述范式 [J]. 中国社会科学，2012（2）.

③ 鲁迅·拟播布美术意见书 [M] //鲁迅. 鲁迅全集：第八卷. 北京：人民文学出版社，2005：52.

而鲁迅在《我怎么做起小说来》一文中所说的:"说到'为什么'做小说罢,我仍抱着十多年前的'启蒙主义',以为必须是'为人生',而且要改良这人生。"不正是鲁迅对于现代文学最深的感触吗?文学必须独立,可是也要表现最真实的现代的人生,"为人生,鲁迅道出了我们文学活动与人类自身的现实联系,道出了所有文学活动的原点,特别是道出了中国自鸦片战争以后每一个中国人都不得不面对和解决的重大生命问题"①。这样的表达显然不能用"文以载道"来说明,而是属于现代知识分子的表达方式。

再次,现代作家在进行文学创作时,是不是就是按照现代文学观念中的诗歌、散文、小说、戏剧四种文体来创作的?除了这四种文体,鲁迅所独创的杂文、散文诗,作家的日记、书信,甚至现代作家的古体诗等,这些都丰富了现代文学的文体形式。这些形式一方面延续了中国古代"杂文学"的因子,另一方面也结合了中国现代作家的个体体验形成了别具特色的现代中国文体形式。

基于此,确认"纯文学"观念,强调文学的独立性是第一步;而中国社会本身的复杂性使得我们离开了这个"纯",形成了属于中国的文学观念,这是中国现代作家增加了现实感受的结果,是"文学"观念进一步成熟的表现,是第二步。如此这般,才可形成属于现代中国的"文学"。所以恐怕一个"纯文学"或现代"杂文学"都不能够非常准确地描述整个中国现代文学的实际发展面貌,因为最后呈现出来的中国现代文学既不是西方的"纯文学",又不是完全回归传统的"杂文学",那我们就需要找寻一个恰当的概念来概括属于我们自己的20世纪的"文学":既汲取了某些传统元素也利用了文学独立为口号的"大文学"。

---

① 李怡."为人生"的小说与鲁迅创作的基点问题:对一个旧话题的新思考[J]. 小说评论,2008(3):56.

第四章

时代语境下的"大文学"氛围

一、现代中国的"非文学"氛围

中国的现代转型即现代意义上的国家制度和社会形态出现于辛亥革命之后,"其间内忧外患不断,私心与公义纠葛,政治团体或分或合,时而起高楼,时而楼塌了"①,如此经纬万端的风云变幻注定了现代意义的中国从一开始就不可能具有独立、自主、纯粹的个体生存空间。民族的内忧外患、政治的新旧交替、个体的私心公义,各方力量纠缠不清,随时主导着人们的物质生存和精神生活。气象万千的社会历史形态以不容分说的力量将现代中国文学卷入历史事件和社会变迁的漩涡,甚至"在乾坤颠倒、沧海横流的时刻,'文学'更有可能会支离破碎"②。"文学之外"有太多值得我们清晰辨认和详加追问的对象,否则我们何以解释,在中国文学现代嬗变的过程中对文学独立功不可没的西方"纯文学"观念却在落户中国后越走越偏?为什么现代中国语境中的作家们无法在"艺术之宫"内觅得文学的世外桃源,仍乐此不疲地追求着内心深处的名山事业呢?西方"纯文学"观及相关的文学思潮被移植到中国后出现了"南橘北枳"的现象,原因就在于文学赖以产生的历史语境和时代氛围形塑了作家的生命体验并不断地调整着作家的艺术旨趣。因此,重新考量现代中国文学的生存语境之于文学发生发展的重要影响,将有助于我们深入把握现代中国的文学氛围,为进一步开掘现代中国文学的特殊价值和历史意义,确立饱含中国经验的文学观念和评价方式做出必要的准备。

(一)民国作家的生存困境

现代中国文学的发生发展基本上与中国社会的现代转型同步,

---

① 唐小兵. 民国政治的真谛 [J]. 读书,2017(4).
② 李怡. 战时复杂生态与中国现代文学的成熟:现代大文学史观之一 [J]. 北京师范大学学报(社会科学版),2014(3).

伴随着这一社会文化转型的是关乎个人生存的诸多困扰和期待解决的社会问题。鲁迅在 1927 年时的概括似乎一语成谶:"中国现在是一个进向大时代的时代。但这所谓大,并不一定指可以由此得生,而也可以由此得死。"① 自辛亥革命步入"现代"社会伊始,国家政治、经济、社会结构的变动都可以成为决定国人物质生存与精神诉求的主导力量。现代作家的生存遭遇与精神困境使他们不得不走出纯粹自律的审美空间,将更多关注的目光投向文学之外的存在。现代语境下的中国文学自诞生之日起就与现实人生结下了不解之缘,相当数量的作家不仅谈论过文学与人生的话题,更将"为人生"视为文学的一种自觉选择。重新检视现代作家的物质困境、精神羁绊与社会关怀,以及现代作家在回应西方文学思潮时所达成的"为人生"的文学共识,将使我们对于现代中国文学发生发展的基本环境和文学主题的考察得以在更具体的时代语境和更真切的人生体验中展开。

1. 北洋政府时期的断炊之虞

"一个作家,即使是最清高的诗人,他每天也要吃饭和睡觉",我们必须清醒地认识到"作家职业的本质。"② 正如鲁迅在《娜拉走后怎样》中所言:"梦是好的;否则,钱是要紧的。""钱,——高雅的说罢,就是经济,是最要紧的了。自由固不是钱所能买到的,但能够为钱而卖掉。人类有一个大缺点,就是常常要饥饿。为补救这缺点起见,为准备不做傀儡起见,在目下的社会里,经济权就见得最要紧了。"③

鲁迅于 1923 年 12 月说的这一番话中对"钱"的意义的透彻阐明,虽是对"娜拉们"所言,但却同样说到了当时的知识分子的心

---

① 鲁迅. 鲁迅全集:第三卷. [M]. 北京:人民文学出版社,2005:571.
② 埃斯卡尔皮. 文学社会学 [M]. 符锦勇,译. 上海:上海译文出版社,1988:54.
③ 鲁迅. 鲁迅全集:第一卷 [M]. 北京:人民文学出版社,2005:167-168.

坎上。自1921年起，北京教育界发起了长达六年之久的索薪运动。1921年3月16日北京八校教职员联合会发表停职宣言称道："盼政府发款像大旱的时候盼雨一样艰难。添聘教员没有钱，购买书籍没有钱，购买仪器没有钱，购买试验用的化学药品没有钱，乃至购买一切用器都没有钱，学生终日惶惶，觉得学校停闭就在旦夕，不能安心求学。教职员终日惶惶，迫于饥寒，没有法子维持生计，亦不得安心授课。试问教育机关困穷至此，还有何法可以维持下去？"①由此，北京国立八校的教师因欠薪而集体罢教，其后又因联合学生去政府请愿，与守卫发生冲突，是为"六三事件"。

事实上，北洋政府时期拖欠教职员薪金，并非始于1921年，"自五四而后，教育经费积欠日多，教育界感着生存的需要，常常用罢课停职种种方法对待政府"②。1919年冬，"适北京中国、交通两行停止兑现，至十二月价格不及兑折，京中公立学校教职员所得薪俸，多为纸币，致生活大感困难，屡次要求发现而不得，乃于十二月十五日起一致罢课。但因财政困难与政府对教育无意维持的两重原因，卒无圆满解决；以后在经费上固然愈欠愈多，而政学的冲突亦日演日剧。"③ 当时教育部公务员和北京八所国立院校的教职员都是欠薪对象④，鲁迅兼而有之，他在教育部工作长达14年之久，1920年到1926年期间又曾在北京的学校兼课。鲁迅后来在《教育部拍卖问题的真相》中谈道："北京政府发不出经费，已成了一种普通的现象，而每月发给经费的倒被看做不可思议的怪事了。每当财政总长更迭的时候，都以有没有筹措每月经费的本领为

---

① 北京教职员停职宣言[N].民国日报，1921-03-19.
②③ 舒新城.近代中国教育史[M]//任时先，舒新城.民国丛书：第4编第43册.上海：上海书店，1992：258.
④ 陈明远.鲁迅时代何以为生[M].西安：陕西人民出版社，2013：25.

必要条件。"① 北京许多教师包括"国立八校"的高校教师在内，由于政府常年欠薪，以至于这些以固定薪金为主要生活来源的教师们，生活中困苦万状，他们连自身生存状况都无法保障，养家糊口已非常困难。鲁迅在 1921 年的日记中就有零零星星的记录：这年的 1 月，没有领到薪金；2 月 3 日，"午后收去年十月份俸泉三百"，"还齐寿山百元"；2 月 4 日，"收去年十一月俸泉百五十。还李遐卿泉卅"；3 月 16 日，"收去年十一月下半月俸泉百五十"，还债八十五；4 月，收去年 12 月半薪；5 月，收去年 12 月半薪；6 月，收 1、2 月份全薪；7 月，收 3 月份全薪；8 月，收 3 月半薪（疑是 4 月的半薪）；9 月，收 5 月份全薪；10 月，无薪，24 日，"下午往午门索薪水"；11 月，无薪，12 日，"夜往教育部会议"，大概是前去商讨索薪呈文的；12 月 31 日，"收六月分俸泉三成九十元"。② 从鲁迅这一年的日记可知，政府长期拖欠其薪水已是不争的事实，为了维持日常开销，鲁迅也时常向友人借钱。1921 年 12 月 18 日《北京日报》发表呈文："教育部员司因薪金拖欠半载，全体罢工，今已将匝月，仍无办法，各科张主任等遂于前日（十六日）联呈府院，为最后之呼吁。"③ 署名中就有周树人在列。许广平在《鲁迅回忆录》中也提到了鲁迅索薪的经历："后来欠薪太厉害，请愿到半夜饿腹步行的辛苦，一家人中只有鲁迅尝到。"④

---

① 鲁迅研究室. 鲁迅研究资料 3［M］. 北京：文物出版社，1979：51.（日文版原载于 1923 年 11 月 18 日出版的，藤原镰兄编辑的日文《北京周报》第八十九期）

② 鲁迅. 鲁迅全集：第十五卷［M］. 北京：人民文学出版社，2005：421-450.

③ 倪墨炎. 鲁迅的社会活动［M］. 上海：上海人民出版社，2006：310-312.

④ 许广平. 许广平文集：第二卷［M］. 南京：江苏文艺出版社，1998：247.

北洋政府时期，和鲁迅一样遭遇欠薪的作家大有人在。闻一多在《在鲁迅追悼会上的讲话》中回忆道："我跟鲁迅先生从未见过，不过记得有一次，是许世英组阁的时候，我们教育界到财政部去索薪，当时我也去了，谈话中间记得林语堂说话最多，我是一向不喜欢说话的，所以一句也没有说，可我注意到另外一个长胡子的人也不说话，不但不说话，并且睡觉。事后问起来，才知道那位就是鲁迅。"① 臧克家则直接赋诗一首《索薪请愿》，哪怕只是其中的一小节也能形象地再现当时的情形："筷子没有下到碗，／女主人长叹发了言：／看看又快一年了，／学校的薪水月月欠。"② 后来鲁迅还特别写了《记"发薪"》一文，说是"发薪"，然而实际上却是仍在拖欠着，且似乎将要一直欠下去。"现在是无论怎么'索'，早已一文也不给了，如果偶然'发薪'，那是意外的上头的嘉惠。"③

尽管从相关资料和数据上看，当时国立高校教师的收入还算不错，尤其是具有校内高级领导职务和高级职称的教职员收入最为优厚。然而，反观当时的历史情境，毕竟能够获得校内高级领导职务和高级职称的教职员可谓凤毛麟角，况且教师工资长期被拖欠，究竟有多少能够按时兑现呢？空头支票导致当时的教师仍以"寒士为多"④。教员为薪水罢课，生存自然是第一考量，若非生存难以维系，有傲骨的知识分子必然不会为"稻粱"谋而轻易罢课。尽管胡适从头至尾对索薪一事表现得较为冷淡，他更关心的是上课问题，然而，政府的失信，让胡适在获悉政府要求先上课再发薪后愤怒不已。他在1922年8月17日写道："昨日教职员在教育部索薪，王

---

① 闻一多. 闻一多全集：第二卷 [M]. 武汉：湖北人民出版社，2004：350.
② 臧克家. 臧克家全集：第四卷 [M]. 长春：时代文艺出版社，2002：386－387.
③ 鲁迅. 鲁迅全集：第四卷 [M]. 北京：人民文学出版社，2005：233.
④ 交通当局对教职员之要求 [N]. 晨报，1921－04－10.

宠惠没有满意答复。今天他们又到交通部，……高恩洪去而复返，说他须请示于王总理，方可签字。他一出门，就走了；他坐四点半的车，他的家眷搭晚车，都上北戴河了。这种儿戏的情形，真是可笑又可恨！国家大事在这一班瞎子手里，如何得了！"①

当时遭遇断炊之虞的又岂止是教育界。《申报》于1921年12月28日就报道了"北京各部署欠薪之情形"，"除了自己有收入的外交部、税务处、监务署、烟酒事务署、特种财产事务局外，其他各部院无处不闹饥荒"。② 其中，总统府、国务院均欠薪4个月，总统府不得不向烟酒事务署讨要一个月的薪水；财政部除了较阔之司科可自行挪移之外，其余也有3个月未见分文；就连陆军部、海军部也只能由其总长四处张罗筹集款项；至于像蒙藏院、平政院、文官惩戒委员会、全国水利局等官署都已欠薪长达5个月至8个月不等。到了1922年3月，中央各机关仍然普遍拖欠职员薪水长达数月，除了教育部之外，包括国务院机关、内务部、司法部、陆军部、海军部等多个部门均欠薪达半年以上。各部职员多次交涉无果后，商议决定联合起来共同索薪，每次参与500人，改"坐索"为"强索"，并携带铺盖准备在财政部寄宿。③ 然而，据《申报》4月6日报道，财政部职员竟然也联名向部长索薪。4月18日，内务部索薪职员将次长围堵于办公室内，"其时天色已晚，室内漆黑，有人先将电灯门看管不准开灯。只见次长室内万头攒动，砸掉桌椅摔茶碗声交杂不绝"④。5月27日内务部员齐赴内务总长私宅围堵，"个个面带穷急之象（相），不一时而丰盛胡同充巷塞途……有高

---

① 胡适. 胡适文集：第二卷 [M]. 合肥：安徽教育出版社，2001：762-763.
② 申报，1921-12-28.
③ 申报，1922-03-05.
④ 申报，1922-04-28.

声请总长者,有效秦庭哭者,有冷言奚落者,其热闹殊难形容"①。公府指挥处同样被欠薪长达 9 个月,多次向财政部索要无果,便也采取围追堵截的方式逼迫相关负责人现身。索薪声势越来越大,波及范围也越来越广,持续一段时间后索薪无果,内务部、司法部牵头,各部纷纷罢工。

鲁迅说:"这样的内阁,不管说多少话,差不多都是空的。所以部员们觉得反正没有希望,就有人发表过激的言论,有人说,必须作彻底的改革,我们是革命派。……依然留在当官的地位,因为领不到薪水便变了革命家,实在太滑稽了。这些人只要把薪水十足领到,他就可以当官,并不是什么革命家。所以他们的话是毫无作用的。……总之,对于我国的现状,我不想认真去想,也没有什么好说。"② 这绝非玩世不恭的心态,而是鲁迅对当时整个体制的极度失望。对此,《顺天时报》这样分析道:

"因政党争权,遂见内阁各部零乱不一之现象。例如交通部收入丰富之机关,现均为有力政党所盘踞,专供其谋本党之便利。……现在中国之政治,实毙于此种弊害。如教育部常被虐待,教长屡陷于穷地者,即职是固也。而究其祸根,固皆发生于政客政党之争权营私也。"③

作为一国之本的教育却时常发生断炊之虞,诚然,晚清以来的债务留给北洋政府一笔苦涩的"遗产",但是,在内忧外患之下,军阀各自为政,中央以"虚君"的形式存在④,可谓既不专制也不民主,而一旦遭遇激变的世事,其维稳和善后的举措也就常常成为众矢之的,尽失民心。此时政府的"无能"被扣上"万恶"的帽

---

① 申报,1922 – 05 – 30.
② 鲁迅研究室. 鲁迅研究资料 3 [M]. 北京:文物出版社,1979:53.
③ 蔑视教育乃政争之结果 [N]. 顺天时报,1921 – 03 – 18.
④ 罗志田. 激变时代的文化与政治:从新文化运动到北伐 [M]. 北京:北京大学出版社,2006:203 – 235.

子也就不在意料之外。

如梁实秋所言:"大学教授是清苦的职业,北洋政府的时代国立八校经常闹欠薪索薪的把戏,安贫乐道是有限度的,很多人禁不起饥饿而逃荒到南方去。"①

的确,这与当时许多作家离开北京另谋生路不无关系。鲁迅、茅盾、郭沫若、成仿吾、郁达夫、张资平、孙伏园、冯乃超、李初梨、王独清、穆木天等作家南下广东。而徐志摩、丁西林、叶公超、闻一多、饶子离等则先后来到上海,胡适也正是此时到了上海居住。

对于相当一部分作家而言,在大多数情况下,"写作"担负了养家糊口的重任,就算是有固定薪水的鲁迅也免不了到处兼职以解决生计问题。张恨水曾说:"我的生活负担很重,老实说,写稿子完全为的是图利……所以没什么利可图的话,就鼓不起我写作的兴趣。"② 年仅29岁的朱湘最后投江自杀,惨淡困顿的生活和压力自然脱不了干系,当时"安大时常欠薪。他们在安庆所生的一个幼子,不到一岁,因为没有奶吃哭了七天七夜,活活的饿死"③。这种令人心酸的生活状况对于民国时期的作家来说并不少见。沈从文鼻腔患有出血症,他又常常通宵达旦地闭门写作。一边流鼻血,一边写个不停,这一字一淌血地拼命写稿就是出于生活所迫。④ 在时局不稳,充斥着各种不可控因素的生存语境下,民国时期作家的生存及创作之艰辛不易常常超出我们的想象。

2. 战争背景下的贫病交织

诚如浙江人宋子亢在1939年时所言:"饿着肚子不能救国。"⑤

---

① 梁实秋. 梁实秋散文集:第六卷[M]. 长春:时代文艺出版社,2015:79.
② 张恨水. 写作生涯回忆录[M]. 北京:中国华侨出版社,1994:34.
③ 赵景深. 文人剪影 文人印象[M]. 太原:三晋出版社,2015:153.
④ 吴登植. 新文坛散叶[M]. 哈尔滨:黑龙江人民出版社,1984:26.
⑤ 宋子亢. 浙东前哨[M]. 绍兴:青抗社,1938:29.

"如何生存下去"仍是战争状态下的中国最重要的时代主题,就算是那些真正具有明确的抗战意识并心系国家民族的党派人士、文艺团体、青年学生以及其他行业的知识分子,也都无法逃脱战争带来的伤害,同样要面对生存的困扰和心理的煎熬。天灾人祸让本就伤痕累累、内忧外患的中国一面在转型的路途中上下求索,一面不得不在生存的边缘苦苦挣扎着。席卷中国的战争打破了相对稳定的文学生存与发展格局,"靠卖稿维持生活的作家们底生活秩序,也就完全破坏了。为着工作,为着生活,他们不能不离开安定的故居"①。流亡离散、居无定所、入不敷出成为知识阶层被迫离开象牙塔之后不得不直面的惨淡境遇,安宁的生活再难维系,这使得曾经只需要分心于社会理想抱负的知识精英平添了更多的人间烟火气,他们不得不为生计奔波、为生存焦虑。抗战期间,西南联大的教授们同样陷入了生活的困境,林徽因重病缠身,陶孟和妻子病故,梅贻琦夫人等家属们摆地摊,闻一多挂牌售卖篆刻手艺以维持生计,朱自清因长期食不果腹患上严重的胃病。费正清目睹此景后不无感慨地说:"依我设想,如果美国人处在此种境遇,也许早就抛弃书本,另谋门道,改善生活去了。但是这个曾经接受过高度训练的中国知识界,一面接受了原始纯朴的农民生活,一面继续致力于他们的学术研究事业。学者所承担的社会职责,已根深蒂固地渗透在社会结构和对个人前途的期望中间了。"②

中国由传统向现代的转型,社会结构的变化发展是在新旧杂陈、缓急互见中进行的,并非一蹴而就地实现,它必然"伴随着形成政权合法性基础的转换"③。但是,旧的政权瓦解似乎是顷刻间

---

① 以群. 关于抗战文艺活动 [J]. 文艺阵地,1938,1 (2).
② 智效民,谢泳,傅国涌,等. 抗日战争中的中国知识分子 [J]. 民主与科学,2005 (4).
③ 许纪霖,陈达凯. 中国现代化史:第一卷(1800—1949)[M]. 上海:上海三联书店,1995:274.

的事，而新政权的确立尤其是它的合法性基础的形成却相对缓慢得多。这其中既有外来因素的助力，同时更有传统因素的阻碍干扰，各种影响社会变革的因素交互作用，体现了现代转型的中国社会变革的复杂性。随着民国社会政治的剧变以及资本主义经济的发展，工人阶级以新兴阶级的姿态得到进一步发展壮大；中国的资产阶级在更为复杂的政治经济形态下进一步分化；而背井离乡、流离失所的农民要么进入军队，要么流入城市。国家财力不足，政府无能，社会承灾力低下，关键就在于民国时期国家政治经济等制度发展缓慢，无法将各方力量汇聚成合力共同解决现实问题，以至于生活在民国社会历史形态下的现代作家无法获得一方宁静的生存空间，他们首要面对的人生问题仍然是"如何生存下去"。

　　军事轰炸加上经济封锁，造成重庆地区的物资极度匮乏。国民政府的财政赤字又居高不下，所谓增发法币的权宜之计，却最终导致严重的通货膨胀、物价飞涨。张恨水曾记录道："我在重庆二十八（一九三九年）到三十年（一九四一年），这是我生活最艰苦的一段，自己由重庆扛着平价米，带到十八公里的南温泉去度命。所以我不能不努力写稿。"① 1938 年 1 月 10 日张恨水到重庆后，一直处于住房紧张的状态，到了 1940 年，他在离市区 30 里外的郊区，从当地农民手里租了两间干净的瓦房，然而当疏散到此的人越来越多之后，房东待价而沽，将他一家赶出。后来多亏老舍的援助，"文协"搬迁后空下的"国难房子"成为他们一家的落脚之处，张恨水谓之"待漏斋"。据他回忆，只要屋外倾盆大雨，屋内必然会水流如注。久而久之，张恨水对茅屋漏水之处已了如指掌，"每逢阴云四合之际，张恨水全家就紧急动员起来，你放盒具，他摆瓦罐，各种能积雨水的盆盆罐罐，全部各就各位，严阵以待，等待漏

---

①　张恨水. 写作生涯回忆·抗战小说［M］//张占国，魏守忠. 张恨水研究资料. 天津：天津人民出版社，1981：72.

雨。面对其情其景,张恨水幽默地为这个三椽茅屋取名为'待漏斋'"①。寥寥数字,道出了国难深重之际,知识分子艰难苦涩的生存状态。张恨水不仅住得简陋,吃得更粗糙。政府配给的"平价米"中,砂子、石子、谷子就占了十分之一,这不仅需要张恨水戴上老花眼镜吃饭以便挑去杂物,更严重的还在于,"平价米"根本不够吃,黑市米又买不起,只能吃山芋、玉米、南瓜。一周半月不知肉为何味更是寻常事,只因猪肉奇缺,肉价暴涨。同样住在南温泉的学者教授,已经顾不得斯文扫地,自己动手开荒种地,甚至自己养鸡养猪。物价飞涨、入不敷出的岁月里,除了兼职授课、努力写稿,还得节约开支,晚上写稿用的菜油灯,常受油价上涨的威胁,能不点就不点。②

1938年8月来到重庆的老舍,考虑到"文协"经费紧张,他主动不拿报酬,生活全靠稿费收入,尽管他异常勤奋且多产,可捉襟见肘仍然是他的生活常态。赵家璧曾回忆道:"老舍在北碚期间,生活是很困难的,一进门那间客厅里放着一些当地制作的竹器桌椅,书架上见不到多少书,写字台上空空如也。正如舒济回忆他父亲时说:'我们一家住在北碚,我父常患疟疾和肠胃病。旧社会的生活折磨,使他整日忧虑苦闷,我们姐弟十来岁时,从来不见他的笑容。'"③ 对此,臧克家也提到过,老舍他们极容易满足,因为"平素,大家生活都极苦,香烟,下等的,还是单支买。到对面小饭馆里吃上一碗'担担面'就觉得很美满了"④。1939年的老舍为了参加重要的全国性会议,买两身灰布做的中山装都得咬紧牙关,而这两身服装"下过几次水以后,衣服灰不灰,蓝不蓝,老在身上

---

① 朱亚夫. 名人书斋 [M]. 上海:上海教育出版社,1995:148.
② 袁进. 小说奇才张恨水 [M]. 上海:上海书店出版社,1999:146.
③ 赵家璧. 老舍和我 [J]. 新文学史料,1986 (2).
④ 臧克家. 老舍永在 [J]. 人民文学,1978 (9).

裹着，使我很像个清道夫。吴组缃先生管我的这种服装叫作斯文扫地的衣服"，"从二十九年（1940年）起，大家开始感觉到生活的压迫。四川的东西不再便宜了，而是一涨就涨一倍的天天往上涨。我只好经常穿着斯文扫地的衣服了。我的香烟由使馆降为小大英，降为刀牌降为船牌，再降为四川土产的卷烟——也可美其名曰雪茄。别的日用品及饮食也都随着香烟而降格。"① 1944年9月15日，老舍在重庆《新民报晚刊》上发表了《戒茶》，其中这样写道："我既已戒了烟酒而半死不活，因思莫若多加几种，爽性快快的死了倒也干脆。……戒荤吗？根本用不着戒，与鱼不见面者已整整二年，而猪羊肉近来也颇疏远。""必不得已，只好戒茶。……我不知道戒了茶还怎样活着，和干吗活着。但是，不管我愿意不愿意，近来茶价的增高已教我常常起一身小鸡皮疙瘩！""我想，在戒了茶以后，我大概就有资格到西方极乐世界去了——要去就抓早儿，别把罪受够了再去！"② 老舍幽默调侃的语气却难以掩饰生存艰难的心酸无奈。

携家人辗转来到重庆任教的还有胡风，1938年12月，胡风任复旦大学客座教授，并在教学之外兼任"文协"研究股主任，复刊《七月》杂志。他因言行惹恼国民党当局于是愤而辞职，生活一度陷入困顿。后来周恩来将他推荐到"文工会"任专任委员，生活才有了基本的保障。1941年2月5日，困居乡间的戏剧家洪深在皖南事变后的时局动荡中，遭遇物价飞涨、经济窘迫、爱女病危，洪深自己也疾病缠身，最后一家三口在悲愤无望中服毒自杀。洪深在遗书中说："一切都无办法，政治、事业、家庭、食衣住种种，如此

---

① 老舍. 八方风雨［M］//胡洁青. 老舍生活与创作自述. 北京：生活·读书·新知三联书店，1980：462.
② 老舍. 老舍幽默小品精粹［M］. 北京：作家出版社，1992：137-138.

艰难，不如且归去，我也管不尽许多了。"①

靠稿酬养家糊口的作家，仅战时的稿酬版税制度就能使他们的生活陷入异常艰难的状态，其稿费从抗战前相当于印刷排版工工资的五倍降至1941年前后排版工工资的一半。此时如果私营出版商再压低稿酬，拖欠稿费，同时又遇上抗战相持阶段的物价飞涨，那么，作家处境之艰难便可想而知了。在抗战时期崭露头角的青年作家碧野后来回忆道："孩子已经长到半岁，冬天寒冷，但她没有小衣服穿，还是一块布单裹身。……快到年关了，家里空无所有，不要说过春节的鸡鸭猪肉没有半两，连平日吃的粗米杂粮也没有几斤。"本以为作品的出版可解燃眉之急，然而"版税零星付给，像喂鸟似的，吃不饱，饿不死。我去出版社要版税。第一天，经理看病去了；第二天，经理躲起来了；第三天除夕，经理才发了慈悲，给了我一张小面额支票。……总算取得了几元现款"②。孙伏园在战时重庆出版《鲁迅先生二三事》一书时也有过这种遭遇，据孙伏园之女孙慧在回忆其父亲时写道："出版单位是重庆作家书屋，老板是文化界名人，父亲的朋友姚蓬子先生，书销得不差，可是直到1944年都没拿到稿费。有一天父亲无意中透露出来：姚说稿费拿不出，有上海产的新光牌衬衫，拿几件去如何？弄得父亲哭笑不得。"③ 作家们受时局和周遭大环境的影响，只能想方设法寻找一份较稳定的工作，聊以果腹，同时还必须夜以继日地撰稿养家。比如到重庆后的吴组缃，幸得妻子勤俭持家，饲养小花猪和鸡鸭等补贴家用，后来得到老舍的帮助在中央大学等高校任临时教员，其断

---

① 陈洁，陈天白. 重拾历史的碎片：中国艺术界抗战备忘录（1931—1945）[M]. 南京：江苏美术出版社，2015：471.

② 碧野. 人生的花与果：我的生活道路和创作生涯 [J]. 新文学史料，1991（4）.

③ 敦枫，赵婷. 抗战时期重庆作家的生存状态 [J]. 重庆社会科学，2010（10）.

炊之虞才得以缓解。

　　同样经历曲折的还有 1938 年入川的路翎，换过五次工作，其间做过短暂的文学组员和图书馆助理员，但仍然难逃失业的困境，生活无着落的路翎只好回到北碚乡下他母亲和继父的家。叶紫写于 1939 年 2 月 8 日的《致张天翼信二封》中也留下了这样的记录："所剩下的，就是生活不能解决了。一个月中，我曾断粮三次，几乎饿坏。从令侄女口中，我知道你非常穷，穷斯滥矣！但我还是要向你要三块钱，或者两块钱，要不然就是一块钱吧。赶快寄来。你知道，即算是一块钱，在乡下多大的用处啊！"① 为帮助作家渡过生存的难关而发起的"斗米千字运动"，以及 1944 年 7 月中旬重庆《新华日报》上的公开募捐等活动，都足以表明当时作家的生存境遇已困顿到让旁人无法侧目的地步。抗战时期，像老舍、冯至、朱自清、徐悲鸿、蔡楚生、梁思成、林徽因、白薇、张天翼等作家及艺术家长期疾病缠身。正如老舍所说："因贫而病，因病而更穷，文人们乃陷于苦海中。"② 1944 年 7 月 15 日，《新华日报》刊登了《发起筹募援助贫病作家基金缘起》启事："抗战七年，文艺界同人坚守岗位，为抗建之宣传，勖军民人人忠勇，未曾少懈。近三年来，生活倍加艰苦，稿酬日益低微，于是因贫而病，因病而更贫，或呻吟于病榻，或惨死于异乡，卧病则全家断炊，死亡则妻小同弃"，"特发起筹募援助贫病作家基金"。③ 夏衍、艾芜等作家在《为援助叶紫先生遗族募捐启事》中沉痛地指出："先生不独为青年文艺家之秀出，且身世之凄凉，身世之艰苦，亦集人世之惨痛于

---

　　① 叶雪芬. 叶紫研究资料 [M]. 北京：知识产权出版社，2010：74.
　　② 老舍. 老舍全集：第 18 卷 [M]. 北京：人民文学出版社，2013：331.
　　③ 中共中央统战部，重庆市委统战部. 重庆与中国统一战线 [M]. 北京：华文出版社，2010：166–167.

一身，而为社会损害之结果。"① 然而，抗战的胜利还来不及喜悦，又被内战的阴霾所覆盖。真是印证了郁达夫的那句话："我们觉得生而为人，已是绝大的不幸，生而为中国现代之人，更是不幸中之不幸……"②

在这些记录了作家生存困境的文字中，我们看到了一个个居无定所、食不果腹却仍在追寻理想、信念和情怀的路途中如西西弗斯一般步伐坚定的灵魂，苦难的中国也因为有他们而不再灰暗。始料未及的人生转折不断形塑着中国作家看待世界、打量现实的观念和眼光，同时也丰富了他们的人生体验，自然也就不断影响着他们对于自身的艺术追求和审美趣味的调整。

（二）生存语境下的文学担当

1. 现代作家的精神空间

1931年初，鲁迅愤慨地写道："现在来抵制左翼文艺的，只有诬蔑，压迫，囚禁和杀戮；来和左翼作家对立的，也只有流氓，侦探，走狗，刽子手了。""单是禁止，还不根本的办法，于是今年有五个左翼作家失了踪，经家族去探听，知道是在警备司令部，然而不能相见，半月以后，再去问时，却道已经'解放'——这是'死刑'嘲弄的名称——了。"③ 同年10月，沈从文在《致王际真——朋友已死去》中同样悲愤不已，"朋友胡也频已死去，二十人中八十枪，到后则男女埋一坑内，……际真，你是同中国离得太久了，你一点不明白当美国或欧洲法律到保护牲畜，鸡鸭倒提也算犯罪时节，中国人在何等情形中即可被杀！"④ "许多小党员无事可

---

① 叶雪芬. 叶紫研究资料［M］. 北京：知识产权出版社，2010：176.
② 饶鸿兢，等. 创造社资料：上［M］. 北京：知识产权出版社，2010：455.
③ 鲁迅. 鲁迅全集：第六卷［M］. 北京：人民文学出版社，2014：509-510.
④ 沈从文. 沈从文全集：第18卷［M］. 太原：北岳文艺出版社，2009：132.

作，故想到在文学方面，清除异己的办法，杀戮的捉去杀戮，监狱中满满的关了年青人，勒令各书店不为印行新书，各书稍有不同意当局的各处加以没收，用官方势力迫书店为出版刊物书籍，……"① 鲁迅与沈从文共同缅怀的便是1931年2月7日在上海被秘密枪杀的五位左翼作家。此事引起全社会哗然，随即激发了全国新闻及文学界的声讨。

国民党当局对文艺界的围剿并非始于1931年这一惨案的发生。"四一二政变"后，阶级矛盾激化，国民党当局认为"出版业对党的工作十分重要"②，为巩固政权，必须对其加强控制。随即对文学的"审查"管制逐步升级，并组成了一个从中央到地方的新闻文学审查网络，企图对言论实行全面控制。1927年至1936年间，国民党先后出台了《新闻审查标准》《检查新闻办法大纲》《重要都市新闻检查办法》等十几种相关的法律、法规，并建立专门的图书审查机构。据相关资料显示，1927年4月至1937年6月查禁的作家就包括鲁迅、茅盾、郭沫若、巴金、郁达夫、叶圣陶、张资平、蒋光慈、张天翼、萧军、丁玲、穆时英、刘呐鸥、施蛰存、台静农、蒲风、杨骚、洪灵菲、胡也频、田汉、沈端先、王余杞、李辉英、丰子恺以及文论家邹韬奋、胡秋原、苏汶、钱杏邨、郑伯奇、高语罕、冯雪峰、周起应等。其中不仅包含了左翼作家，就连新感觉派作家、通俗作家、自由派作家等各种流派作家的作品都不放过。③ 正如鲁迅指出："属于统治阶级的所谓'文艺家'，早已腐烂到连所谓'为艺术的艺术'以至'颓废'的作品也不能生产。"④

---

① 沈从文. 沈从文全集：第18卷[M]. 太原：北岳文艺出版社，2009：133.

② 范小方. 国民党兄弟教父：陈果夫与陈立夫[M]. 武汉：湖北人民出版社，2005：139.

③ 吴效刚. 论1927—1937年间国民党政府的"查禁文学"[J]. 学海，2013（6）.

④ 鲁迅. 鲁迅全集：第六卷[M]. 北京：人民文学出版社，2014：509.

"中国的文学兴味与主张,是一万元或一个市侩所支配,却不是一个作家支配的,……"① 如果说北洋时期知识分子的断炊之虞多少还可以解释为政府的心有余而力不足的话,那么,南京国民政府时期的文学审查则是明目张胆的思想禁锢。"禁期刊,禁书籍,不但内容略有革命性的,而且连书面用红字的,作者是俄国的,绥拉菲摩维支(A. Serafimovitch),伊凡诺夫(V. Ivanov)和奥格涅夫(N. Ognev)不必说了,连契诃夫(A. Chekhov)和安特来夫(L. Andreev)的有些小说,也都在禁止之列。于是使书店好出算学教科书和童话,如 Mr. Cat 和 Miss Rose 谈天,称赞春天如何可爱之类——因为至尔妙伦(H. Zur Mühlen)所作的童话的译本也已被禁止,所以只好竭力称赞春天。但现在又有一位将军发怒,说动物居然也能说话而且称为 Mr. 有失人类的尊严了。"② 这让人瞠目结舌的荒谬必定会导致更酷烈的压制。1933 年 6 月沈从文在《致胡适》的信中谈道:"一面是凡用笔对政府表示不平的年青人皆有凭空失踪的可能,一面是另一方面同样手段的报复,中国还成个中国不……政府既尽作胡涂事于前,就不能禁止年青人作胡涂事于后,恐怕作家尽全力提倡被治者与被虐待者用暗杀来对于政府行为作报复时,政治上将更多一重纠纷,中国也更多一种坏习气。有了这种纠纷,已发生这种坏习气,以后要和平处置,也就不大容易处置了。"③

1934 年 5 月,国民党成立了"中央图书杂志审查委员会"作为专门的图书审查机构。6 月,制定和颁布《图书杂志审查办法》,其中规定:"凡在中华民国国境内之书局、社团或著作人所出版之图书杂志,应于付印前依据本办法,将稿本呈送中央宣传部图书杂

---

① 沈从文. 沈从文全集:第18卷[M]. 太原:北岳文艺出版社,2009:127.
② 鲁迅. 鲁迅全集:第四卷[M]. 北京:人民文学出版社,2005:510.
③ 沈从文. 沈从文全集:第18卷[M]. 太原:北岳文艺出版社,2009:181.

志审查委员会声请审查。"① 面对如此严酷的审查制度，沈从文的作品当然难逃被查禁的命运。其 1934 年出版的《记丁玲》，"先是因内容触犯时忌，遭到国民党图书审查委员会的扣押，后经过主编赵家璧花数百元买下一个图书审查委员会的书稿作为交换条件，才获准出版。即使这样，《记丁玲》一书这次出版时仍被腰斩。故，此次出版的《记丁玲》实际是原连载本《记丁玲女士》的前半部分，……连载本中后半部分约 5 万多字被国民党中央审查委员会图书审查委员会禁止出版"②。

在此之前，沈从文针对国民党在上海查禁 149 种书籍的事件，写下《禁书问题》一文并发表在 1934 年 3 月 5 日《国闻周报》第 11 卷第 9 期上，他质疑道："这些被查禁的文学书籍，有多少种曾经为通过这个议案的先生们阅读过。负责审查的个人，是不是还曾经把这些书籍细心看过一遍？"③ 这些质疑的确道出了事实，然而却又是多余和无力的。且不说审查禁书的委员们会不会舍得花时间去拜读这些所谓的禁书，就算他们翻阅过，但能否读懂或者说愿不愿意读懂都是不能拿出来争论的事实。"教育部"在 1933 年 10 月给"国立中央大学"的命令中转述了汉口特别市党务整理委员会函，表示最难审查的就是普罗文艺刊物："盖此辈普罗作家，能本无产阶级之情绪，运用新写实派之技术，虽煽动无产阶级斗争，非难现在经济制度，攻击本党主义，然含意深刻，笔致轻纤，绝不以露骨之名词，嵌入文句，且注重题材的积极性，不仅描写阶级斗争，尤必渗入无产阶级胜利之暗示。故一方煽动力甚强，危险性甚

---

① 张静庐辑注. 中国现代出版史料：乙编 [M]. 北京：中华书局，1955：525 – 527.
② 吴世勇. 沈从文年谱 [M]. 天津：天津人民出版社，2006：57.
③ 沈从文. 禁书问题 [M] //沈从文. 沈从文全集：第 17 卷. 太原：北岳文艺出版社，2002：62.

大，而一方又足闪避政府之注意。"① 细察其言不难发现，其审查看似循规蹈矩，有章法可依循，而实际上却没有任何道理可辩。欲加之罪，又何患无辞呢？

  沈从文的质疑仅涉及审查制度的标准制定问题，而事实情况却远远比他的质疑要复杂得多。在审查制度的实际执行过程中，审查机构的重复、审查标准的混乱以及审查者一方的主观意识等因素，对于备受压制的出版商和作家而言无异于雪上加霜。"文艺作品中有用到'前进'的字样时，必须把它涂抹！有用到'顽固'字样时，也必须把它涂抹！有时候他们看见'黑暗'两个字要赶紧涂抹，看见'光明'两字也要赶紧涂抹，都不许用！他们把文艺作品'修改'以后，往往和原作者的意思完全相反！"② 像这样的审查一支持续到抗战后期，且越来越严厉。"迄今无统一的检查机关，有时有宪兵团，有时有警察局，有时有党部，有时有便衣密探。（后来又加上三民主义青年团——记者注）负责审查之机关所认为应禁之书报，对出版者既不通知书名及理由，搜查机关又如此杂乱，故搜查时出版界殊感无可遵循，听便任意取书！搜查者纷至沓来，亦无一定标准，今日甲机关认为非禁书，明日乙机关来却认为禁书，甚至有些机关藉口检查，将大量书报满载而归，从不发还，亦不宣布审查结果。"③ 1943 年 11 月，阳翰笙在国民党新任中宣部部长梁寒操举行的茶会坦言文艺界的苦闷：写作上的限制，好比"脑里便先装满了三十六把剪刀"，还未动笔之时就已做好删减的准备，瞻前顾后、束手束脚，且不说能不能创作出好作品，就算是好不容易

---

  ① 中国第二历史档案馆. 中华民国史档案资料汇编：第五辑第一编[M]. 南京：江苏古籍出版社，1998：232 – 233.
  ② 韬奋基金会，上海韬奋纪念馆. 韬奋全集：增补本 10 [M]. 上海：上海人民出版社，2015：231.
  ③ 韬奋基金会，上海韬奋纪念馆. 韬奋全集：增补本 10 [M]. 上海：上海人民出版社，2015：287.

写出来的东西，也极有可能无法出版，让所有辛苦付诸东流。同时，对书籍出版、戏剧演出等文化事业抽收重税，严重影响文化活动的开展。再加上抗战时期物价飞涨等因素的影响，作家原本困顿的生活更加苦不堪言。①

这种有形的、无形的文网不断缠绕着作家，禁锢挤压着他们的思想空间，极大地阻碍了作家的创作和作品的发表，甚至危及作家、杂志、书店的生存。"在野左翼依然要运用文学作宣传，也并无何等好作品出现。自由主义作家，已到无单独刊物可供发表情形，又因作家与商业关系不正常，不容易靠版税生活，因此多搁笔。"② 1945 年，叶圣陶喊出了积压已久的心声——《我们永远不要图书杂志审查制度》，他在文中呼吁："我国向来行专制政治，处于牛羊地位的公众无所谓发表的自由。现在专制政治要结束了，发表的自由成为公众生活的要素，大家必须努力争持，享有他，同时必须努力学习，使发表的自由收到充分的效益。一面争持，一面学习，从今开始不算迟，可是非开始不可。"对于一个民族而言，这种审查制度无异于"用自己的手扼住自己的喉咙，除了傻子，谁愿意干这样的傻事"？

中国的现代作家对现实有着极为清醒的认识，他们深知要想冲破这文化统制的罗网，只能"杀出一条生存的血路"不可，那么我们也就不难理解，这一路披荆斩棘走出来的文学决不会是温室里的花朵，只能被供奉在单纯美丽的艺术殿堂中。在鲁迅看来，除"知识分子以外，现在是不能有作家的"，因为"居今之世，纵使在决堤灌水，飞机掷弹范围之外，也难得数年粮食，一屋图书"③。不得不承认，现代中国的生存语境，不论是物质匮乏的生存困境，还

---

① 阳翰笙. 阳翰笙日记选 [M]. 成都：四川文艺出版社，1985：219.
② 沈从文. 沈从文全集：第 18 卷 [M]. 太原：北岳文艺出版社，2009：432.
③ 鲁迅. 鲁迅全集：第七卷 [M]. 北京：人民文学出版社，2014：552.

是禁锢压抑的思想空间，都带给作家太多的艰辛和磨难。然而，正是在这样的生存语境下，中国作家收获了坚实饱满的人生体验。

2. 现代作家的生存抗争

郭沫若曾在 1926 年不无感慨地说，只有等到"社会一切阶级都没有，一切生活的烦苦除去自然的、生理的之外都没有了，那时人才能还其本来，文艺才能以纯真的人性为对象，这才有真正的纯文艺出现"①。换言之，现代中国文学之所以无法纯粹还在于中国人的生存苦恼需要文学的分担，而事实上，这一时代语境下的中国文学也正是如此形塑着自身的品格。在矛盾丛生的历史时空下，被各种现实因素纠缠撕扯的现代作家，从未满足于仅在生存的缝隙中苟延残喘，他们以现代知识分子的智慧和胆识与专制政权展开了激烈的较量与斗争。

鲁迅在 1926 年 6 月 17 日《致李秉中》的信中谈道："从去年以来，我因为喜欢在报上毫无顾忌地发议论，就树敌很多，章士钊之来咬，乃是报应之一端……今年春间，又有一般人大用阴谋，想加谋害，但也没有什么效验。只是使我很觉得无聊，我虽然对于上等人向来并不十分尊敬，但尚不料其卑鄙阴险至于如此也。"② 的确，自 1925 年以来，鲁迅的生活就颇不宁静。其中以《我的"籍"和"系"》《流言和谎话》《女校长的男女的梦》等文章声援北京女子师范大学的学生运动，从而招惹了时任段祺瑞政府教育总长兼司法总长的章士钊，由此，鲁迅与教育部展开了一场"压迫和反抗，正义和暴力的争斗"③。在这场智慧和胆识的较量中，鲁迅凭借对民国法律"空隙"的敏锐发现和熟练运用步步为营。1926 年 3 月

---

① 郭沫若. 孤鸿：致成仿吾的一封信 [J]. 创造月刊，1926，1 (2).

② 鲁迅. 鲁迅全集（编年版）：第 4 卷 [M]. 北京：人民文学出版社，2014：379 – 381.

③ 郁达夫. 郁达夫选集：下册 [M]. 北京：人民文学出版社，2004：153.

23 日国务总理贾德耀签署"临时执政训令第十三号","依法裁决教育部之处分应予取消",并"著交教育部查照执行,此令"。① 最后,鲁迅在这场对教育部的抗争中获胜,大大增强了当时文人抗争的信心和底气。鲁迅曾表示:起诉,"不过为着揭穿老虎的假面目",而"律师只能为富人争财产;为思想界争真理,还得我们自己动手"②。

面对长夜如磐的中国,现代知识分子从未放弃过抗争的机会。"四一二"政变之后,胡适和《新月》杂志的知识分子首先挺身而出、仗义执言,以"人权论战"拉开了现代中国知识分子与当权者之间龃龉、批判、抗争的大幕。1929 年 4 月 20 日南京国民政府颁布了一道保障人权的命令,胡适便以这则命令为开头写下了《人权与约法》,并与罗隆基的《专家政治》同时发表在《新月》第二卷第二期上,两者成为"人权论战"的标志性文章,矛头直指政府,公开呼吁通过制定约法以保障人权。随后,胡适便遭到了国民党当局的警告和舆论批判,罗隆基也遭受拘捕。1929 年 6 月 2 日,胡适在回复张元济的信中表示:"蒙(先生)恳切警告,使我十分感激。我也很想缄默,但……若不说点公道话,未免对不住社会。……自由是争出来的,'邦有道'也在人为,故我们似宜量力作点争人格的事业。"③

"杀出一条生存的血路",绝不是语言上的空谈,而是专制现实的真实写照。据鲁迅日记记载,1933 年 1 月 4 日,"得蔡子民先生信";此时,中国民权保障同盟刚成立不久,1 月 6 日"下午往商务印书馆邀三弟同至中央研究院人权保障同盟干事会";11 日"下

---

① 薛绥之. 鲁迅生平史料汇编:第三辑 [M]. 天津:天津人民出版社,1983:348.
② 薛绥之. 鲁迅生平史料汇编:第三辑 [M]. 天津:天津人民出版社,1983:241.
③ 胡适. 胡适全集:第 24 卷 [M]. 合肥:安徽教育出版社,2003:13.

午往商务印书〔馆〕访三弟，即同至中央研究院开人权保障同盟〔会〕"；17日"下午往人权保障大同盟开会，被举为执行委员"。①鲁迅在蔡元培的邀请和介绍下加入了同盟会。在长达半年多的时间里，鲁迅亲自参与了同盟会的大量活动。邹韬奋在《患难余生记》中生动地记录道："开会时最有趣的是鲁迅先生和胡愈之先生的吸纸烟。他们两位吸纸烟都用不着火柴，一根刚完，即有一根接上，继续不断地接下去。"② 1933年2月12日，鲁迅在给好友台静农的信中说："民权保障会大概是不会长寿的，且听下回分解罢。"③ 然而没过多久，同盟会总干事杨杏佛之死让鲁迅的猜测变成血的残酷事实。随后，鲁迅说："我曾查欧洲先前虐杀耶稣教徒的记录，其残虐实不及中国……中国青年之至死不屈者，亦常有之，但皆秘不发表。"④ 当时的上海杀机四伏，更有传言称国民党特务将继续暗杀同盟会成员，尤其是蔡元培和鲁迅。据邹韬奋回忆："杨先生死后，送往万国殡仪馆大殓，当时人心浮动，吊者寥寥，不过数十人而已。"⑤ 然而，鲁迅却毅然前往送殓，"并且出门时不带钥匙，以示牺牲的决心"。当天晚上，鲁迅对冯雪峰说："今天蔡先生是去的，他很悲哀。……打死杨杏佛，原是对于孙夫人和蔡先生的警告，但他们两人是坚决的。"⑥ 这个以超越党派关系、保障普遍人权为宗旨的同盟，尽管在20世纪的历史长河中只留下了如流星般

---

① 鲁迅. 鲁迅全集（编年版）：第7卷 [M]. 北京：人民文学出版社，2014：679.
② 邹韬奋. 邹韬奋自述 [M]. 合肥：安徽文艺出版社，2013：177.
③ 鲁迅. 鲁迅全集（编年版）：第7卷 [M]. 北京：人民文学出版社，2014：513.
④ 鲁迅. 鲁迅全集（编年版）：第7卷 [M]. 北京：人民文学出版社，2014：553.
⑤ 邹韬奋. 邹韬奋自述 [M]. 合肥：安徽文艺出版社，2013：178.
⑥ 冯雪峰. 1928至1936年的鲁迅冯雪峰回忆鲁迅全编 [M]. 上海：上海文化出版社，2009：125.

划过的痕迹,然而,当这些持不同政治倾向的知识分子义无反顾地聚集在人权的旗帜下奔走呼号时,就注定了这一同盟不同凡响的存在意义。

在现代中国文学的发生发展进程中,诸如此类的个体抗争与群体抗争事件贯穿始终。抗战爆发,民族国家的安危、一致对外成为时代共识,个人利益和情感在抗战的背景下隐退。尽管如此,知识分子在维护个人权利的路上仍未停下过脚步。到了抗战中后期,经济恶化、贫病纠缠让知识分子尤其是靠稿酬和版税谋生的作家陷入生存的危机状态。1945年5月,曹禺、张申府、张静庐等50多名作家、学者对审查制度发起了强有力的反抗,他们"要求言论自由、出版自由、取消新闻图书杂志及戏剧的审查制度",并提出"拒绝检查、拒绝审查"的口号①。8月上旬,黄炎培的《延安归来》在不送检的情况下自行出版发行,随后被国民党特务大肆搜禁。在黄炎培等人的推动下,重庆《民主世界》《中华论坛》等16家杂志联合发表拒检声明,郑重宣布从9月1日起,杂志不再送检。② 这一掷地有声的决定掀起一场声势浩大的"拒检运动"。抗战的胜利又恰逢9月1日记者节,《新华日报》发表时评《为笔的解放而斗争》:"8年来紧紧束缚着新闻记者的手,从今天开始有了自由,大家的呼吸开始可以透出一点气来了!"③ 9月22日,迫于强大的舆论压力,国民党通过决议并宣布自10月1日起取消对新闻和图书杂志的审查(但沦陷区不适用)。10月1日,《新华日报》发表《言论自由初步收获》的社论,直言"检查制度的废止,是

---

① 王晶. 历史视野中的大众媒介公信力 [M]. 杭州:浙江大学出版社,2013:103.
② 周勇. 中国抗战大后方出版史 [M]. 苏朝刚,王志昆,陈初蓉,撰稿. 重庆:重庆出版社,2015:469.
③ 新华日报. 为笔的解放而斗争 [J]. 公民读本,2013 (3).

言论自由的开始；但还不是言论自由的真正实现"①。

现代中国语境下的文学，因为有了宪法精神的注入而更具现代意义的担当品质，文学功能也随着社会历史形态的转型和现代人生体验的改变实现了自身的蜕旧换新。当民国作家在宪政理想和专制现实的矛盾境遇中挣扎抗争时，文学的法律功能得以最大限度地释放，从而产生了强有力的震慑效应。正是活跃于现代作家精神脉动中的宪政理想，赋予了他们强大的道德力量和充足的文人底气，使他们得以在反抗专制、维护公民权利的路途中持续呐喊、不断抗争。

（三）现代中国文学的"生存"主题

李之常曾说："今日底文学底功用是什么呢？是为人生的，为民众的，使人哭和怒的，……至于说，文学是为艺术的艺术，那么，人们衣食问题尚未解决，哪有闲工夫去作不可捉摸底，无实用如景泰兰底为艺术的艺术呢？"② 国门洞开之后，连续不断的战事和冲突就像冷冽压抑的空气无孔不入地蚕食着每一个人的激情和耐心，直逼人们精神承受的临界点。在政治动荡、硝烟弥漫、形同虚设的中华民国，无论是知识分子心系天下，于人生困境中努力求索救国之道；还是底层民众在粮食危机、失业危机以及各种天灾人祸中苦苦挣扎、听天由命，他们都需要面对共同的问题——如何生存下去。

1. 以"生存"为主题的文学关怀

曾经我们习惯于这样表述"新文学"：五四新文化运动以崭新的风姿宣告了一个新的文学时代的开始。然而，现代中国的文化与文学就真如历史叙述一般实现新旧的瞬间位移吗？古今、新旧、中

---

① 丁淦林，刘家林，孙文铄，等. 中国新闻事业史新编 [M]. 成都：四川人民出版社，2008：354.

② 李之常. 支配社会底文学论 [J]. 时事新报·文学旬刊，1922（35）.

西的相互纠缠所生成的丰富的人文景观不断提醒我们，那些在传统文化熏染下走向现代的知识分子，本身就保留着兼济天下的传统文人理想与姿态，但他们同时又拥有现代知识分子的文化自觉与审美独立的意识和追求。他们书写的错综复杂的文学景观又岂是用二元对立、非此即彼的思维所能揣测的。有学者因为五四新文学家们并没有直接描写军阀混战等重大历史事件，就据此认为五四新文学回避了民国的乱世风云，对中国的历史走向和政权动荡持远离和观望的态度，于是得出结论，即民国知识分子具有远离政治的"洁癖"，他们强调并在乎的是文化启蒙与个体解放的诉求。① 而与此相反的观点则认为，在民族危亡之际，"救亡"压倒了"启蒙"，个性解放只能让位于民族国家。上述两种观点都各执天平的两端，无视文学的丰富性与复杂性。

"近现代社会到来之后，由于个人主义的觉醒，日常生活以及个人经验才得到了文学的重视，成为现代文学的一个特点。"② 上述认为五四新文学对现实持远离、观望态度的观点，明显混淆了文学话语与历史话语，以历史叙述的原则来衡量文学创作。"历史属于所有人同时又不属于任何人；它是普遍的，一般的"③，记录、描绘重大的历史事件与书写重大历史事件背景下的人生百态是完全不同领域的叙述方式。身处乱云飞渡、群狼无首的动荡年代，以"为人生"为宗旨的作家们，将关注的目光和笔墨投向"人力车夫"、学徒工、下等妓女等底层民众的身上，文学着力表现的恰恰就是容易被历史的宏大叙事所遗漏的"人生悲苦"，而文学对"人生悲苦"的叙述正是建立在宽广的社会历史背景下对人生百态的提

---

① 张全之. 火与歌：中国现代文学、文人与战争 [M]. 北京：新星出版社，2006：26.

② 南帆. 文学意义的生产与接受：六个问题 [J]. 东南学术，2010 (6).

③ 埃尔. 文化记忆理论读本 [M]. 冯亚琳，译. 北京：北京大学出版社，2012：96.

炼与升华，这不正是文学的人文关怀与历史品格的最好呈现吗？

　　历史叙述着眼于整个社会，对民族、国家、政治、经济、军事等概貌及演变进行宏观的、整体性的把握，通过梳理具有全局性影响意义的重大事件来呈现人类社会的发展脉络。在历史画卷中留下浓墨重彩的往往是那些影响甚至导演了重大历史事件的英雄人物。相比较而言，文学则更多地关注"人生"，剖析社会历史的微观世界，对那些被历史的宏大叙事所遮蔽的细节进行审美观照，是人类关注自身精神生活、感悟世界的重要方式，其最重要的价值恰恰在于它能记录并展示个体在不同的历史场景和人生境遇中的心路历程。同样是面对"过往发生的一切"①，文学呈现的是鲜活、饱满、差异化的生命个体，而这样的个体往往被历史的宏大所掩盖，因此，文学的复杂面相常常以游离、差异、矛盾甚至对抗的姿态与历史叙述之间形成张力，于是我们便能看到，一边是历史波澜壮阔的恢宏图景；而另一边则是发炎溃烂、无法愈合的生命创伤。尽管，历史叙述已向我们清晰地呈现了转型期的社会图景，但仍有一些敏锐的作家能捕捉到日常表象下的深层异动，发现不同于历史叙述的别样图景，文学通过其独有的穿透力为我们构建了另一个社会空间。

　　在民国文学空间里，最响亮的仍然是以生存为主题的"为人生"的呐喊之声。现代文学伊始，鲁迅首先以《呐喊》《彷徨》通过对国民性的思考，对国人灵魂的拷问扣问民生疾苦，在形而上的层面上摹写国人生存之艰难，而国民性的孱弱不正是积贫积弱的民国社会中人的精神病态吗？尽管鲁迅曾悲愤地说："在一个积贫积弱没有任何民主要求的国度，病死多少也不必以为不幸。"鲁迅的弃医从文，在于他更多的是对民族国家的前途进行一种形而上的思考，然而，能达到鲁迅思想高度的人毕竟凤毛麟角，而这恰恰反映

---

① 南帆. 交汇与互动：文学、历史、记忆［J］. 东吴学术，2015（4）.

出当时的中国，除了国民精神的贫弱之外，更普遍、更棘手的问题仍是"国计民生"，在战争长期的异常状态下作为独立的生命个体是无法逃避生存困扰的。一直以来，现实主义的文学创作方法常常被人误解，读者习惯于将作家笔下的文学世界与作家生存的客观现实一一比对，并理所当然地认为作品中人物的生存语境就是作家的生活写照。而一旦发现作家的现实生活与人物的生存状态有很大的出入时，便开始质疑作家的文学创作。近年来，有学者致力于通过爬梳翔实的历史资料，考证民国时期知识分子的生活现状尤其是经济收入情况，于是得出鲁迅"年可坐得版税万金"的爆炸性"真相"，要知道鲁迅阔绰富裕的日常生活与他透视人生的睿智深刻根本就是两个不同层面的问题，两者并不是相互对立抵触的。他对生命底色的书写，取决于他自身的生命感悟和形而上思考所能抵达的深度，这与作家的经济收入没有必然的直接的联系。的确，大量鲜活的历史细节能让我们领略到民国丰富多样的生活景观，但过分纠缠于局部的细节，以管窥豹就会在不知不觉中陷入"一言以蔽之"的概括，这样的概括不能不说是偏颇片面的。① 事实上，鲁迅在物质上的优越生活不过是他历尽千帆后人生成就的局部呈现，就算是那让人垂涎的财产收入又怎能与他带给这个民族的精神财富相匹配呢。他也经历过"从小康人家坠入困顿"，他同样也走过北洋政府时期的索薪之路，为了自身的经济权益更为了争取做人的尊严不得不与强权将官司进行到底，然而，被这些庸俗事物缠身的鲁迅却从未放下过他的"投枪"和"匕首"，这样的精神财富该如何计算呢？现代作家中除了鲁迅后来的生活相对富裕之外，绝大多数作家仍为生计四处奔波，这种惨淡的生存体验常常在作家的文学书写以及带有"纪实"色彩的作品有较为翔实的呈现。林徽因曾提到当时

---

① 李怡. 民国政治经济形态与文学 [M]. 广州：花城出版社，2014：86-87.

的作家在选材时比较偏向于"农村或少受教育分子或劳力者的生活",并认为在她们所处的那个时代"青年作家都很难过自己在物质上享用,优越于一般少受教育的民众,便很自然的要认识乡村的穷苦,对偏僻的内地发生兴趣,反倒撇开自己所熟识的生活不写"①。即使是1921年开始的"为人生"与"为艺术"之争,事实上也并非是因为人生与艺术的截然对立而展开的论争。文学研究会以"为人生"为宗旨的文学主张,并没有因为强调文学的社会功能而放弃对文学审美艺术的追求;与此同时,标榜"为艺术而艺术"的创造社作家们,也没有因为重视文学艺术审美功能而失掉对社会人生的文学关怀。

现代中国作家无论是在"启蒙"思想烛照下的时代"共名",还是出于其自身"痛说苦难史"的文学需求,其创作仍然是以生存关怀为主的"为人生"的文学。

2. "为人生"的文学共识——西方文学思潮的中国化

中国现代文学的发生发展与西方文学思潮的引入和转化的过程几乎同步。

《创造周报》上的《创世工程之第七日》这样表述:"上帝,我们是不甘于这样缺陷充满的人生,我们是要重新创造我们的自我";或者是渴盼一个中西文化结合产下的宁馨儿,这些都显示出中国现代文学迥异于中国传统文学的特征。象征派、神秘派、意象派、表现派、未来派、意识流派等一时之间都涌进中国,西方几百年的文学历程却要在中国短短几十年里演练一遍。这些来自异域的、陌生的声音,在当时的中国文坛会引起怎样的回响,中国作家对西方思潮又会做出怎样的反应,都是中国现代文学研究的重要课题。在传入中国的西方文学思潮中,"为艺术"是很重要的一个,由于其概念外延特有的延伸性,使其能涵盖的文学现象更多,情况

---

① 林徽因.《文艺丛刊·小说选》题记［J］.大公报·文艺,1936.

也更加复杂。回到民国时期作家的生存语境中,考察作家对于西方文学观的择取,将有利于我们深入了解现代中国语境下作家的文学观念和创作实践。

有学者将中国现代文学始终保持的入世、战斗传统,归结为文学与现代中国政治生活的紧密联系。① 在我看来,与其说是中国现代文学保持了这种入世、战斗的传统,还不如说是中国人自身的生存状态和文学需求本就如此。在浊浪不断、动荡不安的现代中国,现代作家不论是对文学"载道"传统的继承,还是本身出于对文学需求的现实把握,他们都很难在生存困扰中去追求纯粹的艺术真空。因此,他们对西方文学思潮和观念的择取以及创造性的使用,无不透露出现代中国语境下"为人生"的文学诉求。在贯穿了20世纪中国文坛的名目繁多的"主义"中,如浪漫主义、象征派、唯美主义、自由主义等具有纯粹审美艺术追求的西方文学思潮,对中国现代文学的发生发展产生了相当大的影响,而由此带来的"为艺术而艺术"的文学观,更是成为与"为人生"的文学观不断撕扯的存在。因此,重新审视唯美主义以及"为艺术而艺术"在中国被批评的遭遇,是考察现代中国语境下文学与人生关系的不可或缺的视角。

20世纪20年代初中国现代文坛掀起一股"王尔德热",王尔德的剧本、诗歌、小说和理论主张先后被译介到中国。先有周作人翻译王尔德的童话《快乐王子》,介绍了王尔德的戏剧《莎乐美》。之后,朱维基翻译的《谎言的颓败》真正体现了唯美主义的美学思想;还有林语堂分五次完成的译作《作为艺术家的批评家》则是王尔德的另一篇美学文论。此后的《小说月报》和《国民日报》副刊等分别刊出了介绍王尔德的评传文章,进一步推进了唯美主义思潮在中国的传播和研究。

---

① 王爱松. 政治书写与历史叙事[M]. 北京:中国广播电视出版社,2007:21.

据相关研究表明①，自周作人的译作《快乐王子》问世以后的20多年时间里，翻译、介绍西方唯美主义文学理论的作品在数量上仅次于中国对现实主义思潮的译介。坚持艺术独立和审美自觉的唯美主义，在一定程度上为腹背受敌的新文学实现独立的诉求提供可资借鉴的理论资源。然而，自20世纪20年代初开始，唯美主义的"为艺术而艺术"就在中国遭遇了否定性倾向的批评。1920年，胡愈之立足于"为人生"的文学主张发表了《近世文学上的写实主义》，并强调中国文学应注重描写"人生问题"的"写实主义"，远离"把文学和艺术，看作超出现实的东西；现实的人生问题，只好让哲学家社会学家政治学家去研究，不该把它搁在文学里面的。这种艺术观念，是叫做'为艺术而艺术'（art for art sake）。但到了近代，物质文明，日盛一日，生存竞争，更加剧烈了，人类的背上，驼着很重的生活问题，一天到晚，除了谋衣食住之外，哪里还有许多闲工夫，来谈没干系的风花雪月呢？"② 1921年，沈泽民在《王尔德评传》里称王尔德是"唯美派的文学家"，"独倡为艺术的艺术"，是"梦里的空花"，"不了解人生的真义"。③ 茅盾和邓中夏也从"激励人心""唤醒民众"的文学功能角度撰文批评"唯美"倾向的作品。④ 萧楚女的批评更加严厉，他认为："纯艺术""不啻是要叫人们都陷在催眠状态，而使外界的一切罪恶愈益滋长。……他们不但是愚不可及，愚得可怜，而且是成了一个拥护罪恶的罪人了！"⑤ 可以说，20世纪初的中国知识分子基于内忧外患、民不聊生的社会现实，更容易亲近"为人生"的文学观念，而对

---

① 薛家宝. 唯美主义与中国现代文学 [M]. 北京：中国社会科学出版社，2015：77–79.
② 胡愈之. 近代文学上的写实主义 [J]. 东方杂志，1920，17（1）.
③ 沈泽民. 王尔德评传 [J]. 小说月报，1921，12（5）.
④ 雁冰. "大转变时期"何时来呢？[J]. 文学，1923（103）.
⑤ 楚女. 艺术与生活 [J]. 中国青年，1924（38）.

"为艺术而艺术"的文学追求便自然而然地给以拒绝甚至是反对。到了20世纪20年代中后期,革命文学、无产阶级文学的大规模提倡,一直到30年代左翼文学的兴起,文坛对唯美主义以及"为艺术而艺术"的批评呈现出有增无减的趋势。无论是出于时代社会对文学的激情需求,还是个人认识对文学诉求的变化,郭沫若的转变是比较有代表性的。他分别在1925年和1928年谈道:

"我从前是尊重个性,景仰自由的人,但在最近的一两年之内与水平线下的悲惨社会略略有所接触,觉得大多数人完全不自主地失掉了自由,失掉了个性的时代,有少数的人要来主张个性,主张自由,总不免有几分僭妄。

在大多数的人未得发展其个性未得生活于自由之时,少数先觉者无宁牺牲自己的个性,牺牲自己的自由,以为大众人请命,以争回大众人的个性与自由!

这儿是新思想的出发点,这儿是新文艺的生命。"①

到了20世纪30年代初中国左翼作家联盟成立之时,就明确表示出对"为艺术而艺术"的严厉批评。"中国无产阶级文学运动已经冲破了末期资本主义文学的个人主义浪漫主义艺术至上主义的影响,明确的指出无产阶级文学的必然性。"② 随后,"左联"又强调:"作家必须从无产阶级的观点,从无产阶级的世界观来观察,来描写。……要和到现在为止的那些观念论,机械论,主观论,浪漫主义,粉饰主义,假的客观主义,标语口号主义的方法及文学批评斗争(特别要和观念论及浪漫主义斗争)。"③ 此时,"左联"对于"为人生"的文学观念的提倡,已经随着"冲破""斗争"等词

---

① 麦克昂(郭沫若). 留声机器的回音:文艺青年应取的态度的考察[J]. 文化批判,1928(3).

② 无产阶级文学运动新的情势及我们的任务[J]. 文化斗争,1930,1(1).

③ 中国无产阶级革命文学的新任务:一九三一年十一月中国左翼作家联盟执行委员会的决议[J]. 文学导报,1931,1(8).

语的出现而染上了阶级论的色彩。抗战的爆发为否定"为艺术而艺术"的理论和实践提供了合法化的时代语境,"作品的艺术价值与'功利性'正成了一个正比例"①。甚至这种对于"为艺术而艺术"的否定和贬斥成为开展文学批评的前提和基础,那么,对于其他文学观念的"别样"存在会做出过敏性的反应也就不足为奇了。

二、是"非文学"还是"大文学"

(一) 生存语境下的"非文学"氛围

自晚清以来,西方"纯文学"观的引进,为中国文学追求审美独立、摆脱传统文学观的束缚提供了强有力的支持。毋庸置疑,西方"纯文学"观实现了中国文学独立的诉求。然而,文学新标准与旧观念的并存,审美理想与现实诉求的较量,以及文学家们在观念层面的追新与操作层面的持旧,使得中国文学在"纯粹"的道路上越走越偏。文学保持其审美的自足、自律与独立是无可厚非的,然而,现代中国驳杂纷呈的历史语境使文学无法"纯粹",亦如有学者指出,"在诸多社会问题、生存困扰纠缠不清的现代中国,美丽的语言艺术从来就不是'文学'单纯关怀的对象"②,中国知识分子复杂的人生遭际,使他们被各种社会现实人生问题所牵绊,无暇徜徉在纯粹美丽的文学审美世界中。对于现代中国语境下的知识分子而言,文学的"纯粹"实在是一个过于奢侈的梦。随着西方"纯文学"观被引入中国,"文学(纯文学)/非文学"的说法也随之得以确立。"非文学"相对于追求艺术自律、审美自觉的"文学/纯文学"而言,是作为区隔于"文学(纯文学)"的一种假定的存在,指向文学之外的存在状态,"文学"与"非文学"也因此

---

① 蓬子. 文艺的"功利性"与抗战文艺的大众化 [J]. 抗战文艺,1938,1 (8).

② 李怡. 大文学视野下的鲁迅杂文 [J]. 鲁迅研究月刊,2014 (9).

成为一组相互确立、不可分割的范畴。有关"非文学"的概括不仅关系到对"文学是什么"的界定和追问,而且还与"文学"介入社会现实的方式和力度有直接的关联。现代中国语境下的作家在文学之外的挣扎和纠结,常常被视作在"文学"与"非文学"之间的游走,这本是现代中国语境下的文学常态,却因为借助于"非文学"对"文学(纯文学)"的分离同时又是对"文学(纯文学)"的确证这一二元对立的认知方式而变得模糊不清。因此,重新审视学界对于"非文学"所达成的普遍共识,是我们对于现代中国的文学问题进行辨析追问的前提条件。

自"非文学"的说法出现以来,其具体内容随着文学观的变化而有所不同。

(1)"非文学"凭借对社会人生内容的强调和偏重,与审美自觉自律的"纯文学"区别开来。

1914年吕思勉在谈论有关"纯文学的小说"与"不纯文学的小说"的评判标准时说道"一诉之于情的方面,而一诉之于知的方面也",接着又借用孔子之言提出"法语之言,智的方面之事也,非文学的也;巽语之言,情的方面之事也,文学的也"。"文学"偏重于"情的方面",有利于抒情达意;而"非文学"则偏重于"智的方面",更有利于传授知识。这里的"情"强调的是文学对艺术审美趣味的自觉追求,"智"则强调文学对社会人生的内容呈现。值得注意的是,"文学"的"主情"并不意味着"非文学"就是"无情"的,这里"文学"与"非文学"的区别主要体现在各自对"情"和"智"的偏重程度不同,换言之,"非文学"更注重对现实人生的内容呈现而对审美价值的自觉追求显得并不那么强烈罢了。"主情"还是"主智"作为"文学"与"非文学"的划分标准,在 20 世纪 20 年代已获得新文学家的普遍认同。①

  胡适在《什么是文学(答钱玄同)》一文中谈道:"语言文字都是人类达意表情的工具;达意达得好,表情表得妙,便是文学。"② 但"好"和"妙"又该如何断定呢? 他紧接着提出文学最重要的三个要素:"第一要明白清楚,第二要有力动人,第三要美。""文学不过是最能尽职的语言文字。"在胡适的论述中,无论是文学的"懂得性"还是"逼人性",都体现了胡适对文学审美特性的重视。以此为依据,胡适认为:"无论什么文(纯文或杂文,韵文或非韵文)都可分作'文学的'与'非文学的'两项。"在他看来,"文学"应同时涵盖社会人生和审美艺术两项内容,区别在于各自的侧重点不一样。

  这一类观点以西方"纯文学"观为依据,对中国文学进行了"文学/非文学"的界定,在中国现代文学观确立之初对文学提出了审美自觉的追求,有助于现代中国文学从传统文学观的束缚中独立出来。

  (2)"非文学"与社会政治的对应与疏离。在中国现代文学不可或缺的众多"非文学"因素中,社会政治的变革与 20 世纪中国文学可谓渊源深厚,似乎社会政治的变革总能轻易地在文学领域掀起变动的波澜,"国家与革命"③ 当之无愧地成为中国现代文学与文化发展进程中高频出现的主题词,因此,中国的 20 世纪又被称为"革命"的世纪。④ 尽管 20 世纪的中国文学经历过惨烈的"非

---

  ① 付建舟,黄念然,刘再华. 近现代中国文论的转型 [M]. 上海:上海古籍出版社,2015:92.
  ② 胡适. 胡适文存 1 [M]. 北京:华文出版社,2013:147 – 149.
  ③ 李怡. 国家与革命:大文学视野下的郭沫若思想转变 [J]. 学术月刊,2015 (2).
  ④ 李怡. 开拓中国"革命文学"研究的新空间:建构现代大文学史观 [J]. 探索与争鸣,2015 (2).

文学"教训①，文学与社会政治的密切关联既是中国社会现实的文学诉求，同时也是中国文学自身的特质所在，通过介入社会现实彰显中国文学的特殊力量。

作家刘心武在回顾20世纪70年代后期创作《班主任》的心态时谈道："我当时是以非文学的情绪进入文学领域的，当时还顾不到'美文'，使用的是相当粗糙、笨重的文本。……总之，是把社会政治诉求寄托在小说的躯壳中。"② 如果说20世纪现代中国的"非文学"氛围主要是由于文学与革命、政治的关系太过亲密的话，那么，进入21世纪后的文学在远离了政治之后是否就脱离了"非文学"的氛围呢？进入21世纪以后，文学在大众传媒时代备受冷落，同时也不再受到政治的青睐，文学的社会关注度日益下降。在文学与文化的关系持续升温之际，同时，有感于文学的沉默，有学者选择从政治文化的角度切入来考察文学，并对20世纪的中国文学做出总结性的概括——"中国的20世纪是一个非文学的世纪"③，现代中国的文学之所以是"非文学"的，原因就在于文学不能独立、自足地发展，文学的本体性和审美特性并没有得到张扬和凸显。不得不承认，这确实是现代中国语境下文学的现实状况。然而，作者在此无意于为文学的审美自律与自主独立摇旗呐喊，反而将"非文学的世纪"这一研究对象置放于政治文化这一空间和语

---

① 陈徒手. 期待它的情怀弥漫［M］//蔡玉洗，董宁文. 纸香墨润. 哈尔滨：北方文艺出版社，2015：151.（"蒋星煜先生的《红楼梦评论的过山车现象》短而精，历数评论政治化的劣迹，感慨良深，引出最有分量的一句是：'文学评论最好不要夹带非文学的因素.'举世平常，却挟带过去时代过于惨烈的经验教训."）

② 何西来，刘心武，邵燕祥，等. 历史转型与知识分子定位［J］. 钟山，1996（1）.

③ 朱晓进，等. 非文学的世纪：20世纪中国文学与政治文化关系史论［M］. 南京：南京师范大学出版社，2004：3.

境中进行考察,在具体的历史情境中探究文学与政治文化之间的关系及阶段性的发展状态。最后,作者不仅提醒文学不应规避"政治",甚而提出文学"再政治化"的写作构想,当然,这里的"政治"并非指那种僵化的、排他的、异己的力量,而侧重于政治文化,作者试图以此呼唤文学的社会担当和介入现实的力量。

围绕着"文学与政治的关系"这一命题,有学者指出,"20世纪中国人日常生活和精神世界的政治化倾向"① 已成为常态,文学也就不可能真正地回避"政治",因此,考察文学生态环境势必会触及政治环境。对文学所处的"政治文化场域"的考察正是对历史现场的逼近,还原具体的历史情态,才能真切地体察20世纪中国文学的"非文学"氛围,触摸现代中国语境下文学的丰富与复杂。

20世纪90年代初,中国文学曾经认为自身背负了太多的东西,应该把它们卸下来。于是,曾经的精神信仰:国家、政治、宏大叙事、崇高、历史、诗性、自由、人性、理想主义等也被卸了下来,常常被遗忘在文学之外。文学进入了平庸化、日常化时代,物欲化的消费主义意识形态开始笼罩市场,② 文学在远离政治、亲近市场的浪潮中从依附政治转为傍上了商业。各种非文学因素、非精神立场因素都活跃起来,知识分子被各种琐碎的细节、体制的罗网和利益的诱惑所纠缠,似乎作家们总会被困在文学之外沉默着、挣扎着,文学要么转向各种小情小爱、自我张扬的叙事,要么就是"意识形态化"与"普遍道德化"的常态写作③。在文学不受政治青睐的时代,文学介入社会现实的力量逐渐衰弱,已不能承载知识分子的社会担当和良知,这便是中国作家进入21世纪之后所遭遇的

---

① 何平. 评《非文学的世纪:20世纪中国文学与政治文化关系史论》[J]. 文学评论,2004(6).

② 许纪霖. 大我的消解:现代中国个人主义思潮的变迁[M]//许纪霖,宋宏. 现代中国思想的核心观念. 上海:上海人民出版社,2010:233.

③ 吴炫. 当前文艺学论争中的若干理论问题[J]. 文学评论,2008(4).

"非文学时代的文学痛苦"①。

（3）"非文学"与文化的交织互动。这一类观点认为，文学研究在考察现代中国语境下的文学现象时，除了要探讨文学的审美价值、艺术成就之外，当然还必须充分考察文学之外的各种非文学因素对文学现象的影响，比如：文学的社会价值、现实诉求、文学团体的形成条件和思维方式等对文学发展或变革产生影响的方方面面。文学研究要呈现的不只是对时间、空间和相关事件的简单连缀，而是要探究这一文学事件发生的原因，梳理围绕这一事件所形成的关系网络以及其中各方力量对文学本身的影响。②换言之，文学必须借助于"非文学"才有可能存在。这里的"非文学"主要指"政治、哲学、道德、宗教、经济、科学、知识等文化范畴所包含的思想和内容"③，是"一个外在于文学的文化性范畴"④，它是文学赖以产生的语境和氛围。文学首先通过审美价值的创造显示自身的独立性，同时，又与"非文学"交互影响、不可分割。中国文学的"载道"传统与"杂文学"观对中国现代作家的审美眼光、思维方式和精神气质产生着内在影响。而对文学审美自律的诉求，或者说对"形式的独立和抽象化"的追求，其主要目的还是尽可能使文学摆脱"政治和文化、社会和道德这些'非文学因素'"⑤的束缚。

20世纪80年代的"回到文学本身"，无关"文学"本身的审美诉求，其关注的恰恰在"文学的周边"，即政治带给文学的"非文学"状态。⑥为了实现对政治意识形态的突围，文学将关注的目

---

① 陈应松. 非文学时代的文学痛苦：在第三届上海大学文学周的演讲[J]. 探索与争鸣，2008（11）.
② 龚鹏程. 文学散步[M]. 北京：东方出版社，2015：155–156.
③④⑤ 吴炫. 非文学·坏文学·好文学[J]. 中国现代、当代文学研究，1991，（4）.
⑥ "'文革文学'恰是'非文学'的极态"。张直心. 政治义化语境中重新言说：《非文学的世纪：20世纪中国文学与政治文化关系史论》读后[J]. 鲁迅研究月刊，2005（3）.

光投向"文化",在"'二十世纪中国文学'三人谈"① 中,学者陈平原提出以"文化角度"代替"政治角度"考察文学,使文学至少能尽快地走出政治的狭隘视野。从 80 年代的"文化热""寻根"思潮,到 90 年代兴起的"文化研究"思潮直至今日,文学与历史文化建立了长期的密切联系。希望借助"文化"的力量打通文学的突围之路,使文学自身与文学研究获得更宽广的生存空间。

到 21 世纪初,有学者则认为越来越受青睐的文化批评所蕴含的问题从未得到真正的解决,是因为"文学中的文化与文化视野中的文学之不同质"的区别从未得到过深入的探究,这也就造成了对文学独立的误解,即文学与文化政治的关系不是无关的就是对抗的状态。该学者进一步指出,"文化批评"之所以被视为"非文学性的批评",原因就在于"文化批评"忽略了对文学作品进行艺术鉴赏和审美阐释的真正目的是什么,将文学作品当作论证文化批评的工具,最终使研究脱离了文学作品而"直接诉诸文化与社会问题"。② 不得不承认,这确实指出了文化研究存在的问题,但与此同时也呈现出这样的事实,文化研究之所以越来越有市场,恰恰证明了文学所赖以产生的文化政治比文学本身更加抢眼,或者说,20 世纪的中国充满了动荡和变革,大多数作家都难以逃脱被一波又一波的社会思潮所裹挟。处于潮流之中的作家,虽然在不同程度上以自己的独创性和个体性以期实现对政治、文化的超越,且不论这样的超越是否成功,现代中国语境下的作家们不可能完全置身于政治、文化之外实现真正的超脱,那种完完全全的脱离只会陷入虚无的境地,并且,这样的作家只能局限于个人的狭小世界里,更不能

---

① 陈平原,钱理群,黄子平. 文化角度("二十世纪中国文学"三人谈) [J]. 读书杂志,1986(1).

② 吴炫. 文化批评与文学"文化批评"非文学性的文化批评 [J]. 社会科学战线,2003(2).

赋予文学以情怀、胸襟、格局和气度。

（4）以"非文学性"细化对"非文学"的理解。对于"文学性"与"非文学性"这一组概念，有学者进行了简单的描述，"非文学性"主要指"文学的意识形态性（如社会思潮、文化思潮，以及文学思潮中的意识形态部分）"，而"文学性"则是"文学的非意识形态性（独创性、风格多样化等）"，同时，该学者又将情感、人物、场景、氛围、世界、人性、意义等因素称为"非文学"的因素。显然，这里"非文学性"与"非文学"的意义不明恰恰反映出这种划分的不合理性。① 有学者认为，"文学性"已不再是纯粹的审美自律的概念，当它与"非文学性"在互动中发生重叠时，"文学性"的概念才得以确立，并且不再纯粹。② 21世纪初，已有学者意识到"文学性"的历史生成性，指出"文学性"是宏观的、开放的定义，并触及"文学性"与历史文化、时代语境的关系问题，至于"文学性"的内涵只能慢慢意会，难以言传。③ 这里对"文学性"的理解主要还局限于审美自律的"纯文学"领域，但论者似乎已感觉到这样的"文学性"内涵已不能满足中国文学的需要。于是"文学"内部被划分为"文学性"与"非文学性"，那么问题就来了，两者交汇重叠的部分又该如何命名呢？另有学者虽然也认为"文学性"与"非文学性"都是内在于文学的因素，但"文学性"是追求纯粹审美价值的因素，而"非文学性"则是文学

---

① 王纪人. 关于20世纪中国文学史观：兼论"文学性"与"非文学性"[J]. 学海，2002（1）.

② 王昌忠."文学性的历史形态与文学理论的知识建构"学术研讨会综述[J]. 文艺研究，2006（8）.

③ 史忠义. 一家言："文学性"的定义之我见[J]. 中国比较文学，2000（3）.

之外的社会文化在文学之内的内在化呈现。① 这种划分似乎巧妙地避开了两者互动重叠的部分无法被命名的尴尬，但新的问题又出现了，文学内部的"文学性"与"非文学性"的界限如何明确？这同样陷入之前"文学"与"非文学"之间界限无法明确的难题中。本来"文学性"这一概念的出现就是为了用来区别"文学"与"非文学"的，结果"文学性"又再次被二元对立地划分，这只会让关于"文学"以及"文学性"的概念越来越不明确。相比较而言，接下来的这一观点则有所收回："文学性"是文学的本质属性，但它不是预设的先在属性，只有在"文学"与"非文学"的互动中才能完成"文学性"的自我确立。② 这一观点没有了"非文学性"的掺和，似乎要比之前的论述清晰得多，而事实上不过是又回到了最初关于"文学"与"非文学"如何划分的讨论中。

世纪之交，有感于"20世纪中国文学"观并没有真正回归文学自身，学者吴炫提出"一个非文学性命题"③，并指出"非文学性"恰恰体现了"20世纪中国文学"观的局限。他认为尽管"20世纪中国文学"观帮助文学突破了政治的束缚，但却未能将文学从文化的束缚中解救出来。这里所说的"非文学性"，是与"文学性"相对立的一种假定的存在，两者在文学内部呈此消彼长的共存状态。其实，这类观点意在指出的不是文学作品是否具有文学性，而是现有的文学观已不能涵盖文学本身的丰富性和复杂性，事实上是文学观念、概念、名称的使用不当。换言之，现代中国时代语境下的文学以其纷繁驳杂的状态早已逸出通常所理解的"文学性"的

---

① 杨守森. 论"文学性"与"非文学性"[J]. 山东师范大学学报（人文社会科学版），2012 (5).
② 李涛. 文学性·兼文本性·文学文化：文学性问题研究之困境与出路[J]. 文学评论，2014 (2).
③ 吴炫. 一个非文学性命题："20世纪中国文学"观局限分析[J]. 中国社会科学，2000 (5).

内涵，所以需要通过"非文学性"来加以表述。同时这一观点还指出正是"20世纪中国文学"观对文化"现代性"的强调，使文学史叙述以及文学研究更关注文学发展的"整体性"特征，助长了"非文学性"的态势却减弱了文学的"文学性"，导致文学不能实现"个体性"价值的诉求，最终严重影响了文学对文化等"非文学性"因素的"穿越"，因此，文学仍然处于"非文学"的状态。这也就意味着承认了这样一个事实，即中国文学的"非文学"状态并没有因为"文化"力量的介入而得到改变，而这一状态正是现代中国特殊的历史语境与时代氛围的产物，是现代中国文学本身的特质。现代中国的历史变革与时代思潮构成了作家无法逃避的时代语境和文学生存状态，如有学者所说的能够置身于潮流之外、以个体化立场超越政治、文化的作家毕竟只是极少数特殊的存在，因此，"非文学"的状态和氛围在现代中国的时代语境中反而是常态化的表现，只有充分考察"非文学"因素对文学的影响才能进一步追问贯穿了整个20世纪中国文学发展进程的启蒙、救亡、解放、反思、开放等社会性和文化性命题。然而，试图借助文学内部的"非文学性"来进一步细化对非文学状态的理解，仍显得无能为力，反而是造成这种表述无力的原因更值得我们详加追问。

（5）"非文学"的所指在这里发生了极大的改变，如果说之前的"非文学"是对文学过分介入现实的一种指责的话，那么，这类观点中的"非文学"则是指文学介入现实的无力，以及文学作品中社会关怀和人文精神的缺失。与此同时，这类观点还强调了"非文学性"的重要性，并具体分析了"文学性"与"非文学性"的意义所在。

为了解决"非文学时代的文学痛苦"，有学者提出"非文学性"因素的缺失是20世纪90年代以来文学影响式微的主要原因。①文学的社会影响力之所以越来越弱的原因不在于"文学性"的缺失,而恰恰在于对"非文学性"的忽视。此类观点认为,文学作品中"隐含着的化育人心、提升道德、推动历史进步的伟大力量"恰恰属于"非文学性"的内容,它直接决定了文学的价值和意义。换言之,"文学性"是判定文学之所以成为文学的标准,而"非文学性"则极大地影响了"好作品""大作品"的产生。很多优秀的文学作品中最为突出的"非文学性"因素则体现为源自社会现实的政治意识。持这一观点的学者通过列举中外文学史上一些作家的创作经历,证明了恰恰是作家浓厚的政治意识、社会参与意识等"非文学性"因素才使得他们笔下的文学作品具有介入现实的深刻和力度。20世纪90年代以来"中国小说精神缺钙"的现象主要源自于作家们对社会现实的回避甚至漠视。知识分子最为可贵的人格情怀只能产生于生命个体对民族历史社会现实的深刻体察,而这些情感内涵往往被认为是"非文学性"的,不属于自足的、纯粹的审美范畴。在现代中国的时代语境下,作家对"好政治""大政治"的诉求,通过文学反思政治的批判性姿态介入社会现实,以及内化为个体生命意识的"'非文学性'的'政治'追求"将有利于作家创作出更为优秀的文学作品。"文学之本在于避免限定本质,避免呈现时固定文学甚至将其实现:文学从来都不事先存在,要不断重找、更新。""以文学体现文学,无果。寻找文学,只能到文学之外探索;……所以,最终'非文学'才是每本书追寻的境界。"②

通过对"非文学"这一概括的粗浅归纳和分类,我们可得知,学界

---

① 杨守森.论"文学性"与"非文学性"[J].山东师范大学学报(人文社会科学版),2012(5).

② 布朗肖.未来之书[M].赵苓岑,译.南京:南京大学出版社,2015:271-273.

对"非文学"这一假定存在的理解大致经历了这样一个过程：在现代文学观确立之初，"非文学"是判断文学独立和审美自觉的假定存在，学界对其持相对客观的态度；后来，随着文学与社会政治、现实人生关系的发展变化，学界对"非文学"的态度也平添了更多情感的色彩，无论是对"非文学"的指责、排斥甚至否定，还是对"非文学性"价值的抬高，都体现了学界对现代中国文学越发深入的认识和思考。

在现代中国文学发生发展的历程中，无论是曾经的"非文学"对"文学性"的掩抑使文学沦为政治的附庸，还是20世纪80年代以来文学对社会历史政治等"非文学"因素的回避导致文学介入社会现实的影响力衰退，都共同指向这样一个事实，那就是现代中国的"非文学"氛围已然成为学界的普遍共识。的确，对"非文学"的警惕和敏感，恰恰证明了"文学之外"的强势存在，这是由现代中国文学赖以产生的历史语境和时代氛围所决定的。

"非文学"已被视为20世纪中国文学的一种特质，强调文学的社会功能，即文学具有超出文学之外的功利性和社会效应。有学者曾指出："从晚清康有为、梁启超，到五四时期胡适、陈独秀等人均是以非文学者的身份来提倡文学的，文学改良与文学革命的发生都不适用所谓'文学自律'能够解释的。"[①] 当文学要承担启蒙的使命，实施教化的功能时，就必然会要求中国文学与社会现实建立更紧密的联系，通过增强文学的社会效应来达成启蒙和教化的目的，这极大地影响了清末民初小说的发展。当小说追求的社会效应与"国家想象"和"现代性"追求发生关联后，形成了这一时期文学发展的一个重要传统，成为20世纪中国文学的"非文学"特质形成的关键所在。[②] 当文学创作被"小说界革命"等文学革新思

---

① 旷新年. 现代文学观的发生与形成[J]. 文学评论，2000（4）.
② 杨霞. 清末民初的"中国意识"与文学中的"国家想象"[M]. 南京：南京师范大学出版社，2012：280-284.

潮裹挟后，文人的创作观念、精神诉求，以及社会对文学的需求都发生了极大的改变，直接促成小说地位的提升和小说创作的繁荣，这其中到底是文学因素的作用还是非文学因素的影响很难做出明确的判断。"政治理念的合法性和国家民族的认同感"[1] 毫无争议地成为新文学发展最为重要的助推力，"文学对'中国意识'的承担和表达"则体现了清末民初"文学追求的非文学特征"[2]。这既是文学在现代中国语境下发展的产物，同时，也是中国作家基于社会现实与人生体验对文学做出的理性思考。可以说，新文学家们"既想让文学承担超出文学之外的社会功能，又企图保全文学自身的审美属性。这种看似矛盾的文学观念在当时具有相当的代表性"[3]。事实上，这种看似矛盾的文学主张恰恰是对中国传统的"杂文学—大文学"精神的承续，不仅体现了现代中国的时代语境和社会现实对文学的需求，同时也表达了中国现代文学自身发展的需要。"非文学"的氛围造就了现代中国文学广博的社会关怀和关注现实的品格，这正是具有中国本土特色的文学审美体验，事实上，中国作家本身也并不痴迷于纯粹的审美。面对一部作品要判断其是不是文学作品时，作家与读者往往是根据自己所拥有的常识性经验来完成的，他们根本不会依据所谓"文学与非文学"的区别来进行评判。他们能快速做出判断所凭借的常识，主要来自于他们在文学实践活动中积累的文学经验和鉴赏能力。因此，有学者指出，对于作家和爱好文学的读者而言，鲜活的文学实践活动使他们能把复杂混沌的"文学与非文学"关系进行常识化的处理，在这种情况下，他们就不会产生"文学与非文学"的二元对立、非此即彼的思维，但这并

---

[1][2] 杨霞. 清末民初的"中国意识"与文学中的"国家想象"[M]. 南京：南京师范大学出版社，2012：280-284.

[3] 付建舟，黄念然，刘再华. 近现代中国文论的转型[M]. 上海：上海古籍出版社，2015：126.

不意味着他们没有受到"非文学"的滋养。相反,"许多作家的焦虑倒是集中于如何创作出好的文学作品,如何在有限的文学作品中创造出极其丰富的指涉性"①。曾有作家感叹道,是"从柏拉图、亚里士多德开始,一直到晚近的叔本华、尼采……以至于当代的艾因,兰德、罗尔斯、福山之类,这些人点亮了我的内心,从此看人看事就有了独特的视角,最终影响了我的人生和文学见解,我甚至认为:文学的巅峰只有在非文学的路径上才能攀登"②。

作家的视野、思维、观念绝不是在艺术内部就能自足、独立地实现的,必然涉及作家对历史、社会、政治、文化的感受最后内化为作家个体的思想和精神世界中,成为其文学创作、持续思考、不断提升文学品质的内在力量。其实问题不在于作家具有强烈的政治意识本身,而是在于这种政治意识对作家自身的文学姿态、视角和立场的影响,并且在作家创作时或多或少地影响其艺术探索和审美追求。其实,无论是政治诉求也好,还是审美追求也罢,如果都源自于作家个人最真实的生命体验,那么,这些诉求就能转化成其文学创作的有效资源。文学研究应关注的是文学如何有效地与文学之外的社会生活建立有机关联,并将这种关联从文学之外转化为文学之内的内在影响因子,而这样的关联和影响又是如何通过文学文本自身来进行阐发和诠释的。这一过程必定是错综复杂的,而非单向线性的。

文学是关联着人的生命体验的话语系统,在不同的历史语境下呈现出丰富驳杂的样态。文学之所以打动人心,就在于它对人的生存体验和生命感悟在精神层面的丰富体现。与其说是现代中国文学

---

① 李涛. 文学性・兼文本性・文学文化:文学性问题研究之困境与出路[J]. 文学评论,2014(2).

② 卢梭. 孤独的散步者[M]//陈行之. 灵魂是不能被遮蔽的事物. 广州:广东人民出版社,2015:160.

的不单纯，还不如解释为文学创作者的人生体验以及孕育文学的历史语境和时代氛围让文学无法纯粹。曾经为了明确地界定"文学"的内涵、实现"文学"的独立，我们试图以"非文学"来回应"文学"的存在，而当"文学"与"非文学"的界限模糊不明时，我们又将目光放在了"文学性"上，并试图以"非文学性"来把握"文学性"的特点。值得反思的是，现代中国语境下的文学现象并不是"文学（纯文学）"与"非文学"的简单相加就能呈现的，更不是用物理学意义上的分解法由"文学/非文学"到"文学"中的"文学性/非文学性"这样的划分就能解释清楚的。这种"借助对于'他者'的分离，不断强化'文学/非文学'、'纯文学/俗文学'等等二元对立的范畴"①，不仅不能解决概念的意义不明，还会缩小观察的视野和思考的格局。因此，我们必须跳出"新/旧""好/坏""是/非"的二元对立思维，在更宽广的视野中，以饱含中国经验的观念意识发掘、确立现代中国文学的特殊价值和历史意义。

（二）现代中国的"大文学"内涵

"非文学"对现代中国语境下的文学现象阐释的艰难，就在于这一概念本身的含混不明以及概念与中国文学实际形态之间的尴尬处境。明明是现代中国的文学样态，却偏偏用基于西方"纯文学"得以假定存在的"非文学"来进行概括，一个"非"字让文学阐释"付出牺牲文学自身的丰富性与复杂性的代价"②。鉴于"非文学"这一说法与西方"纯文学""文学性"等因素的纠缠不清，在

---

① 黄平. 文学批评如何回应当下生活［M］//黄平. "80后"写作与中国梦. 太原：北岳文艺出版社，2015：124－125.（原载于《人民日报》第24版，2011年3月25日）

② 李怡. 多重概念的歧义与中国文学"现代性"阐释的艰难［J］. 社会科学研究，2005（5）.

现代中国一个多世纪以来的文学进程中，文学概念与文学事实之间的尴尬不断上演，甚至是在现代中国文学的"成熟"期里，仍有敏锐的学者通过对"文学"的重新定义以期盘点、重新审视复杂的文学事实，当然也再次让我们感知到作为单纯审美艺术的"文学"在面对丰富的社会历史情态时所流露出的局促。"文学作为关注人类精神生活的重要方式，最有价值的恰恰是它能够记录和展示人在不同生存境遇中的心灵变化。"① 在现代中国的特殊语境下孕育而生的文学现象，其纷繁复杂早已逸出"纯文学"的阐释框架。现代中国文学迫切需要更为丰富恰切的概念阐述，以帮助我们真切地把握属于中国的文学问题，深入理解现代中国的文学思潮和文学现象。

"所谓文学存在，是指这样一种对象的历史性和现实性的肯定：他属于文学行为的独特主体，经常同时也是文学创作的突出主体，不过这一文学主体早已超越文学作品甚至文学写作，他成为一种无法绕过的社会现象，也就是说，作为一个综合性的社会存在，这一文学主体为文学内外的世界所关注、所讨论，由此甚至延展为一种有价值的文化现象。"② 在这个层面上，早已在学界出现、近年来更显成熟的"大文学"观不失为一种更包容、灵活、阔达的评价方式，将为"非文学"的尴尬遭遇提供更有价值的解决方案。

"大文学"观以其鲜明的对话意识，"用'大'字来打破其'纯粹'的逼仄，让'文学'联通古代的'文'或者'文章'，让'纯'对话于'杂'"③。"大"不等于庞杂无序，没有原则，"大文学"始终以"文学"本身为出发点和落脚点，是"一种充满了文学艺术的目标但又容纳了更多现实责任和义务的文字形态"，相对

---

① 李怡. 在民国历史中重新发现现代文学：专题解说［J］. 中山大学学报（社会科学版），2017（1）.
② 朱寿桐. 论王蒙的文学存在［M］. 南京：南京大学出版社，2015：2.
③ 李怡. 大文学视野下的近现代中国文学［J］. 社会科学研究，2016（5）.

于西方"纯文学"的审美理想而言,"大文学"饱含了中国文学纷繁复杂的社会历史与现实人生的理想和诉求,将文学置于饱含各种生存体验的历史情态与时代语境中,钩沉其中与文学相关联的历史细节,深入到历史节点去体察文学本身的丰富与复杂。①

在过去的历史与文学史叙述中,在"新/旧"的对立框架中,"新""新社会",代表了新生的、进步的、正义的力量;"旧""旧社会",代表的则是腐朽的、落后的、反动的力量。这样的历史认知框架导致了20世纪80年代"三流"文学观②的产生,即"主流""支流"和"逆流"。那些由于偏离所谓的"方向"而未能进入"新文学主潮"的文学现象,在很长一段时间被学界所忽视,比如,旧体诗词、市民通俗文学等,由于它们与五四新文学的"方向"发生偏离而备受质疑,长期不被文学史所接纳。同时,"多元一体"的民族格局在文学的领域里仍然是"一枝独秀",对"中心/地方""文明/落后"的固有认知,直接影响了文学史叙述对少数民族文学的理解和包容。

"大文学"之所以能引起二元对立思维和文学史叙述框架的重要突破,主要原因就在于,对还原历史情态的重视。当全新的历史时空得以打开,展现在我们面前的是无比广阔的文学天地和异彩纷呈的文学图景。"大文学"观以其更包容、灵活、阔达的内涵和品质,为学术研究带来了更有价值的启示。

第一,"大文学"以具体的历史情态、时代语境为考察背景,在广阔的社会历史关系中梳理文学的发展脉络,考察文学文本,保持对细节的敏感,这些都赋予了"大文学"更高的历史眼光和广博的

---

① 李怡. 开拓中国"革命文学"研究的新空间:建构现代大文学史观[J]. 探索与争鸣, 2015 (2).

② 李怡."大文学"需要"大史料":再谈"在民国发现史料"[J]. 当代文坛, 2016 (5).

社会关怀。因此,"大文学"能突破"新/旧""雅/俗""中心/边缘""现代/传统""文明/落后"的二元对立的思维模式和认知框架,打破唯"现代性"是从的评价标准,对处于不同层面、不同维度的文学现象给予充分的关注和体察。拨开孰是孰非、含混不明的历史迷雾,为那些长期得不到应有关注,如现代语境下的旧体诗词、通俗小说以及少数民族文学勘定其文学史价值。

第二,"大文学"观对艺术方式的探讨更具灵活性,既强调文学艺术的想象性,又充分肯定了写实性艺术方式的价值。通常面对文学文本,我们习惯于对文本进行艺术层面的探讨,挖掘其艺术价值、评价其艺术成就,这本是无可厚非的。但是,当面对的是现代中国纷繁复杂的文学现象时,艺术层面的分析远远不能够揭示中国文学的独特魅力和历史价值。追求审美特质的艺术分析方法固然重要,但在现代中国的时代语境下,作家鲜有对纯粹审美艺术的迷醉,蓄满社会文化内涵的文学更需要被放置在广阔的社会历史关联中考察,纯粹的艺术分析方法是无法将现代中国语境下纷繁复杂的文学现象阐释清楚的。中国文学"文史不分"的传统和"杂文学"的意识对中国作家的影响,以及中国现代文学本身的不"单纯",作家都需要借助于写实性的艺术方法触摸历史,发掘文学现象的时代意义。

第三,"大文学"思维的阔达使文学批评和学术研究更具情感的温度和理性的质感。"大文学"视野下的"以史证文","将文学的价值和意义定位在广泛的社会历史的联系当中,将文学的趣味的精神魅力与其承担的社会责任、历史使命有机结合"。[①] 文学关注的是饱满的生命个体,"思想、观念和命题不仅是某种语境的产物,

---

① 李怡. 开拓中国"革命文学"研究的新空间:建构现代大文学史观[J]. 探索与争鸣,2015(2).

它们也是历史变化或历史语境的构成性力量"①。只有当文学被置放在历史宏大叙事的辉煌图景中时,才能发掘出那曾被遮蔽的复杂与丰富,凸显文学的饱满与质感。"任何丰厚的作品总是体现为复合的'超链接'的文本"②,这就需要我们在面对文学文本时,尽可能地返回历史现场,回到文本产生的具体历史情态中,考察历史文化等因素对文本的产生带来了哪些影响,又是如何造成的,同时,还需注意到文本在产生过程中与哪些因素发生了怎样的互动,而这些需要借助于"以史证文"的方法来完成。"以史证文",通过对史料的发掘贴近历史现场,在社会历史发展的大格局中把握细节的微妙变化,在文学文本与历史叙事的复杂张力中揭示可能被遮蔽的复杂样态。

三、"大文学"观的"大"格局

"大文学"观的确立,让现代中国语境下的文学现象从内涵到外延都获得新的调整,在更广阔的社会历史坐标中发掘更丰富的文学现象。

(1)"大文学"观突破了"为艺术而艺术"的纯粹的审美迷思,"将文学的趣味的精神魅力与之承担的社会责任、历史使命有机结合"③。"大文学"既叩问历史,亦关怀当下,重新肯定了生存主题之于文学的必要性。

"大文学"观主张以渗透了最真实的个体生命体验与观念思想的文本为探究对象,将现代中国文学对现实人生的关怀纳入社会历

---

① 汪晖. 现代中国思想的兴起:上卷第 1 部 理与物 [M]. 北京:生活·读书·新知三联书店,2004:2.
② 王纪人. 关于 20 世纪中国文学史观:兼论"文学性"与"非文学性" [J]. 学海,2002(1).
③ 李怡. 开拓中国"革命文学"研究的新空间:建构现代大文学史观 [J]. 探索与争鸣,2015(2).

史的整体格局之中,它将更博大宽广的文字纳入文学研究的视野,既不完全迁就于文字对现实人生内涵的展示,也不迷醉在"纯文学"封闭的艺术世界里,而是直指现代语境下中国式生存的根本问题。现代中国动荡、变革的时代主题决定了在这一历史语境下的中国社会仍然有太多关乎生存的问题期待解决,民族国家的建构决不是这一时期的唯一问题,而这些关乎生存的问题毫无疑问地占据了人们生活的主体,就算是民族战争与政治博弈的肃杀气息也不能掩盖日常状态的生存主题。生存不易,文学理应责无旁贷地"哀民生之多艰"。中国现代文学初期鲁迅对积贫积弱的国民灵魂的拷问,郭沫若早期以描写困窘生活为主的小说,还有茅盾、沙汀、叶紫等人笔下对社会萧条、民不聊生的文学叙述,甚至包括新感觉派的穆时英以自叙传色彩的文字诉说生存之不易。现代文学发展至中后期,战时复杂生态催生出复杂多样的文学现象,赋予现代文学更广博的社会关怀和历史品格。

面对新旧交替时代文学的千姿百态,《中国青年》的同人们表示:"中国急于需要的是富于刺激性的文学,不是那些歌舞升平,讲自然,讲情爱,安富尊荣不知人间有痛苦事的文学。……平心而论,小说月报上的东西岂是纯人生的吗?"① 尽管他们的态度和口气有些过于激烈,但其关怀现实的急切心情却仍体现了以文学介入当下的责任感和使命感。1918年下半年,周作人在提出以"个人主义的人间本位主义"为出发点的"人的文学"的同时,他还进一步提出"为人生的文学"(《平民文学》),主张"以普通的文体,写普通的思想与事实。我们不必记英雄豪杰的事迹,才子佳人的幸福,只应记载世间普通男女的悲欢成败"(《人的文学》)。

在人类漫长的精神求索之路上,围绕"文学是什么"进行的思

---

① 吴立昌. 文学的消解与反消解:中国现代文学派别论争史论 [M]. 上海:复旦大学出版社,2004:338.

索从未停止过。事实上,我们与其纠缠于"文学是什么"的本质追问,还不如深入思考:我们为什么需要文学?"文学作为人类一种重要的精神活动方式,正是用来满足人类精神需要的。人们常常把文学比喻成人类的精神食粮,这形象地说明了文学对于人类来说,并不是可有可无的。"① 当文学成为人类的一种精神需要时,它也就成就了自身存在的价值和意义。作为人类独特的生存及生命体验,"诗不只是此在的一种附带装饰,不只是一种短时的热情甚或一种激情和消遣。诗是历史的孕育基础"②。文学之于人类的意义并不会因它不能被所有的人理性认知而消失,"在天空与大地之间,文学和艺术使人的精神发达起来,提升起来,文学进而成为人类生存的一部分,甚至在某种意义上成为一种根基。人类不能没有文学,人类需要文学。文学家总是以第一次见到的目光打量世界,打量生活,从而把人类从日常的琐碎生活中提升起来,使生活充满了鲜活而生动的色彩"③。可见,文学与人生关系的言说不尽,正是文学独特的魅力所在。文学观照人生,用文学的方式记录人的生存体验,为有限的人生开辟了无限表现的可能性。

(2)"大文学"的叙述范式致力于完整细致地展示现代中国文学发生发展的原生态环境,在更丰富具体的历史细节中还原现代作家的精神世界,旨在揭开中国式生存的底色。人最基本的生存发展需求与文学的生存主题决定了中国文坛对异域文学观念和文学思潮的吸纳方式和接受程度,在"大文学"视野下重新梳理西方文学思潮对中国文学的影响,将呈现出中国文学回应西方文学思潮的独特性,这一独特性主要体现为西方文学思潮中的"纯粹"审美特质在

---

① 傅道彬. 文学是什么 [M]. 北京:北京大学出版社,2002:3.
② 海德格尔. 荷尔德林与诗的本质 [M]//孙周兴. 海德格尔选集. 上海:上海三联书店,1996:319.
③ 傅道彬. 文学是什么 [M]. 北京:北京大学出版社,2002:5.

中国被"稀释"的遭遇，并最终转化为现实中国问题的一种揭示方式。

关于五四文学的性质，曾经的盖棺定论是：以现实主义为主，兼有浪漫主义。后来这一定论逐渐遭到质疑，如俞兆平先生在《写实与浪漫》①一书中，从科学主义霸权的角度质疑了五四时期浪漫主义的发生，并认为五四浪漫主义之所以不可能发生是因为所谓的五四浪漫主义与西方浪漫主义发生了时间上的错位。但这一观点在当时并未对五四文学的现实主义性质这一定论带来较大的影响。后来也有学者，如杨春时先生意识到正是由于"现实主义""浪漫主义"等概念含混不明才导致对文学现象判断的失误。他明确指出文学史书写对五四文学性质的错误判断，就在于将现实主义和浪漫主义等作为艺术手法和风格的概念当作一种历史性的文学思潮加以理解，这就造成了文学概念与文学事实之间的矛盾，由此，他进一步指出五四文学具有开放、多元的性质特征。然而，杨春时先生却以文学现代性为标准得出五四文学不是现实主义和浪漫主义的，而是启蒙主义文学的性质。

一个多世纪以来，西学东渐、中外文化的冲突交融在中国现代文学发生发展过程中的重要作用已是不争的事实。然而，这一事实却形塑了我们对现代中国文学发生发展的理解和认知，似乎所有的文学现象只要被纳入中西文化冲突融合的框架中才具有逻辑上的合理性。当我们对外来文学的基本概念进行考辨和定位时，潜意识中弱势文化一方的心理往往忽略掉中国作家自身的体验和表达，直接诉诸异域文化的强势"输入"和"移植"，无形中简化甚至忽略了文化交融这一精神现象的复杂性。②

现代中国文学是以现实主义为主的定论直接影响了学界对中国

---

① 俞兆平. 写实与浪漫 [M]. 上海：上海三联书店，2001.
② 李怡. 中国现代文学史的叙述范式 [J]. 中国社会科学，2012（2）.

现代主义文学的研究。20世纪90年代以来，中国文学出现了一股现代主义热潮，学界从各种角度对中国现代主义进行解读和研究。比如，在现实主义、浪漫主义与现代主义的对比和现实主义与现代主义的持续论争中理解现代主义；① 从中国对西方文化的批判与传承的角度切入，认为现代主义的发生源自于西方社会和人的异化，目的旨在批判资本主义。② 还有对现代主义的文化价值观和道德取向、艺术特征等方面进行了深入探讨。③ 可以说，90年代以来学界对现代主义的研究和评价是全方位的，但如此全方位的研究仍未真正触及中国的现代主义的相关问题。诸如什么是中国的现代主义？中国有没有属于自己的现代主义？如果有的话，那么中国现代主义与西方现代主义之间有怎样的关系？这些问题在学界悬而未决的原因，正如王富仁先生所指出，学界一般情况下所说的中国现代主义文学并不是一个独立的概念，而是被"纳入到西方文学的价值体系之中"的文学。

"研究中国文学，必须有适于中国文学研究的独立概念。只有有了仅仅属于自己的独立概念，才能够表现出中国文学不同于外国文学的独立性。中国现代文学之所以至今被当作外国文学的一个影子似的存在，不是因为中国现当代文学就没有自己的独立性，而是我们概括中国现代文学现象的概念大都是在外国文学，特别是西方文学基础上建立起来的。在创作方法的范围中尤其是如此。"④

由此可知，用西方文学的批评概念来解释中国的文学现象，是无法解决中国文学自身的问题的。"概念的歧义性已经严重影响到了我们对于实际文学问题的真切把握，影响到了我们对于20世纪

---

① 相关研究者有吴昌熊、易晓明、吴志伟和王欧雯等。
② 相关研究者有殷国明、吴金涛、叶飞虹、肖明翰、陈立志和肖谊等。
③ 相关研究者有车成安、陈少华、万俊人、周文君、李维屏、刘加媚、杨向荣等。
④ 王富仁. 中国现代主义文学论：上［J］. 天津社会科学，1996（4）.

中国文学思潮的深入理解。"① 在此意义上，"大文学"观为我们提供了属于中国文学自身的阐释立场，帮助我们摆脱西方文学概念的纠缠，重新检视中国文学对西方文学思潮的回应。在"大文学"视野下重新审视中国现代主义文学，就是要着力挖掘现代中国语境下的知识分子对现代世界、人生、社会、现实的生命体验和文学感受。换言之，不管西方现代主义以何种强势的姿态进入中国，中国作家对西方现代主义的吸收决不是囫囵吞枣式的，而是根据自己对社会人生的体验和对客观世界的感知将其慢慢消化的过程。

（3）"大文学"强调具体的国家社会历史形态之于文学研究的重要性，将文学问题置放在社会历史发展的整体格局中，突破"纯文学"的狭小视野，重新衡定那些被忽略的文学现象的时代意义，将现代中国一些独特的文学现象重新纳入研究范围，透过现代作家的日记、书信和杂文所散发的思想智慧，发掘作家介入现实、对话时代的良苦用心。② 重新勘定现代作家介入现实的写作方式及其文学史意义。

中国现代文学观的形成，包含了中国作家对西方"纯文学"观念和审美自律性的接受，同时被接受的还有西方虚构的文学观。这种文学观在很大程度上促成了中国文学格局的巨大变化，小说、戏剧等虚构文学从传统文学中的边缘地带来到中心位置，并成为文学的正宗。它为中国作家呈现了与现实的真实全然不同的艺术的真实，并强调文学的内在本质是想象和情感。这种与现实产生张力的想象的文学艺术世界对中国文学带来了深远的影响，并形塑了中国作家和读者对艺术方法的判断标准。在很长一段时间里，对于文学艺术的评价总是不假思索的、非历史性的以想象性作为艺术方式的评价标准，并理所当然地认为写实性强的文学作品缺乏值得探讨的

---

① 李怡. 多重概念的歧义与中国文学"现代性"阐释的艰难 [J]. 社会科学研究，2005（5）.
② 李怡. 大文学视野下的近现代中国文学 [J]. 社会科学研究，2016（5）.

艺术价值。因此，受西方"纯文学"观的影响，以虚构性、想象性为艺术方式的评判标准势必会造成对中国现代文学现象的疏漏。

尽管现代中国作家在谈论"文学"的内涵时，大多数都会自觉不自觉地向西方"纯文学"观靠拢，然而，传统"大文学""杂文学"的意识以及文史不分家的观念依然对现代作家发生着更深层内在的影响。那些饱含人生经验、社会见闻、思想记录的写实性文字，恰恰是现代中国知识分子独具魅力的自由书写。尽管那些情感泛滥、缺乏理智的文字在作者看来只能组成七零八碎的片段，不仅文字幼稚，还毫无章法可言，如现代杂文、现代日记以及书信等文学形态早已逸出西方"纯文学"观的阐释框架。当这些文本被放置在"大文学"的视野下进行观照时就不难发现，它们不仅具有文献资料的价值，更以写实性的语言艺术呈现出个人情怀与历史趣味相融合的独特的文学景观。而这种集文献性与文学性于一体的写实性文本，不仅体现了"大文学"的文学追求，更开掘出"大文学"的另一个重要意义，即重新衡定现代中国语境下作家的创作心态和文学现象的时代意义。逐渐被澄清的诸多文学史事实表明，在现代中国尤其是在战争这种"非常态"的语境中，"心怀天下"的传统文人品格与现代知识分子历史使命感的融合，都使得现代作家无法流连于自己的私人园地，陶醉在艺术的"桃花源"里，"等待他们关怀和解决的'问题'决不只是作为'艺术'的文学"①。这就意味着，我们对于现代作家及其文学活动的考察，必须将其赖以产生的广阔而复杂的社会历史形态纳入我们的研究视野中，只有立足于具体国家历史情态的总体发展格局中，才能"将文学的阐释之旅融通于寻找历史真相之旅"②。

1926年国共联合的北伐战争，因旨在消灭军阀而被赋予了正义的色彩，为了尽早完成中国的统一大业，许多知识分子投笔从戎

---

①② 李怡. 大文学视野下的近现代中国文学 [J]. 社会科学研究, 2016 (5).

参与其中。郭沫若、谢冰莹、王思玷等作家纷纷加入北伐的队伍，怀揣着民族国家的理想、"兼济天下"的人文情怀，更带着知识分子个体对于生存境遇的焦虑和试图突破现状的努力，书房和战场成为知识分子完成使命的两个重要阵地。北伐战争的节节胜利让人欢欣鼓舞，然而鲁迅仍清醒地预感到，"庆祝和革命没有什么相干，至多不过是一种点缀。庆祝，讴歌，陶醉着革命的人们多，好自然是好的，但有时也会使革命精神转成浮滑"①，且不说军事斗争与政权更迭充斥着各种阴谋和血污，仅是军事集团内部的等级秩序，就不可能容忍知识分子最崇尚和迷恋的独立与自由。在这根利益的链条上，他们只感受到生命的浪费与挥霍，他们不可避免地陷入难以摆脱的精神困境中。谢冰莹的《从军日记》记录下了知识分子在战争中的生命体验，革命的乐观激情与战争的残酷现实纠缠着知识分子敏感的心，让他们陷入难以言说的精神煎熬中。在民族危机和灾难不断的现代中国，知识分子又怎能淡定自如、与世无争地徜徉在自己的书香世界里？正义被鲜血所稀释，理想敌不过阴谋与暗算，生命的廉价让他们痛心不已，他们只能将痛彻心扉的体验诉诸笔端，却常常在笔墨未干之时就响起了四面楚歌。这样的时代语境和生存困扰让人何以"自由"，又以何"自由"呢？

"文学作为关注人类精神生活的重要方式，最有价值的恰恰是它能够记录和展示人在不同生存境遇中的心灵变化。"② "大文学"意义上的文学表达不必拘泥于文体的定位，也不局限于艺术的真实。如当代作家阿来所说："报告文学也好，非虚构也好，不过是一体而多名"，都是"对正在发生的现实（当下）与曾经发生的现

---

① 鲁迅. 鲁迅全集（编年版）：第8卷 [M]. 北京：人民文学出版社，2014：161-162.

② 李怡. 在民国历史中重新发现现代文学：专题解说 [J]. 中山大学学报（社会科学版），2017（1）.

实（历史）中人和事的梳理，自有其雄辩与自然的力量——充满感情的，更是富于理性的"。① 换言之，对文学艺术方式的选择不必在虚构性、想象性的空间里画地为牢、自我束缚。"大文学"所强调的艺术表达方式是对个体的思想情感、生存境遇和生命体验最真切自然的表达，是有生命和灵魂的表达，文学要记录并展示生命个体在不同的历史场景和人生境遇中的心路历程。因此，在"大文学"的视野下重新审视现代作家的杂文、日记、书信等不受"纯文学"所待见的文本，不仅为我们展现出文学艺术表达的灵活多样性，即想象性与写实性艺术的融通互补；更重要的还在于，对这些文本的重新开掘能让我们触摸到更有温度的时代印迹和更鲜活真实的人生内容，有利于我们辨析"知识分子的多重精神状态与复杂的人生选择"②。

（4）现代中国的繁复历史与特殊语境孕育的"大文学"，理当涵盖更丰富、复杂的文学现象。

现代转型期的新旧、中西的杂糅、交织与撕扯，都意味着"大文学"不仅可以对逸出"纯文学"、蕴含现代人生体验的独特文本深入阐释，而且可以重新发现中国现代文学复杂的古今联系，重新审视新旧文学的对话，将"新文学"无法囊括的旧体诗、传统通俗小说等文学现象纳入考察范围。在"大文学"视野下，现代文人的传统文学创作表明，中国现代文学从未抛弃过传统的文学趣味，现代中国的文学追求包含了对中国古典文化意识的自觉承续。在此意义上，"大文学"的内涵明显比西方的文学观更具包容度。

不管曾经的新文学先驱在"文学革命"中对旧体诗词的批判是

---

① 阿来. 我对第六届鲁迅文学奖报告文学奖项的三个疑问 [M] //陈思广. 阿来研究：第 2 辑. 成都：四川大学出版社，2015：5.
② 李怡. 国家与革命：大文学视野下的郭沫若思想转变 [J]. 学术月刊，2015（2）.

委婉言说还是毫不留情,也不论他们对旧体诗词是真心排斥还是出于策略层面的考量,都无法遮蔽旧体诗词在现代中国语境下鲜活、真实的存在。自"文学革命"以来,新文学先驱不乏对旧体诗词不留情面的针砭,并以此助推对"新文学"的积极倡导。然而,在现代中国的时代语境下,新文学家们一面将旧体诗词视若敝屣,对其不遗余力地批判;另一面又乐此不疲地在旧体诗词的园地里耕耘,借此鲜活灵动地记录下他们的心路历程。为何旧体诗词在现代中国的时代语境中还能如此受欢迎,为何生活在现代语境下的中国文人对旧体诗词表现出在观念上的排斥而在日常生活中又无法割舍的矛盾心态?或许对于肩负太多重任的他们而言,旧体诗词少了一份理性的、功利的顾虑,看似随意、不够严肃,实则恰恰体现了这些现代文人对旧体诗词的偏爱,同时也"是他们在特定环境与心境中赋予了这一'历史的遗骸'予生命力"①。正是这文学观念与创作行为的矛盾现象呈现出的张力恰恰显示出现代语境中这一独特存在的文学史价值。

中国传统文学中的"文""文学""文章""文辞"等概念都曾在不同的时代与现代意义上的"文学"发生关联。在关于文学的众多论述中,这些观点思想的新旧共存,传统与现代,中国与西方的理念交织缠绕,构成了民国众声喧哗的文学话语环境。传统的"杂文学""大文学"观在现代作家的心中或潜意识中仍占有一席之地,不会因为对西方"纯文学"的强调就抹杀了传统"杂文学""大文学"思想的痕迹,亦如有学者指出的,现代文学的经验带着"中国古典文学的修养和基础的积淀","进入到现代白话文学的时

---

① 李怡. 十五年来中国现代诗歌研究之断想 [J]. 中国现代文学研究丛刊, 1995 (1).

代"。① 在此意义上,"大文学"观可以为我们提供这样的研究启示,将鲁迅有关革命、政治、哲学等方面的思考纳入将鲁迅作为文学存在主体这一层面进行考察,他们投射在文化历史之上的身影早已逸出文学的范围,他们对社会历史文化方方面面的思考,都可以构成其作为文学存在主体的精神密码。而不是通过诸如"伟大的思想家、文学家、革命家"这一类看似经典的概括实则笨拙的加法,将现代作家最为丰富的精神现象进行简化,从而失去了对鲁迅文化意义和历史价值的有效认知。再比如研究郭沫若的精神世界及思想发展脉络,那么,他的历史研究、考古研究,他的旧体诗词写作,他的现代文学创作及其相互关系,都是无法绕开的话题。以这样的逻辑,我们还可以追寻到何其芳、沈从文、张爱玲、钱锺书等作家的相关研究,他们的文学功绩既体现在他们的文学创作及其写作行为上,同时也体现在文学之外的其他社会人生领域中。正如茅盾回忆自己最初走上文学道路时所说:"恐怕也有不少像我这样,从魏晋小品、齐梁词赋的梦游世界里伸出头来,睁圆了眼睛大吃一惊的,是读到了苦苦追求人生意义的俄罗斯文学。"②

在中国现代文学发生发展的过程中,亦新亦旧亦中亦西的各类复杂的文学话语和文学现象,召唤着"大文学"这样更具包容度、对话意识和本土特色的文学观的出现。

---

① 李怡. 命运共同体的文学表述:两岸华文文学视野中的"民国文学" [J]. 社会科学研究, 2013 (6).
② 茅盾. 契诃夫的世界意义 [J]. 世界文学, 1960 (1).

第五章

从乱世民国到战争民国：现代中国文学在"大文学"格局中持续发展

前述种种，都可以说是中国现代作家在民国年间所遭遇的生存问题，正是这些来自生存环境的困扰让"纯粹"的文学之梦常常不得不停留于梦想，而对"文学之外"的种种问题的关注最终便成为人们精神世界的重大考量，这便让我们的文学扩大了边界，扩充了内涵，在一个更"大"且"杂"的格局中生长起来。不仅如此，整个现代中国文学的发展，都被置放在一个不断打破"纯粹文学之梦"的社会历史当中，从内乱到外患，从乱世民国到战争民国，文学真正是获得了不断扩展不断扩大的特殊的精神空间，最终构成了百年以致更长时段的历史品格。如果说作为个人遭遇的"非文学"境遇还多少令人倍感无奈，那么作为社会历史的"大文学"形塑则最后锻造了中国文学的个性，值得我们认真总结。

一、乱世民国的"文学"基因

（一）民国开创时期的国家社会生态

民国时期是近代中国政治变革和文化转型的重要历史阶段，这一时期中国现代文学的发展是在相当多外部因素的共同影响与交互作用下产生的，而不是单纯依靠文学艺术的内部因素如内容、形式、结构、主题等自足发展成熟起来的。由此，在"杂文学—大文学"的视野下重新探讨中国现代文学及文化的相关议题，离不开对乱世民国这段特殊的历史时期中，政治、经济、社会、文化等文学周边因素对于文学本身的影响形塑作用的关注。对于宏观化的民国史观的建立与细节化的民国历史的考证，是为我们研究在这一特定历史时期发展成熟的中国现代文学及文化现象提供必要的准备，让我们对于文学问题的考察能够在更为真实而丰富的历史语境基础上展开。

重新审视民国开创时期的国家社会生态，我们在一般意义上的历史论述中常见的关于清王朝覆灭以及中华民国成立历史进程的描述，大致是这样的一个过程：1911年10月，武昌起义爆发后，湖北以外如湖南、江西、山西、云南等各地多省纷纷响应，先后宣布脱离清廷"独立"，清政府的专制统治国家政权已经摇摇欲坠，新的革命政权亟待建设。随后，起义十七省份代表集会南京商议组织中央政府，并在会上以十六票的绝对优势选定孙中山作为中华民国临时大总统，南京临时政府成立。1912年1月1日，孙中山就职南京临时政府临时大总统，并以当日为中华民国元年元月元日。随后三日内，临时参议院及军事、司法、教育、财政等各部内阁组织就绪。同年3月11日，《临时约法》拟定完成并由孙中山以临时大总统政治权力身份公布，确认为中华民国之根本大法，由此，中华民国临时政府基本组织完成。然而，中华民国成立与南京临时政府建立，在事实上经历了颇为曲折而繁杂的历史过程，时间褶皱中夹带着许多丰富而复杂的历史细节，这是在一般的年表纪事性史书与历史教科书中难以清晰体现的。正如有学者指出的那样，我们"对于辛亥政权鼎革的历史进程的认识，某种程度上还是一本糊涂账的乱象"①。所谓的"乱象"涉及国家政治、经济、社会、文化等不同层次的问题。事实上，从清末到民初国家政权的更迭自然不是"武昌城头一声炮响"就完成了推翻帝制并建立民主共和国家制度的历史任务，这其中存在着非常丰富的历史问题，而观察这些历史细节背后的歧见和本相，有助于我们理解中国现代文学发生与发展的乱世气象。

在武昌起义爆发后，各省先后响应而独立于清廷统治，然"宗旨虽同，机关互异，当事者以对内对外之不可不亟谋统一也，乃往返电商，筹议组织"②，也就是说，最初自发响应革命的各省在清末时

---

① 桑兵. 历史的本色：晚清民国的政治、社会与文化［M］. 桂林：广西师范大学出版社，2016：175.
② 平佚. 临时政府成立记［M］//中国史学会. 中国近代史资料丛刊：辛亥革命（八）. 上海：上海人民出版社，2000：4.

期政治制度各有差异。而各省代表从四面八方聚集到沪后，在上海设置临时会议机关，后以武昌为民国中央军政府，再到汉口英租界集会，直至最终决议以南京为临时政府选址，经历了从地域空间和政治制度上的分散和差异转变到凝聚和统一，这是具有历时性和共时性的动态历史过程。除此之外，关于清廷移交统治权及清帝退位的时间和民国优待清室的条件，也是政权更迭中历史细节复杂性的重要表现。上海设置临时外交政府及临时国会召集的时期，各省份代表最初提议让清朝皇室移交国家政权统治权力，然而值得注意的是，这其中虽然包括各省各派系人士，却也包括代表江苏省的清末时期立宪派代表人物张謇。这种参与推翻清室统治集会的行为，与其和清末革命派关于现代政党形式的认识论争之中，所表达的"民人结作一党，而反抗君主之权，以强逼君主，是革命党耳，非我所致政党也。革命党本以颠覆政府为志"①，已经出现了微妙的转变。而早期革命党人关于中国同盟会、中华革命党等秘密结党组织的认识，与后期孙中山建立的具有政党性质的中国国民党并未能完全实现其所共同认识的"政党"的组织形态②，都在说明民国政权的巩固与国家建立初期，社会各派系力量对"党"的认识是不断变化又自相参差的混沌状态。

尽管 1912 年后，中华民国的建立及《临时约法》的出台已标志着中华民国临时政府基本组织完成，即意味着清帝已经在事实上失去了国家政权的统治权。然而在清廷方面，清帝仍然坚持与民国政府交涉并设法争取于自己有利的条件，并直到距离民国建立已有一月有余的民国元年二月十二日，也就是宣统三年十二月二十五日，才正式发布隆裕太后的懿旨："前以大局阽危，兆民困苦，特

---

① 中华书局编辑部. 中国近代期刊丛刊：强学报·时务报·2 [M]. 北京：中华书局，1991：1 147.

② 王奇生. 党员、党权与党争：1924—1949 年中国国民党的组织形态（修订增补本）[M]. 北京：华文出版社，2010.

饬内阁与民军商酌优待皇室各条件，以期和平解决。兹据覆奏，民军所开优礼条件，于宗庙陵寝永远奉祀、先皇陵制如旧妥修各节，均已一律担承；皇帝但卸政权，不废尊号。"① 此时清方公布的"清室优待条件"甲八条第一款内容即为"大清皇帝辞位之后，尊号仍存不废，中华民国以待各外国君主之礼相待"②，且条款名目全部以"大清皇帝辞位之后"为开头，一律将清政权的覆灭用"辞位"名目来替代。而且，条款规定民国不仅要负担政府及相关国家机器的运转经费，而且要全权承担退位后清帝的生活费用、沿用侍卫的劳务、前皇陵制的修缮以及旧制典礼等费用，我们可以看一下摘录出来的几款条件内容：

> 第二款：大清皇帝辞位之后，岁费四百万两，俟改铸新币后改为四百万元，此款由中华民国拨用。
> 第三款：大清皇帝辞位之后，暂居宫禁，日后移居颐和园，侍卫人等照旧留用。
> 第五款：德宗崇陵未完工程如制妥修，其奉安典礼仍如旧制，所有实用经费均由中华民国支出。
> 第七款：大清皇帝辞位之后，其原有之私产由中华民国特别保护。③

尽管中国古时历朝历代建立新的国家政权以后，都会善待前朝遗君或保护前朝皇室的陵墓，来为自己的王朝统治博取宽厚与仁义

---

① 故宫档案馆. 关于南北议和的清方档案［M］//中国史学会. 中国近代史资料丛刊：辛亥革命（八）. 上海：上海人民出版社，上海书店出版社，2000：184.

②③ 故宫档案馆. 关于南北议和的清方档案［M］//中国史学会. 中国近代史资料丛刊：辛亥革命（八）. 上海：上海人民出版社，上海书店出版社，2000：185.

的声名。但是将前朝未修完的陵墓继续修整完毕,并且延续其奉安典礼及承担与之相关的全部费用,这样的政策几乎在中国历史上罕见,我们甚至可以从中解读出一种对于新政权政治稳固与否的信心不足。

尤其值得注意的是,清廷在已经确定丧失统治权的最后关头,仍然想方设法在公开声明中表现一种"让贤"和"逊位"的姿态,试图在社会舆论中营造清王朝仍然在政权更迭的历史进程中掌握了绝对主动权的幻象。这种态度使得曾被清廷授予内阁总理大臣的袁世凯在二月十五日被选为临时大总统后的政局,似乎带有了叶圣陶所言"待命于清帝"①的色彩。此后几年袁世凯相继导演宋案、解散国民党与国会乃至于伪造民意、接收帝制,都是在努力将自己的权力来源与清廷帝制建立某种政治合法性。更不用说此后张勋等拥护宣统复辟帝制,以及从南北议和到南北分裂的国家地域空间及政治势力的角力,都不断在提醒我们几个事实:第一,民国元年清廷方面强调"尊号"不废而只交政权,而直至民国十三年时,清帝才真正永远废止其皇帝尊号。也就是说,中华民国国家政权的建立是两种势力此消彼长争夺政治权力空间的过程。第二,民国初期的政治变革有着社会历史进步的必然性。尽管民国初建时期仍然没有建立绝对的政权稳定性,但是帝制的复辟已是倒行逆施,不具备民意支持。第三,不可忽视的是,民国的确取代了自秦以来两千余年的"帝制",突破中国古代社会王朝专制的更替制度,也撼动了在传统社会占有绝对权威的皇权体制,在制度和思想层面,酝酿了新的"民主共和"党治体制。近代中国关于现代国家观念的形成,与国家性质的变化即从皇权专制国家转变为民主宪政国家,也是密不可分的。

---

① 叶至善,叶至美,叶至诚. 叶圣陶集·第19卷 [M]. 南京:江苏教育出版社,1994:96.

从清帝国到中华民国的转型，使得专制国家观念的崇高性和神圣性减弱。在现代民族国家观念中，国家在宪法规约下限定和规范公民社会秩序，个体的"人"逐渐脱离传统家族、礼教、宗法以及阶级的限缩，这就为个体的精神和思想世界，即文学与文化空间的延展与开拓提供了可能，也为中国现代文学的发生和发展打开了局面。

（二）军阀混战时期文化教育的"乱世"发展

1925年中华民国国民政府成立，历时三年北伐成功，推翻自1912年3月袁世凯就任中华民国临时大总统后由北洋军阀统治的北京政权，自此，南京国民政府正式获得国际认可，并被确立为中华民国政府。由此不难看出，在民国建立后的很长一段时间，国家政权仍然处于并不十分稳固的状态之中。自清末洋务运动时期至民初北洋时期，不仅经历了国家政府的兴废和社会形态的波动，同时也伴随着政府财政、货币制度、居民收入等经济状况方面的动荡，更在教育制度、文化政策、文学环境等方面经历着秩序的混乱和重振。

重新审视中国古代历史进程，乱世时期的文学基因似乎都不如民国时期如此显性。如明太祖朱元璋推翻蒙元异族建立明朝，在官吏选拔及教育制度方面制定了科举八股取士的思想文化政策，而实质上在明王朝政权中起到思想导向的决定作用的是与佛教净土宗中的弥勒教、白莲教两种宗教教义结合而产生的明教教义。又如，1840年鸦片战争后，洪秀全等人组织领导反清农民起义太平天国运动，在教育政策方面实行政教合一，礼拜堂兼有学校和教堂的作用，而教育内容也以太平天国宗教教义为主。在文化政策方面对儒家经典进行否定与批判，并实行全面禁书、禁戏、禁人物画和民歌，刊印太平天国编著书刊并改革考试内容为太平天国相关文献。仔细辨析可以发现，太平天国是借由文学的形式，本质上仍然是

"宗教"基因在巩固国家政权方面起着决定作用。反观清末民初时期，特别是北洋军阀统治时期，虽然基督教、佛教、伊斯兰教三大宗教的兴衰与北洋时期的中国政治有密切关系，但国家机器对于社会文化及文学环境的干预仍频繁出现，北洋政府末期的文艺政策的确相当紧张，不过此时的文化政策与言论空间与国民政府北伐后相比，仍然要宽松得多。此阶段以发行于上海的全国第一大报《申报》等为代表的中国现代报纸期刊，作为社会各界公共舆论的载体，在事实上打开了公共话语空间和政治言论自由。以 1915 年创刊的《新青年》杂志为例，其创刊地址在上海法租界这一北洋政府法律管束之外的特殊地域空间，享有一定程度的自由权。然而，当其第八卷第六号在排版之前被法租界巡捕房查处时，受到的处罚仅是罚款并禁止在上海印刷，于是该期杂志移至广州重新出版。因此，我们可以看到，北洋时期军阀混战中萌生的五四新文化运动及其期刊报纸等重要文学宣传媒介，在这一时期的生存空间并不算恶劣，甚至可以说，正是这种混乱的特殊时代为思想文化的革新与发扬提供了契机。

纵观清末民初时期教育体制革新，自洋务运动时期，新式学堂已经在社会各地出现，然而因数量有限且地域分散，并未实现系统的课程教学体系。从清末新政时期起，清政府吸取近代以来习得西方教育的系统性成果，拟仿照西式学制系统模式来制定新学制。1903 年出现的"癸卯学制"是在前一年制定而未能实施的"壬寅学制"的基础上，重新拟定并细化的教学制度。次年，在此基础上清政府公布了以张之洞等人主持并重新拟定的系列学制文件，包含各级各类学堂的性质、规范和教学内容，统称为《奏定学堂章程》①，该章程基本上成为近代中国由中央政府颁布并得以施行的全国性的现代意义上的学制系统。尤其值得注意的是，国家教育理念的完善不仅在于新式学制的制定，而且也表现在开放"女禁"，使得女子可以入学堂

---

① 孙培青. 中国教育史 [M]. 上海：华东师范大学出版社，2000：344.

接受国家正规教育。戊戌政变失败后，近代第一所国人创办的女子学堂经式女学被勒令停办，而在"癸卯学制"得以颁布和普遍实行以后，全国各地各级各类女子学校也相继出现，虽然《奏定学堂章程》颁布后禁办女子学堂的限制回潮，兴办女学和逐步开放女子学堂教育已经成为不可忤逆的时代潮流。然而，新式学制并不是在旧式学制废除以后建立的。新式学制的建立过程，就伴随着旧时科举制度的逐步废除。从八股考试形式的取消，到科举考试内容的改善，最终清政府于1906年废止了自隋代以来即实行了近1 300年的科举取士制度。虽然在科举废除之后，清末民初的社会人士中仍然不断有声音提倡改造与恢复旧制，新的教育行政体制颁布后的落实情况还是相对乐观的，在1909年即已基本实现全国新式学堂的分级分类分科以及学校招生的稳步扩大，如表5－1所示。①

表5－1　1909年新式学堂的划分与规模

学校类别		校数	学生数	学校类别		校数	学生数	学校类别		校数	学生数
初等小学堂		44 558	1 170 852	高等学堂		21	3 387	工业实业学堂	初等	47	2 558
两等小学堂*		3 487	199 018	大学堂		2	549		中等	10	1 141
高等小学堂		2 038	111 519	专门学堂	文科	17	1 983		高等	7	1 136
中学堂		438	38 881		理科	3	211	商业实业学堂	初等	17	751
师范学堂	初级 完全科	91	8 358		法科	46	11 688		中等	10	973
	初级 简易科	112	7 195		医科	8	336		高等	1	24
	优级 完全科	8	1 504		艺术	7	485	实业预科**		67	4 038
	优级 选科	14	3 154	农业实业学堂	初等	59	2 272	其他类	蒙养院	92	2 662
	优级 专修科	8	691		中等	31	3 226		半日校	966	25 251
传习所讲习科		182	7 670		高等	6	530		女学堂	298	13 489

注：*指初等小学堂和高等小学堂合并设立的学堂；**包括实业预科和其他一些实业学堂。

通过上表5－1，我们基本可以很清晰地看出新式学堂已经在学校类别方面形成了大小学堂的差异性教学和工农商业学堂及其他学

---

① 孙培青．中国教育史［M］．上海：华东师范大学出版社，2000：348．

堂的划分，在每种实业学堂内部均有初等、中等、高等的分别，而且专设师范学堂和专门学堂，已经初步具备现代学科划分的雏形。从学校数量和学生数量上来看，中小学堂的学校数及学生数占据绝对比例，专门学堂中法科的学校数和学生比例最高，其次就是文科，为此后文学的学科地位得到提升和确认做了必要的准备。尤其是其他实业预科类中的女学堂已经达到 298 所学校和 13 489 人次，充分说明兴办女学在清末民初已经初具规模。这自然为从清末过渡至民国时期的知识分子教育及女性文人教育起到了重要的作用，中国近代教育史上第一位女大学校长杨荫榆，也正是在清末新政学制改革时期的务本女子学校就读。

　　正是在这一阶段，近代中国留学教育出现了勃兴。在清末新政的刺激下，晚清政府鼓励知识学生出国留学。根据相关文献材料显示，1901 年 12 月调查表明，在日留学生共 280 余名，而次年则已经翻倍。而"1904 年以后，留日学生年年增加；是年年初就有三至四千学生在日本……1906 年是留日学生人数最多的一年，共达一万三四千或二万名之谱"①。如民初军事将领蔡锷、北洋政客章宗祥、曹汝霖等，及新文化运动的早期领导者陈独秀及现代文学著名作家鲁迅也正是在此时留学日本的。至于五四时期，同为早期留日学生的陈独秀与章宗祥、曹汝霖等军阀政客因政见分歧而走向决裂，这又是后话了。近代留美学生最初始于清王朝留美幼童计划，而至于留学欧美社会潮流的勃兴，则是于 1908 年美国国会通过议案决议逐年退还《辛丑条约》时的庚子赔款之后。美国与清政府达成协议，所退庚款用于发展留美教育，美国政府此举是意图使得中国留日狂潮有所转向。虽然留日学生在 1906 年后的确有所减少，但是在数量上仍远远高于留美学生。庚款留美计划一共先后选派三

---

① 实藤惠秀. 中国人留学日本史 [M]. 谭汝谦，林启彦，译. 北京：生活·读书·新知三联书店，1983：36.

批次，实际数字为 1909 年第一批 47 名，1910 年第二批 70 名，1911 年第三批 73 名①。其中清华大学校长、台湾清华大学创始人梅贻琦就是 1909 年第一批庚款留美学生之一，1910 年第二批庚子赔款留学考试中，语言学家赵元任考取了官费留美学生第二名，胡适也于此次考试中名列第五十五。女性学生出国留学成为继进入正规学堂教育后又一进步现象，前文提及的北京女子师范大学校长杨荫榆，也是留日与留美两次知识青年留学热潮中的重要参与者。而且，其青年时期在东京女子高师修习的是"理科"，则更为留日女学生中的少数派②，此后的女师大风潮及杨荫榆的校长任免问题，也是国民政府时期教育秩序混乱无序的佐证，留待后文详述。

随着西洋与东洋思想高下的论争和留学风潮对于知识学生的争夺，留日与留美"海归"回国后的经济待遇也出现了差异和分化，曾有学者指出："大约从二十年代起，英美留学生逐渐取得一些思想学术的优势。于是有所谓'镀金'的英美留学生和'镀银'的日本留学生，两者在很多方面的待遇开始出现差异，且日渐明显。"③ 这就暗示着留学热潮后社会思想和知识阶层的分化与动荡，也为 20 世纪 20 年代后的社会文化走向趋势提供了注脚。自 1916 年蔡元培就任北京大学校长以后，聘任胡适、陈独秀、鲁迅等有海外学习背景和经历的学者进入学校体制中。由此，可以毫不夸张地说，1906 年前后清末官派和民间自费留学日本、1908 年前后留学欧美两大高潮为中国文学及文化启蒙的早期力量提供了身份认同与思想变革的场域。也正是前述新式教育体制的建立和留学理念的革

---

① 比勒. 中国留美学生史 [M]. 张艳, 译. 张猛, 校订. 北京：生活·读书·新知三联书店, 2010：73.
② 孙石月. 中国近代女子留学史 [M]. 北京：中国和平出版社, 1995：104.
③ 罗志田. 序言 [M] // 比勒. 中国留美学生史. 张艳, 译. 张猛, 校订. 北京：生活·读书·新知三联书店, 2010.

新，为现代大学教育的产生和新文学发生做了必要的准备，大学师生不仅扮演着新文学生产群体的角色，同时也是新文学的接受群体，这种由此而建立的"大学文学"① 模式为五四以后新文化的传播和发展推波助澜。

（三）民国社会秩序的混乱与重整

北洋政府统治阶段自 1912 年袁世凯时期至 1925 年临时执政时期，经历了内阁纠纷更替与政局的动荡混乱，政府政策法令的完善与修正，地方机构的设置与制度的制定，社会各党派社团的兴废活动，以及宋案、府院之争、复辟帝制等各种重大历史事件和问题的绞缠，让这十余年的历史档案变得格外厚重。1925 年 7 月，中华民国国民政府就是在这样复杂倥偬的政局与战局下，在广州宣告成立，与北洋军阀统治政府分庭抗礼。次年，国民革命军北伐战争过程中，以汪精卫为核心的武汉国民政府、以蒋介石为核心的南京国民政府与北洋政府互相牵制，形成政治权力的三足鼎立。可以说，从辛亥革命开始，民国的国家政治最高权力一直在乱世之中处于分裂和撕扯的状态，经历了国民政府建立后社会秩序重整的缓慢过程，直至共和国时期，这种特殊时代的混沌局面才真正得以结束。我们在对民国复杂社会生态的理性认识与把握的基础上，可以重新去审视传统文学史及文学研究的方法与逻辑，文学生产者身份的多重、文学写作方式的多元、文学形态的多样化等文学问题与文化现象，可以得到更为恰切和丰富的阐释。

1924 年北京政变后，在奉系军阀与冯玉祥国民军等各派军阀的联合辖制之下，段祺瑞就任执政北洋政府，临时执政并无实际上对嫡系军队的控制权，因而也难以有强力政治实权。1926 年，在

---

① 刘忠. 学校、社团与期刊的互动共生：论新文学的生产传播与文脉制衡 [J]. 中山大学学报（社会科学版），2015（6）.

矛盾重重、岌岌可危的段祺瑞政府时期，发生了文化及文学领域难以忽视的重要事件，即被鲁迅称为"民国以来最黑暗的一天"① 的"三一八"女师大事件。孙中山在为中华民国积极推进国民会议的时候病发入院，段政府趁此时机召开善后会议，北京各学校、社团的数千名学生及民众在国务院门前集结向政府抗议请愿，矛盾冲突激化时政府卫队向游行群众开枪，致包含北京女子师范大学学生刘和珍、杨德群等在内的 47 人当场死亡。鲁迅、周作人、徐志摩、刘半农、钱玄同、徐祖正等中国现代文学作家学人都在事件发生后发表散文、评论、译作等，以文学的方式向政府及相关人士发声谴责。这其中背负骂名最为集中的应属当时女师大校长杨荫榆，鲁迅笔下的她"依附北洋军阀，肆意压迫学生，是当时推行帝国主义和封建主义奴化教育的代表人物之一。在一九二五年女师大学生反杨风潮中，她于五月九日无理开除学生自治会职员六人……"②，这段《鲁迅全集》中的注释成就了杨荫榆"奴化教育"帮凶的沉重定性与"上海洋场上恶虔婆"的卑琐形象。而时任执政府秘书长与教育总长的章士钊因公开支持刚刚辞任女师大校长的杨荫榆，也得到"开倒车者"和"落水狗"的评语。鲁迅在《无花的蔷薇之三》里面写道，"北京的留言报，是从袁世凯称帝，张勋复辟，章士钊'整顿学风'以还，一脉相传，历来如此的。现在自然也如此"③，有意将其"整顿学风"与民国前期两次复辟帝制并置加以批判。倘若我们带着对民国历史多重面貌复杂性的认识重新回望这段文学事

---

① 鲁迅. 无花的蔷薇之二 [M] //鲁迅. 鲁迅全集：第三卷. 北京：人民文学出版社，1981：265.
② 鲁迅. 论"费厄泼赖"应该缓行 [M] //鲁迅. 鲁迅全集：第一卷. 北京：人民文学出版社，1981：279.
③ 鲁迅. 无花的蔷薇之三 [M] //鲁迅. 鲁迅全集：第三卷. 北京：人民文学出版社，1981：287.

件，首先需要注意的是，此时段的北京女子师范大学的特殊性。北大自 1925 年即已宣布脱离教育部而从北洋财政总长李思浩处直接领取教育经费①，而女师大在政策与资金方面仍然完全受制于北洋政府教育部。因此学生将杨荫榆压制"驱杨运动"，以学校评议会名义开除包括刘和珍、许广平在内的干事学籍，明令停办女师大等事件将间接等同于政府意志。杨、章等人作为政府体制内的公职人员，其思想行为天然与北洋政府及教育部紧密联系在一起，然而在政治意识形态的掩盖之下，他们也同样具有民国知识分子的个人主观能动性与思想判断能力，却在这场轰轰烈烈的政治事件及其负面社会影响中被遮蔽与沉默。

在传统文学史上常见关于进步和守旧思想观念的二元对立划分，以五四为例，进步派取得决定性胜利，进而对传统派或守旧派进行摧枯拉朽般的打击的这种文学史描述方式具有相当话语权。倘若我们回归民国历史的复杂细节，就不难发现此番如军事斗争一般必然存在战胜方与战败方之间不可调和的矛盾的历史描述，是不够准确的。就杨荫榆而言，虽然有着少数支持和理解的声音，但大部分仍因其校长在任期的作为而称其为政府压制学生的帮凶。如许广平在 1925 年 3 月 11 日致鲁迅的第一封信中写道："做女校长的，如其却有谋该校教育发展的干材的伟大教育高见，及其年来经过成绩，何妨公开的布告，而乃'昏暮乞怜，丑态百出，喷喷在人耳口'。呜呼！中国教育之前途。但是女校长或者因环境种种关系，支配了她不能不如此！"② 杨荫榆就任后实行整顿学校风气政策，

---

① 邹小站. 北大脱离教育部之索隐[M]//邹小站. 章士钊社会政治思想研究（1903—1927 年）. 长沙：湖南教育出版社，2001：284.（原载于 1925 年 9 月 20 日《申报》）

② 鲁迅，景宋. 两地书·原信：鲁迅与许广平往来书信集[M]. 北京：中国青年出版社，2005：1-2.

以封建家长式管理手段限制学生思想及行动的自由，在政治混乱的社会状态下，其维稳的初衷与用心未必是坏的，但由于处理方式滞后于时代新思想和新风气，在学生和教师群体中难以得到认可，收效相当糟糕。由此，在女师大事件中，杨荫榆在某种程度上成为北洋政府教育部的替罪羊，承受着学生和文人的抨击与批判。辞任女校长之后，杨荫榆回到苏州故乡，先后在苏州女子中学、中央大学区立民众教育学院、东吴大学等任教，并继续创办女子学术研究所。抗战爆发后，杨荫榆抗拒接受伪职，在日本军队强掳妇女时为她们提供保护并严词斥责日本军官，其侄女杨绛在《回忆我的姑母》一文中记述到，杨荫榆于1938年1月1日被日本兵枪击并抛入河中身亡。就章士钊而言，其受到以鲁迅为代表的五四新文学作家批判，还有一个重要的原因就在于其创办的《甲寅》周刊与新文化重要纸质媒体阵营《新青年》杂志立场相左。《新青年》是民营资本支持在先，而后转为具有民间立场的同人杂志，《甲寅》周刊则是具有北洋政府教育总长身份的章士钊所创办，以这两种杂志为核心的文人群体之间的论争似乎是民间与官方的对立。然而，事实上的《甲寅》周刊不过带有政府官方身份而并没有官方名目之实在。更值得注意的是，《新青年》杂志所谓革命派的思想资源大都来源于所谓保守派的《甲寅》周刊，且两种杂志的写作者交往密切或甚至就是同一批人，其文章中表达的思想观点也具有相似性和连贯性。以章士钊在《甲寅》周刊第38期的《论业治》篇为例，文中章士钊表达出对于基尔特社会主义制度的向往，与共产主义者支持的苏维埃式社会主义有着相似的社会理念，但在采取调和还是斗争的方式来解决阶级矛盾问题方面，存在着根本差异。由此，不难看出章士钊与胡适、鲁迅、周作人等人的碰撞与交锋，其思想舆论的真实格局是民国众声喧哗中的各执一词，而并非传统认识中新文化势力的绝对压制和绝对胜利。1927年，曾组织"三一八"学生民主运动与游行集会的共产党人李大钊遭到奉系军阀的逮捕,章士钊与杨度等人四处奔走为营救李大钊而努力,可惜最终并未能如愿成功营救。1932年,新文化运动的先驱者陈独秀最末一次在上海被捕,受到国民党法院以"危害民国紧急治罪法"加以审判,章士钊为其辩护:"反国民党不反国家,何危害民国是可言乎?"① 无论是抗日殉国的杨荫榆,还是为营救组织学生民主运动的共产党人而与奉系军阀竭力交涉,为拯救政见不一的革命者而与国民党政权正面冲突的章士钊,从他们身上,民国乱世熏风中知识分子的精神状态与精神境界可见一斑。

中国新文学发展至中后期,正值中国政治局势动荡、社会秩序混乱的时期,许多现代文学及文化现象的出现均与此时段战争的频发有着密切关系。北洋军阀时期尤其是1926年7月广州国民革命军誓师北上至1928年12月奉系军阀宣布服从南京国民政府期间,大批新文学作家先后向南方各地迁移。北伐战争与作家南迁问题对中国现代文学的历史发展产生了重要的影响作用,而这在传统文学史著的研究成果中,似乎并未得到充分的分析与说明。鲁迅在教育部任职期间,经历袁世凯称帝、段祺瑞专权、冯玉祥北京政变等社会变革,都没有离开北京。在北伐战争爆发不足1个月的时候,即辞去教育部的工作与许广平乘车南下,自天津经南京、上海后,乘船抵达厦门至厦门大学任教。1927年初,转赴广州与许广平会合,并任中山大学中文系教授。1927年广州"四一五"事变发生,鲁迅积极集会并营救被捕学生失败后,辞去中山大学中文系教职,为躲避其被捕学生共产党身份的连带嫌疑,暂居白云楼上整理书稿,9月离开广州转至上海,自称:"我是在二七年被血吓得目瞪口呆,

---

① 何济翔. 章士钊为陈独秀作辩护人 [M] //顾国华. 文坛杂忆·全编二. 上海:上海书店出版社,2015:216.

离开广东的。"① 梁实秋、闻一多、胡适、徐志摩、沈从文等知名新文学作家学者，也纷纷在这一时期选择离京南下。迁港作家学者司马长风认为大批新文学作家南迁的原因大致有以下几个方面："政府拖欠薪水，经济生活陷于困境"，"北洋政府禁售新文学作品"，"老虎总长反对新文学"，"连续发生政治血案"②，等等，其中第三个方面指涉的即是教育总长章士钊及女师大校长杨荫榆在学生民主运动期间的立场和行为，此中复杂面向在前文论述中已经加以分析和阐释。第四个方面在传统文学史著中也多少有所涉及，自然无需赘言。而前两个方面可谓是文人南迁浪潮的核心原因，我们不妨回顾这一时期民国历史及社会相关细节，重新思考文人逃难与躲避影响背后的原因。

在北洋政府经济政策对文人薪酬及生活状况的影响方面，北洋政府从1917年开始出现公债发行的管理问题，但在这一时期北洋政府的借债中仍然有20%左右应用于交通事业、教育事业和铁路建设等方面。随着军阀割据与军阀混战的加剧，北洋政府财政出现入不敷出、常年亏空的问题。由于财政收支出现错位，北洋政府不得不通过不断改革税务政策提高田赋、盐、海关等税制收入来增加政府资金的回流，以海关进出口为例，1919年至1926年间呈持续上升趋势，关税收入逐年增加，但进口税与出口税之间及外货进口总值与国货出口总值之间的差距均愈拉愈大。换言之，尽管不断提高关税，却在事实上增加了国外货物的进口量，实际上对于国内民族工商业产品并未能起到保护作用。段祺瑞时期举借外债填补政府财政空缺主要应用于军费开支，相关调查研究表示1912年军费支出占据北洋政府财政的比重是33.87%，至北伐前期1925年已经增加

---

① 鲁迅. 三闲集·序言 [M] //鲁迅. 鲁迅全集：第四卷. 北京：人民文学出版社，1981：4.
② 司马长风. 中国新文学史·上 [M]. 香港：昭明出版社，1975：248-253.

到 45.93%，各省军费支出的比例多数超过 80%，加以偿还外债和清偿清政府时期遗留债务超过 30% 的比重，军事及债务占据政府财政支出的 80% 左右甚至更高①。由 1913 年至 1925 年 12 年间北洋政府政务费用实际支出的波动情况可知，1913 年至 1918 年间教育部经费呈现非常不稳定的变化状态，曾于 1916 年激增至 1 200 万，比前年的经费支出增加 900 万有余，却又于次年跌至 270 万。自 1919 年至 1925 年间，教育部所管理支出的金额基本上呈现逐年增长的相对稳定状态，但是在政务费用所包含的各个部分中，仍然与司法部、农商部等共同处于支出最少的三两个部门，见表 5 – 2。②

表 5 – 2　政务费实支表

单位：元

年份	政务费总计	外交部经费	内务部经费	财政部经费	教育部经费	司法部经费	农商部经费	交通部经费
1913*	168 750 557	4 306 333	43 882 009	91 175 387	6 908 850	15 042 137	6 043 121	1 392 720
1914	114 993 256	4 229 529	42 672 290	53 343 977	3 276 904	7 258 459	2 276 537	1 935 560
1916	173 381 429	4 102 818	51 759 846	91 150 887	12 837 307	7 711 344	4 139 036	1 680 191
1917※	46 718 677	3 429 834	6 169 247	32 899 382	2 712 523	1 412 774	1 094 717	—
1918	57 779 364	3 314 323	6 469 565	42 204 319	3 118 586	1 494 875	1 177 696	—
1919	45 886 986	3 649 220	5 957 124	30 531 064	3 051 714	1 505 675	1 192 189	—
1920	45 809 617	3 742 066	6 720 285	28 657 367	3 184 838	1 832 007	1 656 714	16 340
1921	40 990 487	4 772 451	4 420 509	24 653 878	3 489 306	2 000 650	1 635 529	18 164
1922	36 173 831	3 635 743	5 884 371	18 327 789	4 182 789	2 597 736	1 532 536	13 300
1923	42 653 494	3 590 299	5 879 779	24 670 483	4 598 311	2 494 999	1 419 793	—
1924	34 380 031	2 817 951	5 410 212	18 418 091	4 044 571	2 346 612	1 342 594	—
1925	40 286 364	3 224 454	6 262 166	21 586 558	5 434 674	2 609 441	1 169 071	—

注：* 1912—1916 年度系预算数，且 1916 年度包括地方支出数。
※1917—1925 年度系按财政部会计司直接支出各账编入。

---

①　中华人民共和国财政部预算司. 财政部代理发行 2009 年地方政府债券问题解答 [M]. 北京：中国财政经济出版社，2009：193.
②　财政部财政年鉴编纂处. 财政年鉴：第一篇 [M]. 上海：商务印书馆，1935：1 – 16.

这是否能够说明,北洋时期教育相关事业财政支出的确出现持续低迷与疲软的现象呢?我们不妨将这12年间的教育部经费占据政务部总经费的比例加以计算和统计,能够得出如表5-3所示的数据。

表5-3　1913—1925年教育部经费占比

年份	1913	1914	1916	1917	1918	1919
比例	4.1%	2.8%	7.4%	5.8%	5.4%	6.6%
年份	1920	1921	1922	1923	1924	1925
比例	6.9%	8.5%	11.5%	10.8%	11.8%	13.5%

由此我们可以更为清楚和直观地看到,投入经费金额的多少并不直接等同于教育投资的多少,如1914年投资320多万比1917年的270多万还多,但是1914年教育经费投资比例只有2.8%,而1917年的比例却高达5.8%。自1913年至1918年间,每一年的教育部经费投入占总经费比例并不稳定,自2.8%至7.4%之间此消彼长不断波动,而自1919年至1925年间,总体趋势逐渐稳定并由6.6%逐年增长至13.5%。如表5-4所示,1913年前后世界各国平均公共教育总支出占国内生产总值的百分比是1.3%,其中比利时、法国、日本、挪威、英国等均在1.1%~1.5%之间,基本处于平均值上下浮动,而意大利、西班牙等国家教育支出稍低,在0.4%~0.6%之间,德国的教育总支出比例居于世界各国首位,约占国内生产总值的2.7%。据研究资料显示,德国教育经费的支出方面在"1913年,用于教育的费用达到12亿多帝国马克,占国家财政支出的16.8%,占国民收入的2.4%,仅次于国防开支"[①]。

---

①　孙惠春.国外教育法制比较研究[M].哈尔滨:黑龙江人民出版社,2001:205.

表 5-4　1870—1993 年公共教育支出（占 GDP 的百分比）①

国家	教育总支出*						高等教育支出	
	1870 年前后※	1913	1937	1960	1980	1993—1994	1970—1972	1993
澳大利亚	…	…	0.7	1.4	5.5	6.0	1.5	1.2
奥地利	…	…	2.5	2.9	5.6	5.5	0.7	1.1
比利时	…	1.2	…	4.6	6.1	5.6	…	1.0
加拿大	…	…	…	4.6	6.9	7.6	2.5	2.2
法国	0.3	1.5	1.3	2.4	5.0	5.8	0.7	0.9
德国	1.3	2.7	…	2.9	4.7	4.8	0.6	0.9
爱尔兰	…	…	3.3	3.2	6.6	6.4	0.8	1.1
意大利	…	0.6	1.6	3.6	4.4	5.2	0.5	0.8
日本	1.0	1.6	2.1	4.1	5.8	4.7	0.5	0.4
荷兰	…	…	1.5	4.9	7.6	5.5	2.1	1.4
新西兰	…	…	2.3	3.2	5.8	7.3	1.3	1.5
挪威	0.5	1.4	1.9	4.2	7.2	9.2	0.9	1.5
西班牙	…	0.4	1.6	1.3	2.6	4.7	…	0.8
瑞典	…	…	…	5.1	9.0	8.4	0.9	1.5
瑞士	…	…	…	3.1	5.0	5.6	0.8	1.2
英国	0.1	1.1	4.0	4.3	5.6	5.4	1.4	0.9
美国	…	…	…	4.0	…	5.5	1.3	1.3
平均	0.6	1.3	2.1	3.5	5.8	6.1	1.1	1.1

注：*澳大利亚 1937 年的教育支出只包括政府支出，法国 1937 年之前的教育支出均为中央政府支出。※各栏中的数据或者是可以得到的最接近年份的数据。

从数据上来看，北洋时期教育相关事业的财政支出似乎并不吝啬，结合同时期世界国家教育支出的财政状况来看，甚至可以毫不夸张地说，北洋政府在教育支出方面投入颇多。那么为什么还会使

---

① 坦齐，舒克内希特. 20 世纪的公共支出［M］. 胡家勇，译. 北京：商务印书馆，2005：44.

得南迁文人面临"政府拖欠薪水,经济生活陷于困境"的问题呢?关键在于,北洋政府虽然在教育事业方面投入了相当的财力,但是却并没有得到应有的收效,北洋政府经常性拖欠公立教职员工的薪酬,1921年6月2—3日在新华门前爆发的"教师索薪风潮"就是很重要的例证之一。鲁迅曾在小说《端午》中写到过这一事件:"待到凄风冷雨这一天,教员们因为向政府去索欠薪,在新华门前烂泥里被国军打得头破血出之后,倒居然也发了一点薪水。"①《鲁迅全集》此篇注释中解释了"索薪事件"的具体细节,6月2日,北京学校20余学生代表于国务院请愿反对拖欠薪水而遭到拘禁和禁食,次日国立八校校长及千余名学生冒雨赴新华门请愿,遭到北洋军警武力镇压。是时继蔡元培任北大校长的蒋梦麟也因此受伤,他在回忆文章中记录了此次索薪事件发生的因由:"教员也发生罢教事件,要求北京政府发放欠薪,情势更趋复杂。北大以及其他七个国立大专学校的教员,一直不能按时领到薪水。他们常常两三个月才能领到半个月的薪俸。他们一罢课,通常可以从教育部挤出半个月至一个月的薪水。"② 教职人员薪酬拖欠问题在南京国民政府成立而作家大批向南迁移后稍为得到缓解,而仍然在北洋政府体制内的文人依旧在为领取薪酬而奔波。我们可以从是时的文人日记中看到许多记录,如鲁迅最初发表于1926年8月10日《莽原》第十五期的《记"发薪"》中写道:"翻开我的简单日记一查,我今年已经收了四回俸钱了:第一次三元;第二次六元;第三次八十二元五角,即二成五,端午节的夜里收到的;第四次三成,九十九元,就是这一次。再算欠我的薪水,是大约还有九千二百四十元,七月

---

① 鲁迅. 端午节 [M] //鲁迅. 鲁迅全集:第一卷. 北京:人民文学出版社,1981:535.

② 蒋梦麟. 西潮·新潮 [M]. 长沙:岳麓书社,2000:136.

份还不算。"① 梁实秋也在《忆"新月"》中写道:"民国十六年春,国民革命军北伐到了南京近郊,当时局势很乱。……这时节北方还在所谓'军阀'的统治之下,北平的国立八校在闹'索薪'风潮,教员的薪俸积欠经年,在请愿、坐索、呼吁之下每个月也只能领到三几成薪水……有些开始逃荒,其中一部分逃到上海。徐志摩、丁西林、叶公超、闻一多、饶子离都在这时候先后到了上海……"② 由此可见,1926 年前后如鲁迅、梁实秋等知名文人都在面临着薪水成年累月的拖欠,更不用说普通教职人员和平民百姓的生活该有多么拮据狼狈了。因此,经济问题构成了北洋政府段祺瑞执政时期大批文人及知识群体向南方迁移的根本原因。

至于新文学作家南迁与北洋政府末期新文学文艺政策和文化环境紧张的关系问题,我们可以从文化史料档案记载中寻找到答案。北洋时期,京师警察厅先后拟定了"减少京师报馆办法"(1921 年 8 月 6 日)、"管理新闻营业规则令"(1925 年 4 月 1 日)等规定,湖北省长公署也向内务部递交"核定取缔白话报小报及通讯社规则"(1925 年 5 月)等材料,内务部则查禁工人周刊有关文件(1923 年 5 月—1924 年 6 月)、京畿卫戍总司令部查禁陈独秀演讲录等有关文件(1924 年 5 月),而教育部则先后颁布了"关于审查影剧章程施行事致通俗教育研究会指令"(1926 年 2 月 18 日)、"关于禁止放映苏联宣传影片的文件"(1928 年 3 月)、"拟检查电影暂行规则暨中央监察电影委员会组织规则"(1928 年 4 月)等条例。③ 在这种紧张的空气中,大批新文学作家选择离开北平这一是

---

① 鲁迅. 记"发薪"[M]//鲁迅. 鲁迅全集:第三卷. 北京:人民文学出版社,1981:354.
② 梁实秋. 忆"新月"[M]//杨迅文. 梁实秋文集:第 3 卷. 厦门:鹭江出版社,2002:55-56.
③ 中国第二历史档案馆. 中华民国史档案资料汇编·第 5 辑·第 1 编·文化[M]. 南京:江苏古籍出版社,1994.

非之地而南迁,也是迫不得已的无奈之举。而20世纪30年代此批作家陆续返京的时候,伴随着左翼作家联盟的成立以及《小说月报》《语丝》《新月》等文坛核心期刊先后在上海出版发行,中国新文学的重心已经由北京转移到上海,北伐前北方文坛的浩大声势已然一去不返了。1928年,随着国民革命军两次北伐战争的完成,南京国民政府在形式上统一了南北中国,致力于重新整顿由于军阀混战和政权分割带来的社会秩序的混乱状态,分别加强国家政治、经济、社会、文化等不同领域的干预与管控,国家政权进入具有极权主义倾向的训政时期,文学环境也随之受到影响。

二、民族战争与"文学为了人生"

(一)抗战文艺的起步与"为人生"的复杂面向

1937年7月卢沟桥事变爆发后抗日战争全面展开,然而,现代中国抗战文艺的起步在事实上比抗日战争全面爆发要早,在1932年1月28日日军进攻上海闸北国民革命军第十九路军挑起"一·二八事变"后,"抗战文艺的先声"① 由中国电影界打响。国华影片公司、现代影戏公司、明星电影公司、现代影业公司、天一影片公司、联华影业公司等多家上海电影制片公司陆续推出表现和记录抗日战争的故事片与纪录片,还有的电影院借助放映外国抵抗的电影来激发国人的爱国热情,其中故事片《共赴国难》在"一·二八事变"1个月后即开镜,不足3月杀青,可谓电影界的"抗日宣言"②。文学及文化方面,新文学参与者与进步作家就将革命的民族战争问题的讨论引入文坛,东北作家群的代表作家萧红与萧军等人也分别于1934年及1935年创作出反映东北人民生活的抗日题材

---

① 孟繁华. 新世纪文学论稿:文学思潮 [M]. 北京:现代出版社,2015:201.

② 王晓华. 海报上的中国抗战 [M]. 北京:团结出版社,2015:147.

小说《生死场》《八月的乡村》。胡风在 1935 年 10 月 17 日作的《文学上的民族战争》将这两部作品评价为克服"在反映生活的文学领域上,革命的民族战争文学却没有见到广大的发展"问题的优秀成果,该文结尾处写道:"我们一方面要反抗敌人底造谣和新式艺术至上者底嘲笑,但一方面也用不着掩饰而且应该指出它们底不够和缺点。"① 由此,我们也可以发现特殊战争时期文学领域不同文学观念即"艺术至上"与"反映生活"之间,换言之,也就是"为艺术"和"为人生"两种文学理念的角力。

所谓《新青年》杂志及其直接继承者文学研究会同人所提倡的"为人生"的文学观,是有其特殊语境的历史复杂性的。周作人在 1918 年 12 月《新青年》杂志第五卷第六号上发表《人的文学》,提出"人的文学"应该将西方的"人道主义",也就是"个人主义的人间本位主义"引入中国现代文学写作的思想和内容中来,引发胡适及文学研究会同人与创造社同人在报纸杂志等纸质媒体平台展开关于"为人生"还是"为艺术"的文学理论争鸣。"为艺术而艺术"原是 19 世纪在欧洲出现的一种创作理念和倾向,反对文学艺术的"实用"目的,强调艺术本身的自足性。传入 20 世纪 20 年代的现代中国以后,受到郭沫若、郁达夫、成仿吾等创造社同人的推崇。成仿吾曾经对"为艺术"的内涵做出的阐释很可以代表创造社的主流倾向:"除去一切功利的打算,专求文学的全(Perfection)与美(Beauty),有值得我们终身从事的价值之可能性。"② 此前,周作人所提出的文学是一种"于人生很切要的工作",其内涵有着模糊性和含混性。1920 年,他在北平少年中国会的研究会的演讲中将文学主张的派系论争进一步做出分析与阐释:"从来对于艺术

---

① 胡风. 文学上的民族战争 [M] //胡风. 胡风全集补遗. 武汉:湖北人民出版社,2014:163.(原载于上海《改造》杂志 1936 年 1 月的创刊号)
② 成仿吾. 新文学之使命 [J]. 创造周报,1923,5(2).

的主张,大概可以分作两派:一是艺术派,一是人生派。艺术派的主张,是说艺术有独立的价值,不必与实用有关,可以超越一切功利而存在……人生派说艺术要与人生相关,不承认有与人生脱离关系的艺术。这派的流弊,是容易讲到功利里面去,以文艺为伦理的工具,变成一种坛上的说教。正当的解说,是仍以文艺为究极的目的;但这文艺应当通过了著者的情思,与人生有接触。"① 这与1923年文学研究会成员王统照的观点"无论'艺术的文学'或'人生的文学'都不能离开人生"② 是非常相似的,即主张"为人生"与"为艺术"的调和。在文学支持者的理论建构与文学实践中,作为传统的"文以载道"的变种,"为人生"的文学观与现实主义并不能完全共奏。在作家群体中,关于"为人生"文学观的理解和阐释也是百家争鸣,冰心、庐隐等人对文学的功用认识持表现论,意指文学写作应该能够表现写作者个人的情感与认识;而以茅盾、郑振铎为代表的新文学作家,认为"为人生"并不是纯粹指涉文学是为了个体的人的人生价值和理想,更重要的是指涉为了群体的人所生活与生存的社会环境的价值和理想,也就是满足社会进步的时代精神,这种"为人生"的写作观念带来的现实主义写作方法本土化,在最初期就与来自西方的"纯文学"理念要求与规范有所出入。

在民族战争时期,与"为艺术而艺术"相互撕扯的"文学为了人生"理念,并非是针对西方文学的"纯"理念本身的批判,而是批判曲折使用或利用这些口号的人应该在中国社会现实的真实体验中寻找合理的文学理念样式。尤其是在抗日战争的特殊历史环境下,所谓"为人生"的文学观就是在强调此时文学活动的形式、内容、主题与方法等均应该与中国特殊社会历史现实相切合,换言

---

① 周作人. 新文学的要求[N]. 晨报, 1920 – 01 – 08.
② 王剑三. 文学观念的进化及文学创作的要点[J]. 文学旬刊, 1923.

之,也就是文学"介入"人生的社会功用性。而反观中国现代文学发生期,自清末民初时期早期白话文运动兴起,白话报刊与白话书籍包括教材的先后编辑出版,小说界革命以后白话小说杂志与白话通俗小说的发展,早期话剧如新派剧与文明戏的编排与上演,白话诗歌、民间歌谣与俗曲乐曲的通俗艺术形式改造等,中国文学从"言""文"分离转入"言""文"合一,进而使得文学成为社会运动变革发展重要组成部分,现代意义上的文学及其社会功用性也就此得到了凸显,在民族战争的特殊历史环境下,"为人生"的时代使命与文学本身的使命相结合,强有力地塑造出表现时代脉搏和动向,更在同时表现个体生活思想的"大文学"作品。

历史需要与文学功能是相辅相成、并行不悖的双生因素,战争与文学正是在这样的关系链条上。文学虽然不能充当战争前线军队的炮火与枪弹,也不能替代战后百姓生活的粮食与补给,但是战争时期的文学作品对于文学圈内思想文化氛围及作为普通读者的平民百姓日常生活来说,有着不容忽视的影响作用。抗日战争与抗战文学也正是这样一组双生因子。民族战争客观上为抗战文学的成熟与繁荣打开了格局,抗战文学反之描状与影响着战争的发展进程。在传统文学史著叙述中,我们对于战争时期文学作品的评价体系一般惯于采用民族主义和阶级尺度作为评判标准,民族家国情怀与革命英雄主义似乎成为研究战争文学的普遍方法,更多地倾向于关注整体的"人"与抽象的"人"。在民族矛盾激化的抗日战争初期阶段,"为人生"的文学实践与此前的理论提倡之间出现了微妙的变化,从既包含个体人生的表现与社会时代的表现两方面内涵,转变为个体与国家集体相重合、趋同,乃至于个体的淡化、消泯,集体意志成为个体意志的代言,无产阶级艺术要求被嫁接和转换到现实主义文论上来。文学表现主体从"人的文学"向阶级文学与民族文学转换,创作者从个体意识向集体意识屈从。这种倾向虽然在抗战后期出现了改善,却又在中国文学发展进入新时期阶段后,重新以一种更为迅猛的态势席卷"十七年文学"及"文革文学"。然而，在传统文学史著研究思路中，占据主流的大都是民族与阶级的研究方法，而倘若我们以"大文学"的研究视野从人类学与新文化史的视角出发，应该在民族与阶级的研究方法之外，更多体察到抗战时期战争文学中作为个体的"人"的日常生活、道德及人性等层面，以世界视野去正视战争的"非正义性"本质。

邵洵美曾在1938年一篇名为《战争文学》的文章中写道："在战争中，第一个受到灾难的每会是所谓'纯粹文学'；因为民情在受到重大刺激时，他们所要求的不过是一种浮浅的安慰：即如报纸上一行捷音便也能使他们得到过度的兴奋。纯粹文学是诉于更深一层的心理要求的，在这种环境中，当然会被忽略……战争文学，便是去补足这一个缺憾的。"① 这里面提到的两个关键词，一是"纯粹文学"，二是"战争文学"，前者指的是国家进入民族战争之前的新文学，而后者指的是随着抗日战争的爆发而逐渐拉开序幕的具有社会功用性及"杂文学"属性的"大文学"。倘若客观地去描述战争对此时段文学所产生的不可或缺的影响，"战争文学"内部也会夹杂着短期产出并以明确政治宣传和导向为根本目的的作品，而这种政治主导下借由文学形式呈现的政党政治宣传品，被追求"纯文学"的写作群体排斥在文学范畴之外，在更为宽容和开阔的学术研究视野中，这种文宣品的政治性也是学术研究和价值的重要内容，但不能成为唯一的内容。这段表述还阐释了一个核心问题，就是民族战争对于文学性质的影响。国家社会及民众生活由于战争动乱而受到重创，国家民族主义情绪成为战争时期的时代精神，在政治环境的激烈动荡中，新文学相较于与一般事实和具体环境建立密切联系而言，更倾向于追求更深层次的心理和精神诉求，而战时普

---

① 邵洵美. 一个人的谈话［M］. 上海：上海书店出版社，2012：158. （原载于《自由谭》月刊1938年第1期）

遍浮躁且焦虑的社会风气与这种"纯文学"之间存在裂隙，而具有杂属性的战争文学也就有其存在意义了。无产阶级文学写作带有社会现实与时代表现的文学功利主义需求，写作者也带有一种参与社会舆论，甚至于企图影响社会发展的诉求，在西方"纯文学"的理念下探讨其文学性和艺术性会简化这一时段文学问题的丰富性与复杂性，因而也有必要从"大文学"视野出发重新审视战争时期的文学生态。

(二) 战时文学的"大"格局

抗日战争文学的"大"格局首先体现在文学形式方面，民族战争对新的文学样式的出现起到了决定性的影响作用。由于战时文艺政策的倾斜和传播媒介的普及带来文学出版物的蓬勃发展，抄本、街头诗、诗歌朗诵等笔抄、口传方式，杂志、报纸、书籍等纸质媒介，广播、舞台等新兴媒介多种传播形式共存。在"纯文学"的体系下，这些新兴文学表现形式，如抗战时期民间歌谣、手抄歌本，街头诗、朗诵诗、枪杆诗，街头活报剧、快板剧、新秧歌，宣传画片、画报，通俗演义等，由于"文学性"和"艺术性"受到质疑，因而只能作为一种特定历史时代的政治文化现象来认识与理解，而在"杂文学—大文学"的体系下，这些表现形式可以被纳入文学研究的范畴。在诗歌形式方面，抗战初期出现的主要有街头诗、朗诵诗等。朗诵诗是稍早于街头诗出现的新的诗歌形式，由边区文协柯仲平组织成立的名为"战歌社"的诗歌组织和由丁玲领导西北战地服务团组织的名为"战地社"的诗歌组织发动。"战歌社"从初期每星期社团集会朗诵社团成员内部的原创诗歌，发展到1940年以柯仲平和萧三等人为首成立延安"新诗歌会"，毛泽东也经常参加社团定期组织举办的朗诵晚会，并代表组织意志支持诗歌朗诵活动的推广。战地服务团也组织了深入战斗前线的诗歌朗诵队进行战地表演，其中诗人光未然的朗诵组诗《黄河大合唱》就是抗敌演剧进前线后的优秀作品。紧接着诗歌朗诵的热潮，街头诗于1938年8月7日的延安"街头诗运动"而兴起，也是由柯仲平的"战歌社"及战地服务团的"战地社"共同领导组织起来的诗歌运动。此后，陕北行军至晋察冀的沿途，都写上了街头诗。这种短诗为何命名为"街头"？活动初期的参与者魏巍回忆道，街头诗的传播方式和媒介非常简易："在墙上写，不光是在纸上印。用锅底灰，用毛刷子，就站在墙头上写……还有诗传单……是开大会的时候，撒的红红绿绿的诗传单……用铅笔、粉笔或是用其他什么写的。"①"街头诗运动"后3日，其主要发起者和创作者诗人田间在《新中华报》副刊合集《动员》副刊日第一期第一篇署名为边区文协战歌社、西北战地服务团战地社的《街头诗歌运动宣言》文章中发出号召："有名氏、无名氏的诗人们呵，不要让乡村的一堵墙，路旁的一片岩石，白白的空着。"② 由此可见，街头诗的抄写和传播虽然简陋但是门槛极低，这使得其在普通民众中的宣传和推广极为迅速，我们不妨以早期街头诗选中的一首，即田间的街头诗《假使敌人来进攻边区》为例来分析一下街头诗的艺术特点：

假使敌人来进攻边区
我们应该跟着——
边区的
旗帜
首长的
指挥

---

① 魏巍. 关于街头诗 [M]//张军锋. 八路军口述史：下册. 南京：江苏人民出版社，2015：1 019 – 1 020.
② 边区文协战歌社，西北战地服务团战地社. 街头诗歌运动宣言 [J]. 动员，1938（1）.

站到大队里头，
照毛主席所说：
"坚持持久战斗！"①

全诗一共9句，42个字，分别是九、六、三、二、三、二、六、六、六的排列结构，他的另一首著名街头诗《毛泽东同志》也是类似的结构，全诗一共10句，分别是四、六、五、五、四、九、九、三、三、八，共56个字，基本上以长短句参差错落的方式组织语言，而且掺杂着许多生活口语和民间通俗语言，带有鼓动性的口号性质。主题方面，则是以平视民众的视角描写与战争密切相关的斗争生活，有着扎实的现实生活基础。由此可见，除了传抄和印刷方式的简便以外，更重要的是，抗战初期的街头诗句法简短凝练、短句居多、语言通俗、押韵简单顺口，这种艺术形式易记易懂、朗朗上口，使得街头诗可以更迅速地在民众中发挥更大的社会效能。诗界形式的战争时期变革还表现在旧体诗的复兴方面，其创作群体非常庞大，不仅包括鲁迅、周作人、郭沫若、老舍、茅盾、叶圣陶、冯沅君等新文学写作者，而且也包括陈寅恪、吴宓、朱自清、潘光旦等西南联大教授，还包括以《民族诗坛》为主要创作阵地的国民党政客文人群体等，写作者群体内部还互有唱赠和应和。旧体诗歌的形式在抗日战争的特殊时期具有了适宜的发生环境，战争时间周期漫长使得知识群体的生活和思想都受到了震荡，在生活资料的匮乏与起居环境的简陋的物质条件限制之下，友人圈子之内的旧式诗词唱酬不仅能够交流战时信息，还能够引发因战争带来的国家民族情感共鸣，缓解个人苦闷情绪。虽然在语言形式方面，白话新诗成熟以后回潮的旧体诗词必然具有新旧词汇混合、新旧主题交融的艺术特点，然而却几乎难见古典诗词中的逸致闲情与潇洒恬

---

① 田间. 假使敌人来进攻边区［N］. 新中华报，1938－08－10.

淡。老舍在《剑北篇·蓉城·剑阁》一诗中所言："谁还有逸致闲情，到武侯祠与薛涛井，去瞻仰，去吟咏，或在竹林下品一盏香茗？心中的怒焰烧尽了恬淡的幽情！"① 几乎可以成为抗战时期旧体诗的共同特质。反观小说创作领域，夹杂旧体诗形式的小说与杂文作品也数见不鲜，如郭沫若在抗战初期创作的杂文《由"有感"说到气节》开篇即由他所作的《有感》起笔："此地已闻新鬼哭，南街犹听旧京声。金台寂寞思廉颇，故国苍茫走屈平。"② 旧体诗的形式本身就是表达某种社会形势的方式，而且这种旧的文学形式更容易接近和贴合一般大众读者的审美趣味。新文学作家选择将这种诗歌形式与抗日战争主题的小说写作结合在一起、与抗战时期的战斗杂文结合在一起，这可以充分说明在某些特定的情况下，外在环境和社会需求决定着文学的发展走向。

叙事性文学形式方面，同样出现了读书会、壁报等多样化的新文学形态，而纪实性文学的极端繁荣则是最主要的文学面貌。报告文学以及带有半报告文学的性质的小说及散文作品的出现，在当时都是极具感染性的。报告文学作为一种文学样式虽然早在新文学发生初期即已经出现，但并未在中国现代文学历史进程中占据重要地位。抗日战争爆发以后，报告文学作品与同时期其他文学样式相比则迅速崛起并占据绝对优势地位。胡风在1937年12月《论战争期的一个战斗的文艺形式》中写道："九·一八前后……开始出现了把那里面的英勇的性格马上反映出来的'报告文学'。那以后，'报告'式的作品一天天地发展，广泛，一·二八战争和最近两年来的两个期间，特别活跃……"③ 这种活跃与发展最直观的例证就

---

① 老舍. 剑北篇·蓉城·剑阁［M］//老舍. 老舍全集：第13卷. 北京：人民文学出版社，2013：257.
② 郭沫若. 从"有感"说到气节［N］. 救亡日报，1937-08-30.
③ 胡风. 论战争期的一个战斗的文艺形式［J］. 剑·文艺·人民，1937.

是此时报告文学作品的出版数量激增。上海杂志公司、时代史料保存社、战时出版社、亚东出版社、民众书店、大公报出版社、新中国出版社等多家出版公司纷纷集结出版抗战报告文学系列作品选集,许多非专门性的报纸杂志如《文艺阵地》《大众周刊》等都为报告文学的发表开辟了平台,而报告文学专刊如《抗战文艺丛刊》《战地报告丛刊》《战地小丛刊》等也纷纷出版。周扬评价这一时期文学空气的时候,曾经做出这样的论断:"在战时的文坛上演了最活跃的角色的,是报告通讯一类的小型作品。报告文学差不多成为一个非常流行的运动。"① 随军长征的陈云创作的《西行随军见闻录》就是这一时期优秀的代表作品之一,由于文体性质,报告文学可以迅捷、快速、实时、如实记录战争发生的情况和战时人民的生活,由此成为这一特殊历史时期产生的具有时代特性的文学样式。这种文学样式的发展超越政党政治的局限,在一定程度上冲破了政治、经济及文化舆论的封锁。抗战时期国民政府统治的国统区抗战文艺,与依托于左联期刊与左翼文学力量的解放区抗战文艺,在民族战争时期互相促进、共同繁荣。新文学作家也纷纷走出象牙塔和亭子间,以不同体裁的文学创作积极投身报告式抗战文学的写作之中。既有作为战地记者奔赴前线采写战地报告的曹聚仁《大江南线》、谢冰莹的《在火线上》等作品;也有真实记录战争情况的随笔、散文集,如田汉等著《八百孤军》、郭沫若等著《抗战将领访问记》、阿英等著《铁蹄下的平津》、曹聚仁等著《东线血战记》、长江等著《西线血战记》、张天翼等著《战时的后方》、郑振铎等著《飞将军抗战记》等。有洪深、田汉等活跃在最前线为官兵排演抗日文艺作品的抗敌演剧队成员;更有谢冰莹、丁玲、邱东平、司马文森等在正面战场部队中任职或随军进行文艺宣传的作家

---

① 周扬. 新的现实与文学上的新任务 [M] //洛蚀文. 抗战文艺论集. 文缘出版社,1939:21.

群体,与前线部队共同奋战在枪林弹雨中。除此之外,民族战争时期的报告式文学更具有无产阶级革命的世界性特质。1936年由美国记者埃德加·斯诺创作的《红星照耀中国》(《西行漫记》)、其妻子尼姆·威尔斯于1937年创作的《红色中国内幕》(《续西行漫记》)、美国女记者史沫特莱于1938年创作的《中国在反击》等,都是通过实地访谈、报道实录等方式将中国命运的转折时期与世界革命脉搏紧密连接在一起。

  在抗战时期的文学作品中有一类非常特殊,那就是新文学作家们创作的战斗檄文。在传统文学史著中,往往并没有将这类作品视为具有艺术价值的文学作品来评判与研究,尤其是抗战时期的杂文,更由于被贴上了特定历史标签而被认定为具有浓厚的意识形态宣传品色彩,而且难以有长久的艺术表现力。20世纪70年代末,研究中国现代文学的海外汉学家李欧梵在论及郁达夫抗战文章的时候也曾表示,这些作品"大部分与文学无关"①。然而,当我们以"大文学"视野去重新回顾战时杂文时,就可以发现所谓的政治宣传的确存在,但是也应该具体情况具体分析,并不代表着所有具备政治宣传色彩的文本就不具备文学艺术研究价值。除去文学的功利性作用以外,这批数量庞大的抗战檄文有相当一部分是具有非常深刻的思想性和批判性的优秀杂文。其中颇具声望和文艺影响力的应属1937年8月21日,郭沫若于为上海文化界救亡协会国际宣传委员会而起草的《中国文化界告国际友人书》:

> 自一九三一年以来,日本侵袭我满洲,蹂躏我上海,夺取我热河,割裂我冀东,犹然不知满足……最近复自行酝酿出卢沟桥事变……于我文化机构,犹狂肆璀璨,逮捕

---

① 李欧梵. 郁达夫抗战文录·序 [M] //郁达夫. 郁达夫抗战文录. 台北:台北洪范书店有限公司,1978.

我学人,枪决我青年,炸毁我学校,焚烧我图籍。这种狂暴的行为,就是未开化的蛮人都是不能做出的。①

这篇慷慨激昂的战斗檄文气势磅礴地声讨和痛斥了日本侵略战争的非正义性,并且将反侵略战争必胜的信念建立在全世界爱好和平正义的国际力量的诚挚信任上,今日读来仍然能为之感动。此后,郭沫若又相继创作了《由"有感"说到气节》《无条件反射解》《我们所失掉的只是奴隶的镣铐》《笑早者,祸哉!》等汪洋恣肆的抗战杂文,诗情洋溢地批判国民政府当权者和日本侵略者,渗透着深沉的爱国主义思想情感。除此之外,抗日救亡的文化运动中,还有如巴金的《公式主义者》、郁达夫的《敌我之间》、茅盾的《炮火的洗礼》、老舍的《起来干,不做亡国奴的人们》、赵树理的《团结抗战》、闻一多的《愈战愈强》、骞先艾的《与老百姓无关》等,都是硝烟炮火中具有文学研究价值的优秀之作,这样的文学创作成果不应该被限缩的"纯文学"理念将其排除在抗战文学的研究范畴之外,而应该在"杂文学"的宏阔视野下,重新审慎评判与细读。

(三)民族战争末期的文学转向

抗日战争从早期爆发时民族矛盾激化、国家民族情绪高涨的时期,发展到难分难解的相持阶段,作家们最初对于战争情况和事实细节的描摹热情随着战事与战局的变化而逐渐降温。尽管如郭沫若、郁达夫等作家仍然对战争胜利保持着极高的民族自信和热情,但是新文学群体中已经出现了其他的声音。作家巴金在抗战刚刚打

---

① 郭沫若. 中国文化界告国际友人书 [M] //上海社会科学院,上海图书馆. 郭沫若在上海. 上海:上海社会科学院,1994:154. (原载于《救亡日报》1937年8月24日、25日)

响的时候曾信心百倍地宣称"抗战一定胜利，新中国一定到来"①，而在抗战经历反击阶段后已经基本取得胜利的时候，面对还未从民族战争的战火中恢复过来的华夏热土又将陷入国共内战的阴影之中，心中"只是一种受骗以后的茫然的感觉。'希望'早已烟似的散了"②。在抗战最为艰苦的1944年，老舍暂居的重庆遭到日军的偷袭威胁，知识界纷纷计划向西南撤离。老舍回答友人问询时，则表示嘉陵江就是自己的归宿，引得文坛一片哗然。随后他在给王冶秋的信件中写了这样的一段话："跳江之计是句实谈，也是句实话。假若不幸敌人真攻进来，我们有什么地方，方法，可跑呢？……不用再跑了，坐等为妙；嘉陵江又近又没盖儿！"③老舍似乎在以一种故作戏谑的姿态消解面对敌人攻城"坐等跳江"的消极抵抗态度，实际上暗含着作为手无寸铁的文人，自己在走投无路时也只能以这种方式来表达对于民族和国家最后坚守的"气节"。次年与王冶秋往来的几封信件中，他也反复透露自己"苦闷""心绪恶""闷闷"的情绪，至于1945年9月26日一封信中，则在描述自己近日来连续痢疾、痔疮、头昏等身体不适状况以后，添了这样一笔："我也是那样感觉——惨胜无异于惨败也。"④这封信的落笔时间在日本天皇宣布接受波茨坦公告、实行无条件投降、抗日战争正式宣告结束，且毛泽东一行受蒋介石邀约飞抵重庆，国共谈判已经开始之后。此时祖国土地燃烧着的民族战争炮火刚刚熄灭，十多年

---

① 巴金. 无题·感激的泪［M］//巴金. 巴金全集：第13卷. 北京：人民文学出版社，1990：340.
② 巴金. 静夜的悲剧·月夜鬼哭［M］//巴金. 巴金全集：第13卷. 北京：人民文学出版社，1990：545.
③ 老舍. 致王冶秋［M］//老舍. 老舍书信集. 天津：百花文艺出版社，1992：156.
④ 王冶秋. 忆舍予兄［M］//老舍. 老舍书信集. 天津：百花文艺出版社，1992：157–158.（原载于1946年4月9日、10日《大公晚报》）

的抗日战争令国家政治、基础建设、经济文教及百姓生活满目疮痍，混乱的社会秩序尚未恢复到正轨，又即将燃起国共内部新的战火。老舍此时的感叹，也正基于这种国家现实情况，这不能不说是一种无奈和悲观情绪。

伴随着战争局势的变化和社会普遍心理的沉淀，全面抗战初期得到井喷繁荣的报告式文学发展到中后期出现了题材表现的不同变化阶段，正如以群在《抗战以来的报告文学》中所说："由战争底叙述到生活底描写，是报告文学更加切近地逼近现实的说明。"①从热衷于对宏大战争场面和战事信息的呈现，变化为对战争中的亲历者和参与者日常生活的书写，包括人员、学校、相关基础设施部门以及物资等随着战事变化而向西南、西北等地区迁移的过程，许多纪行作品也就是在这种背景下出现的。西南联大前身的国立长沙临时大学于1938年成立湘黔滇旅行团，1月上旬带领学校向西顺利迁徙昆明，政治系学生钱能欣的《西南三千五百里》（1939年）、国文系学生向长清的《横过湘黔滇的旅行》（1938年）等，都是此次教育史上的"小长征"②的纪行代表作品。而具有纪行性质的日记作品，有外文系学生林蒲（林振述）的《湘黔滇三千里徒步旅行日记二则》（1938年）、生物系教师吴征镒的《长征日记——由长沙到昆明》（1939年）、土木工程系教师杨式德的《湘黔滇旅行日记》、经济系学生余道南的《三校西迁日记》（1938年），以及是时在西南联大任教的新文学作家李广田所写的《流亡日记》、施蛰存的《西行日记》等。这种作品内容题材的丰富化和多样化的表象背后，渗透着一个重要的文学观念变化，即"人的文学"的现实主

---

① 以群. 抗战以来的报告文学 [M] // 刘锡庆. 中国写作理论辑评·现代部分. 呼和浩特：内蒙古教育出版社，1992：231.

② 闻黎明. 长沙临时大学湘黔滇"小长征"述论 [J]. 抗日战争研究，2005（1）.

义文学观得以逐渐深化，写作者们愈来愈清醒地从抗战初期表现战争表面问题的浪漫情绪中跳脱出来，进入了一种对于现实社会及生活更为理性和深刻的批判性反思状态中。与此同时，我们不得不承认的事实是，大量抗日时期的文学作品中真正涉及战争残酷性的描写是相对有限的，战争往往作为一种政治隐喻，在不同阶级和政党阵营中扮演着具有不同倾向性的角色。文学中的战争与民族描写掺杂着身处其中的写作者对于战争本身的想象性和期待性重塑，民族战争正是需要文学提供这种想象，来影响文学作品的接受群体，进而增强社会舆论与战争信心。抗日战争对于20世纪三四十年代中国现代文学的"大文学"格局来说究竟意味着什么的这个问题，能够从战后文学格局的打开，以及战争文化心理的余韵对文学生产者和参与者文学写作的影响作用等面向得到印证。

尤其值得我们注意的是，抗日战争时期的文艺活动伴随着内陆战局的变化，港澳及南洋地区的抗战文艺活动也先后有条不紊地开展，并与内陆抗日文艺活动遥相呼应。未能在传统文学史著中得到充分阐释的港澳及海外地区战后文学、文化及思想方面的面貌，也能够反映出民族战争时期的文艺活动的复杂状态。在全面抗战初期，广州由于其地理位置的特殊性和国民政府选址的重要政治地位，是沟通港澳及海外抗日文艺活动的交通、经济及文化枢纽。然而，随着广州的沦陷，这一枢纽地位转而由广西桂林承继起来。① 大陆各地区抗战文学书籍及报刊与香港、南洋地区的报纸杂志等出版物，都通过桂林与香港之间的运输得以实现信息的交流，尤其是"皖南事变"后，许多进步文艺工作者经由桂林撤退至香港逃避政治迫害，并在香港继续着抗日题材的文学写作，进而客观上影响和促进着香港抗战文艺活动的成熟与发展。在香港地区，左翼文艺政

---

① 魏华龄，曾有云. 桂林抗战文化研究文集（三）[M]. 桂林：广西师范大学出版社，1995.

策在香港文坛得到了全面的诠释和推广。早期的重要文学报纸及期刊有《大公报》的文艺副刊《文艺》、茅盾主办的杂志《文艺阵地》,还有《星岛日报》的副刊《星座》等,不仅发表香港本地的文艺作品,同时面向国统区、解放区等内陆地区征收全国性的抗战文学作品。1941年香港沦陷以后,抗日文艺救亡运动的中心则再度向南迁移,澳门成为新的阵地。而澳门地区的抗日文艺运动也随着中国大陆抗日救亡运动的开展而逐步进行,主要的战争文学平台为陈霞子主编的《大众报》文艺副刊、陈少伟任社长的《朝阳日报》等。有本土的文学团体和作家群体积极投身抗日文艺的创作,如李成俊、李鹏翥等,与此同时,大批知识分子迁港时期也有很多文人作家经过澳门或暂住于此,包括廖平子、张天翼、茅盾、夏衍、秦牧等,客观上为澳门的抗日文学带来了中国大陆内地的思想潜流,而迁港的知识分子蔡元培亦曾经花重金购买支持廖平子自费出版的杂志。由此不难看出,澳门的战时文艺创作受到大陆和香港的双重影响,然而当1945年日本宣布投降以后,大批暂居澳门的内地文人作家纷纷回迁,香港重新成为战后文学的繁荣之地,澳门文坛则迅速冷却。就南洋海外华侨的抗日文艺运动而言,新文学作家郁达夫在1938年底南迁至新加坡,目及遍是新加坡及南洋各地华侨为抗战而积极捐款、盼望抗战胜利的民族热情,他在《申报·自由谈》发表的《南方来的消息》一文时,写道:"南洋的侨胞,个个都赤忱为国,看他们的那一种热情,那一种肯牺牲的精神,真要使人下泪。所可惜的……是他们只知道盲目的爱国,拼命的牺牲。"① 此行的主要目的是为了帮助《星洲日报》创办编辑文艺副刊《星洲文艺》半月刊,郁达夫特意写信致楼适夷与戴望舒,希望介绍香港的作家多投稿件来壮声势,并与新疆、重庆等地作家就征

---

① 郁达夫. 南方来的消息 [J]. 申报·自由谈, 1939.

稿问题通信沟通①，并在1940年为抗日救亡剧社从内地去新加坡进行抗日文艺义演做宣传，后任新加坡文化界战时工作团主席，为中国抗日救亡文艺运动在南洋的延续和壮大做出了重要的推动作用。

就台湾的战时及战后文学问题，则相对港澳来说更为复杂。抗战开始阶段台湾仍处于日本帝国殖民的"日据时期"，随着抗日战争的全面爆发，由于担心台湾民众的反日爱国情绪高涨对中国大陆的侵略战争局势有所影响，日本政府调整对台湾政策，在1937年至1940年期间，日本在台湾强制推行"皇民化运动"，在教育领域实行全日文奴化教育，在文化领域更是严禁使用中文写作。虽然由于政治封锁和文化钳制，台湾的抗日文艺运动难以直接与中国大陆及港澳和南洋地区互通有无，然而在这种戒备森严的文化高压政策下，台湾本土作家仍然坚持反日文学创作，杨逵的《鹅妈妈出嫁》、吴浊流的《亚细亚的孤儿》等优秀小说作品就是在这种社会环境之下创作而成的。民族战争胜利以后，国共两党进行了第二次国内革命战争，历时4年，中国人民解放军最终取得了战争的胜利。1949年前后随着国民政府军队撤退台湾的大批作家进入台湾文学场域，这批大陆迁台作家直接构成了20世纪50年代台湾文学的主要面貌。"中国文艺协会"与"中华文艺奖金委员会"的成立，以及在其文艺政策影响下的50年代所谓"反共文学"的写作，与同时期中国大陆作家笔下的"红色文学"在本质上有着相似的叙事模式，其差异在于政治立场的不同，但写作的模式和策略都具有相当程度的雷同。这也是在暗示着"文学为了人生"的现实主义文学理念在新时期不同区域的中国文学写作实践中出现了新的变化，文学作品中对于个人自我的表现夹杂在集体性社会时代声音中，写作者对于现实事件和政治问题的书写与个人内心的矛盾和迷惑并行，这则是

---

① 郁达夫. 致楼适夷［M］//郁达夫. 郁达夫书信集. 杭州：浙江文艺出版社，1987：181.

更为复杂的问题了。

三、政治主导下的文学挣扎方式

（一）政治规训下文学写作的"非文学性"

政治规训下文学写作的"非文学性"，既包括作家对其所处时代或此前时代的政治及社会斗争的话语介入，也包含作家在文学创作中对于社会结构、文化运动及阶层身份等政治衍生问题的文学呈现，更包含作家本人及其作品以文学的身份对时代政治进行参与和影响的话语权力关系，这是一个兼具历时性与共时性的复杂问题。表现在政府文艺政策及文学审查制度对作家生存及作品出版传播带来的影响、文学活动生产者和参与者的政治身份及社会文化背景、社会运动中文学社团及组织活动开展与时代战争的关系等诸多方面。政治是否完全贯穿于中国现代文学组织活动和作家的文学写作过程中，是我们探讨在文学与政治这种近乎"先天性"的密切联系之下，现代文学发展的"非文学性"的重要面向。分析中国现代文学阶段，政治规训下文学写作的"非文学性"，可以从创作主体和文学社团等不同方面来入手。

从创作主体的角度来看，这种"非文学性"除却前文曾经提及的文学家在民族战争时期的政论性文章之外，还体现在民国时期知识分子的身份政治方面，参与文学活动与文学社团的作家身份以及其政治底色，为文学写作带来政治倾向色彩。

一方面，文学活动的生产者和参与者，往往与政治家或革命者的身份具有不同程度的重合或交错，带有"政客—文学家"的双重身份或党派色彩。晚清时期，革命派组织的同盟会及维新派组织的强学会等，开始初步形成中国近代意义的政党雏形，在清末党派竞争中分化形成"国民党""进步党"等多党派并行的局面。为了争夺政治及舆论权力空间，几乎各个党派都成立了自己的言论机关和文宣媒体,清政府的新式官报与各政党独立报纸发展极为兴盛。而民初政党流变与参与其中的文学革命先驱及新文化运动早期倡导者关系是相当密切的。不论是晚清时期梁启超的"文学革命"理论、文化革新思想以及将文学纳入维新运动之中的实践活动,或是五四时期先驱陈独秀、李大钊、钱玄同等新文学运动早期倡导者,他们都不是纯粹的职业文学家身份,而是带有"政客—文学家"的双重身份。"官人—学人"双重身份的另一表现是参与文学生产活动的作家具有明确的党派色彩和政治立场。比如叶公超、王平陵、陈纪滢、张道藩、赵友培、郑学稼、高希均、胡秋原等国民党政府知识分子,及其在上海、南京、广州等多地创办的杂志《前锋月刊》《前锋周报》《现代文学评论》《申报月刊》《民族文艺月刊》《黄钟周刊》等重要文学及文化舆论媒介。尤其是20世纪30年代由邵洵美、叶秋原、张若谷等人组成的民族主义文学派系,由于其组成人员党派政治倾向的特殊性,决定了这一文学派系及其发起的民族主义文艺运动具有鲜明的政治指向。而鲁迅、茅盾、瞿秋白等代表着左翼文坛力量的作家群体对其发起的文艺批判,自然带有中共左翼作家联盟及左翼文学革命的思想立场。在这两种主要党派知识分子力量的缝隙中,游离着带有超党派自由知识分子立场的作家群体。所谓超党派,有两种表现形式,即非单一政党身份或自由知识分子身份。如章士钊及其《甲寅》杂志,吸纳国民党流亡群体;又如鲁迅、巴金、闻一多、冰心等现代文学大家"非共产党员"身份与其文学立场的隐性政治表态,自然也包括"自由人""第三种人"的"自由主义"文学立场与左翼作家"无产阶级文学"立场的分歧;还有超越党际及派系斗争的知识分子立场,如陆晶清、谢冰莹等经历了政党派系属性的变化,或如郭沫若等拥有超越单一党派甚至国际政治经历的作家身份转变等,都会使得其不同时期的文学写作具有超越纯粹艺术审美之外的"非文学性"特质。知识群体从政治和文学功利性目的出发来从事文学的传播和生产活动,在其领导、组织或参与的政治团体经验及政治活动经历，成为其建构文化身份认同的重要基础，使得他们参与和组织的文学运动与文化运动也必然会带有鲜明的"非文学"色彩。比如，1914年9月以黄兴、章士钊为首，陈独秀参与的欧事研究会，以研究欧事为名，以《甲寅》周刊为主要宣传刊物，事实上是实行反清、反袁世凯政府独裁活动的政治团体；如1918年末由陈独秀、李大钊等创办的杂志《每周评论》，译介马列主义、历史哲学和社会主义相关理论思想，以政治评论为主要内容，与《新青年》杂志相互补充，对新文化运动时期中国近现代思想的发展成熟起到了深远影响；如1919年初由北大学生傅斯年、罗家伦等发起成立的新潮社，早期在发表新文艺作品及文学评论的同时，提倡伦理革命与妇女解放，以《新潮》月刊为主要舆论平台，后期以实用主义为核心，坚持社会政治与文化运动的结合；又如1919年底，少年中国学会及《少年中国》月刊的组织者王光祈在教育、思想、文化界的李大钊、蔡元培、胡适、陈独秀、周作人、罗家伦等十余作家文人的协助募款帮助下，成立北京工读互助团，虽然社团持续时间很短，但是这是在习得日本空想社会主义"新村主义"的基础上进行的社会实践尝试，为解散后社团成员们接受马列主义并走向社会主义革命道路奠定了必要的思想准备基础。

另一方面，虽然由身份复杂的作家文人群体组织领导的文学社团、协会及相关活动在指导文学实践的过程中的确占据着不容忽视的主要作用，但是处于革命政治权力中心的作家文人在体制内、在顺应主流文艺政策的写作过程中，也同样会伴随着思想矛盾、自我挣扎、表述含混与态度暧昧。这些不稳定与不统一的多面性表现，是身处于政治环境漩涡之中作家内心的文学呈现，也是政治主导下的中国现代文学写作中"非文学性"的重要表现方式之一。以南京国民政府管控国家文艺活动的时期为例，1929年，梁实秋曾在"三民主义"高度意识形态化文艺思想专制的时期，针对国民党思想管控的政策，在全国宣传会第三次会议时撰写名为《论思想统一》的批评文章表达批判声音："以任何文学批评上的主义来统一文艺，都是不可能的，何况是政治上的一种主义？……据我看，文学这样东西，如其真是有价值的文学，不一定是三民主义的，也不一定是反三民主义的，我看还是让它自由的发展去罢。"① 梁实秋的这种文艺理念可以称得上是"自由知识分子批评国民党和国民政府的标本"②，他所针对的是1929 年国民党中央宣传部召开第一次全国宣传会议时通过的两个奠定南京国民政府文艺政策发展方向的重要决议，其一是《确定适应本党主义之文艺政策案》，其二是《规定艺术宣传方法案》，其中前者有两个主要内容：

> 第一，创造三民主义之文学（如发扬民族精神，阐发民治思想，促进民主建设等文艺作品）；第二，取缔违反三民主义之一切文艺作品（如斫丧民族生命，反映封建思想，鼓吹阶级斗争等文艺作品）。③

梁实秋在报纸上看到国民政府当局会议记录中试图以"三民主义"来统制全部文艺活动的决策，因此撰文批驳政治挟持文学的反伦理与反人性，强调文学的无阶级性和思想自由。梁实秋并不是国民党党员，在 20 世纪 30 年代与罗隆基一起加入张君劢、张东荪等在北平主持的"再生社"，"再生社"后于 1934 年更名为中国国家社会党。国社党后与海外民主宪政党合并为中国民主社会党，实质上政治主张与国民党更为切近，在 1949 年前后国民政府随军败退

---

① 梁实秋. 论思想统一 [M] //梁实秋. 梁实秋散文集：第三卷. 长春：时代文艺出版社，2015：130. （原载于《新月》1929 年 5 月 10 日第二卷第 3 号）
② 姜飞. 国民党文学思想研究 [M]. 广州：花城出版社，2014：48.
③ 牟泽雄. 民族主义与国家文艺体制的形成：国民党南京政府时期 (1927—1937) 的文艺政策研究 [M]. 昆明：云南人民出版社，2013：45. （原载于国民党中执委宣传部编《全国宣传会议录》，1929 年 6 月，第 31 页）

台湾的社会迁徙浪潮中，与国民党一同迁移至台湾，梁实秋作为国社党内知名的作家文人也在随军迁台文人之列。此时，梁实秋不仅与曾经交好而后身为左翼阵营领袖的郭沫若逐渐冷淡，而且在《新月》上发表《文学是有阶级性的吗》《论鲁迅先生的"硬译"》等文章，公开与左翼文学阵营及其代表作家的文艺观念展开论辩。由此不难推断，此时梁实秋的党派性质仍然处于国民党体制内，但他作为体制内的知识分子却撰文对国民党文艺政策进行正面批判，也是带有党派属性知识分子坚持思想独立性的表现。另一国民党体制内文人文学活动的复杂案例，就是先后担任国民党中央组织部副部长、国民党中央宣传部长等要职的张道藩，及其在1942年9月发表于《文化先锋》创刊号的《我们所需要的文艺政策》① 一文。国民党"三民主义"文艺政策虽然自口号在20年代末的提出由来已久，但是以"文艺政策"为题专门立论的这篇文章还属先声，并且落款署名为时任国民党宣传部部长一职的张道藩，更使得这篇文章具有强烈的国民党官方意识形态色彩。然而，这篇文章作为宣传国民党文艺政策的官方文论与同年5月毛泽东发表的作为中国共产党文艺政策的官方文论《在延安文艺座谈会上的讲话》（以下简称为《讲话》）一文相比，似乎并不像规范的文艺政策，而仅仅像对于当前文学创作的一种"讨论"。《讲话》非常明确地呈现了文艺为谁服务、如何服务、文艺统一战线怎样建立、文艺批评的标准等几个循序渐进的关键问题，而语言和句式的使用的背后也具有相当的文化信心，譬如，《讲话》中使用的问句，除了立论逻辑需要层层递进的自问自答式一般疑问句以外，多是与掷地铿锵的反问句如："但是为什么还说即使这些同志中也有对于文艺是为什么人的问题

---

① 张道藩. 我们所需要的文艺政策［M］//徐乃翔. 中国新文艺大系（1937—1949）· 理论史料集. 北京：中国文联出版公司，1998. （原载于1942年9月1日《文艺先锋》第1卷第1期）

没有明确解决的呢？难道他们还有主张革命文艺不是为着人民大众而是为着剥削者压迫者的吗？"① 这种反问句在使用的同时就已经有着明确的潜在答案，并且立论语言准确态度肯定。而反观《文艺政策》一文，不仅在描述文学现象时用语琐碎而缠绕，而且在立论阐释时充满了谨慎的措辞和小心的分析。比如在描述社会流行作品的无意义这一部分就有这样一段描述："你说他是对社会的讽刺吧？不是。对人生的赞美吧？也不是。写情吧？有点是……"而且，每每在谈论一个问题之前，总要以"有人要问……""又有人要问……"等句式将自己所提出的政策可能面临的质疑与挑战提前呈现出来，相较之下，这种含混的表述方式其"被动性痕迹与自我辩护的痕迹颇为明显"②。写作者本人对这种文艺政策的不确定态度反映在文学文本中，不论出于哪种原因，都向我们呈现出国民政府官方控制下文学表述的部分自由空间。

反观延安时期共产党根据地作家文艺活动方面，虽然也存在着与国民党政权相似的体制内文人的差异性写作，但我们必须注意到延安政权与南京国民政府性质上的本质区隔。南京国民政府在形式上完成了国家的统一，是具有合法性的全国性政治实体，而延安政权属于共产党领导的地方性独立政权，在当时并没有形成对全国范围内有效的政治及军事掌控。因此，延安政权与国民政府南北相持时的首要战略目的必然是巩固政治政权的稳定性，并逐步增强与扩大政治军事实力，为中共革命的胜利和政权合法性的获得奠定必要基础。延安政权下作为中共革命文艺重要阶段的文学生产及宣传活动，其意识形态性与文化战略性在事实上也必然会构成延安时期文学环境的主要面貌。自"中国文艺协会"在陕北保安成立后，代表

---

① 毛泽东. 在延安文艺座谈会上的讲话 [M]. 陕西：解放社，1950：12.
② 李怡. 含混的"政策"与矛盾的"需要"：从张道藩《我们所需要的文艺政策》看文学的民国机制 [J]. 中山大学学报（社会科学版），2010（5）：55.

着中共在特殊的战时历史时空内对文艺活动进行意识形态建构的延安文学（或称解放区文学）逐渐丰富成形，政治与战时需求在客观上对文学及文化活动的发生与发展空间产生了极为重要的形塑与导向作用。然而值得注意的是，延安文学也并不是单一形态的文学体，其内部同样存在着复杂的话语空间与格局。20世纪40年代担任延安党报《解放日报》文艺副刊主编的丁玲，针对当时延安的革命及文学现实，创作了小说《在医院中》和杂文《"三八节"有感》《我们需要杂文》等带有对主流文艺话语权进行"抵抗"或"挑战"①性质的作品，这直接成为丁玲在延安整风运动时期受到批判的重要原因。然而，丁玲文学作品中的这些"另类"声音并不是孤军奋战，罗烽、萧军、王实味、艾青等延安文人都在发表文章对丁玲的部分观点进行呼应。如时任全国文艺界抗敌协会延安分会第一任执行主席的罗烽，就于1942年在《解放日报》副刊上发表《还是杂文的时代》，肯定延安文学批评界需要鲁迅先生式杂文的必要性；又如时任延安中央研究院文艺研究室特别研究员的王实味，在1942年连续发布《野百合花》《政治家·艺术家》两篇作品，提倡"揭破黑暗"的批判精神比"歌颂光明"更重要，直接导致整风运动在中央研究院展开对他的批判和揭发，直至1991年才摘下"托派"的帽子。处于非常复杂、紧张的特殊政治社会环境下的部分延安作家，一方面在《讲话》后确立主导地位的文艺政策之下担任重要的文艺宣传工作职务，另一方面也在努力发出自己关于革命和文艺体制问题的反思，而这种反思并非是无中生有的想象性建构，而是"着眼于当时延安存在的问题，依据平等、民主、自由等

---

① 李陀. 丁玲不简单：革命时期知识分子在话语生产中的复杂角色[J]. 北京文学，1998（7）.

革命想象提出了更激进的评判标准"①。

(二) 政治主导下文学的服从与反抗

文学审查制度会为同时期的文学带来限缩与控制,但同时也会为文学本身增加许多"非文学性"的重要因素。作家文人为了应付和通过文学出版的审查机制,或选择使用有针对性的创作方法,或选择特定的创作主题和故事题材,这种文学活动的展开自然不是按照文学本身的内部语言逻辑来发展,而是在各种非文学因素的共同作用下被形塑。菲舍尔·科勒克曾在《文学社会学》中说过:"无一社会制度允许充分的艺术自由。每个社会制度都要求作家严守一定的界限……每个社会制度——经常无意识、无计划地——运用书报检查手段,决定性干预作家的工作。甚至文学奖也能起到类似的作用……它与统治、国家权力之间存在着因果联系,能够阻碍或改变创作。"② 这其中谈及影响文学创作的社会制度,主要包含两个方面,其一是书报检查制度,其二是文学奖励制度。我们不妨先从书报检查制度谈起。自北洋时期起,政府即已对时下文艺活动和文学作品的写作、传播与出版进行干预,不仅大部分报馆、杂志社、通讯社的创设及出版都需要相关地方部门登记及审批,而且国家文化学术机构、民间社团及文化学术团体创办的申请、章程及细则也需经教育部登记与核准,尤其是与新文学相关的白话报纸及媒体平台,与中共密切相关的陈独秀讲演录等进步材料都被禁止和取缔,对于与"以党治国"文艺理念一脉相承的苏联有关期刊、影片更是非常敏感,因而还对电影和剧作进行严格监审。此时段,北洋政府出版法及著作权法也陆续颁布,有"通俗教育研究会"组织审核图

---

① 贺桂梅. 知识分子、女性与革命:从丁玲个案看延安另类实践中的身份政治 [J]. 当代作家评论, 2004 (3).

② 科勒克. 文学社会学 [M] // 张英进, 于沛. 现当代西方文艺社会学探索. 魏育青, 译. 福州:海峡文艺出版社, 1987:38.

书杂志，鲁迅也参与其小说部分的审核，还有前述材料所提及的"通俗文学研究会""京师警察厅"等专门部门及各地方政府查禁新闻报纸、杂志、书刊和文学作品，对所谓"淫邪""不良""危害社会风纪"的言情小说及"思想偏激"的进步书刊杂志进行管理和控制，《胡适文存》《独秀文存》以及周作人的《自己的园地》，甚至陈大悲的戏剧理论专著《爱美的戏剧》都先后遭到审查和查禁。北洋时期的文艺控制不仅表现在禁书、焚书方面，而且还表现在其禁止表演新剧。1924年由"廿六人剧社"的万籁天、吴瑞燕等人排演易卜生《玩偶之家》的中国版《娜拉》，就被警察厅中途强制叫停，《晨报副刊》还对此有相关的报道[1]。而究其原因，在于剧社成员脱离北京人艺戏剧专门学校后资金短缺，而中共创始人之一张国焘以组织名义捐献200元给剧社，作为排演话剧的启动资金，在这种情况下《娜拉》才得以顺利排演和上映，却又因此受到北洋政府的查禁。至于1928年南京国民政府成立后，国民党在思想文化方面推行更为严格的检查机制，尤其着重加强文化宣传品的检查和出版言论自由的控制。在1929年国民党召开全国宣传会议以后，周佛西、叶楚伧、王平陵等文人分别撰写文章来论争关于如何建立和践行"三民主义"文艺观及文艺政策，此后带有极权色彩的文艺管控手段在全国紧锣密鼓地开展起来。1929年一年之内，国民党中央宣传部查禁刊物就高达270余种[2]，而且中执会还持有共产党刊物化名详单，与北洋政府时期相比，除了在此前政府已有审查制度基础上更加细化以外，此时的审查更缜密和严苛。同年8—9月，国民党中央决定在全国重要城市实行邮件检查制度，1932

---

[1] 司马长风. 新文学丛谈：上[M]. 香港：昭明出版社，1975：357.

[2] 国民党中央宣传部民国十八年查禁书刊情况[M]//中国第二历史档案馆. 中华民国史档案资料汇编·第5辑·第1编·文化1. 南京：江苏古籍出版社，1994：214－217.

年 8 月，政府海关监督部门呈递海关禁止入口出版物检查办法及出版物名称表，次年，教育部转发行政院关于注意学生思想的密令，直至抗战爆发前夕，教育部仍检发取缔《国内由各大学学生主编或收转稿件之反动刊物表》的训令（1937 年 1 月 9 日）。当然，国民政府时期国家社会表面上秩序的重整伴随着自上而下的国家权力集中，而这种政治诉求与社会实际之间存在的矛盾与含混，在这种文学机制实行数年以后，尤其是抗战时期，便逐渐呈现出更值得我们考量的丰富层次与复杂面向。国民政府的文艺政策大致经历了这样几个发展阶段：自 20 世纪 20 年代末"三民主义文艺政策"徒有其表，相较于北洋军阀时期略有紧缩；至抗日战争初期，"国民党中央文化运动委员会""中华文艺奖金委员会""中国文艺协会"的文艺政策给各地文艺发展提供了适度空间；发展到国共合作时期，国民政府文艺政策的含混与收缩至抗战中后期国统区文艺政策紧绷，政治意识形态对于思想文化领域的控制再度加强。

谈及文学奖励机制对于文学创作和文艺活动的影响作用，可以回溯至清末阶段，中国近代最早的报纸征文始于广学会创办的《万国公报》于 1889 年发起的，题名为韦廉臣所拟定的"格致之学泰西与中国有无异同"与"泰西算学何者较中国为精"，共收录 20 篇投稿，选定其中 4 篇获奖，奖金分别为 10 元、7 元、3 元、2 元①。1905 年 4 月《大公报》出至一千号时，亦以"振兴中国何者为当务之急"为题目设置政治思想方面的有奖征文并选定其中 3 篇获奖。中国近代文学及文艺活动中有奖征文的起点，则是 1895 年 6 月由英儒傅兰雅（John Fryer）在《万国公报》筹备的以"描述鸦片之害、时文之害、或缠足之害"为题目征求"时新小说"的活动，此次征文共有应征者 162 名，次年 3 月发表征文活动的评审结

---

① 陈玉申. 晚清报业史［M］. 济南：山东画报出版社，2003：29.

果,选定其中 8 篇获奖,奖金分别为 50 元、30 元①。此次征文活动在客观上促进了该份报纸阅读群体的阅读兴趣,直接使得报纸的印刷量和发行量逐渐增加。1936 年,萧乾于《大公报》文艺副刊任编辑时为纪念复刊十周年主持举办了"大公报文艺奖金"评选,此次评奖于次年 5 月公布评选结果,其中小说奖为萧军的《八月的乡村》(后因萧军拒绝领奖,而改为芦焚的《谷》),戏剧奖为曹禺的《日出》,散文奖为何其芳的《画梦录》②,三人平分一千元奖金,并获得了由杨振声、朱自清、朱光潜、巴金、林徽因、李健吾、沈从文、凌叔华等十位知名作家组成的"文艺奖金"裁判评审团的评语。自此,现代文学奖励制度在社会上具有了初步的影响,而且也在客观上为得奖的作家带来了一些经济收入,并在鼓励他们继续进行文学写作的同时,一定程度上也提高了青年作家的社会知名度。发展至 20 世纪 40 年代以后,则因政治形态和党派色彩的差异而分别产生民族战争时期解放区形式多样的有奖征文活动和国民党"中华文艺奖金委员会"及"中国文艺协会"组织的官方文学奖励活动。其中解放区征文活动即包括专栏征文,如 1942 年 9 月《解放日报》开辟"街头诗"专栏征稿并对采用的作品发放稿酬,也包括设立如鲁迅文艺奖金征文、专项文学奖金征文等③。不过此时段的征文奖金并不高,对作家而言奖励资金主要还是来源于稿酬,由此,"对现代文学创作真正产生深远影响的文学奖励,主要还是稿费制度的建立"④。稿酬影响着作家的创作积极性和生活质

---

① 陈玉申.晚清报业史[M].济南:山东画报出版社,2003:29.
② 徐俊.《大公报》文艺奖金史实钩沉[M]//许建辉,等.中国现代文学馆馆藏经典作家文物文献研究.北京:文化艺术出版社,2013:184.
③ 门红丽.解放区"有奖征文":"日常民族主义"的情感认同与建构[J].社会科学研究,2016(5).
④ 王本朝.中国现代文学制度研究[M].台北:秀威资讯科技股份有限公司,2013:156.

量,而有奖征文活动举办并不应时且收入并不稳定,仍然只能属于文学奖励制度收入中的小部分。反观国民政府迁台后的征文活动,1950年4月上旬,国民党政府授意中宣部及中央文化运动委员会主席张道藩作为主任委员组织成立"中华文艺奖金委员会",简称"文奖会",成员有罗家伦、张其昀等人。同年5月,由张道藩、国民党资深文艺工作者陈纪滢、国民党中宣部新闻人王平陵等人在台北联合发起成立了"中国文艺协会",简称"文协"。在"文奖会"及"文协"的奖金鼓励下,大批因战争局势发生变化而随国民党军队迁至台湾的作家开始积极投入以"反共"为主题的文学写作活动中。迁台作家王鼎钧曾在晚年的回忆性文章《反共文学观潮记》中写道:"当年'文奖会'的真正任务,乃是对反共文学寓紧制于奖励。"①

在政治与文学的辩证关系链条中,既存在着文学以政治的方式去服从,也存在着文学以政治的方式来反抗。文学作品的主题与内容的"非文学性"方面,除却前文已经讨论过的不同时段文学形式的多样性以外,政治与战争规约下的文学写作的"非文学性"不仅局限于文学作品的形式本身,还会影响着文学的热点话题、主题、内容、语言、文体等。传统文学史著中的"纯文学"作品中的"杂文学"因素、文本中体现出的"文学性"与"非文学性"的博弈与角力等各个面向也是重要的考量部分。阿尔蒙德曾在《当代比较政治学》中提到了"政治亚文化"的概念,大概指涉的是在具有冲突性的政治文化中,政府与民众之间的观点和态度出现分歧的状态,试图同国家政党意识形态及政治体制相对抗的作家文人及其文学作品,就是这种"政治亚文化"在文艺活动中的体现。文化界和文学界在承受文化控制压力并进行相应政治导向的文学写作的同

---

① 王鼎钧. 反共文学观潮记·文学江湖 [M]. 北京:生活·读书·新知三联书店,2013:89-90.

时也不同程度地产生了矛盾、游离的状态和心理，反映在文学文本中，也必然会出现断裂和参差。而这种体现却并非全然是挤压与限缩，某种情况下也可能在客观上促成文学发展的繁荣。正如有学者所说："政治对文学所造成的不仅仅是压抑，在某种意义上，它可能也是助力……一个作家或机构的可辨识度部分地取决于同他抗衡的对手的地位和名望。"① 民族战争时期文学作品题材的扩充与复杂化就是很重要的一个表现，虽然民族矛盾与阶级矛盾构成了此时国家集体及个人家庭生活的基调，但是其反映在文学作品的题材丰富性方面，仍然具有多样的表现形态。其中，最基本的题材是直接反映抗日战争不同战场、不同战役及不同参战群体的作品，如反映及反思国民党军队抗日的东平的小说作品《中校》、描写中国儿童抗战的蒋弼的小说作品《多多村》等。同时，题材还具有因战争而带来的地域性差异，分别反映国民政府统治区、由日本侵华部队所占领的沦陷区、中国共产党领导下的抗日根据地、边疆少数民族聚居区以及台港澳、新马等海外华侨聚居区等不同地区中国民众的抗日斗争活动与救亡民族情绪。除此之外，还有因社会风貌、阶层分化矛盾等差异较大的农村与城市地区文学作品题材的区隔，如艾芜反映四川农村阶级矛盾和生活境况的小说《丰饶的原野》与茅盾于国统区创作的《第一阶段的故事》《走上岗位》等描写城市民族资产阶级抗战时期思想转变的小说，就是这两种题材的代表作品。更值得注意的是抗日战争时期关于日常生活的叙事主题。在民族战争时期，家国情怀和民族热情构成宏大的文学主潮，而包含平庸琐事的日常生活则是从个体生命的微观体验出发，一方面消解了国家民族宏大叙事带来的对于战争的想象性建构，另一方面以丰富的生活细节最大限度地还原战争的真实面貌，两者相互补充，共同构成抗日战争时期文学作品内部空间的复杂性与立体性。传统文学史著中

---

① 季进. 彼此的视界 [M]. 上海：复旦大学出版社，2014：214.

关于战争时期善于在文学作品中表现日常生活主题以发掘民族坚持抗战的生命力量的，多是以冰心、萧红、张爱玲、苏青等女性作家为代表的散文作品。而实际上，翻阅新文学作家民族战争时期的文学写作，许多小说作品都将战争和历史作为每日生活的底色，通过平民甚至农民的日常生活细节来间接勾勒出历史的宏大面貌。这种日常生活可能表现在作品的内容如战争时逃难、躲避空袭、被拉壮丁、战时弃婴、买平价米等因战乱而对生活体验带来的直观变化方面。比如张恨水的小说《傲霜花》《牛马走》《纸醉金迷》等都写过知识分子生活饮食的清贫与拮据的细节，既有红薯丁子糙米粥配萝卜条子当饭食，也有竹片糊着黄泥灰做房屋等；也可能通过平民百姓因战乱带来挨饿、破产、受刑甚至死亡等日常生活受到重创乃至难以为继，来暗指侵略战争对中国民众带来的身体伤害和精神毁灭，比如老舍的《四世同堂》、萧红的《马伯乐》等就是描写这种"生"的绝望最鲜明的代表作品。

　　政治与文学的关系是一个世界性问题。中国文学的发展，自始至终与政治保持着密切关系。自南北朝至隋唐时期，封建帝制朝代更迭带来的政局衰乱，影响着不同朝代时期作家与文学的繁荣或低迷。宋元明清各封建统治政权的民族及政治政策的差异，也都在或直接或间接地影响着时代文学的发生及衍变。进入现代文学阶段，自五四文学革命发生期陈独秀《文学革命论》所言"今欲革新政治，势不得不革新盘踞于运用此政治者精神之文学"①，至20世纪20年代北洋军阀统治时期，文学革命及思想革命与频仍的政治运动并行相竞的状态，新文学已经开始急剧政治化，发展到南京国民政府成立以党治国的整体格局中，专制文艺理念独尊下国民党的"三民主义"文学及"民族主义"文学，与共产党领导下红色革命

---

① 陈独秀. 文学革命论 [M] //丁丁. 革命文学论. 上海：泰东图书局，1930：57.

力量影响的"左翼文学"两派意识形态主导下的文学活动互相牵制,无一未能脱离政治主导文学的评价体系。而至共和国阶段的新时期文学,政治与文学之间的支配及被支配关系则更日渐稳固,政治功利性评价标准主导地位的确立,使得文学本体的艺术自主性和自足性都在不断地被挤压。即便进入新世纪时期文学阶段至当下文坛的创作实践,均仍然有大量的文学作品建立在回望前十七年及"文化大革命"时期政治问题的文化心理基础之上,新的意识形态文学评判标准及文学史写作范式在一定程度上仍在影响着部分文学创作者和文学研究者的写作。

承接着"为艺术而艺术"的西方"纯文学"理念进入现代中国,从"回到文学本身"注重文学内部审美性研究的呼吁,再到"重写文学史"及"20世纪中国文学"对传统文学史著政治阐释框架的反思,文学研究似乎试图在文学艺术本体中寻找到一种脱离于政治意识形态规约的独立自足的阐释逻辑。然而,随着进入20世纪90年代以后西方"文化研究"方法在中国文学研究领域的流行,使得文学周边诸多社会、文化、政治、经济等非文学现象再次将中国现代文学的研究与社会政治思潮建立了关系,文化社会学、文化地理学乃至文化政治学等思潮重新回到文学研究的方法体系之中。在我们的社会生活中,文学对社会的影响作用似乎越来越淡薄,而文学学科内部的研究者也因此产生对文学学科本体性及审美性特质的焦虑。有学者曾断言:"自上世纪(20世纪)90年代以来中国文学的颓落与低迷之势,就已不再是因为'文学性'的缺失,而更在于某些具有重大社会意义的'非文学性'因素的缺失。"① 倘若考虑到进入20世纪以来中国现代文学发生及发展的特殊历史时代及政治背景,我们显然不难认识到现代中国的文学与政治是相互黏

---

① 杨守森. 论"文学性"与"非文学性"[M]//山东省作家协会. 山东作家作品年选·2013评论卷. 北京:作家出版社,2014:68.

着、难以分割的共同体。假若以"纯文学"的理想追求作为研究的导向,将文学从政治中剥离出来,显然既破坏了文学本身的丰富性和真实性,又难以对各种文学现象及文化问题做出合理的评价与阐释。这样一种对于政治问题的刻意规避与涂抹,很可能会走向另一个思维的误区:"如果政治文化本身就构成了我们社会文化(包括文学)的重要组成部分,或者说某种政权形态的元素已经明确无误地渗透进了文化与文学的活动,那么,我们的阐释框架又如何能够刻意地驱除这些元素呢?"① 这种有意的"去政治化"研究倾向,似乎在表象上旨在擦除文学研究的意识形态性,但事实上在无形中建构了另一种文学批评及研究的意识形态化。

我们真正以文学研究者的视角去考察文学与政治这一共同体的方法,应是尽量规避"阶级论""工具论"等狭隘的文学批评方法,避免具体党派政治思维框架下的二元对立的"是非论"评判标准,在充分认识到政治环境中文学生态的复杂性的基础上,最大限度地还原文学及文化问题的学术价值,即:"文学史考察应当在文学学术的层面上进行,也就是说,我们是从学术的维度上看'政权'的文化意义,而不是从政治正义的角度批判现代中国的政治优劣。"② 这种研究方法需要我们在新时期以来愈来愈注重"文学性"的理论选择之上,更加注重其"非文学性",这也就是中国现代文学发展及研究的大视野的必要性所在。

(三)"大文学"视野下中国现当代文学的特质

以"大文学"视野重新认识中国现当代文学,这一时段的文学现象及文学作品有哪些特质呢?

从文学史进程的宏观维度来看,中国现当代文学这一进程同时伴随着新与旧的相互介入。这种新旧并存表现在很多方面,如白话

---

① 李怡. 作为方法的"民国"[M]. 济南:山东文艺出版社,2015:48.
② 李怡. 作为方法的"民国"[M]. 济南:山东文艺出版社,2015:49.

新诗与传统文言诗词并举,前文已提及的五四以后发展至今数量可观的旧体诗创作,和小说、散文、戏剧等其他新文学题材中旧体诗词的化用和融合;及现代话剧与古典传统戏曲(包括地方戏)结合等不同文体的文学作品中,如以欧阳予倩《潘金莲》、田汉《名优之死》为代表的新文学话剧作品与传统戏曲布景、形式、内容的结合,又如新世纪以来以白先勇的青春版《牡丹亭》及《西厢记》为代表的,以现代剧场形式改编古典戏曲的实践。除此之外,从文化人类学的角度来看,战争时期为适应短平快的战时文艺宣传需求而出现的街头诗、朗诵诗、活报剧等灵活的文学形式,以及大量偏远地区少数民族文化体系中的口传诗、歌谣、故事等未被现代书面文学所记录的原始文学作品,同样也属于"大文学"新旧参差状态下的文学性素材,由于这种流动性的文学素材散轶颇多,全面搜集资料的难度较大,这一部分的文本往往只能在传统文学史著中缺席。

周作人曾说:"研究中国文学,不能置通俗文学于不顾。"严肃与通俗的双轨并行,则是中国现当代文学更为重要的特质。现当代新小说或严肃小说自始至终都与通俗小说共存。不论是从清末民初现代意义上的武侠小说的发生开始,至20世纪30年代以平江不肖生(向恺然)、赵焕亭、姚民哀、顾明道为代表的武侠小说作家创作现代武侠小说作品的勃兴,还是自晚清西方近代科学传入中国后兴起科学小说的译介风潮后,从俞万春的《荡寇志》及吴研人的《新石头记》中科学幻想叙事之滥觞,到徐念慈的《新法螺先生谭》、劲风的《十年后的中国》、顾均正的《和平的梦》的写作实践渐臻成熟,再发展到新中国成立后新时期科幻小说的进一步繁荣。更毋庸赘言言情小说、官场小说及艳情小说等带有明确商业性和娱乐消遣性质的面向大众阅读趣味的通俗文学,都与新文学的发生及发展脉络协奏共振。倘若遵循"一切历史都是当代史"的逻辑,将当下正在发生的文学现象也纳入讨论范畴,在大众传播媒介的介入和影响下，通俗文学写作也出现了新的表现形式。由各广播电台播出的广播剧、广播小说及在如喜马拉雅等音频分享平台上传的原创有声小说，与自世纪之交网络时代初期的博客（blog）、论坛写作及如榕树下、红袖添香、起点中文网、17K小说网等原创文学网站上面的网络连载文学，及自媒体时代的豆瓣、微博、微信等社交媒体平台上面带有娱乐性质的"碎片化"写作，都暗示着以"纯文学"标准为中国现当代文学结构中严肃文学与通俗文学划界的方法正在逐渐失效。

从文学写作的主体，即写作者的维度出发，中国现当代文学中的"越界"写作给文学文体、形式、题材等多方面的创变带来新的活力，并扩充了现当代文学的外延。这种"越界"写作既包含文学文本的越界，也包含作家身份的越界，主要表现在以下几个方面：一是专事某种文学体裁写作的作家跨越其擅长的体裁而尝试其他体裁的创作。较为普遍的是诗人、小说家、戏剧家等写散文，沈从文、王蒙等小说家进行新诗创作也并不罕见，这种写作尝试带来了"散文诗""诗化小说"等文体的出现。二是新文学作家与政治家、革命者的重合，如陈独秀、李大钊、郭沫若、梁实秋、张道藩、王平陵等，这种写作为文学文本带来了社会历史政治等重要的"非文学"因素。三是政治家的古典诗词创作，包括毛泽东、朱德、陈毅、叶剑英、谢觉哉、林伯渠等无产阶级革命家、军事家对古典诗词的爱好与创作，也包括国民党领导人孙中山、蒋介石以及谭延闿、叶楚伧、于右任等国民政府政要的旧体诗词创作，还包括汉奸汪精卫、周佛海等人的文学创作。这种文学文本应该被纳入文学史研究的范畴，也能在客观上丰富我们对于"文学—政治"共同体的认识与理解。

从文学创作的最基本元素即语言的维度出发，现当代汉民族汉语写作的文学作品与地域方言写作，以及少数民族文学写作，包括口传原始文学及书面文字文学两种形式，其中又暗含着少数民族作家的汉语写作与少数民族语言写作两种形式，共同构成了中国现当代文学史的完整版图。传统现代文学史著以现代汉语写作作为度量标准获得语言公共性，在保障语言的纯洁性的同时，也在客观上牺牲了地域方言的生动与活力。如老舍的《骆驼祥子》《茶馆》等作品中对于北京土话和儿化音等北京方言的运用，以沙汀为代表的川籍作家在文学作品中对川蜀地域方言中嬉笑怒骂的呈现，李劼人的《死水微澜》等小说作品中对于四川民间方言及哥老会术语、黑话等的运用，以及近年来金宇澄运用沪上方言及思维方式创作的长篇小说《繁花》等，都是以地域方言进行写作的文学成果。少数民族作家写作方面，有满族作家老舍、端木蕻良、王度庐，藏族作家阿来、扎西达娃，回族作家白先勇、陈村、霍达，彝族作家吉狄马加，还有蒙古族作家萧乾、席慕蓉、鲍尔吉·原野，达斡尔族作家李陀等，其中部分作家的名字在传统文学史著中经常出现，而其少数民族的特殊身份则在现代汉语写作文学作品中被淡化了。除此之外，还有更多并不为文学史所熟悉的名字，如台湾少数民族诗人兼歌手胡德夫（卑南族、排湾族）、诗人莫那能（排湾族）、诗人兼舞者孙大川（卑南族），哈萨克族作家唐加勒克，维吾尔族作家铁依甫江·艾里耶夫，朝鲜族作家金仁顺等等，其作为少数民族作家的母语写作也是中国多民族多元化文学的重要构成部分。

从文学创作的内容和体裁来看，中国现当代文学是虚构性文学写作与非虚构性文学写作相并行的。其中非虚构性文学作品不仅有诗、文等独立表达作者真实思想情感的文学作品，也有新闻、报道、访谈、纪行、报告文学等带有"现场感"和"亲历性"等真实反映现实生活情境的文学作品，如前文所述民族战争时期带有报告性质文学作品在战时的繁荣。除此之外，还有笔记、日记、书信、文人之间旧体诗词的唱和、传抄等不为发表而创作的私人性文学作品，如《吴宓日记》《清华园日记》《胡适留学日记》等，以及由研究者整理或由作家合法继承者授权公开的作家信件、日记等隐私文献，如叶永烈编的《梁实秋·韩菁清情书选》、近年来出版的夏志清收藏的《张爱玲给我的信件》、萧军的《延安日记》等。这其中隐含着另一个特质，即中国现当代文学作品同时也是公共写作与私人写作相并行的状态。

从文学创作的文化背景和社会环境出发，中国现当代文学的另一特质是跨地域性及世界性。跨地域性表现在因政治原因产生的地域迁徙性文学，如前文提及过的1926年前后北伐时期大批文人学者南迁过程中的文学创作、抗战时期国立长沙临时大学西迁为西南联大时期教师学生创作的纪行作品，还有1949年前后随国民政府及军队撤退的迁台、迁港及迁徙海外的作家群体的怀乡、离散文学书写。世界性则表现在在中国的外国作家及在海外的中国作家的创作，这其中既包括因战争原因短暂驻华的记者，在海外组织的文学活动的新文学作家，也包括热爱描写中国及中国文化的异国作家，还包括兼具多国文化身份的海外华裔写作者。在中国的外国作家的创作，既有前文曾提及过抗日战争时期的外国记者埃德加·斯诺、尼姆·威尔斯、史沫特莱等人的报告文学、访谈及纪行的写作情况，也有随父母传教来到中国旅居40余年的美国作家赛珍珠的《大地》等多部中国题材小说的写作。在海外的中国作家的创作，既有叶君健、萧乾、林语堂、郁达夫等作家在欧洲、美国、南洋等境外组织的文学活动，也有美籍华裔作家汤亭亭的《女勇士》《中国佬》及赵健秀的《唐纳亚》，马来籍华人作家戴小华的《忽如归》、旅居国外的华人作家张翎的《劳燕》等文学作品。此外，中国当代文学作家作品的海外传播，也是"大文学"格局中的重要组成部分，这其中既包含作家在海外进行的文学活动，也包含作家作品的海外翻译、出版和推介，还包含作家作品的海外影视化等艺术衍生作品。从文化地理学的角度来看，或许这些空间因素或多或少都带有"非文学"的嫌疑，但这种跨地域性和世界性反作用于文学作品中，不仅使得文本具有更为开阔和驳杂的内容与题材，而且使得文学语言与情感充满历史感与时空感,在事实上为我们真正进入中国现当代历史时段文学内部而助力。

所谓以"大文学"史观观照中国现当代文学的发展,既需要我们能够将"杂文学"中的文学文本与实用性非文学文本进行区分,也需要能够探究与辨别各类非文学文本中可能蕴含的"文学性"成分。这种"大"并不是文学史作品体量的增加,而是观察现代文学史的维度的增多、空间的拓延。中国现当代文学研究应该在这种大视野的重新审视下,探究处于动态变化之中的文学的复杂存在,在新与旧、雅与俗、虚构与非虚构、多民族、多语言、多地域等诸多线索与特质的指引下,对传统材料辨析消化而另立新见,发现被剥离而尘封的文学素材,向着批评与研究可能有的丰富性和复杂性趋近。

第六章

中国现当代作家的"大文学"指向

中国现当代文学创作中关于"文学性"的问题，长期都具有莫大的吸引力，也充满了争议性。一方面，是近现代以来中国的文学长期受国家意识形态影响与意识形态服务，"纯文学"被视作抵抗约束、争取创作自由的一面旗帜；另一方面，则是现代中国知识分子与生俱来的现实关怀与传统的文体意识依然与西方近代意义上的"纯文学"有所距离，中国作家自身的真挚追求与自由写作往往又与现实政治的问题融合在一起。在这里，区分被动的政治任务与主动的社会政治意识十分重要，从传统中国的庞杂的写作目标中释放出文学艺术理想的"纯粹"，同样意义重大；但问题在于，这样的区分有时并不是一件容易的事情。这样，"文学性"的认定总是一个争论不休的话题。尤其是海外汉学参与中国学术之后，特别的政治社会背景往往放大了政治作为国家压力的一面，而常常模糊了中国作家自身的独特精神需求。例如，人们一般都肯定鲁迅的小说，但大多对其杂文不以为然，斥之为创作力衰退的产物；晚年巴金絮絮叨叨地"说真话"，这究竟是独特的人生体验与艺术追求还是写作贫乏症的表现？还有，现代中国知识分子还常常以连续性的日记写作完成对时代、社会的观照，这并不是西方意义的"日记文学"，因为它并非虚构的文学想象，而是以史的真实记载为依据，完成的又是个人家国情怀的某种表达，诗史结合，这样颇有中国特色的写作也不便于纳入西方"文学"的体制，亟待我们的研究做出新的阐释。

不是现代中国作家与众不同的写作应该迁就我们已经掌握了的"文学"观，而是我们的文学观应该根据他们创作的"异质"性自我调整和不断完善。也就说，与其将"文学"认定为西学东渐时代"完善了"的话语，还不如正视现代中国文学现象本身就面临的各种处境，当然也包括它所承受的困扰。更重要的是现代中国的"文学"概念为什么会庞杂到逸出美丽的"纯文学"的范围，除了传统定义的延伸性影响之外，是不是也与文学自身所承受的丰富的信息有关？如果文学现象本身就是储满了社会历史的内涵，那么"美丽"的"纯文学"视野其实反倒无法道尽其意义，在这个时候，可能正是超越"纯粹"的"大"发挥了重要的作用。

在这里，我们仅以鲁迅的杂文、巴金晚年的散文及吴宓的日记写作为例，看一看"纯文学"之外的"文学"追求的可能性究竟在哪里，我们又可以怎样来加以解读。

一、鲁迅：杂文之争背后的意味

关于鲁迅杂文的"文学性"之争由来已久了，除了我们彼此的"文学"观的差异外，鲁迅本人一度对于杂文创作的"低调"也可以说是部分原因，但问题还有另外的一方面，从整体上看，鲁迅其实对自己的这一文体是相当在意的，杂文创作不仅伴随了鲁迅的一生，而且行走于"杂文人生"中的鲁迅，同时又通过对"杂文"的写作实践不断体悟"文学"的意义，逐步形成自己独特的文学观念，并最终十分看重自己的这一观念。这说明，正如"杂文"之于鲁迅是创造性的文体，缘杂文而生的"文学"观在鲁迅那里同样具有极大的创造性，与我们通常意义的"文学"概念并不一致。文学史的评价从来就不是用一种业已固定的文学观衡量不断涌现的崭新的文学现象，凡是不符合固有文学观念的都通通不予承认，恰恰相反，有生命力量的文学研究和文学批评是不断对新的文学现象加以理解和体察，特别是为那些前所未有的"现象"寻找到"存在"的理由，重新勘定它们之于文学史的特殊价值。

（一）鲁迅杂文的"文"类观念

在诸多社会问题、生存困扰纠缠不清的现代中国，美丽的语言艺术从来就不是"文学"单纯关怀的对象，在更多的时候，"文学"真的承担了更多地关注人生、参与社会问题解决的责任。这或许不是"世界文学"的理想状态，但却是现代中国文学的真实状态,其中所包含的现代作家的体验的真实和表达的真诚,是我们必须认真面对和正视的东西。"大文学"就是一种充满了文学艺术的目标但又容纳了更多现实责任和义务的文字形态。

鲁迅说过:"我们活在这样的地方,我们活在这样的时代。"①"在现在这'可怜'的时代,能杀才能生,能憎才能爱,能生与爱,才能文。"② 在这里,"文"(还不是更狭义的"文学")被置于现实的、时代的一系列生活考验之中——杀戮、憎恶、生存、爱,在如此鲜活的"为人生"的逻辑中,重新体味精神创造的价值,发现写作的意义,而不单纯是"文字"与"艺术"创造的意义,这就是鲁迅的"大文学观念"。

在另外的地方,鲁迅的这一"大文学观"又与"为人生"联系起来,在不断跨出"艺术"界限的同时,重新确立自己对于"文学"的新认知。他特别强调了"现在的文艺"与人生的紧密联系:"现在的文艺,是往往给人不舒服的,没有法子。要不然,只好使自己逃出文艺,或者从文艺推出人生。"③ 在这里,鲁迅指出了一种特殊的现象,作为精神形式的"文艺"有可能出现与人生需要的矛盾和对立——给人不舒服!换句话说,文艺有可能成为我们精神的对立面,那么,怎么办呢?那只有两种选择,要么为了自己的精神真实而抛弃那些的"舒服的文艺",要么就是从尊重人生出发重新建构新的文艺,显然,杂文之于鲁迅就属于后一种选择。

在这里,鲁迅道出的是文艺为什么需要"为人生"的缘由:我们需要这样的精神形式重建人生的真实。原本,能够有助于我们

---

① 鲁迅. 且介亭杂文:附记 [M] //鲁迅. 鲁迅全集:第六卷. 北京:人民文学出版社,2005:213.
② 鲁迅. 且介亭杂文二集:七论"文人相轻"——两伤 [M] //鲁迅. 鲁迅全集:第六卷. 北京:人民文学出版社,2005:405.
③ 鲁迅. 而已集:《尘影》题辞 [M] //鲁迅. 鲁迅全集:第三卷. 北京:人民文学出版社,2005:547.

"为人生"的精神形式多种多样，包括政治理念、社会道德、精神信仰、法律及传媒舆论等，问题是，当时中国其他精神形式的发展脆弱不堪，未能各自承担起"为了人生"的责任。例如，来自公共空间的"公理"和社会舆论本来可以促进公民权利的伸张，然而事实上呢？"人们怎样地用了公理正义的美名，正人君子的徽号，温良敦厚的假脸，流言公论的武器，吞吐曲折的文字，行私利己，使无刀无笔的弱者不得喘息。"①"公理是只有一个的。然而听说这早被他们拿去了，所以我已经一无所有。"② 至于原本充满精神力量的信仰，在中国也早已经堕落和虚无了："然而看看中国的一些人，至少是上等人，他们的对于神，宗教，传统的权威，是'信'和'从'呢，还是'怕'和'利用'？只要看他们的善于变化，毫无持操，是什么也不信从的，但总要摆出和内心两样的架子来。要寻虚无党，在中国实在很不少。"③

于是乎，对人生的关怀最终也就无可奈何地遗落到了文学这里，因为，文学究竟还有可能突破假象，揭示人生的真相，并依靠这样的揭示传达现代公民的权利诉求。所以说，在现代文化最终获得完整的发展之前，文学都不能在纯粹"艺术"的领域里独善其身，即便是那些所谓的"为艺术而艺术"的文学家，在鲁迅看来，其实也仍然生活在人间与人生当中："有一派讲文艺的，主张离开人生，讲些月呀花呀鸟呀的话……或者专讲'梦'，专讲些将来的社会，不要讲得太近。这种文学家，他们都躲在象牙之塔里面；但是'象牙之塔'毕竟不能住得很长久的呀！象牙之塔总是要安放在

---

① 鲁迅. 华盖集续编：我还是不能"带住"［M］//鲁迅. 鲁迅全集：第三卷. 北京：人民文学出版社，2005：260.
② 鲁迅. 华盖集续编：新的蔷薇［M］//鲁迅. 鲁迅全集：第三卷. 北京：人民文学出版社，2005：309.
③ 鲁迅. 华盖集续编：马上支日记［M］//鲁迅. 鲁迅全集：第三卷. 北京：人民文学出版社，2005：346.

人间，就免不掉还要受政治的压迫。打起仗来，就不能不逃开去。"① "我不是批评家，因此也不是艺术家……因为并非艺术家，所以并不以为艺术特别崇高，正如自己不卖膏药，便不来打拳赞药一样。我以为这不过是一种社会现象，是时代的人生记录，人类如果进步，则无论他所写的是外表，是内心，总要陈旧，以至灭亡的。"② 的确，在问题重重的现实人生，艺术如果拒绝了对"时代的记录"，最终也只能为人生所淘汰。

（二）鲁迅杂文观的形成与发展

鲁迅的"大文学观"自然也有着一个逐渐生长和强大的过程，从留日时期"疗治国民灵魂"理想与"纯文学"并生的状态③，到后来在现实的逼迫下逐渐走出"为艺术"的虚妄，步入坚实的"为了人生"的文学趣味，杂文写作的出现及其评价地位的逐步上升，最典型地体现了鲁迅与众不同的文学观念。对此，曾经有学者将之深刻地归结为解决自我精神矛盾的"杂文自觉"④，在这其中，同样渗透了鲁迅日益自觉的"大文学观"。

离弃"纯文学"的理想之后，鲁迅对杂文逐渐表现出了一种敝帚自珍式的倔强，这或许就是来自内心深处的自信。

1926年10月，编订《坟》之时，鲁迅写到，这里既有心境变

---

① 鲁迅. 集外集：文艺与政治的歧途[M]//鲁迅. 鲁迅全集：第七卷. 北京：人民文学出版社，2005：114.
② 鲁迅. 三闲集：文艺与革命[M]//鲁迅. 鲁迅全集：第四卷. 北京：人民文学出版社，2005：82.
③ 鲁迅曾云："由纯文学上言之，则以一切美术之本质，皆在使观听之人，为之兴感怡悦。文章为美术之一，质当亦然，与个人暨邦国之存，无所系属，实利离尽，究理弗存。"（鲁迅. 坟：摩罗诗力说[M]//鲁迅. 鲁迅全集：第一卷. 北京：人民文学出版社，2005：73.）
④ 汪卫东. 鲁迅杂文：何种"文学性"？[J]. 文学评论，2012（5）：103－112.

异的疑惑："这是我做的么？"但也有自我的坚持："说话说到有人厌恶，比起毫无动静来，还是一种幸福。天下不舒服的人们多着，而有些人们却一心一意在造专给自己舒服的世界。这是不能如此便宜的，也给他们放一点可恶的东西在眼前，使他有时小不舒服。"①"还有愿使偏爱我的文字的主顾得到一点喜欢；憎恶我的文字的东西得到一点呕吐，——我自己知道，我并不大度，那些东西因我的文字而呕吐，我也很高兴的。"②

此前一年，在《热风》的"题记"里，鲁迅依然表达过类似的自嘲和倔强：

> （所以）我的应时的浅薄的文字，也应该置之不顾，一任其消灭的；但几个朋友却以为现状和那时并没有大两样，也还可以存留，给我编辑起来了。这正是我所悲哀的。我以为凡对于时弊的攻击，文字须与时弊同时灭亡，因为这正如白血轮之酿成疮疖一般，倘非自身也被排除，则当它的生命的存留中，也即证明着病菌尚在。③

在这里，鲁迅告诉我们，文字的生命实在与人生的真相相关，不是文字的幻象具有长远的生命力，而是文字中包含的人生真相本身才具有真正的生存能力。在现代中国，人生真相的价值显然要胜过文学的幻境。

1925年底编订的《华盖集》第一次集中体现了鲁迅杂文的典型形态。就是在关于它的自述中，鲁迅的文字也第一次从自谦自嘲转为了理直气壮的自我申明，而且这些申明的文字直接挑战了中国

---

① 鲁迅. 坟：题记 [M] //鲁迅. 鲁迅全集：第一卷. 北京：人民文学出版社，2005：3.
② 鲁迅. 坟：写在《坟》后面 [M] //鲁迅. 鲁迅全集：第一卷. 北京：人民文学出版社，2005：283-284.
③ 鲁迅. 热风：题记 [M] //鲁迅. 鲁迅全集：第一卷. 北京：人民文学出版社，2005：308.

文人的文学观念。鲁迅写到，这样的文字虽然反映了他"灵魂的荒凉和粗糙"，"但是我并不惧怕这些，也不想遮盖这些，而且实在有些爱他们了，因为这是我辗转而生活于风沙中的瘢痕。凡有自己也觉得在风沙中辗转而生活着的，会知道这意思"。"然而要做这样的东西的时候，恐怕也还要做这样的东西，我以为如果艺术之宫里有这么麻烦的禁令，倒不如不进去；还是站在沙漠上，看看飞沙走石，乐则大笑，悲则大叫，愤则大骂，即使被沙砾打得遍身粗糙，头破血流，而时时抚摩自己的凝血，觉得若有花纹，也未必不及跟着中国的文士们去陪莎士比亚吃黄油面包之有趣。"① 一个"陪"字生动地描绘出"中国文人"的内在精神匮乏：那种失去自身主体性、只能成为他者文化附庸的尴尬。相反，瘢痕、凝血、花纹，这就是人生的印记，布满这些印记的文字当然就是生命中生长的文学——一个能够让鲁迅为之歌哭，为之激愤，为之辗转沉吟的文字，还不是生命"血的蒸汽，醒过来的人的真声音"② 吗？

越到后来，鲁迅对作为文体的"杂文"越发自信，语气中充满了倔强、固执与笃定。1935 年 12 月，在《且介亭杂文》的《序言》里，鲁迅回溯历史，用整整一大段的篇幅为"杂文"正名：

> 其实"杂文"也不是现在的新货色，是"古已有之"的，凡有文章，倘若分类，都有类可归，如果编年，那就只按作成的年月，不管文体，各种都夹在一处，于是成了"杂"。分类有益于揣摩文章，编年有利于明白时势，倘要知人论世，是非看编年的文集不可的，现在新作的古人年谱的流行，即证明着已经有许多人省悟了此中的消息。况

---

① 鲁迅.华盖集：题记［M］//鲁迅.鲁迅全集：第三卷.北京：人民文学出版社，2005：4-5.
② 鲁迅.热风：随想录四十［M］//鲁迅.鲁迅全集：第一卷.北京：人民文学出版社，2005：338.

且现在是多么切迫的时候，作者的任务，是在对于有害的事物，立刻给以反响或抗争，是感应的神经，是攻守的手足。潜心于他的鸿篇巨制，为未来的文化设想，固然是很好的，但为现在抗争，却也正是为现在和未来的战斗的作者，因为失掉了现在，也就没有了未来。①

到这里，鲁迅的杂文观与文学观实际上已经达到了一个新的阶段：杂文不再是无奈的选择，不是文字的边角余料，它本来就是文学的重要组成部分，而且更关乎于当代中国文化的健康发展。写下这些文字的鲁迅，显然是激情澎湃的！

《华盖集》之后，鲁迅对杂文的自我欣赏越来越溢于言表，他不断将自己对人生的敏锐的感触纳入视野，将自己丰富的观察和盘托出，20世纪30年代初出版的几本杂文集——《三闲集》《二心集》《南腔北调集》甚至以他人对自己的攻击作为书名，显示了鲁迅此时此刻对自身文字力量的充分的信心。

1933年10月结集出版的《伪自由书》，鲁迅将文中涉及论争材料一并收入，以便清晰展示这些文字的渊源，读者因此有机会"以见上海有些所谓文学家的笔战，是怎样的东西，和我的短评本身，有什么关系"②。1934年12月结集出版的《准风月谈》、1936年6月出版的《花边文学》也是如此，鲁迅"将刊登时被删改的文字大概补上去了，而且旁加黑点，以清眉目"③。1937年出版的《且介亭杂文》《且介亭杂文二集》都做了类似的处理。鲁迅自述说："即此写了下来的几十篇，加以排比，又用《后记》来补叙些

---

① 鲁迅. 且介亭杂文：序言［M］//鲁迅. 鲁迅全集：第六卷. 北京：人民文学出版社，2005：3.
② 鲁迅. 伪自由书：前记［M］//鲁迅. 鲁迅全集：第五卷. 北京：人民文学出版社，2005：5.
③ 鲁迅. 准风月谈：前记［M］//鲁迅. 鲁迅全集：第五卷. 北京：人民文学出版社，2005：190.

因此而生的纠纷,同时也照见了时事,格局虽小,不也描出了或一形象了么?——而现在又很少有肯低下他仰视莎士比亚,托尔斯泰的尊脸来,看看暗中,写它几句的作者。因此更使我要保存我的杂感,而且它也因此更能够生存,虽然又因此更招人憎恶,但又在围剿中更加生长起来了。"① 鲁迅杂文就是在"围剿"中成长起来的,围剿就是它的语境,而反围剿则昭示了一种新的文学精神的力量。

杂文,到这个时候,已经成了鲁迅挑战现存制度、捍卫社会权利的主要的文学表达式。鲁迅不仅可以得心应手地使用它,而且还有意识向中国读者展示它独特的文学价值,有意识推动它进入文学接受的世界,改变我们习见的文学格局。

从"大文学"视野考察鲁迅杂文,不仅有助于我们深入发现鲁迅的文学史意义和独特的价值结构,而且对整个现代中国文学的研究都有启发意义。

"大文学"是现代中国文学发展的总体方向,它既是指一般文学作品中自然蕴含的"纯艺术"目标之外的丰富的内容,也是指其他与文学相关的理论、批评甚至思想表述的形态。这些形态也许无法用传统的"文学"文体加以定位,但是它们却在整体上构成了现代中国知识分子生存关怀、生命理想、人生信仰的一部分。它们或许相对枯燥,但也在思想的深层流淌着重大的文化关怀;它们或许不那么艺术,但却直指当代生存的根本问题。实际上,五四新文学运动的倡导者们虽然大都论述过文学的独立性,但涉及文学的社会意义和社会功能,却少有否认和排斥者,作为运动领袖的胡适在关于"什么是文学"的追问时更是倾向于一种宽泛意义的文学观:"我不承认什么'纯文'与'杂文'。无论什么文(纯文与杂文,

---

① 鲁迅. 准风月谈:后记[M]//鲁迅. 鲁迅全集:第五卷. 北京:人民文学出版社,2005:410-411.

韵文与非韵文）都可分作'文学的'与'非文学的'两项。"① 后来创造社与文学研究会关于"为人生"与"为艺术"之争自然也不是人生/艺术的二元对立之争，无论哪一方都看重"人生"，同时也向往"艺术"。现代中国的文学家们在一开始就意识到了纯粹的艺术目标并不能有效传达他们对于现代中国问题的整体关怀，对"文学"的理解在相当多的时候不能不纳入对现实人生的整体关注之中。

虽然如此，这"文学之内"的艺术目标究竟怎样才能与"文学之外"的广大的关怀结合起来呢？或者说，"结合"之后的形态究竟是从属于"文学"还是"社会政治"呢？现代中国文学却并没有形成稳定的态度，在相当多的时候，人们还倾向于将两者的关系视作某种紧张的对立，并且因为迁就于现实社会需要的而最终牺牲乃至放弃文学的艺术目标。相对于这些紧张对立的选择，一度充满争议的鲁迅杂文其实艺术内部的紧张感最少，因为，当鲁迅不断对习见的"文学"概念加以质疑的时候，也就从根本上完成了自己的全新的文学话语的重建。这是一种自觉地包孕了现实人生内涵的话语，但又不是以放弃文学的艺术方式为代价的。一句话，它突破现代中国的"文学"边界，更为博大和宽广，但再博大再宽广的文字，也依然遵循了"文学"的基本规则：个体性、情感性与主体性。在现代中国"大文学"的建构中，鲁迅的姿态值得我们认真总结。

（三）鲁迅的文学性："明白时势"主体选择

鲁迅一生，从观念到实践，与"文学"纠缠不休，先是以对文学的纯粹性的较早追求走向文坛，构成其思想启蒙的重要内容，而一生贯彻始终的杂文写作，却恰恰在"文学性"问题上充满争论，

---

① 胡适. 什么是文学：答钱玄同 [M] //胡适. 胡适文集 3. 北京：人民文学出版社，1998：167.

不仅后来者常常以此说事，视作鲁迅文学性追求不够"始终"的表现，引发关于"文学性"的种种争论，在他自己也是颇多犹疑，曾经自称杂文，但是值得注意的则在于，他越到后来，越发生出对杂文这一文体的强烈信心。这说明，鲁迅的"文学"观念是复杂，而且也是变动中的，透过这些复杂性和变动性，我们能够得到怎样的启示呢？

一般有几种解释：

一是长期以来强调他的现实批判性，"匕首"与"投枪"的比喻，用以突出鲁迅面对黑暗世界的批判态度，强调其社会政治意义。这样实际上是回避了这些现实批判的偏向于通常我们讨论的"文学性"的关系，当然也回避了鲁迅在"文学性"追求中的各种变化、矛盾和最终选择的独特性。

二是如海外（美国）汉学的批评，肯定鲁迅小说艺术的成就，质疑其杂文创作，视作创作力衰退、文学性降低的表现。这样的批评甚至也看到了鲁迅早时对"杂感"的某些疑虑及自我的低调评论，但是从总体上是用西方近代的"纯文学"理念为固定不变的标准衡量一切，而事实上，越是有创造力的写作越容易超出"标准"的界限。这样的研究显然是自我封闭的，无法展示鲁迅写作实践的大量"超凡脱俗""另辟蹊径"的现象。

三是如日本学者竹内好、木三英雄等论述，将鲁迅视作"东亚现代性"尝试，"回心"之重要体现。这是目前最接近鲁迅精神取向的阐释，因为在这里，来自西方的"文学性"整体至少被质疑和消解了，鲁迅回归到了东亚文化的立场，其关于"文学"的独特选择可以被郑重对待了。刘春勇在此基础上进一步推进，以"非文学"定义鲁迅的追求，具有相当的说服力。不过，我们依然注意到，无论是战前还是战后，日本潜在的抵御西方文化的诉求都比较深刻，作为亚洲（东亚）代言人的愿望更非中国所有，这个时候，日本学者"想象中国"的"回心"是否完全能够呈现中国现代知识分子看待"西方"的态度呢？鲁迅的"拿来主义"，从来不拒绝对西方文化的开放，也始终坚持对传统文化的高度警惕和尖锐批判，这就启发我们，不能将"回心"简单视作对西方文化的抵抗，鲁迅应该是跃居西方/东亚（中国）的二元对立、二元选择之上，另外构筑了自己的思想基点。

这个基点是什么呢？就是："我们要拿来。我们要或使用，或存放，或毁灭。那么，主人是新主人，宅子也就会成为新宅子。然而首先要这人沉着，勇猛，有辨别，不自私。"（鲁迅《拿来主义》）在这里，鲁迅突出了两点：一是所有这些资源对于今天的价值——或使用，或存放，或毁灭；二是强调人自身的主体性，并且将它置于至关紧要的位置（"首先"）——沉着，勇猛，有辨别，不自私。

也就是说，鲁迅首先并不是在或西方或传统的现成资源中进行挑选，他更看重创造者主体性的养成，突出现代中国人应该成为一切资源的主宰者（所谓宅子的"新主人"），而具有主体性的"新主人"完全可以根据现实的需要自主选择古今中外的一切文化资源——或使用，或存放，或毁灭。对于"文学"也是这样，近代输入的西方"纯文学"，中国固有的"杂文学"，只要有利于"现在与未来"的自我表达，统统都可以作为"鲁迅文学"取法的对象："他占有，挑选。看见鱼翅，并不就抛在路上以显其'平民化'，只要有养料，也和朋友们像萝卜白菜一样的吃掉，只不用它来宴大宾；看见鸦片，也不当众摔在茅厕里，以见其彻底革命，只送到药房里去，以供治病之用，却不弄'出售存膏，售完即止'的玄虚。"（鲁迅《拿来主义》）这当然也可以看作是对"文学"资源的征用。

从早年醉心于西方"纯文学"的理念，到晚年对"艺术之宫"嘲弄与不屑，鲁迅一生的"文学"的观念时有变动，不过总的来说，还是越来越坚定于自己独特的理解，而杂文则最集中地体现了他对自身独有的"文学"观念的坚持。这种以"杂文"为标志的"文学"当然不会受制西方的"纯文学"概念,但也并不会是对传统"文章"观念的绝对回归。请允许我再次引用鲁迅对"杂文"写作的辩护:

> 其实"杂文"也不是现在的新货色,是"古已有之"的,凡有文章,倘若分类,都有类可归,如果编年,那就只按作成的年月,不管文体,各种都夹在一处,于是成了"杂"。分类有益于揣摩文章,编年有利于明白时势,倘要知人论世,是非看编年的文集不可的,现在新作的古人年谱的流行,即证明着已经有许多人省悟了此中的消息。况且现在是多么切迫的时候,作者的任务,是在对于有害的事物,立刻给以反响或抗争,是感应的神经,是攻守的手足。潜心于他的鸿篇巨制,为未来的文化设想,固然是很好的,但为现在抗争,却也正是为现在和未来的战斗的作者,因为失掉了现在,也就没有了未来。①

在这里,鲁迅援引"古已有之"的文章观念为"不管文体"的"杂文"正名。但仔细阅读这段文字,我们就会发现,它的最后的指向还是"为了现在"——为现在抗争,为现在和未来的战斗。所谓古代的文化资源,不过都是服务于当今。鲁迅为这些服务于当今的文学确立了目标:明白时势。

"明白时势"是一种简洁的表达,但内涵却十分深厚。它至少可以告诉我们两点:第一,现代中国的生存境遇依然形成我们精神的巨大压迫,因此,关注和回答这些现实生存的问题("时势所

---

① 鲁迅. 且介亭杂文·序言[M]//鲁迅. 鲁迅全集:第六卷. 北京:人民文学出版社,2005:3.

迫"的种种体验）理当是现代中国文学的重要内容。这样的文学关注肯定与西方"纯文学"的艺术考量有某种距离，但无疑就是中国写作的基本真实，现代中国知识分子不能回避也无法回避。中国的"文学"要能够涵盖这一部分追求，就只能打破西方以"虚构"为基础的"纯文学"限制，跳出"纯文学"理念中的"艺术之宫"。第二，就"明白时势"的文学取向而言，倒是传统中国的"以个人感受叙写社会历史"的思路（所谓"知人论世"，所谓"诗史结合"）可资借鉴。换句话说，在这里，是古代中国的文学理念鼓励鲁迅在西方的"纯文学"范围之外，开创写作的新天地。

不过，应当看到，就是这些对古代"文章"传统的借鉴，也主要还是服务于"当今"的文学开创，而不是绝对否定西方"纯文学"的价值。纵观鲁迅一生对"文学"的议论，其实他的论述还是谨慎和小心的，他讽刺过中国式的唯美主义、为艺术而艺术，但是却没有简单否定西方文学史上的唯美主义与为艺术而艺术的追求；他强调文学不可能脱离现实的事实，却反对将文学视作简单的工具；在许多时候，我们都可以看到鲁迅对于文学的虔诚与尊重，对文学独立的肯定，在这些地方，早年鲁迅接受西方"纯文学"的印记依然清晰。他是将"文学独立"纳入反抗现实专制、反抗当局的文化控制这一向度上加以认知的。就是在这样的选择中，取法西方同样有利于主体人格的确立，有利于"现在和未来的战斗的作者"，或者说，它又和重诉中国古代的"文章"传统联合了起来，共同成为鲁迅构筑独立的现代中国文学，成为这一文学的有机组成，"是感应的神经，是攻守的手足"。

这就是我所说的跃居西方/东亚（中国）的二元对立、二元选择之上，另外构筑了自己的思想基点：鲁迅从来都是同时申说西方，也援用着古代，他击碎了"艺术之宫"的壁垒，自由地徜徉在"不管文体"的写作活动之中，却也并不否定"纯文学"式的"文学独立"精神。这里可能有过创作程序中的彷徨、犹疑，但却无朝秦暮楚般的变异，中外文学资源都能在自由的碰撞和交汇中为我所用。最后，我们要理解这思想的"综合体"也必须付出更多的努力，显然，它不能为西方文学概念所俘获，不能为传统文章观念所完全传达，也不能当今国外学者出于自身需要的阐释所把握。鲁迅，在一切思潮的浪涛拍岸之后，以自己的形式巍然屹立。

二、巴金："真"与"无技巧"的意蕴

（一）"真"与"无技巧"

关于巴金，我们讨论得最多的话题是"真"，从早年创作直到"随想录"系列都是如此。①

但问题在于，何以"真"的问题如此重要？随着历史的烟云翻滚，巴金能够感受到的"真"的价值似乎与今天的人们的思想有所差距，以致已经有当代学人公开质疑这样的书写价值。

随着对历史资料的披露与思考，当代学人要求的"真"，意味着对"文革"发生的体制根源以及中国政治人文环境的反思。巴金把灾难归结为"封建主义的流毒"，在他们看来没有触及本质，他们认定晚年巴金相比青年巴金保守了，怯懦了："他的反思夹带了不少意识形态话语，缺乏自己的独立话语。"②"无论表现形式、思想高度都没有超过当局给定的标高线。"③

甚至有人认为这些有限的、止于浅表的反思，是一种有意的躲

---

① 最早从"真"的角度评述、肯定《随想录》的代表性论述有：吴周文. 他的整个心灵在燃烧：论巴金散文近作［J］. 齐鲁学刊，1983（6）；丹晨. "把心交给读者"：读巴金近作《真话集》［J］. 当代作家评论，1984（3）：66－68；傅安. 巴金《随想录》读后［J］. 当代文坛，1984（8）：38；吴欢章. 巴金《随想录》的艺术境界［J］. 当代文坛，1985（10）：5－9.

② 林贤治. 巴金：一个悲剧性的存在［N］. 新京报，2005－10－19.

③ 狄马. 纪念什么先于纪念：以巴金为例［J］. 社会科学论坛，2006（2）：136－139.

藏和推卸责任。巴金对政治集权和"四人帮"的控诉,被指责是在为知识分子开脱:"对政治集权如何解构了知识分子直面现实的话语权力的声讨……实质上掩盖了知识分子本身就是这种历史资源的有机构成的残酷现实。"他们因此判断,巴金"真"的背后的实质是"假":"其一再被主流批评家所称道的'讲真话'精神,也只能称为'文革'时期知识分子懦弱脊梁、萎靡人格、颓唐心理的代名词。"①

"真"成了可疑的,从"纯文学"的眼光看,巴金为突出"真"而选择的"无技巧"创作方法,也失去必要性,反倒成为破坏文学艺术的坏示范:"通篇的废话唠叨,极其粗糙的词语搭配,绝少文学美感与艺术张力的行文……难道这种浅直如话的行文就是文学的最高境界吗?难道这种消解了文学素质的写作,给现代文学提供了可资效法的艺术经验吗?"②

而西方现代艺术的波诡云谲则更是复杂地告诉我们何谓艺术的繁复追求,与这种繁复相比较,巴金的理想似乎比较简单。

然而,所有这些质疑并不能取代我们内心深处的巴金的意义:在种种艺术理论与历史真实的概念背后,巴金及其《随想录》依然挺拔屹立,这种不可替代的庄严的存在又源于何方?我觉得这里其实存在一个当代所谓"纯文学""纯艺术"概念与我们固有的对文学的"需要"的根本差异问题,无论文学的概念如何演变,我们心灵深处源远流长的"需要"依然不可改变。现代中国作家自觉不自觉地都愿意借用近代以后西方发展起来的"纯文学"概念,但在更为久远的文化传统中——无论中外——又都还是在无意识中为"杂文学"的趣味留有余地,那种融历史记叙、个人见闻、思想笔记于一体的自由书写依然散发着难以替代的魅力。也就是说,传统中国

---

①② 惠雁冰. 意识形态粉饰下的平庸:巴金《随想录》[J]. 二十一世纪, 2007 (104).

的"文学"概念本身就是包含着这种"繁杂性"与"灵活性"。

更重要的在于,"杂文学—大文学"概念意义上的文字更带有对生存的直接的表现和关怀,属于历史与个人情感的交织。

巴金文学创作最基本的一些追求——真与"无技巧"都与"大文学"的视野直接相关。

"真"属于文学与历史共同的目标。

中国文论最早对"真"的表述可以追溯到"修辞立其诚""闲邪存其诚"(《周易·乾卦·文言》)。"诚",《说文解字》《尔雅》皆释为"信也"①,邢昺疏曰"皆谓诚实不欺也"②。

传统中国"文学"中"诚"即"真",表现为对现实生存的忠实记录和历史关怀:"饥者歌其食,劳者歌其事。"以致"王者所以观风俗,知得失,自考正也"。

可见"大文学"其一特性就是属于"历史":在文学中包含着对时代的记录和审判。

巴金在《随想录》中不厌其烦地倡导说真话,不仅有"说真话系列",还命名文集为《真话集》。其历史求"真"的属性十分明显。

在巴金"大文学"追求中,明确把"真"作为衡量当前文学价值的最高标准:"望梅止渴、画饼充饥的年代早已过去,人们要听的是真话。我是一个什么样的人?是不是想说真话?是不是敢说真话?无论如何,我不能躲避读者们的炯炯目光。"③ 在巴金看来,"真"是作者和读者衡量作品的共同标准。

何以"真"超越了其他文学要素,变得如此重要?十年浩劫消

---

① 许慎. 说文解字 [M]. 北京:中华书局,1985:70.
② 郭璞注,邢昺疏. 尔雅注疏 [M]. 北京:北京大学出版社,2000:19.
③ 巴金. 未来(说真话之五)[M] //巴金. 随想录. 北京:作家出版社,2005:337-338.

除的恰恰是文学的"真"。人们起初把假话当真话说,后来把假话当假话说,大家把假话、空话当护身符,在"运动"的"大神"来检查"卫生"时装点门面。每次学习、批斗都能做到"要啥有啥",取得预期的效果。

假话使得文坛上没有真的文学,人们根据"长官意志"炮制出"遵命文学",这种文学可以随意变戏法,"四人帮"一下台,立刻从"反走资派"文学变为"反四人帮"文学。

"假"文学更被用来"杀"人,人民在"学习"假话中由人变牛,失去头脑,相信、传播假话:"别人'高举'、我就'紧跟';别人抬出'神明',我就低首膜拜。"更在假话的狂热中"一夜之间由人变为兽,抓住自己的同胞'食肉寝皮'"①。可以说,假话毁了文学,带来了"文革"。

巴金更指出,假文学带来的灾难不仅是"文革",更有日本对中国的侵略战争,日本军国主义逆流如何能发动战争,把年轻人骗上战场成为炮灰?靠他们的假文学掩盖真相,把侵略说成是"进入"中国为中国人谋幸福。

巴金提出,文学家的责任是把真相告诉人民,文学是时代人生的忠实记录,这就是巴金所理解的文学之"真",也是历史所追求的"真"。

因此,巴金在《随想录》中身体力行的"真",首先是说出真相,为了让下一代人给"文革"下结论、写历史,巴金要在《随想录》中把"四人帮"和"文革"的真实材料留给后人,他忠实记录自己经历的抄家、批斗、牛棚生活,不保留地画出大家由人变兽的丑态和疯态:"当时大家都像发了疯一样,看见一个熟人从高楼跳下,毫无同情,反而开会批斗,高呼口号,用恶毒的言辞攻击

---

① 巴金. 未来(说真话之五)[M]//巴金. 随想录. 北京:作家出版社,2005:337.

死者。"①

其次,《随想录》之"真"还意味着对历史的探索和关怀。巴金认为"文学作品是作者对生活理解的反映"②。何以产生"文革"？人何以变牛、变兽？他试图通过不断"探索",让大家"脱下面具,掏出良心,弄清自己的本来面目"。只有弄清来龙去脉,找回自己,才不至于"又会中了催眠术无缘无故地变成另外一个人"③,才能真正阻止"文革"的发生。

由此可知,巴金的"大文学"具有历史属性,自觉承担了历史对时代记录和审判的功能。巴金也曾明确表示,《随想录》就是他用笔建立的"文革"博物馆。

博物馆最明确的作用,就是对历史的储存和展示:"要使大家看得明明白白,记得清清楚楚,最好是建立一座'文革'博物馆,用具体的、实在的东西,用惊心动魄的真实情景,说明二十年前在中国这块土地上,究竟发生了什么事情?!"而博物馆存在之必要的意义,就在于对历史无声的批评和警示:"只有牢牢记住'文革'的人,才能制止历史的重演,阻止'文革'的再来。"④

同时,巴金的"大文学"理想还具有自觉的文献意识。巴金一直试图带头创办现代文学资料馆,他"设想中的'文学馆'是一个资料中心,它搜集、收藏和供应一切我国现代文学的资料,'五四'以来所有作家的作品,以及和他们有关的书刊、图片、手稿、

---

① 巴金. 二十年前 [M] //巴金. 随想录. 北京：作家出版社,2005：608.
② 巴金. 文学的作用 [M] //巴金. 随想录. 北京：作家出版社,2005：39.
③ 巴金. 附录：我和文学 [M] //巴金. 随想录. 北京：作家出版社,2005：235.
④ 巴金. "文革"博物馆 [M] //巴金. 随想录. 北京：作家出版社,2005：603.

信函、报道……"①。

而《随想录》一大贡献就是怀人系列散文，巴金有意识地记下故人往事。萧珊、丽尼、冯雪峰、老舍、黎列文、方令孺、马宗融、满涛、顾均正、胡风，这些经巴金散文剪裁的人物真实可触，其用意正是出于"大文学"文献性的考虑。

一方面，巴金有意识记录作家友人生平和他与之交往的过程，为现代文学史留下珍贵回忆资料。并力求展现这些作家在"文革"中被歪曲了的真实面貌："只要有具体的言行在，任何花言巧语都损害不了一个好人，黑白毕竟是混淆不了的。"②

另一方面，巴金记录了这些作家在"文革"中被打成右派、被批斗、过早结束生命的珍贵史料，如同他赞赏的《杨沫日记》一样，巴金也希望以史为鉴，让后人对作家们的遭遇有真实的了解和公正的评判："我们不能保护一个老舍，怎样向后人交代呢？没有把老舍的死弄清楚，我们怎样向后人交代呢？"③

可以说，怀人系列散文就是巴金用笔造的现代文学资料馆。

明白巴金《随想录》自觉的"大文学"追求，从"大文学"视野出发，我们才能解读属于巴金的"真"。首先，这是一种自觉承担历史记录和关怀的"真"，在假文学充斥的时代，巴金的"真"文学有医治时代病的作用。其次，这是在历史性和文献性意义上的求"真"，《随想录》是巴金用笔建造的"文革"博物馆和现代文学资料馆，其历史和文学价值不容低估。

明白"大文学—杂文学"是"纯文学"之外的"别一种文学"，有其独立的属性和追求，就不会有对巴金之"真"的误会。

---

① 巴金. 现代文学资料馆 [M] //巴金. 随想录. 北京：作家出版社，2005：252.
② 巴金. 怀念列文 [M] //巴金. 随想录. 北京：作家出版社，2005：175.
③ 巴金. 怀念老舍同志 [M] //巴金. 随想录. 北京：作家出版社，2005：139.

（二）诚挚的文学意义

当然，在中国的历史概念中，除了事实的真切，"真"还有一层含义：诚挚。

中国古代"诚"论，除了"信"，还有"诚挚"之意，《广韵》云："诚，审也，敬也，信也。"① 《尚书》有"至诚感神"，都言文学来自于作者内心真情实感，"其情真"，然后才有"其味长，其气盛，视三百篇几于无愧"。

在巴金的"大文学"概念中，"真"除了写事实，也意味着写真心，巴金坦言其写作的秘诀是把心交给读者。

同样，十年浩劫消除的不仅是真话，还有真心，正因为隐藏了真心，才不见真话："每次运动过后我就发现人的心更往内缩，我越来越接触不到别人的心，越来越听不到真话。我自己也把心藏起来藏得很深。"②

甚至人们对自己也刻意隐藏真心，让自己成为"奴在心者"。这种假文学抹杀了作家和读者间的信任："在十年浩劫中我最感到痛苦的就是辜负了读者们的信任。"③

因此巴金提倡诚挚、写真心，在《随想录》中身体力行，首先是把心交给读者，坦诚表达自己的爱憎，除了对"四人帮"的憎，更有对人民的爱："但是只要一息尚存，我那一星微火就不会熄灭。究竟是什么火呢？就是对祖国、对人民的爱，这也就是我和读者唯一的联系。"④

其次，巴金认识到，十年动乱带不走的，反而支持我们活下来

---

① 周祖谟. 广韵校本：下 [M]. 北京：中华书局，1960：193.
② 巴金. 说真话 [M]//巴金. 随想录. 北京：作家出版社，2005：198.
③ 巴金. 说真话之四 [M]//巴金. 随想录. 北京：作家出版社，2005：333.
④ 巴金. 我和读者 [M]//巴金. 随想录. 北京：作家出版社，2005：247.

的,"是爱,是火,是希望,是一切积极的东西"。这是保存我们民族不亡的根本,是前人希望通过我们留给后人的火种。正如文学家的责任是揭示真相,文学家的责任也是传递真情。这也是支撑巴金在耄耋之年仍坚持写作《随想录》,"如饥似渴"① 地喊着"我要写,我要写。……不偿清债务,我不会安静地闭上眼睛"② 的根本原因。巴金创作《随想录》时的急迫感,来自于"欠债要还"的赎罪观,更来自于对传递真情的责任感:"只有讲了真话,我的骨灰才会化做泥土,留在前进者的温暖的脚印里,温暖,因为那里有火种。"③

在巴金的"大文学"中,"真"是历史之真与个人情感之真的融合,恰恰是在极"左"政治时期,"真"被空前扭曲和淆乱。中国文学的思维"真实"被迫包裹着太多的观念和态度,属于官方认定的"真实",这里被最大扭曲的就是个人情感的真挚性,借助"大文学"视野是回复"真"的途径。

"大文学"杂取多式、自然随意的写作也形成了独有的"自然技巧",这就是巴金一直强调的"无技巧"。

在呈现我们生存关怀的严重性的意义上,对技巧的谈论本身可能包含一种危险性,有可能会以艺术的名义掩盖甚至伤害我们表达的勇气。巴金一直对此抱有警戒,到《随想录》更为自觉。大概到晚年,历经人生磨难,更加清楚什么东西对中国人而言是至关紧要的,什么东西是绚丽的浮云,所以更加理直气壮地谈论和张扬"无技巧"的问题。

在巴金的"大文学"观中,文学的要义是求真,在他看来,"真"的文学不需要技巧:"我说把心交给读者,并不是一句空话,

---

① 巴金. "从心所欲"[M]//巴金. 随想录. 北京: 作家出版社, 2005: 545.
② 巴金. 在尼斯[M]//巴金. 随想录. 北京: 作家出版社, 2005: 78.
③ 巴金. 病中四[M]//巴金. 随想录. 北京: 作家出版社, 2005: 460.

我不是以文学成家的人,因此我不妨狂妄地说,我不追求技巧。""我甚至说艺术的最高境界,是真实,是自然,是无技巧。"①

十年浩劫的经历让巴金明白,说话漂亮的办事却不一定漂亮,"技巧"反而是骗子惯用的伎俩,因此他宣称"无技巧",更有一层对于"技巧"的警惕和有意远离:"当然我也不想把技巧一笔抹杀……但是对装腔作势、信口开河、把死的说成活的、把黑的说成红的这样一种文章我却十分讨厌。即使它们用技巧'武装到牙齿',它们也不过是文章骗子或者骗子文章。这种文章我看得太多了!"②

而在收到太多关于"无技巧"的批评之后,巴金更发现了对于"无技巧"的抵制背后的深意,抵制"无技巧"的背后是抵制记住"文革",抵制"真":

> 为什么会有人那么深切地厌恶我的《随想录》?只有在头一次把"随想"收集成书的时候,我才明白就因为我要人们牢牢记住"文革"。第一卷问世不久我便受到围攻,香港七位大学生在老师的指挥下赤膊上阵,七个人一样声调,挥舞棍棒,杀了过来,还说我的"随想""文法上不通顺",又缺乏"文学技巧"。不用我苦思苦想,他们的一句话使我开了窍,他们责备我在一本小书内用了四十七处"四人帮",原来都是为了"文革"。他们不让建立"文革博物馆",有的人甚至不许谈论"文革",要大家都忘记在我们国土上发生过的那些事情。③

---

① 巴金. 探索之三 [M]//巴金. 随想录. 北京:作家出版社,2005:159. ② 巴金. 探索之三 [M]//巴金. 随想录. 北京:作家出版社,2005:159.

③ 巴金. 合订本新记 [M]//巴金. 随想录. 北京:作家出版社,2005:5.

因而巴金更加理直气壮地坚持"无技巧",为了实现"大文学"求"真"的理想,巴金自觉远离了可能妨害"真"的"技巧"。用"纯文学"眼光来指责巴金"无技巧",是没有领会巴金"大文学"的追求,正如鲁迅所说:"一切所谓圆熟简练,静穆幽远之作,都无须来作比方,因为这诗属于别一世界。"

(三)巴金与"大文学"传统

在现代中国文学史上,"大文学"的理念和认知时显时隐,或自觉或不太自觉,但都形成了一种始终贯通的追求,在不同作家那里体现着它不同的内容。鲁迅杂文是对流行的"艺术规范"的突破,因而形成了自己独特的文体("大文学"突破"纯文学"规范);当代《吴宓日记续编》属于对"野史"与个人文学表述的结合,在回归文史一体的传统"大文学"轨道上建构自己;巴金晚年随笔则是对文学生存关怀的思想与艺术的基本原则的捍卫,从中格外突出了"大文学""为了人生"的若干本质。

巴金"大文学"的一个属性就是"为了人生":"我写作是为着同敌人战斗。""我的敌人是什么呢?我说过:'一切旧的传统观念,一切阻止社会进步和人性发展的不合理的制度,一切摧残爱的势力,它们都是我最大的敌人。'我所有的作品都是写来控诉、揭露、攻击这些敌人的。"[①]

在《随想录》写作的年代,"为了人生"的具体内涵就是清除"文革"流毒。何以如此?因为"要产生第二次'文革',并不是没有土壤,没有气候,正相反,仿佛一切都已准备妥善……因为靠'文革'获利的大有人在"[②]。何以要靠文学来战斗?因为明明曾经

---

① 巴金.附录:我和文学[M]//巴金.随想录.北京:作家出版社,2005:232-233.
② 巴金."文革"博物馆[M]//巴金.随想录.北京:作家出版社,2005:603.

或正在受着"文革"的害,人们却不愿意提"文革",过起了"瞒和骗"的人生,而在巴金看来,作家是战士,是探路人,有责任要揭穿真相,肃清流毒。

因此,巴金写了"小骗子系列"号召大家不要讳疾忌医;写了"探索系列",号召作家要"思想复杂",探索根源。

他在《随想录》中探索发现,"四人帮"的本质就是封建流毒。"四人帮"为什么那样仇恨"知识"?因为"知识"会看出他们的"破绽",文化会成为对付他们的"武器"。然而巴金又发现,对封建流毒的思考不能只指向"四人帮":"我们也得责备自己!我们自己'吃'那一套封建货色,林彪和'四人帮'贩卖它们才会生意兴隆。"①

我们为什么吃那一套封建货色?我们为什么甘心传播假话,变了牛,不思考,变了兽,去害人:"我不断地探索讲假话的根源,根据个人的经验,假话就是从板子下面出来的。"②

至此,巴金又把反思从"我们"具体到"我"个人。出于恐惧,"活命哲学是我当时唯一的法宝"③。不仅在同志遭遇不幸时,"没有支持他,没有出来说一句公道话,只是冷眼旁观"④,甚至为了过关,落井下石地发表违心之论。⑤ 他甚至更深地挖掘自己人性的残忍:"在那个时候我不曾登台批判别人,只是因为我没有得到

---

① 巴金. 一颗桃核的喜剧 [M] //巴金. 随想录. 北京:作家出版社, 2005:50.
② 巴金. 说真话之四 [M] //巴金. 随想录. 北京:作家出版社, 2005:334.
③ 巴金. 现代文学资料馆 [M] //巴金. 随想录. 北京:作家出版社, 2005:252.
④ 巴金. 怀念满涛同志 [M] //巴金. 随想录. 北京:作家出版社, 2005:332.
⑤ 巴金. 怀念胡风 [M] //巴金. 随想录. 北京:作家出版社, 2005:653.

机会，倘使我能够登台亮相，我会看作莫大的幸运。"① 巴金把人性挖得这样深，正如他 1990 年回忆《随想录》的写作时说："第一卷还不曾写到一半，我就看出我是在给自己铸造武器。"② 巴金的这本武器，对准"四人帮"，对准社会，也对准自己，是对"大文学""为了人生"的本质的有力捍卫。

进入现代中国之后，在外来"纯文学"概念的冲击之下，有学者将这种不能为"纯文学"所涵盖的更繁杂多样的文学形态称为"大文学"。在我的阅读视野中，最早在文学史著作中使用"大文学"概念的是谢无量，1918 年他出版了《中国大文学史》，虽然这部著作并没有明确定义什么是"大文学"，但是从它的实际内容看，显然是为了将传统中国的各种繁杂的文字现象纳入"文学史"加以描述，说明作者意识到了所谓的"纯文学"概念无法清理中国古典文学的独特历史。③

现代中国文学的发展虽然不时标举"纯文学"旗帜，但事实上却依然生长着多样化的文学形态，而传统中国的"杂文学"观念也继续产生着影响。例如现代杂文和现代日记、书信都超出了"纯文学"的认知范围，需要在"大文学"的意义上加以解读。依然留存着传统"大文学"（"杂文学"）观念的中国现代作家的日记作品，更应该放置在"大文学"的视野下加以解读。这样的解读，并不是简单把这些定位模糊的文体捧进"文学"的光荣殿堂，而是在兼顾历史性与文学性的方向上，挖掘中国知识分子思想、个性和情怀的别样的表达，解释一种属于中国自己的文学样式。

引入"大文学"视野，将有助于我们重新认识整个中国现当代

---

① 巴金. 解剖自己 [M] //巴金. 随想录. 北京：作家出版社，2005：341.
② 巴金. 致树基（代跋）[M] //巴金. 随想录. 北京：人民文学出版社，2000：760.
③ 谢无量. 中国大文学史 [M]. 北京：中华书局，1918.

文学。

首先，在中国现当代文学的研究中，不应仅仅再以所谓"纯文学"标准来筛选作家作品，注目于"纯文学"虚构、想象、技巧的要素，取消或忽视"大文学"属性的文学书写的意义。

比如巴金晚年《随想录》、鲁迅杂文、《吴宓日记续编》等，就是"大文学"书写的代表。《吴宓日记续编》在"纯文学"看来，只能作为吴宓研究史料，然而这无疑误读了把日记视为"我的生命，我的感情，我的灵魂"的吴宓的本意。

只有意识到《吴宓日记续编》的"文学"本质，以"大文学"视野重加分析，才能看到吴宓自觉运用日记文体作为文学书写的尝试，透过晚年吴宓对思想、生存情况的记录，看到他通过文学方式对历史的自觉记录和对人生意向的有意提取，从而读出他对"文学"意义的理解和坚守。这是"大文学"视野才能提供的视角。

同样，巴金被"纯文学"诟病"无技巧"的《随想录》，却是巴金晚年最重视的作品："五卷本的《随想录》，它才是我的真实的日记。它不是'备忘录'，它是我的'忏悔录'，我掏出自己的心，让自己看，也让别人看。"①

只有运用"大文学"视野，我们才能读懂晚年巴金在《随想录》中倡导的"真"的含义，"无技巧"的选择，以及"为了人生"的本质，才能看到《随想录》对于巴金研究和对于中国文学的意义。

"杂文学—大文学"是一种融历史记叙、个人见闻、思想笔记于一体的自由书写，是通过文学完成的对历史的记录和审判，是作家自觉的文献意识的体现，以及对文学"为了人生"原则的捍卫。

这样的"大文学"书写在中国现当代文学并不少见，而对

---

① 巴金. 致树基（代跋）[M]//巴金. 巴金全集：第25卷. 北京：人民文学出版社，1993：613.

"大文学"的认可和发现,将有助于我们重新审视整个中国现当代文学,发现曾经被我们遮蔽的意义。

其次,"纯文学"是我们从西方引入的对文学狭义的定义,意在强调文学的"审美",而排除"致用"。

但事实上,"文章合为时而著,歌诗合为事而作"的"大文学"才是中国传统文学固有的概念,并且从古至今,中国文学并没有离开"大文学"存在的环境,文学现象本身仍然储满了社会历史的内涵,文学和文学家也仍然承担着社会历史的使命。

从五四运动到第一次国共合作,从国民政府北伐到北洋军阀覆灭,从七七事变到全面内战爆发,从"反右倾"斗争到"文化大革命",20世纪中国社会现实的动荡渗入每一个中国人生活、情感的细枝末节中。政治历史变动对文学也有直接影响:国家对于文艺的导向和管控、书报检查出版制度的调整,文人作家管理制度和生存环境的变化、作者和读者群的流动与分化等都让文学本身仍是社会现实的反映。

身在其中的作家也有自觉的使命感,如鲁迅所说:"我不是批评家,因此也不是艺术家……因为并非艺术家,所以并不以为艺术特别崇高,正如自己不卖膏药,便不来打拳赞药一样。我以为这不过是一种社会现象,是时代人生的记录。"①

巴金晚年也有过相同的论调:"我说,我不是文学家,不属于任何派别,所以我不受限制。……惟其不是文学家,我就不受文学规律的限制:'我也不怕别人把我赶出文学界。'我的敌人是什么呢?我说过:'一切旧的传统观念,一切阻止社会进步和人性发展的不合理的制度,一切摧残爱的势力,它们都是我最大的敌人。'

---

① 鲁迅. 三闲集:文艺与革命[M]//鲁迅. 鲁迅全集:第四卷. 北京:人民文学出版社,2005:82.

我所有的作品都是写来控诉、揭露、攻击这些敌人的。"①

鲁迅和巴金所说的不是艺术家、文学家，即是指不是"纯文学家"，而是记录人生，"为了人生"的"大文学家"。

唯有看清中国文学的实质仍然是"大文学"，中国作家的自我认识仍然是"大文学家"，才能把握中国现当代文学的实质。

而海外汉学家以西方"纯文学"的概念来指责中国现当代文学沾染了过多的社会现实和意识形态，斥为"凋零"，即是对中国现当代文学的隔膜。

最后，对中国现当代文学"大文学"的发现，也必将意味着一种不同于"纯文学"的研究方法的发现。"杂文学—大文学"概念意义的文学，不仅文体杂糅，也涉及多种学科，如经学、心理学、历史学、哲学、政治学、经济学等。

如巴金《随想录》意图建立"文革"博物馆和现代文学资料馆的历史文献意识，《吴宓日记续编》在历史和经济史意义上的详细记录等，"大文学"意义上的文学作家创作从来就不局限于文学范围内，他们有自觉的跨学科眼光。

因而，对"大文学"作品的解读也应该有自觉的跨学科视野。

正是为此，我们必须注意到民国社会体制下独有的经济形态、社会政治、社会文化等组成的对文学的发生发展有影响的"民国的文学机制"，以及相应的，完全不同形态的"共和国的文学机制"，而这正是研究"杂文学—大文学"意义下的文学必须具备的知识框架。

提出"大文学"问题，不是以此重新核定中国现代文学的道路和发展，而是揭示这一可能被长期忽略的内在元素；也不意味着未来中国文学一定沿着"大文学"的方向发展，而是提示忽略这些内

---

① 巴金. 附录：我和文学［M］//巴金. 随想录. 北京：作家出版社，2005：233.

在素质可能造成的问题,也许不失为辅助文学"补钙"的一种途径。

三、"大文学"视野下的《吴宓日记》

《吴宓日记》是迄今为止刊印出版的规模最大的现代知识分子日记,1998 年出版前 10 册,2006 年再出版"续编"10 册,前后 20 册近千万言。作为现代知识分子的历史记载,其文献价值弥足珍贵,中国现代文学研究可以从中获取丰富的史料,包括查询历史人物的活动、印证历史事件等,不过,其更大的意义可能还在对"日记"这种文体的开拓上。在通常的分类中,"日记"包括私人性的日常记录和"日记"样式的文学创作,一般只有后者才成为"文学研究"的对象。但是,这样的"文学/非文学"分类,显然还是受制于西方近代以来的"纯文学"概念,对于东西方历史传统中的其他"文学"观念特别是中国源远流长的"杂文学—大文学"理念而言,却不尽切合。《吴宓日记》,尤其是《吴宓日记续编》的写作,恰恰生动地体现了"大文学"意义上的"文学"追求,属于现代中国文学中尚未引起足够重视的文类,而且就是在这样特别的文类写作中,现代中国知识分子的精神探求里更为丰富和微妙的部分,获得了独特的呈现。

(一)"日记文学"的不同传统

众所周知,中国现代文学的"日记文学"受西方日记体文学影响甚大。

在西方写作的历史上,作为私人的日记与作为文学的日记原本有着一定的差异。后来常常为人提及的私人日记如英国 17 世纪的塞缪尔·佩皮斯(Samuel Pepys)的日记、19 世纪俄罗斯著名作家列夫·托尔斯泰的日记原来都是秘不示人的。据说塞缪尔·佩皮斯生前把自己的日记当作绝密文件收藏,而且使用别人难以辨认的文字书写,列夫·托尔斯泰多次拒绝自己的妻子查看日记,为此不惜离家出走。① 在欧洲,流行于公共领域的"日记"首先隶属于小说,18世纪与19—20世纪之交是欧洲"日记体小说"(diary novel)——或称"虚构的日记"(fictive diary)——的兴盛期,在这里,"日记"是虚构文学的一种形式。正如日记小说理论家特莱沃·费尔德在《日记体小说的形式与功能》中指出的那样,所谓日记体小说,小说是中心语,日记是修饰语,指的是小说的形式。② 这种虚构的文学样式自然也为中国现代文学所接受,鲁迅的《狂人日记》,茅盾的《腐蚀》,沈从文的《不死日记》《呆官日记》,庐隐的《丽石的日记》,石评梅的《林楠的日记》,冰心的《疯人笔记》,丁玲的《莎菲女士的日记》,张天翼的《鬼土日记》等都属此列。现代翻译家、文学理论家孙俍工甚至在《小说做法讲义》中将"日记"置于小说四大体式之首,谓之"是一种主观的抒情的小说"③。

不过,小说式的虚构又不能概括中国现代"日记"的全部。郁达夫的《日记九种》和《达夫日记集》都是文学抒情与私人记录相互交织,建构出一种文学与历史的综合性文本。一方面,"日记"被他命名为"文学的重要分支";另一方面,"日记"又被他纳入了讲述个人经历的"散文"之中。"散文作品里头,最便当的一种体裁,是日记体,其次是书简体。"④ 日记"备遗忘,录时事,志

---

① 钱念孙. 论日记和日记体文学 [J]. 学术界,2002 (3):212 - 223.
② FIELD T. Form and function in the Diary Novel. [M]. The Macmillan Ltd. Press,1989.
③ 严家炎. 二十世纪中国小说理论资料:2卷 [M]. 北京:北京大学出版社,1997:340.
④ 郁达夫. 日记文学 [M] //郁达夫. 郁达夫文集:第五卷. 广州:花城出版社,1982:261 - 266.

感想"①，除记事以外，"更可以作小品文，感想文，批评文之类，它的范围很广很自由的"②。在鲁迅、周作人那里，日记通常用于"排日记事"，言简意赅，但有时也借"日记"之名，议论时事，做社会批评，如鲁迅《马上日记》《马上支日记》一类。对于胡适而言，日记（如《藏晖室札记》）则是他记录思想随感的便利方式："我常用札记做自己思想的草稿。有时我和朋友谈论一个问题，或通信，或面谈，我往往把谈论的大概写在札记里，或把通信的大要摘抄在札记里。有时候，我自己想一个问题，我也把思想的材料、步骤、结论，都写出来，记在札记里。"③ 另外，如叶圣陶日记，涉及中国近现代历史的漫长记忆，记事详尽具体，容量丰富充实，融记事、描写、议论、抒情于一体，更成为我们研究近现代文史的重要材料。

　　虚构的日记成为文学研究的对象，这当然没有问题，但是对于后一类内容"很广很自由"的私人记录如何处理，意见却不是那么统一，姑且不论某些海外学者关于鲁迅社会批评的"文学性"质疑，就是那些包含抒情的历史记叙能否理所当然地进入文学研究，也时有争论。所以，在更多的时候，这些文字还是被当作了文学研究的历史材料加以运用，成为文学史发展的某种佐证。

　　但问题是，仅仅将这些文字视作历史（文学史材料）是不是就能道尽它们的意义，或者反映作家的创作心境呢？似乎又不能。周作人曾经说过："日记与尺牍是文学中特别有趣味的东西，因为比别的文章更鲜明的表出作者的个性。诗文小说戏曲都是做给第三者

---

① 郁达夫. 再谈日记：《达夫日记集》代序 [M] //郁达夫. 郁达夫文集：第七卷. 广州：花城出版社, 1982：263.
② 郁达夫. 日记文学 [M] //郁达夫. 郁达夫文集：第五卷. 广州：花城出版社, 1982：266.
③ 胡适. 留学日记：自序 [M] //胡适. 胡适全集：第 27 卷. 合肥：安徽教育出版社, 2003：103.

看的,所以艺术虽然更加精炼,也就多有一点做作的痕迹。信札只是写给第二个人,日记则给自己看的(写了日记预备将来石印出书的算作例外),自然是更真实更天然的了。"① 郁达夫说:"我们大家都有过记日记的经验,都晓得在日记里,无论什么话,什么幻想,什么不近人情的事情,全可以自由自在地记叙下来。"② 读着这样的自述,我们不禁会问,鲜明的个性流露、自然的表现,以及幻想、不近人情的事情等,这难道不也可以称作文学的追求么?

真正的问题可能就在这里,什么是文学?什么又是文学性?传统中国的"文学"概念本身就包含着一种"繁杂性"与"灵活性"。

作为"杂文学"意义的"日记",其特性至少就有两个方面。

一方面属于"历史"。根据朱光潜先生的说法,日记在中国脱胎于古老的编年体史书③,因而也就隐藏着深刻的历史意识,与"究天人之际,通古今之变"的史家理想相连通了。在一个宗教裁决权并未获得普遍认可的国度,人们倾向于相信,通过历史框架的确立可以达到某种裁决与审判的高度,所谓"名刊史册,自古攸难,事列春秋,哲人所重"④,私人日记也就具有了私家史著的可能性,而恰恰是这种可能性给了中国知识分子以想象与信心。郁达夫的个人情爱经历之中同样具有大革命时代的重要记录,而像叶圣陶日记则完全可以视作中国历史记载的基本成分。

另一方面则属于个人的感受、情怀与理想。日记的写作出于个

---

① 周作人. 日记与尺牍[M]//周作人. 雨天的书. 石家庄:河北教育出版社,2002:12.

② 郁达夫. 日记文学[M]//郁达夫. 郁达夫文集:第五卷. 广州:花城出版社,1982:261.

③ 朱光潜. 日记:小品文略谈之一[M]//朱光潜. 朱光潜全集:第九卷. 合肥:安徽教育出版社,1993:58.

④ 刘知几. 史通通释[M]. 浦起龙,释. 上海:上海古籍出版社,1978:290.

人的视界、思想和情感，它不仅有历史的记载，同时也体现写作者的这样的"历史趣味"。字里行间，不仅仅让历史本身的信息得以保留，同样也自然地流淌着作家"私人"的心境、理想与情怀，洋溢着一种与情感、思想、想象有关的"文学性"。

在现代中国的大文学史上，有两位作家的日记牵涉到的历史背景最为漫长、个人的经历也最为完整，一是新文学作家叶圣陶，另外一位就是长期置身于新文学阵营之外的吴宓。皇皇 20 卷近千万字的《吴宓日记》，始于宣统二年，阴历年末，即 1910 年冬，帝国黄昏，民国将至，中国历史的千年之变蓄势待发，终于 1973 年 12 月 31 日（1914 年佚失），同样是中国历史大变化的前夜。它可能是目前已知的规模最大的文人日记，在当代中国的日记文体中，这又是目前已知的最详尽最有思想情感力量的一部，是吴宓在他生命的最后 28 年留给我们的一笔巨大的精神遗产。它既属于吴宓本人一生最辉煌的文字作品，可能还将被历史证明是当代中国日记文体中最杰出和经典的一部。

（二）中国式"日记"的价值定位

"大文学"意义上的日记作者既拥有个人书写历史的目标和知识准备，又具有独特的文学性追求，这在《吴宓日记》尤其是《吴宓日记续编》中有着清晰的表现。本文的讨论将以更具有文体自觉性的《吴宓日记续编》为中心。

1965 年 6 月 2 日，吴宓曾经有过一个"自我检讨"，此检讨虽属于政治表态，但字里行间所流露的却也是他自己的某些真实感受：

> ……最近又觉悟一层，即宓实具（Ⅰ）幻想主义与（Ⅱ）感情主义之二特点。宓在家，在学校，在社会乃至读中外古今之历史，皆以幻想取之，以感情对之，即不求

其全部之真实，而但择取我所喜欢之人物事实，并以我感情之爱憎评判之，以求对我之慰乐及精神之满足。由是，宓之好古、守旧，亦是出于幻想主义、感情主义，非不知一部《通鉴》中，有兴衰治乱，有国计民生，有战争杀戮，有饥荒灾祸，有奸凶惨毒之人物事实，而我一概不注意，惟取我所喜悦之人与事而赏玩之、亲近之，故宓之视历史与社会无殊小说，而宓自己之生活行事，亦实即是正在撰写小说。总之，皆是幻想与感情（或可名为感情的幻想主义）之所造成。①

在这样的精神世界里，"历史""文学"与"生活"有联系，"幻想""感情"与"写实"相融会，虽是被迫的检讨，亦属真诚的自剖。

研究吴宓的日记，在作者为我们透露的阅读对象中，历史著作是最引人注目的一部分。白天参加政治学习或劳动改造，夜晚捧读《资治通鉴》常常就是吴宓生活的主要内容，他为私淑弟子重钢职工子弟校的陈道荣授课赠书，赠书就以《史记》《汉书》等史学书籍为主。有趣的是，从1968年1月29日至6月30日，长达5个月的时间中，他持续不断地阅读谢无量的《中国大文学史》，直到数年后，在需要查阅文学史实的时候，他也再次想到从中核实，可见此书在他文学史知识结构中的位置。② 如前所述，谢无量的《中国大文学史》是现代中国最早出现的一部以"大文学"命名的著作，

---

① 吴宓. 吴宓日记续编：第五册 [M]. 北京：生活·读书·新知三联书店，2006：142.

② 吴宓. 吴宓日记续编：第七册 [M]. 北京：生活·读书·新知三联书店，2006：322. [例如《吴宓日记》1971年9月16日记载："北宋孟太后（哲宗妻）册立康王构为帝（南宋高宗）之文，系水部郎汪藻所撰作。待查《中国大文学史》。"]

虽然这部史著并没有为"大文学"做出明确的定义，但是从它对中国古代文学各种样式的叙述来看，显然是将"大文学"视作能够容纳中国固有的内容丰富、形式多样的"杂文学"现象的一个概念。吴宓在这样的知识框架中阅读和认识中国文学的种种，自然也就具有对"大文学"的天然的认知和理解。

"大文学"意义上的日记是历史的记载，但更是作家历史情怀和思想情感的表达。吴宓曾经将自己的写作目的透露给信任的朋友：

> 宓留晚饭后，陪送黄哲明至北碚公寓……告以宓今决作自传之计划，盖因（一）宓之余年与精力，只克为此，而可望作成。（二）宓所有之学问、知识、思想、感情、见闻、诗文，均可择优选粹，纳入自传中，此为处理与利用材料最经济而无遗漏之办法。（三）自传可与宓《诗集》及历年日记相辅而行，虽记私人生活事实，亦即此时代中国之野史。其作法亦即史法，虽以自己为线索，其书之内容实有可传之价值，而人之读之者，必亦觉其亲切有味也。①

在这里，吴宓为我们传递了三个重要的信息：

（1）"自传"是他重要的写作计划，而日记也是这一计划的组成部分（我们可以将"日记"理解为广义的"自传"）。

（2）这一写作方式将以个人生活为线索，承载他足以称作"时代中国之野史"的丰富内容。

（3）新的著作兼具思想性与情感性、史料性与可感性。

---

① 吴宓. 吴宓日记续编：第三册［M］. 北京：生活·读书·新知三联书店，2006：155.

显而易见，如此自我与历史的融合、文学性与文献性的并存，正是我们所谓"大文学"的基本特征。吴宓以一生最后的意志乃至生命投入了这样的事业，1957年7月6日他写下：

> 夜中大雷电雨。宓读《吴宓诗集》，决撰作自传，由幼时述起，辅以历年日记，即作为宓之最后著作矣。①

日记被命名为"最后著作"的一部分，可见他给予了多高的期待。晚年的吴宓几乎就为这部日记而活着，为之深夜奋笔，为之东藏西托，为之含垢忍耻，为之挣扎求生。这融合了个人血泪和国家历史的文字就是他最后的"名山事业"，难怪吴宓一再责备同事陈新尼因"惧祸"而擅自销毁了他重要年代的日记，也难怪他因为日记的被查抄而绝望至极、痛不欲生。

1966年9月2日红卫兵抄走吴宓的日记，他在一份呈报"组织"的"交代材料"中激动地写下了自己的思想和情感，后来又特地将这些文字载入1967年2月8日的"日记"：

> 经过此次"交出"之后，宓的感觉是：我的生命，我的感情，我的灵魂，都已消灭了；现在只留着一具破机器一样的身体在世上，忍受着寒冷与劳苦，接受着谴责与惩罚，过一日是一日，白吃人民的饭食，真是有愧而无益也！②

将自己的日记视作生命与灵魂，视作情感的抒发，这当然就是

---

① 吴宓. 吴宓日记续编：第三册 [M]. 北京：生活·读书·新知三联书店，2006：125.

② 吴宓. 吴宓日记续编：第八册 [M]. 北京：生活·读书·新知三联书店，2006：38.

"文学"的核心观念了。

作为"日记",自然包含着一些生活记录的流水账,吴宓特别注意在这些看似琐碎的记载中寄寓历史流变的重要信息,历史的过程一旦获得这种贯通性的把握与整体性的观照,也就呈现出了某种精神层面的意味。例如全部的《吴宓日记》,都始终将经济收支作为极为重要的内容,隔三岔五就会录下各种收入、存取款、借还款的数目与过程。至1949年以后的《吴宓日记续编》更是大量记载各种赠款、汇款、被人索款的细节,有按月馈赠友人的慷慨,有被人索讨纠缠的无奈,有被组织减薪扣款的困窘,有因为捐款他人而造成的政治灾祸,经济流水账几乎就是"吴宓日记"的最主要的线索。如果我们承认经济本来就是我们生存发展的基础,那么吴宓对收支细节的实录其实就是抓住了现当代生存演变的一大核心问题,从中我们可以异常清晰地感受到中国人挣扎求生的种种辛酸和尴尬。

作为"文学"的吴宓的日记,当然也不仅仅是时间的流水账,其中充满了他感受中的人生"意象"。以《吴宓日记续编》为例,有三种意象特别引人注目,显然属于吴宓本人的刻意提炼。

其一是种种"运动""斗争""改造"的意象层出不穷。如吴宓1967—1968年受命劳动改造的任务之一——守护粪池,这个场景被作者不厌其烦地渲染、提及达数十次。1967年1月12日:"今日收到粪水21担,而今晨中文系粪池被校外农民偷去之粪水亦同数量:故宓坐肥料室注视两粪池,防止偷盗。"[①] 1月13日记载得几乎一模一样:"宓受命坐肥料室,注视两粪池,防止偷盗。"[②] 1月20日:"宓奉命接续驻守……宓有时坐小方竹凳休息,但注视

---

①② 吴宓. 吴宓日记续编:第八册 [M]. 北京:生活·读书·新知三联书店,2006:12.

粪池不断。"① 1月21日："宓守视粪池。"② 1月24日："宓仍坐（小方竹凳）肥料室前，守视粪池。"③ 1月25日："宓职在坐、立、步行于工具室外，守候两粪池。"④ 1月30日："宓乃徘徊或植立粪池前，以防来人偷窃粪肥。"⑤ 到4月1日还是："宓专职看守粪池。"⑥ 不断重复的意象，书写着现实的无奈和荒谬。有意思的是，在这"粪池"周围，还不断上演着令人啼笑皆非的荒诞剧，护粪有惊险："约10a.m.有少年四人，共挑四担八桶，由附近之园墙缺口，逾垣而入。徐行至宓前，问此粪池谁属？宓答中文系。其一少年曰：'此乃种菜队之粪池。'少顷，另一少年曰：'我们到别处去罢。'四人挑桶而去，深入校内。不久，从某处取得粪，咸满载而归。仍由园墙缺口处（用手提桶传递）逾垣而出。——幸未在宓监守处强取也！"⑦ 有过这番惊险，当然也就有了无力看守的焦虑："耿派宓往看守粪池，宓极力辞卸之：理由（一）宓不善辞令，且乏临机应变之才，若如今日正午郑君所遇农民数人，挑桶来取本队之粪池物，宓当其局，即无法可施，不能应付；理由（二）恐伤郑君，彼坚疑宓有意夺取彼之安逸工作，使宓无法解释，云云

---

① 吴宓. 吴宓日记续编：第八册 [M]. 北京：生活·读书·新知三联书店，2006：20.

② 吴宓. 吴宓日记续编：第八册 [M]. 北京：生活·读书·新知三联书店，2006：21.

③ 吴宓. 吴宓日记续编：第八册 [M]. 北京：生活·读书·新知三联书店，2006：23.

④ 吴宓. 吴宓日记续编：第八册 [M]. 北京：生活·读书·新知三联书店，2006：24.

⑤ 吴宓. 吴宓日记续编：第八册 [M]. 北京：生活·读书·新知三联书店，2006：29.

⑥ 吴宓. 吴宓日记续编：第八册 [M]. 北京：生活·读书·新知三联书店，2006：89.

⑦ 吴宓. 吴宓日记续编：第八册 [M]. 北京：生活·读书·新知三联书店，2006：34.

〔此理由（二），宓未对耿君说出〕。"① 中国曾经的"高级"知识分子，竟然视"看守粪池"为"安逸工作"，或为之明争暗斗、心生芥蒂，或为之焦虑不安、辗转反侧，吴宓入木三分的心理剖析，着实令人唏嘘感叹！在另外一方面，"偷粪"本身却是当时农业资源匮乏的真实表现，围绕一个小小粪池的"争夺战"与"保卫战"时常喜剧般地展开。1967 年 4 月 4 日载："下午 2—6 菜圃劳动：宓看守粪池。3 时前，耿君等数人在工具室门外兑制杀虫（浇菜）之乐果药水，宓旁立观看，只片刻不注意，竟有人偷取粪池（上锁）中之粪，盖以小勺从门际空隙舀取出者，淋漓阶槛，幸不多。——耿君瞥见，命宓即趋往，耿君随至粪池前，则见肩挑两桶之少年农民五人已盘旋走上山坡去矣。耿君叱责之，已无及。是日所失粪虽不甚多，亦宓之咎也！"② 如此严重的损失大大提高了"看守粪池"的重要性，从第二天开始，"已另派定贺、杨、魏三人专职看守粪池（轮换，时加长），故宓之助守粪池可不负责任矣"③。当然，最后还有"粪池"被迫"开放"之际的灌水喜剧："下午 2：30—5：00 菜圃劳动：诸队员决定本队之两粪池今后不复看守，完全开放，任人取用。故于今日下午多多加水，掺合两池之内容，使成稀薄之粪水，冀人之弃而不取耳。"④ 从严防死守到无奈开放，从独守、代守到群守，从对外斗争到对内猜忌，吴宓为我们精心书写了一个首尾衔接、体式完整的黑色幽默戏剧。

---

① 吴宓. 吴宓日记续编：第八册 [M]. 北京：生活·读书·新知三联书店，2006：49.
② 吴宓. 吴宓日记续编：第八册 [M]. 北京：生活·读书·新知三联书店，2006：91 - 92.
③ 吴宓. 吴宓日记续编：第八册 [M]. 北京：生活·读书·新知三联书店，2006：92.
④ 吴宓. 吴宓日记续编：第八册 [M]. 北京：生活·读书·新知三联书店，2006：109.

"运动""斗争"场景在吴宓笔下也被刻画得惊心动魄。这里有激烈血腥的两派武斗,有"学习会"上知识分子们唇枪舌剑的相互攻讦,有被迫低头认罪的荒唐逻辑。吴宓常常对"斗争"语言进行精简模拟,又不时抓住其中残酷的细节几笔勾勒,例如:"全队鹄立久候,石因之寻事责斥诸人,谓(1)杨欣安'嘻嘻哈哈'(2)徐永年'吊儿郎当'(3)成文辉'罪恶多端'(4)全体队员之罪行'罄竹难书',最后(5)对曹慕樊,不明指其罪,但言其'胡作非为',遽前闯入队中(冲宓欲倒)用手猛批曹之左颊,接连二次,叱曹出队,又击其颅顶,打落其帽,又命自摘眼镜,跪于阶前,且不许以双手撑地,而拱举其双手,直至将散,乃命曹还队,时已 8:20 矣。"① 字里行间,既有对荒诞时代的轻蔑,也有自己万千的同情、愤懑和无奈。

酷烈的"运动"和"斗争"令人无法正常"行走"在人生的大道上。吴宓在日记中还特别为我们展现了他避祸之用的崎岖小路,写实之中暗含着深深的隐喻。1967 年 1 月 24 日:"上午 8—10:30 宓独扫除三教楼内部,今日先扫大门内外,后扫巷道。八三一率众在三教楼大门外,斗争中文系党总支某,宓闻有人侧身怒视,骂彼'他妈的',继以掌批其颊有声,宓心痛,急即结束宓之扫地工作,而绕道回舍(由三教楼外,平日宓不敢行走之陡坡直路走下,穿熊家院下院而达中院〔梓、夔家〕,由此经浴室、二食堂而抵宓舍,近 11 时矣)以避之;途中又闻八三一广播,命令'中文系保皇分子周海彦速即来到三教楼大门外,若迟到,格杀勿论'云云。宓为之胆颤心惊!"② 从这一天开始,这条崎岖的小路常常出现在吴宓笔下,

---

① 吴宓. 吴宓日记续编:第八册 [M]. 北京:生活·读书·新知三联书店,2006:25-26.

② 吴宓. 吴宓日记续编:第八册 [M]. 北京:生活·读书·新知三联书店,2006:23.

成为他刻意提炼的自然"意象":"今日上午八三一在三教楼门前斗争任承佑,故耿君命宓随队同往(宓仍由穿熊家院之路行)上午8—11:40菜圃劳动。"①"曾至三教楼旁,见大门外正在'斗争',急由陡坡直路下,穿熊家院逃归。"②"今日上下午,八三一皆在三教楼大门外'斗争'中文系要员,形势险恶,可怖可畏……宓由陡坡直路下,穿熊家院,至菜圃劳动。"③"上午8—10:30宓独扫除三教楼内部完毕,乃抱携队员们报纸一包、信数封,由直路、陡坡下,折入熊家院中院以出上院,而达菜圃工具室。"④"宓往来皆陡坡、直路。去时适遇中文系学生群立3129教室外集会。"⑤"扫地甫毕,见中文系学生多名排队而来,在3129教室开会,宓恐留此不便,乃于2:30绕熊家院外(由方块坡下)而至工具室。"⑥"10时,宓绕道熊家院(遇少女诘责宓何故此时独行此路?——宓不能答对)。"⑦"三教楼"是吴宓的噩梦的代名词,而"绕道熊家院"的陡坡倒成为隐秘的求生之路,吴宓通过他惯用的反复渲染之法,为我们呈现了一大颇具反讽意味的"道路意象",这"吴宓小路"很可能载入当代中国的社会文化史册! 一个年过七旬的知识分

---

① 吴宓. 吴宓日记续编:第八册[M]. 北京:生活·读书·新知三联书店,2006:24.

② 吴宓. 吴宓日记续编:第八册[M]. 北京:生活·读书·新知三联书店,2006:25.

③ 吴宓. 吴宓日记续编:第八册[M]. 北京:生活·读书·新知三联书店,2006:26.

④ 吴宓. 吴宓日记续编:第八册[M]. 北京:生活·读书·新知三联书店,2006:29.

⑤ 吴宓. 吴宓日记续编:第八册[M]. 北京:生活·读书·新知三联书店,2006:35.

⑥ 吴宓. 吴宓日记续编:第八册[M]. 北京:生活·读书·新知三联书店,2006:49.

⑦ 吴宓. 吴宓日记续编:第八册[M]. 北京:生活·读书·新知三联书店,2006:633.

子，面对如此的阶级斗争灾难，只能将自然的"畏途"当作避祸的"坦途"，而且难以向他人解释（吴宓常常用括弧提示其事态的复杂），其中的人生况味真值得后人细细揣摩。

其二是《吴宓日记》中多次出现的晨昏颠倒、深宵惊厥的描写。如果说，前述"运动""斗争"与"改造"的意象属于外部的生存，那么，这里所写深宵惊醒，误把深夜作清晨，则属于内部精神的创伤。这里映射出的是一个混乱恐怖的时代所给予人的巨大的精神挤压，个体生命的渺小、个人命运的飘零，都跃然纸上。"是夜月明如昼，中夜久醒，约二三小时，天晓乃复寐。连日开会，宓虽未受检讨，且少发言，亦已极昏倦，夜遂失眠。神经受刺激太多，耳鸣不止。"① "今晚大风，仍热甚，宓复失眠。宓郁愤甚。惟思早日死去为乐，此时若强迫宓作文，则笔下所出者，将必为激烈而明显之□□□□□□□文章，虽杀身所不顾者已。"② "酣睡至10：20忽闻大广播，宓误以为是二月二十一晨6：20也，急起，匆匆盥漱。食二糖馒以作早餐。11时（宓误以为是晨7：00也）出，至一教楼外鹄立，候点名，排队。……久之，不见一人来，途中亦无一人行走。宓乃回舍，遇陆伯宇，询之，乃知此时正是二十日中宵12时。两方之广播战此时方才停止。宓乃写日记，1 a.m. 再寝。"③ 又有："寝后1 a.m. 始入寐。2 a.m. 闻八三一集合广播遂起，盥洗毕，久之，疑已是早餐时，乃赴员工二食堂取饭，至则小窗口均未启，宓知误，回舍。途遇贺明元来，坚称此是6：30正早餐时，宓乃随贺君再到员工二食堂，叩窗，厨工出对

---

① 吴宓. 吴宓日记续编：第三册[M]. 北京：生活·读书·新知三联书店，2006：128.
② 吴宓. 吴宓日记续编：第三册[M]. 北京：生活·读书·新知三联书店，2006：461.
③ 吴宓. 吴宓日记续编：第八册[M]. 北京：生活·读书·新知三联书店，2006：46.

曰：此时甫 3a. m. 米尚未下锅也。"① 看来，这样的惊厥颠倒已经感染了多人。

其三是反复出现的顽劣儿童意象。吴宓多次在日记中记载附近的儿童如何戏弄、欺辱他这样的"反动分子"，这里包含着他对特定时代人性扭曲的沉痛观察，近似于鲁迅所担忧的"孩子吃人"。类似这样的情形在吴宓笔下多次出现："一群儿童大呼'吴宓老头儿，牛鬼蛇神'，甚至值宓蹲踞扫地时，以手拍击宓之头顶！宓愤甚，几欲与儿童们冲突。"② 按照吴宓的理解，这都是时代耽误教育之过："文化大革命运动中，对小儿们无复教育，纵任其放恣横行，于此为极矣。"③ 但更大的问题却是，"放恣横行"并不等于回归自然，自由生长，政治意识形态对灵魂的扭曲已经在这些儿童身上打下了深深的印记："儿童（凌梅生等）来，命宓背《语录》及《东方红》歌词，最后仍高呼'打倒吴宓'，群以拳击宓，幸皆小孩，力微，无伤也。"④ 政治意识形态赋予儿童的顽劣以充分的理由，1956年1月10日，吴宓在日记中录下"报载北京已发动青少年消灭麻雀口占一绝寄愤"："昔见空城鸟雀飞，如今鸟雀陷重围。国亡种灭寻常事，到处人心是杀机。"⑤ 当"杀机"从小灌输给了儿童的"人心"，这个世界将人人自危，这就是吴宓所悟"足见今

---

① 吴宓. 吴宓日记续编：第八册 [M]. 北京：生活·读书·新知三联书店，2006：22.
② 吴宓. 吴宓日记续编：第八册 [M]. 北京：生活·读书·新知三联书店，2006：60.
③ 吴宓. 吴宓日记续编：第八册 [M]. 北京：生活·读书·新知三联书店，2006：68.
④ 吴宓. 吴宓日记续编：第八册 [M]. 北京：生活·读书·新知三联书店，2006：667.
⑤ 吴宓. 吴宓日记续编：第二册 [M]. 北京：生活·读书·新知三联书店，2006：352.

人之残暴不思,而人人操生杀之权,则我辈危矣"①。此情此景,令人想起鲁迅《颓败线的颤动》中那个可怜的操劳一生的母亲和她冷酷的孩子们:

> 最小的一个正玩着一片干芦叶,这时便向空中一挥,仿佛一柄钢刀,大声说道:"杀!"
> 那垂老的女人口角正在痉挛,登时一怔,接着便都平静,不多时候,她冷静地,骨立的石像似的站起来了。她开开板门,迈步在深夜中走出,遗弃了背后一切的冷骂和毒笑。

从鲁迅到吴宓,都先后目睹了这些充满"杀"心的孩子!两类不同文化理想的中国知识分子都意识到了社会文化之于儿童的根本塑造,吴宓与鲁迅当年在《狂人日记》中的担心一样,儿童"吃人"依然与"文化"相关,所不同的在于,鲁迅感知到的"吃人"乃传统文化走向"末路"时的人性异化,而吴宓所痛苦的"吃人"则是极"左"政治文化所产生的新的扭曲和毒害。前者伴随着文化转折时代的颓废与没落,在潜移默化间顽固地盘踞于人心的深处,后者则借助于当下政治权力的支撑,因而显得来势汹汹。吴宓和鲁迅的意义,都在于深刻揭示了历史变动年代的人生困顿。

(三)《吴宓日记》的对话意识

除了历史意识的确立和一系列文学性意象的提炼,吴宓对于日记的阅读者、接受者也有自己的设置,写作之中隐含着与他们的精神对话。

正如前文所述的那样,与西方古典作家更倾向于将私人日记留作

---

① 吴宓. 吴宓日记续编:第八册 [M]. 北京:生活·读书·新知三联书店,2006:231.

个人的隐私不同，中国知识分子其实是愿意和他心中的读者分享感受的，无论是对历史兴亡的观察还是个人的人生体悟，都具有某种交流沟通的目的。《吴宓日记续编》绝不是个人的隐秘写作，一方面源自这些文字多次被查抄、搜缴，早已被人引用批判的现实，就是这样的现实加强着作者不得不面对公众的心理；另一方面，也是更重要的一方面，就是在这样一种对话形式中，吴宓本人那种以私人记录承载历史兴亡、表达历史情怀的深层愿望可能得到了最好的实现。

我们注意到，吴宓多次在日记中申明自己的日记写作观念，这当然不是他表面上所说的那样，仅仅出于自言自语的需要，而是分明对读者存在深切的寄托。例如1951年4月15日，他就用了数百字的篇幅阐述自己的日记观念：

> 林来。委来，再劝宓焚毁宓日记、诗稿，或简择抄存，以免祸云云。澄意亦同。宓虽感其意，而不能遵从。此日记既难割爱焚毁，且仍须续写。理由有三。（1）日记所载，皆宓内心之感想，皆宓自言自语、自为问答之词。日记只供宓自读自阅，从未示人，更无意刊布。而宓所以必作此日记者，以宓为内向之人，处境孤独，愁苦烦郁至深且重，非书写出之，以代倾诉，以资宣泄，则我实不能自聊，无以自慰也。（2）宓只有感想而无行动。日记所述皆宓之真实见解及感触，然却无任何行事之计划及作用。日记之性质，无殊历史与小说而已。夫宓苟有实际作为之意，则当早往美国，至迟1949秋冬间应飞往台湾或香港。而乃宓拒却昀、穆之招，甘愿留渝，且不赴京、沪、粤等地，足征宓已死心塌地，甘为人民政府之顺民，早同吴梅村之心情，而异顾亭林之志业矣。又似苏格拉底之愿死于雅典，而不效但丁之终身出亡、沦落异域者矣。是则宓可称为<u>顽固落后</u>，而非<u>反动</u>与<u>特务</u>，其事昭昭甚明。且<u>特务</u>行事务为诡秘，岂有若宓之大书特书，将一己之所思所言所行所遇，不惮详悉，明白写出，以供定谳之材料，又靳靳保留为搜查之罪证书哉？！

（3）日记中宓之感想，窃仿顾亭林《日知录》之例，皆论理而不论事，明道而不责人，皆不为今时此地立议陈情，而阐明天下万世文野升降之机，治乱兴衰之故。皆为证明大道，垂示来兹，所谓守先待后，而不图于数十年或百年内得有采用施行之机会，亦不敢望世中一切能稍随吾心而变迁。宓乃一极悲观之人，然宓自有其信仰，如儒教、佛教、希腊哲学人文主义，以及耶教之本旨是。又宓宝爱西洋及中国古来之学术文物礼俗德教，此不容讳，似亦非罪恶。必以此而置宓于罪刑，又奚敢辞？宓已深愧非守道殉节之士，依违唯阿，卑鄙已极。若如此而犹不能苟全偷生，则只有顺时安命，恬然就戮。以上乃宓真实之意思，亦预拟之供状。倘异日发现宓日记而勘问宓时，敬请当局注意此段自白，并参阅 1951 一月十六日所记一段。至于安危祸福，究竟非人之所能知，更非宓所敢深计者矣。……①

在这里，虽然出现了"自言自语""自为问答""自读自阅"以及"无意刊布"等表白，但如此煞费苦心的解释，甚至还"敬请当局"注意某段文字，"参阅"其他篇什，不是分明具有相当清醒的"读者意识"么？在其他日记段落里，吴宓也多次出现请人"参阅"某一部分的提示，显示出强烈的交流、沟通愿望，甚至包括这样直接地与他心目中的"潜在读者"对话：

后之读宓日记者，可知宓近来每日费时费力于何等事。读书且不能，遑言著作？自适且不能，遑言益世？牺牲一切，放弃百事，只办得全身苟活免祸，以获善终。而已。②

---

① 吴宓. 吴宓日记续编：第一册[M]. 北京：生活·读书·新知三联书店，2006：111-113.

② 吴宓. 吴宓日记续编：第三册[M]. 北京：生活·读书·新知三联书店，2006：120.

他的这种极具感情色彩的表述很容易让我们想起日记小说理论家特莱沃·费尔德对作为文学的日记写作的精神分析，"假如一个人没有妻子可信任又没有朋友，他就转而向上帝祈祷；如果不可能祈祷，那他就打开日记"，"它（日记）伴随着我，我要对它说，它会回答我"，这代表了所有"日记作者极度的孤立与孤独，由于没有人愿意听或愿意分享他的经历和体验，他不得不回到默无声息的自我交流当中"，"哀叹他凄凉的感觉"。① 需要指出的是，以著作"时代中国之野史"自任的吴宓不仅仅只有凄凉的孤独和喃喃自语，他的设立的"读者"起码还有两类：

一是官方检查人（"当局"），吴宓希望他们终究能够从中读出他的坦白与诚挚、道德与情操。

二是后世的其他读者，吴宓可能给予他们更大期望。盼望从中出现真正的知音，理解他的遭遇，认同他的理想。

《吴宓日记》同样充分体现了"杂文学"自由随意的写作方式，除了个人生活的记录，其中包容了相当丰富的社会、时代信息，杂糅了多种文体的创作实验。刘纳教授从中读出了一种十字架式的意义结构：横向的一端是个人经历，另一端是社会历史的发展演变；竖向的一端是现实的遭遇，另外一端则是各种梦境的世界，有惊扰也有甜蜜。需要指出的是，对于社会历史的发展演变，日记也不同于一般的客观史著，更充满了"文学"式的观察和提炼。吴宓相当善于提炼、概括，上至党报社论、学习文件，下至领导讲话、同事发言，吴宓都能够恰到好处地抓住其核心内容，以三言两语的"关键词"归纳之，一个又一个的历史事件、政治活动最终都简化为一系列颇具时代缩影的语汇，

---

① FIELD T. Form and function in the Diary Novel [J]. The Macmillan Ltd. Press，1989（4）：145. ［转引自陈晓兰. 欧洲日记体小说发展概观［J］. 兰州大学学报，2001，（1）：120－124.］

例如"反共老手""牛鬼蛇神""反攻倒算""罪大恶极""格杀勿论""亡党亡国""阳奉阴违""蒙混过关""触及灵魂""搬起石头砸自己的脚""挑起群众斗群众"等。阅读《吴宓日记》,我们仿佛回到了时代的现场,目睹了那个以新的语汇为基础的时代景象,特别是多少年之后的今天再展卷,吴宓那种遗世独立、冷眼旁观的姿态,真令人肃然!一切艺术的感性经验都是在"距离"中生成的,而有距离的审视中所包含的"冷幽默"式的批判更使得《吴宓日记》的文学意蕴显得如此的与众不同。

散文式的叙述自然是《吴宓日记》的主体,不过吴宓又在其中穿插了大量的报刊政论与学习文件提要、诗歌创作、书信摘录以及其他阅读片段等,成为一种综合性的文本。不同的文字信息相互对话、相互支撑,构成了关于时代氛围与个人精神生活的丰富景观。

例如,吴宓这样记载那时的政治学习,寥寥数笔的摘录即呈现了一派肃杀的斗争景象:

上午8—11:30在中文系教师阅览室学习,阅读二篇(一)《毛选》卷四1 377—1 385页《将革命进行到底》(1949新年献词),中有云:"敌人是不会自行消灭的。无论是中国的反动派,或是美国帝国主义在中国的侵略势力,都不会自行退出历史舞台。"(见1 379页)——又见《语录》10页下。(二)1967三月二十八日《新重庆报》社论《坚决打退资本主义反革命复辟逆流》,要求平反;反攻倒算。"革命无罪,造反有理。"一切应从阶级斗争及两条路线斗争出发;"绝不许牛鬼蛇神乱说乱动"。勇敢地将无产阶级文化大革命进行到底!……①

---

① 吴宓. 吴宓日记续编:第八册[M]. 北京:生活·读书·新知三联书店,2006:84.

吴宓也通过摘引他所钟爱的古今著述相自勉，例如：

晨及晚，读完 Logan Pearsall Smith（1865——　）① 著 *Milton&His Modern Critics*（1941）一书，得益不少。书中 56 页，引 Paradise Lost 神将 Michael 遣送天上罪谪之神下凡为人时，戒之以"勿贪生，亦勿寻死"，且勖之曰：——

Not disconsolate…

Though sorrowing, yet in peace.

"悲哀而不失其度，愁苦而仍能安定"，诚为宓此时之所有事矣。按：自 1966 九月宓得罪以来，惕于"破四旧"，不敢读任何中西古今之旧书，精神干枯已极。今偶读此书，乃获滋润，慰乐无穷。决更多读，对应付人事，即对"思想改造"亦必有益，可断言也。②

如果纯粹是为了表达自己的心境，吴宓只需中文征引即可，但这里又是原文，又是译文，还特意交代背景，显然就具有一种"文本呈现"的独立意味，用吴宓自己的话来说，就是这种文本的呈现能够给人"滋润"，给人"慰乐"，于是，呈现本身就构成了一种文体的审美独立性。

特别值得注意的是其中的诗歌作品。在《吴宓日记》中，既有吴宓阅读诗作的抄录，又多有作者自己的创作，除了必要的保存功能外，其实也构成了对其他散文叙述的补充和映衬，或者说在或紧密或平缓的日常叙写之外，形成某种感情的聚焦和提示，两种文体

---

① 此段文字写于 1967 年 3 月 15 日，Logan Pearsall Smith 实已于 1946 年 3 月 2 日逝世。

② 吴宓. 吴宓日记续编：第八册［M］. 北京：生活·读书·新知三联书店，2006：68.

相互支撑，将我们引向作者精神世界的深处。例如1951年1月21日，在连续记叙学校的政治活动之后，吴宓附诗三首：

为师一首
世变身孤恨我生，为师老逐众人行。
日从伐鼓鸣钟集，惯听嗔莺叱燕声。
蜂蚁入场承旨训，蜿蜒列队耀旗旌。
来来团结齐携手，莫道秧歌舞未精。

时事学习一首
马列精思理独真，千年历史铸从新。
美吾仇敌苏吾友，战是和平暴是仁。
固有诗书封建毒，西来礼俗欲魔津。
朝朝团坐学时事，目注心营考问频。

名教授一首
卅年教授有微名，解放潮来尽倒倾。
急卷诗书随呐喊，初工色笑巧逢迎。
课程精简难新样，薪给评低耻旧荣。
留美昔吾尤恨美，学生今汝是先生。①

较之于早年《吴宓诗集》中那些与时代隔膜的旧体诗作，此刻，浸润于新时代而难以超脱的吴宓真正获得了文学与时代深入对话的灵感，完成了他创作生涯中真正有深度、有思想也有胆识的创

---

① 吴宓. 吴宓日记续编：第一册［M］. 北京：生活·读书·新知三联书店，2006：41-42.

作。政治学习构成了当代中国人生活的一大景观，对此，吴宓有多种记载，包括收录在 1957 年 7 月 16 日日记中的诗歌《记学习所得》：

  阶级为邦赖斗争，是非从此记分明：
  层层制度休言改，处处服从莫妄评。
  政治课先新理足，工农身贵老师轻。
  中华文史原当废，仰首苏联百事精。①

与这种犀利的观察可以媲美的是新诗人穆旦的诗歌《九十九家争鸣记》：

  百家争鸣固然很好，
  九十九家难道不行？
  我这一家虽然也有话说，
  现在可患着虚心的病。

  我们的会议室济济一堂，
  恰好是一百零一个人，
  为什么偏多了一个？
  他呀，是主席，单等作结论。
  ……

就如同旧诗与新诗的关系一样，吴宓与现代新文学颇为隔膜，

---

① 吴宓. 吴宓日记续编：第三册 [M]. 北京：生活·读书·新知三联书店，2006：131.

在历史良知的最后的考验下，知识分子的精神是不分新旧的，这里只有真与假、正义与邪恶、人格尊严与强权专制的较量。应该说，吴宓与穆旦都经受住了历史的考验，两类不同文化取向的知识分子在民族文化危机的最后关头，站在了一起。

吴宓努力捍卫文言文与正体汉字的价值，他坚持文言方式的写作，现在看来，这些旧体诗作和《日记》的文白夹杂的语言方式本身在客观上也构成了某种独特的"形式意味"：在极"左"政治的时代，不断用新术语新语汇展开"灵魂的革命"乃无可抗拒的趋势。1951年4月15日，《吴宓日记》载："殷炎麟来，忧宓以熊东明之死而精神痛苦，特致慰藉。力劝宓不必以己身之安危为虑，但宜翻读新书，学得一套术语及说法，以为应世而自炫之具云云。"① 显然，吴宓对此不以为然，每当写到各种新"术语及说法"之时，他都不无旁观和审视之态。

在一个不断用新创的政治语汇改天换地，也最终改变人们灵魂的异样时代，似乎这些被贬斥为"封建腐朽"的语言倒显示了一种遗世而立的姿态，捍卫和守护着知识分子基本的人权和思想独立。早年的吴宓紧抱文言对抗白话文运动，有其显而易见的迂阔，晚年的吴宓继续以文言的写作对抗思想的专制，这却是他的文学与生命的勇气！比照早年学衡派时期，我以为一个文学家的吴宓才真正成熟起来，并且找到了他自己。

今天的学界为了重评学衡派的价值，时有夸大这一流派及20世纪20年代吴宓价值的倾向，其实，无论吴宓和学衡派多么"学贯中西"，多么兼具中外的学识，他们的文化姿态多么有值得肯定的价值，有一点却是不容忽视的，那就是他们对于新文学的创作和

---

① 吴宓. 吴宓日记续编：第一册[M]. 北京：生活·读书·新知三联书店，2006：111.

发展在当时是相当隔膜的,因而对新文学的批评和反对也是隔靴搔痒的。吴宓和学衡派在20年代的意义在于文化理念的独立性而不在于文学创作的独创性①,一直到了写作《吴宓日记续编》的时候,他才真正找到了与时代进行文学对话的方式,更重要的是找到了与时代对话的思想立场和生命态度。他曾经试图将五四新文学与新文化运动视作历史的扭曲,努力用"白璧德主义"加以救正,问题是五四并不是他所想象的那么扭曲。五四新文化所开创的现代文化不仅保留了多种文化观念并存的现实,连质疑者的学衡派也依然在现代教育体制中拥有受人尊崇的地位,五四新文化并没有排斥吴宓。直到新中国极"左"政治的出现,才真正将一位虽然不合时宜却有着真诚的文化理想的知识分子推向了世界的边缘,甚至到了难以正常呼吸、正常生活的角落。到了这样的一个生命的绝境,吴宓作为中外优秀文化哺育下成长的文化人,其最后的尊严和理想被格外地激发了出来,他的精神的反抗虽然微弱却是那样的执拗,他对理想的坚守虽然那么孤独却又那么顽强——甚至比一般顺应"新文化"逻辑迅速自我批判的新文化知识分子主流更为顽强,这里可能恰恰是长期以来的置身新文化主流之外的孤立姿态保存了他思想的完整,个中缘由值得我们进一步总结。总之,到了人生的晚年,吴宓被无可拒绝地抛入了时代与社会的漩涡中心,这对他的人生是悲剧性的影响,对他的文学创作却是前所未有的促进。在人生最低谷的阶段,吴宓完成了他一生最辉煌的文字——《吴宓日记续编》,成为现代中国"大文学"写作的杰出的经典,成为他之于现代中国文学的重要贡献。在这个时候,深具现代体验的吴宓在精神上与他质疑过的五四新文学、新文化是沟通的,作为"大文学"意义的"吴宓日记"与鲁迅杂文、穆旦诗歌是呼应的,因为,它们都共同

---

① 李怡. 论学衡派与五四新文学运动 [J]. 中国社会科学, 1998 (6): 15.

体现了时代对人的真挚理想的挤压和戕害,表现了身处困境的焦虑。顺便一提的是,在"文革"的紧张岁月,吴宓连续阅读着《鲁迅选集》《鲁迅全集》,包括鲁迅的小说、杂文及学术论述,个中原因可能是多方面的,也包括当时的政治形势与选择的有限,一时难以准确推测,但是在吴宓的一生中,如此大规模地阅读鲁迅却肯定是绝无仅有的。同样出于对苦难中国的真切体验,吴宓是否从他早年的与世隔绝的道德理想中清醒过来,正面看待这"惨淡的人生"呢?从《吴宓日记续编》的文学意义来看,我们似乎又不妨展开这样的联想和推断。

结　语

"大文学"需要"大史料"

研究中国现当代文学需要有"大文学"的视野，也就是说，能够成为"文学研究"关注的对象应该更为充分和广泛，甚至是更多的"文学之外"的色彩斑斓的各种文字现象。"大文学"现象需要的就是更广阔的史料，是为"大史料"。如何才能发现"文学"之"大"，进而扩充我们的"史料"范围呢？这就需要还原现代文学的历史现场，在客观的晚清—中华民国—中华人民共和国的巨大空间中容纳各种现代、非现代的文学现象，这就叫作"大史料"。

　　但是这样一个结论却可能让人疑窦重重：文献史料是一切学术工作的基础，无论什么时代，无论什么国度，都理当如此。如果这是一个简单的常识，那么，我们这个判断可能就有点奇怪了：为什么要如此强调"大史料"呢？其实，在这里，我们想强调的是：文献史料的发掘、整理并不像表面上看去那么简单，是只需要冷静、耐性和客观就能够获得，它依然承受了意识形态的种种印记，文献史料的发掘、运用同时也是一件具有特殊思想意味的工作。

　　对于现代文学学科而言，现代中国的系统的文献史料工作开始于20世纪80年代以后，即"新时期"，没有当时思想领域的拨乱反正，就不会有对大量现代文学现象的重新评价，就不会有对胡适等自由主义作家的"平反"，甚至也不会有对30年代左翼文学的重新认识，中国社会科学院主持的"文学史史料汇编"工程更不复存在。[①]

　　而且，这样的文献史料的发掘整理也依然处于一个逐步展开的过程中，其展开的速度、程度都取决于思想开放的速度和程度。在一开始，我们对文学史的思想认识中出现了"主流"一说——当然

[①] 该项目由中国社会科学院文学所主持，成果分"中国现代文学史料汇编"甲乙编连续出版，至20世纪90年代基本结束。2010年以后，知识产权出版社将分散在各家的史料汇集编辑成为《中国文学史资料全编现代卷》再版，但基本都是旧著新印，新增的书目寥寥无几。

是将左翼文学的发展视作不容置疑的"主流",这样一来至少比认定文学史只存在一种声音要好——有"主流"就有"支流",甚至还可以有"逆流",这些"主""次"之分无论多么简陋和经不起推敲,也都是在事实上为多种文学现象的出场(即便是羞羞答答的出场)打开了通道。

即便如此,在二三十年前,要更充分、更自由地呈现现代文学的史料也还是阻力重重。因为,更大的历史认知框架首先规定了那个时代的社会性质:民国不是历史进程的客观时段,而是包含着鲜明的意识形态判断的对象,更常见的称谓是"旧中国""旧社会"。在这样一种认知框架下,百年来的中国文学发展史常常被描绘为一部你死我活的"阶级斗争史",是"新中国"战胜"民国"的历史,也是"党的""人民的""正义"的力量不断战胜"封建的""反动的""腐朽的"力量的历史。

这样的历史认知框架曾经产生了20世纪80年代的"三流"文学观——"主流""支流"和"逆流",当然,我们能够读到的主要是"主流"的史料,能够理所当然进入讨论话题的也属于"主流文学现象"——就是在今天,也依然通过对"历史进步方向""新文学主潮"的种种认定不断圈定了文献史料的发现领域,影响着我们文献整理的态度。例如因为确立了五四新文学的"方向",一切偏离这一方向的文学走向和文化倾向都饱受质疑,在很长时期内难以获得充分的重视,接近国民党官方的文学潮流如此、保守主义的文学如此、市民通俗文学如此、旧体诗词如此,甚至对一些文体发展史的描述也如此。例如我们的认知框架一旦认定从《尝试集》到《女神》到新月派、现代派及中国新诗派就是现代新诗的发展轨迹,那么,游离于这一线索之外的可能数量更多的新诗文本包括诗人本身就可能遭遇被忽视、被淹没的命运,不再进入文献研究的视野,如稍稍晚于《尝试集》的叶伯和的《诗歌集》、创作数量众多却被小说家身份所遮蔽的诗人徐讦。又如因为我们将鲁迅的

《狂人日记》判定为"现代第一篇白话小说",而根本不再顾及四川人李劼人早在1918年之前就发表过几十篇白话小说的事实。

同样的情况也出现在文学思潮的认定框架中,过去的文学史研究是将抗战文学的中心与主流定位于抗战救亡,这样,出现在当时的许多丰富而复杂的文学现象就只有备受冷落了。长期以来,我们重视的就仅仅是抗战歌谣、历史剧等,描述的中心也是重庆的所谓"进步作家",西南联大位居昆明,为抗战"边缘",自然就不受重视,即便是抗战中心重庆内部,也仅仅以"文协"或接近中国共产党的作家为中心。近年来,随着这些抗战文学认知的逐步打破,西南联大的文学活动才引起了相当的关注,而重庆文坛也不仅仅只有抗战历史剧,其"边缘"如北碚复旦大学等的文学活动也开始成为硕士甚至博士论文的选题①。这无疑得益于人们在观念上的重大变化:从"一切为了抗战"到"抗战为了人"的重大变化。文学作为关注人类精神生活的重要方式,最有价值的恰恰是它能够记录和展示人在不同生存境遇中的心灵变化。

在我们看来,能够引起文学史认知框架重要突破的原因就在于我们的现代文学史观正越来越回到对国家历史情态的尊重,同时解构过去那种以政党为中心的历史评价体系。而推动这样观念革新的,就是现代文学研究的"民国视野"与"共和国视野"的出现。中国现代文学发生于民国,与民国的体制有关,与民国的社会环境有关,与民国的精神氛围有关,也与民国本身的历史命运有关②,当代中国文学的一切同样与中华人民共和国的大历史有关。这本来是个简单的事实,但是对于长期习惯于二元对立斗争逻辑的我们来说,却意味着一种历史框架的大解构和大重建——只有当作为历史

---

① 李本东. 重庆复旦大学的校园文学活动考略 [J]. 中国现代文学研究丛刊, 2001 (4). (这是国内最早发掘、研究重庆复旦大学作家群的论述)
② 张中良. 民国视野与现代文学研究的新路径 [J]. 江汉论坛, 2014 (6).

概念的国家形态能够"祛除"意识形态色彩，成为历史描述的时间定位与背景呈现之时，现代历史（包括文学史）最丰富多彩的景象才真正凸显出来。

最近10多年，现代文学研究出现了对国家历史形态的重视，民国文学与共和国文学成了描述中国现代文学的新的方式，有力地推动了学术的发展。① 正是在这样的新的思想方法的启迪下，我们才真正突破了新中国/旧中国的对立认知，发现了现代文学的广阔天地。

中国文学的历史性巨变出现在清末民初，形成于民国，发展于中华人民共和国。清末民初的中国开始步入了"现代"，一个全新的历史空间得以打开。在这个新的历史空间中，有文化的交融，国家体制的变革，更有近代知识分子的艰苦求索，于是，文学的样式、构成和格局都发生了巨大的变化。具体而言，就是在"民国"之中发生着前所未有的嬗变，虽然钱基博也说当时的某些前朝遗民不认"民国"，自己在无奈中启用了文学的"现代"之名，但是事实上，视"民国乃敌国"的文化人毕竟稀少，中国的"现代"之路就是因为有了"民国"的旗帜才光明正大地挥展开来。大多数的"现代"作家还是愿意将自己的梦想寄托在这样一个"人民之国"——民国，并且在如此的"新中国"观察中积累自己的"现代"经验。中国的"现代"经验孕育于"民国"，或者说"民国"的经验就是中国人真正的"现代"经验。1949年以后的"人民共和国"与"民国"原本不是对立的意义，自清末以来，如何建构起一个"人民之国"的"新中国"就是几代民族先贤与新知识阶层的强烈愿望。可惜的是，在现实的"新中国"确立之后，为了清算历史的旧账，在批判民国腐朽政权的同时，我们来不及为曾经光荣的"民国理想"留下一席之地了。久而久之，"民国"就等同于

---

① 李怡. 中国现代文学史的叙述范式［J］. 中国社会科学，2014（1）.

"民国政府","民国"的记忆几乎完全被北洋军阀、国民党反动派所淤塞,恰恰其中值得珍惜的部分——民国文化被一再排除,殊不知,后者也曾经包含了中国共产党及许多进步文化力量的努力和奋斗。当"民国文化"不能获得必要的尊重,现代中国文化的遗产实际上也就被大大简化了。

民国时期的中国文学也是民国文化自然的组成部分,当文化的记忆被简化甚至删除,那么其中的文学的史料与文献也就屈指可数了。同样,共和国的文化也包含了一大批来自"民国"的优秀知识分子的创造,同时又有新的社会主义时代的创造,其体量更为丰富了。如何保存共和国文化的这种丰富性,不以"二元对立"的态度排斥一部分、取消一部分,应当是文献学的基本认知,否则,文学就无从"大"了。

严格说来,我们也是这些"大史料"搜集整理的见证人。民国文献与共和国文献,是中华民族自古代转向现代的精神历程的最重要的记录,但是,岁月流逝,政治变动,都一再使这些珍贵的文献面临散失、淹没的命运,及时地打捞、整理、出版这些珍贵的财富,越来越显得刻不容缓!2000年,我在重庆张天授老先生家读到大量的民国珍品。张先生是重庆复旦大学的毕业生,收藏多种抗战时期文学期刊和文学出版物。今天,张老先生已经不在人世,大量珍品不知所终。2014年,我和张堂锜教授一起拜访了台湾政治大学的名誉教授尉天聪先生,在他家翻阅整套的《赤光》杂志,《赤光》是中国共产党旅法支部的机关刊物,由周恩来与当时的领导人任卓宣负责,邓小平亲自刻印钢板,这几位参与者的大名已经足以说明《赤光》的历史价值了。今天,激情四溢的尉先生已经因为车祸失去行动的能力,再也不能亲临研讨现场为大家展示他珍贵的收藏了。作为历史文物的见证人,更悲哀的可能还在于我们可能同时也会成为这些历史即将消失的见证人!如果我们这一代人还不能为这些文献的保存、出版做出切实的努力,那么,记录这段精神历程的文件最后就可能消失。为了搜索、保存现代文学文献集，还有许许多多的学人节衣缩食，竭尽所能，将自己原本狭小的蜗居改造成了历史的档案馆，文献史料在客厅、卧室甚至过道堆积如山。中国社会科学院文学所的刘福春教授是中国新诗收藏第一人，这"第一人"的位置却是他用无数的付出才赢得的，其中充满了一位历史保存人的种种心酸：他每天都不得不在堆满文献的过道中侧身穿行，他的家人，从大人到小孩，每一位都被书砸伤、划伤过！百年中国文学的历史文献不仅铭记在我们的思想中，也直接在我们的身体上留下了斑斑印痕，留存着收藏人的"生命记忆"。

百年中国文学是色彩、品种、形态都无比丰富的"大文学"，"大文学"就理所当然地需要"大史料"——无限宽阔的史料范围，没有禁区的文献收藏、文学研究，这既是观念的更新，也应该成为来自社会多个阶层——学术界、出版界、读书界、收藏界的共同的理想和情怀。

参考文献

[1] 刘知几. 史通通释 [M]. 浦起龙, 释. 上海：上海古籍出版社，1978.

[2] 司马迁. 史记 [M]. 北京：中华书局，1982.

[3] 李学勤. 十三经注疏：毛诗正义 [M]. 北京：北京大学出版社，1999.

[4] 李学勤. 十三经注疏：论语注疏 [M]. 北京：北京大学出版社，1999.

[5] 刘勰. 文心雕龙注 [M]. 北京：人民文学出版社，1958.

[6] 谢无量. 中国大文学史 [M]. 上海：中华书局，1918.

[7] 钱穆. 国史新论 [M]. 北京：生活·读书·新知三联书店，2001.

[8] 刘师培. 刘师培中古文学论集 [M]. 北京：中国社会科学出版社，1997.

[9] 周作人. 中国新文学的源流 [M]. 南京：江苏文艺出版社，2007.

[10] 郭绍虞. 中国文学批评史 [M]. 天津：百花文艺出版社，2008.

[11] 胡怀琛. 新文学浅说 [M]. 上海：泰东图书局，1921.

[12] 章太炎. 章太炎全集 [M]. 上海：上海人民出版社，1985.

[13] 梁启超. 饮冰室合集 [M]. 北京：中华书局，1989.

[14] 鲁迅. 鲁迅全集 [M]. 北京：人民文学出版社，2005.

[15] 赵毅衡. 当说者被说的时候：比较叙述学导论 [M]. 北京：中国人民大学出版社，1998.

[15] 余虹. 文学知识学 [M]. 北京：北京大学出版社，2009.

[16] 刘纳. 嬗变：辛亥革命时期至五四时期的中国文学 [M]. 北京：中国人民大学出版社，2010.

[17] 付建舟，黄念然，刘再华. 近现代中国文论的转型 [M]. 上海：上海古籍出版社，2015.

[18] 汪晖. 现代中国思想的兴起：上卷第 1 部　理与物 [M]. 北京：生活·读书·新知三联书店，2004.

[19] 傅道彬. 文学是什么 [M]. 北京：北京大学出版社，2002.

[20] 王奇生. 党员、党权与党争：1924—1949 年中国国民党的组织形态（修订增补本）[M]. 北京：华文出版社，2010.

[21] 桑兵. 历史的本色：晚清民国的政治、社会与文化 [M]. 桂林：广西师范大学出版社，2016.

[22] 孙培青. 中国教育史 [M]. 上海：华东师范大学出版社，2000.

[23] 孙石月. 中国近代女子留学史 [M]. 北京：中国和平出版社，1995.

[24] 曾小逸. 走向世界文学：中国现代作家与外国文学 [M]. 长沙：湖南文艺出版社，1986.

[25] 伊格尔顿. 文学原理引论 [M]. 刘锋,等译. 北京:文化艺术出版社,1987.

[26] 伊格尔顿. 当代西方文学理论 [M]. 王逢振,译. 北京:中国社会科学出版社,1988.

[27] 韦勒克,沃伦. 文学理论 [M]. 刘象愚,邢培明,陈圣生,等译. 北京:生活·读书·新知三联书店,1984.

[28] 中野美代子. 中国人的思维模式 [M]. 北雪,译. 北京:中国广播电视出版社,1992:56.

[29] 卡勒. 文学理论 [M]. 李平,译. 沈阳:辽宁教育出版社,1998.

[30] 柄谷行人. 日本现代文学的起源 [M]. 赵京华,译. 北京:生活·读书·新知三联书店,2003.

[31] 罗素. 西方哲学史 [M]. 何兆武,等译. 北京:商务印书馆,1991.

[32] 威德森. 现代西方文学观念简史 [M]. 钱竞,张欣,译. 北京:北京大学出版社,2006.

[33] 比厄斯利. 西方美学简史 [M]. 高建平,译. 北京:北京大学出版社,2006.

[34] 埃斯卡尔皮. 文学社会学 [M]. 符锦勇,译. 上海:上海译文出版社,1988.

[35] 实藤惠秀. 中国人留学日本史 [M]. 谭汝谦,林启彦,译. 北京:生活·读书·新知三联书店,1983.

[36] 比勒. 中国留美学生史 [M]. 张艳,译. 张猛,校订. 北京:生活·读书·新知三联书店,2010.

[37] 王富仁. 对一种研究模式的置疑 [J]. 佛山科学技术学院学报(社会科学版),1996(1).

[38] 刘怀荣. 近百年中国"大文学"研究及其理论反思 [J]. 东方丛刊, 2006 (2).

[39] 陈伯海. 杂文学、纯文学、大文学及其他：中国文学传统中的"文学性问题探源" [J]. 红河学院学报, 2004 (5).

[40] 杨守森. 论"文学性"与"非文学性" [J]. 山东师范大学学报（人文社会科学版），2012 (5).

[41] 吴炫. 文化批评与文学"文化批评"非文学性的文化批评 [J]. 社会科学战线, 2003 (2).

后 记

中国现当代文学的"文学"追求是晚清开始引入的，但是，中国文学是不是从此就变得与西方一样，真的走上了"全球一体"的道路呢？显然没有这么简单。中国文学为什么具有独特的魅力，从根本上看是否存在一种独特的"文学"追求，这急需我们重新认识。

自前些年研讨"民国文学"观念之后，我越来越强烈地感知到了这一课题的重要性。蒙述卓、剑晖二兄不弃，将我这些初步的思考收入他们主编的丛书，也给了我一个整理自己思路的机会。

整个课题是我和几位年轻学者共同完成的，具体工作方式是：由我草拟整体框架、大纲，确定基本观点，参与撰写者均是多年合作的年轻学者，彼此在思路和学术取向上多有共识，这是能够思想协调的基础。初稿完成后由我统一修正、完善。当然，学术研究究竟属于个人的精神创造，在一些思考的细节上，大家未必完全相同，但是我们对这一课题的基本认识是一致的。

具体分工如下：

李怡：引论、第六章、结语（最后负责统稿）。

李乐乐：第一章。

康鑫：第二章。

门红丽：第三章。

杨洋：第四章。

教鹤然：第五章。

最后，要感谢广东高等教育出版社的领导和编辑为本书出版付出的辛勤工作！

李 怡

2017年9月25日于成都江安花园